Livres, Lits et Petits Arrangements

alia smith

BAL
KON
media

LIVRES, LITS ET PETITS ARRANGEMENTS

Publié par Balkon Media

Édition brochée ISBN : 978-1-916970-09-0
Également disponible en e-book

Correction : Hanna Elizabeth
Illustration et conception de la couverture : graphichouse123

www.jonsmith.net

*À ceux qui prouvent que parfois, les meilleures unions
sont celles qui ne sont pas du tout assorties.*

UN

Les fins heureuses, c'est mon métier. Y croire est facultatif. C'est probablement pour cette raison que je n'ai aucune patience pour les romances qui ne tiennent pas la route sur le papier.

J'encercle une énième phrase maladroite, les marges croulant déjà sous les corrections. C'est le chapitre dix — ou peut-être onze — de *Lovers in the Cotswolds*, et je suis plongée jusqu'au cou à démêler une intrigue secondaire qui n'a aucun sens. Un grand geste romantique de la part d'un personnage qui a été émotionnellement indisponible pendant tout le livre ? Choix audacieux, Melissa. Très audacieux. Mon stylo rouge plane au-dessus des pages imprimées étalées sur mon bureau, prêt pour une nouvelle frappe chirurgicale.

— Montrer, ne pas raconter..., je marmonne en barrant un autre paragraphe où l'héroïne passe trois phrases à décrire à quel point elle *adore* les couchers de soleil. — On a compris. Le ciel est orange. Passe à autre chose.

Il y a un rythme dans ce travail, apaisant dans ce qu'il a de prévisible. Des problèmes se présentent ; je les résous. Les histoires ont des formes, des règles, et je manie un pouvoir omnipotent sur les virgules mal placées, l'abus d'adverbes et les métaphores obscures. Ordre et précision. Une certaine satisfaction vibre dans ma poitrine lorsque la prose s'affine sous ma plume.

J'ajuste mes lunettes — pour la troisième fois en cinq minutes

7

— et saisis mon café. Il est froid. Bien sûr, qu'il est froid. Je grimace, mais en bois quand même une gorgée, l'esprit déjà accaparé par la prochaine note qui se forme dans ma tête.

Melissa, j'écris dans la marge de la page quatre-vingt-quinze, envisagez d'introduire des enjeux émotionnels ici plutôt que d'autres monologues intérieurs. Les lecteurs ont besoin de quelque chose à soutenir.

Et puis, juste au moment où je trouve mon rythme de croisière, mon téléphone vibre. Le nom de Fiona illumine mon écran comme une sinistre fusée de détresse.

— Super. Quand Fiona choisit d'appeler plutôt que d'envoyer un e-mail, ce n'est jamais bon signe. En général, ces appels sont accompagnés d'un ton qui suggère que je devrais déjà être à mi-chemin de la résolution de la catastrophe qu'elle s'apprête à me déverser dessus.

— Bonjour, Fiona, je réponds en coinçant le téléphone entre mon épaule et mon oreille tout en continuant d'écrire des corrections. Le multitâche : l'essence même de l'édition.

— Lâchez tout ce que vous faites, lance Fiona, sèche et efficace comme toujours. Je pourrais presque entendre ses ongles manucurés tapoter contre son bureau. — Salle de réunion. Maintenant.

— Est-ce que c'est à propos du nouveau concept de couverture ? je demande, mes yeux continuant de parcourir le manuscrit comme si finir cette phrase pouvait me sauver. — Parce que si c'est encore un design à l'aquarelle, je vous jure que...

— Pas la couverture. Un plus gros problème. Venez, c'est tout.

— De quelle ampleur parle-t-on... Mais la ligne se coupe. Typique de Fiona.

Je soupire, referme mon ordinateur portable d'un coup sec et attrape mon carnet. Quoi que ce soit, c'est assez sérieux pour interrompre mon flux de travail soigneusement organisé, ce qui signifie que ça va forcément gâcher ma journée. En me dirigeant vers la salle de réunion, je me prépare mentalement. Les urgences de Fiona impliquent généralement des auteurs à succès avec des ego surdimensionnés ou des demandes de dernière minute qui défient à la fois la logique et les lois du temps.

Lorsque je pousse la porte, Fiona fait déjà les cent pas, signe évident qu'elle est en mode combat. Elle ne lève même pas les yeux quand j'entre.

— Rachel est enceinte, annonce-t-elle, comme si c'était de ma faute.

— Euh... félicitations à Rachel ?

— Elle part en congé maternité. Avec effet immédiat.

— Waouh. Je cligne des yeux. — C'est... soudain. Elle vient de l'apprendre ?

— Ne soyez pas ridicule, Lara. Elle le sait depuis des mois, mais a juste omis de m'en informer. Apparemment, elle « ne voulait pas faire d'histoires ». Ce que Fiona imite avec des guillemets en l'air qui pourraient trancher l'acier. — Ce qu'elle n'a pas voulu faire non plus, c'est m'informer que Rory Keane a des *mois* de retard sur son manuscrit. Des mois.

Ah. Voilà. Le déclic est si violent que je sens l'onde de choc dans ma colonne vertébrale. Rory Keane. L'enfant chéri de la maison d'édition Scott & Drake. Auteur de best-sellers. Coqueluche de la romance. Le type incroyablement beau, spécialiste de l'esquive des dates butoirs... est en retard.

— Laissez-moi deviner, dis-je d'un ton sec en m'effondrant sur une chaise. — Ce n'est pas juste en retard ; c'est loin d'être fini.

— Loin de là, confirme Fiona, s'arrêtant au milieu de sa marche pour me foudroyer du regard. Ses yeux sont féroces, implacables. — Rachel l'a couvert, me menant en bateau avec des nouvelles vagues. Et maintenant, elle est partie, nous laissant un beau bazar à nettoyer.

— On dirait un problème pour Rachel, je hasarde, même si je sais exactement où cela mène.

— Plus maintenant. Maintenant, c'est votre problème.

— Bien sûr que ça l'est.

— Les précommandes pour *Entièrement, Pour Toujours* se comptent par dizaines de milliers, annonce Fiona, sa voix tranchant l'air stérile de la salle de réunion comme une guillotine. — Le marketing crée le buzz depuis des mois. La date de publication est fixée. Nous avons des passages prévus dans des émissions de télé en journée. Ce livre *doit* sortir à temps, Lara.

Je croise les bras et me penche en arrière sur la chaise trop raide, essayant de ne pas me hérisser sous son regard perçant. Une odeur de café brûlé flotte, provenant d'une tasse oubliée à proximité, se mêlant à la légère touche du parfum vif et citronné de Fiona. Elle est impeccablement composée, comme toujours, mais une tension bouillonne sous son calme habituel. C'est comme regarder un cygne élégant dont on sait qu'il pourrait vous arracher un doigt si on le provoquait.

— Si je comprends bien, dis-je lentement, en gardant un ton neutre. — Rachel a materné Rory Keane pendant des mois pendant qu'il... quoi ? Canalise son artiste torturé intérieur ? Et maintenant, parce qu'elle a décidé de nous planter là pour des chaussons de bébé et des cours de préparation à l'accouchement, je suis censée débarquer pour sauver la mise ?

— À peu près, répond Fiona sans sourciller. Son expression ne varie pas d'un iota. Impressionnant.

— Compris. Je laisse échapper une lente inspiration. — Et par « sauver la mise », vous voulez dire, remettre en état un manuscrit qui, je suppose, ressemble moins à un roman qu'à une... crise existentielle sous forme de document Word ?

— Exactement, dit-elle en joignant soigneusement ses mains sur la table polie. — Vous avez six semaines.

— Six semaines ? Ma voix est plus aiguë que je ne le voudrais, et je m'éclaircis la gorge pour la forcer à redescendre. — Fiona, six semaines, ce n'est pas assez de temps pour une relecture approfondie d'un des romans de Rory Keane, et encore moins pour corriger des problèmes d'intrigue majeurs. À supposer qu'il ait même écrit quoi que ce soit.

— C'est pour ça que j'ai besoin de vous, dit-elle, le ton inflexible, comme si tout cela était parfaitement raisonnable. Comme si elle ne venait pas de me refiler le chaos incarné, avec un joli petit nœud autour. Vous êtes la meilleure éditrice que nous ayons, Lara. Vous y arriverez.

— La flatterie, c'est mignon, mais ça ne change rien au fait que c'est impossible. Je fais un vague geste vers le plafond, où le nom de Rory Keane pourrait tout aussi bien être gravé en lettres d'or.

Cet homme est notoirement allergique aux délais. À la structure. Et, oserais-je dire, à l'obligation de rendre des comptes.

— C'est pourquoi je *vous* fais confiance pour vous occuper de lui. Fiona se penche en avant, plissant les yeux de cette manière qui me donne l'impression d'être une proie. Pensez à ce qui est en jeu. Nous courons au désastre médiatique. Des précommandes annulées. Pas de présentoirs en point de vente. Une humiliation publique pour Scott & Drake. Sans parler du fait que nos concurrents ne demanderaient pas mieux que de voir notre auteur vedette se planter en beauté. Colleen et Emily sortent toutes les deux un livre à l'automne, donc nous devrions repousser la sortie au printemps prochain. Le cauchemar absolu.

— Ça s'annonce amusant.

— Amusant ou non, c'est ce qui va se passer, lâche-t-elle, sa voix claquant comme un coup de fouet. À moins que vous ne préfériez que je confie ça à quelqu'un d'autre ? Peut-être à quelqu'un de moins capable que vous ? Quelqu'un qui laisserait ce projet imploser et emporter notre réputation avec lui ?

Ah. La voilà. La main de fer dans un gant de velours. Du Fiona tout craché. Je plisse les yeux en la regardant, mon esprit tournant à plein régime. Au fond de moi, je sais qu'elle a raison. Les enjeux sont astronomiques, et si quelqu'un peut s'en sortir, c'est probablement moi. Mais ça ne rend pas la perspective moins exaspérante.

— Très bien, dis-je sèchement, en me redressant. Mais que les choses soient claires : Rory Keane et moi allons avoir une discussion. Une longue discussion. Et probablement houleuse.

— Bien. Fiona esquisse un faible sourire, le genre qui n'atteint pas les yeux. Très franchement, il mérite un bon coup de pied au cul. Vous le rencontrerez ici demain.

La voix de Fiona continue de bourdonner, nette et autoritaire, mais je ne saisis qu'un mot sur trois. Quelque chose sur le fait que l'édition serait bien plus agréable si nous n'avions pas à nous occuper des auteurs. Mon attention ne cesse d'être happée par le bord de la table où mes doigts tapotent un staccato nerveux sur le bois poli. Je les force à s'arrêter, refermant ma main en un poing.

Professionnelle. Maîtrisée. C'est ce que je suis censée être en ce moment.

— Est-ce que vous m'écoutez, Lara ? Le ton de Fiona me ramène dans la pièce aussi sèchement qu'un élastique qui claque sur la peau nue.

— Bien sûr, je réponds, en me redressant sur ma chaise et en ajustant mes lunettes d'un doigt délibéré. Sauver Rory Keane. Sauver le livre. Éviter l'humiliation publique à Scott & Drake. J'ai oublié quelque chose ?

— Oui, la partie où vous arrêtez d'agir comme si c'était une option. Elle me foudroie de son regard perçant, et j'acquiesce à contrecœur.

Mon estomac se tord, non pas à cause de ses mots mais de ce qu'ils impliquent. Rory Keane. *Le* Rory Keane. L'enfant chéri de la romance, dont les huit derniers livres ont rapporté des millions à notre maison, qui charme les intervieweurs et les lecteurs avec ce sourire désinvolte qui est le sien, comme s'il n'avait jamais connu un jour de difficulté dans sa vie enviable. Charmant, talentueux, peu fiable. Un tiercé gagnant de tout ce que j'évite chez les auteurs comme chez les êtres humains.

En quittant la pièce, je ressens un étrange mélange d'effroi et de détermination s'abattre sur moi. Ça va être un désastre. Un désastre que je suis, d'une manière ou d'une autre, chargée d'éviter. Mais si quelqu'un peut gérer Rory Keane et son chef-d'œuvre inachevé, c'est bien moi. Probablement.

DEUX

Je dois relire une des phrases de Rory Keane trois fois, juste pour m'assurer que ce sont bien les mots écrits sur la page ; une phrase si sirupeuse que j'en ai mal aux dents.

— « L'amour jaillissait de son âme comme la lumière du soleil qui se déverse par une fenêtre ouverte. » Je lis la phrase à voix basse, et si le sarcasme avait une tonalité, je venais de trouver la note parfaite. Mon visage se tord involontairement, mi-grimace, mi-sourire en coin. La lumière qui se déverse ? De son âme ? Je griffonne une note dans la marge : *Trop chargé. Trop abstrait. Où est l'ancrage émotionnel ?*

Mes doigts tambourinent plus vite maintenant, mon regard se posant sur l'horloge pour ce qui doit être la troisième fois en cinq minutes. En retard. Bien sûr, il est en retard. Rory Keane, la coqueluche du public et la sensation littéraire numéro un des ventes du *Sunday Times*, ne peut décemment pas arriver à l'heure comme nous autres, simples mortels. Non, la ponctualité jurerait probablement avec son image de génie décontracté, si soigneusement cultivée.

Je me penche en arrière, croisant les bras, et j'essaie de ne pas l'imaginer débarquer ici avec son sourire emblématique, celui qui vend des millions de livres de poche, brise des milliers de cœurs et parvient à dire à la fois « *Faites-moi confiance* » et « *Bon courage pour arriver à me cerner* ». C'est exaspérant de voir comment quelqu'un peut avoir l'air si parfait sur sa photo d'auteur en quatrième de couverture, et pourtant écrire des phrases comme *Son amour était un phare guidant son cœur naufragé.*

Autre note : il faut arrêter avec les métaphores nautiques.

Au moment même où je me demande si j'ai le temps de me resservir un café avant qu'il ne daigne me faire l'honneur de sa présence, la porte grince en s'ouvrant. Et il est là. L'homme du jour, dans toute sa splendeur faussement négligée, entrant nonchalamment dans la pièce comme s'il était non seulement le maître de cette réunion, mais aussi du temps lui-même.

— Bonjour, Rory. Je suis Lara Yates. Je remplace Rachel. Je lui tends la main et il la serre.

— Bonjour, dit-il, la voix chaude et posée, comme si nous étions de vieux amis qui se retrouvent pour déjeuner plutôt que deux professionnels avec une date butoir approchant à grands pas. Ses cheveux sombres sont en désordre, comme s'il avait passé la matinée à y passer les mains en pleine réflexion créative, ou peut-être qu'il sort à peine du lit. Les manches de sa chemise blanche froissée sont retroussées jusqu'aux coudes, révélant des avant-bras qui, sans aucun doute, inspirent des fanfictions quelque part, et son jean est tout juste à la limite du convenable pour une réunion professionnelle.

— C'est gentil à vous de vous joindre à moi, répliqué-je d'un ton sec. Je ne prends pas la peine de masquer l'irritation dans ma voix ; il ne mérite pas cette courtoisie.

Il m'adresse un large sourire dénué de toute excuse, une fossette apparaissant telle une ponctuation à la fin de son offensive de charme.

— Je n'aurais manqué ça pour rien au monde, dit-il en se laissant tomber sur la chaise en face de moi avec une grâce nonchalante qui me donne envie de lever les yeux au ciel si fort qu'ils risqueraient de ne jamais redescendre. Son sac s'affaisse sur le sol, image même de la négligence.

Je jette un œil au manuscrit devant moi, puis à nouveau à lui. Le contraste entre nous ne pourrait être plus frappant. Ma veste est impeccable, mes notes organisées par codes couleur et soigneusement empilées. Rory, lui, semble sorti d'un atelier d'artiste bohème, où il vient de terminer un débat animé sur le sens de la vie autour de cigares et de cognac.

— Commençons, dis-je d'un ton vif, ignorant la façon dont son sourire s'élargit, comme s'il trouvait mon attitude pragmatique infiniment divertissante. Mon Dieu, je regrette déjà d'avoir accepté cette réunion.

— Votre héroïne, Sophie, commencé-je, en tournant à la première page marquée d'un signet, est aussi accessible émotionnellement qu'une porte de placard. Je tapote le bord de la table avec un ongle manucuré pour appuyer mes dires. Ma voix est neutre, mes mots précis, et je ne daigne même pas lever les yeux vers Rory. Le regarder dans les yeux serait comme concéder du terrain, et je ne suis pas d'humeur généreuse aujourd'hui.

En face de moi, je le sens s'étirer sur sa chaise, chaque mouvement délibéré, posé. Quand je finis par lever les yeux, le coin de sa bouche se relève, une expression qui crie *amusé, pas alarmé*.

— Continuez, dit-il, d'un ton léger, voire engageant. Comme si j'étais en train de raconter une histoire passionnante autour d'un verre au lieu de démolir systématiquement l'œuvre de sa vie.

— Bien, lâché-je en passant à une autre section marquée avec la précision de quelqu'un qui épluche un dossier juridique. Cette scène-là ? Page cinquante-huit ? Où ils sont censés créer un lien autour de leur traumatisme d'enfance commun, mais où, au lieu de ça, ils... flirtent maladroitement ? Ça ne marche pas. Vous avez des dialogues qui remplacent la substance, et ce ne sont même pas de bons dialogues. Une bonne partie donne l'impression d'être du remplissage, ou des notes pour vous-même que vous aviez l'intention de remplacer plus tard.

— Du remplissage ? répète-t-il, étirant le mot comme s'il s'agissait d'un nouveau parfum de glace qu'il goûtait. Son sourire s'élargit encore, montrant les dents, et je jure qu'il me faut toute ma volonté pour ne pas lui jeter le manuscrit à la figure. Un choix de critique intéressant.

— Vraiment ? je demande en haussant un sourcil, refusant de me laisser provoquer. Parce que ce que je vois ici, ce sont deux personnages qui sont censés tomber amoureux mais qui ont plutôt l'air de lire des fiches pour une vidéo sur la santé et la sécurité au travail.

Son index effleure le léger chaume qui ombre sa mâchoire, un geste désinvolte qui montre clairement qu'il ne prend rien de tout ça au sérieux.

— Je dois admettre qu'on ne me l'avait encore jamais faite, celle-là. Est-ce que j'ai des points pour l'originalité ?

— Vous voulez des points, ou vous voulez un manuscrit qui tienne la route ?

— Pourquoi pas les deux ? réplique-t-il avec aisance, se penchant en avant, posant les coudes sur la table comme si nous étions complices d'un grand projet plutôt qu'une éditrice et son client en pleine bataille. Le coin de ses yeux se plisse légèrement, trahissant un amusement sincère. Je veux dire, n'est-ce pas ça, le rêve ?

— Pas le mien, je rétorque. Mon rêve, c'est que les auteurs me rendent des manuscrits qui ne m'obligent pas à pratiquer une chirurgie d'urgence sur chaque chapitre.

— Ah, d'accord, et moi qui pensais que nous étions en train de danser une sorte de tango créatif. Vous savez, repousser les limites artistiques ensemble, créer de la magie.

— La magie n'opère pas quand vos personnages passent soixante-dix pour cent de leur temps à se chamailler sur des garnitures de pizza.

— Hé, minute, papillon, intervient-il en levant un doigt comme si j'avais franchi une ligne sacrée. C'était une dispute métaphorique sur le compromis.

— Bien sûr, dis-je, et les métaphores, c'est génial quand elles font mouche. Les vôtres ? Elles se plantent lamentablement.

Son sourire ne faiblit pas, mais je surprends une lueur fugace de quelque chose d'autre en dessous. À s'y méprendre, j'aurais cru avoir fait mouche. Mais il s'agite sur son siège, roulant des épaules comme pour se délester du poids de l'instant, et son sourire narquois revient de plus belle.

— Rappelez-moi de ne jamais vous inviter à ma fête d'anniversaire, lance-t-il d'un ton faussement blessé. Vous seriez capable de critiquer le gâteau.

— Seulement s'il n'est pas assez cuit, je réplique au tac au tac. Page cent quatre-vingt-sept. Oliver lui avoue son amour pendant... roulement de tambour, s'il vous plaît... une course-poursuite. Une *course-poursuite*, Rory. Parce que rien ne crie plus « âme sœur » que d'esquiver des poids lourds sur l'autoroute.

— De gros enjeux, propose-t-il en haussant une épaule, comme si c'était une défense brillante. Adrénaline. Passion. Pneus qui crissent... c'est très cinématographique.

— Bien sûr, si vous essayez d'écrire *Fast & Furious : Édition Saint-Valentin*, je lance sèchement en tournant la page avec plus de force que nécessaire. Le ton de ma voix commence à monter, mais je me contiens, visant le calme et le professionnalisme. En échouant lamentablement. Mais une romance ? Une vraie romance ? C'est une question de connexion. De vulnérabilité. Pas de... puissance de moteur.

— N'oubliez pas le protoxyde d'azote, dit-il, son sourire s'élargissant comme s'il savait exactement à quel point il me tape sur les nerfs.

— Rory. Mes mains s'aplatissent contre le bureau, les paumes appuyant assez fort pour que je sente le grain du bois mordre ma peau. Certaines parties de ce livre sont vraiment magnifiques. La prose descriptive est assurée, le sens du lieu est exceptionnel. Le chapitre quatre m'a fait pleurer. Je suis là avec eux, sur les collines verdoyantes, goûtant le même air, espérant qu'Oliver finira par lui prendre la main.

— Mais ? Il penche la tête.

— Mais... la plupart des dialogues sont terriblement mauvais. Des jeux de mots ringards, faciles, ça sent la paresse et je *sais* que vous pouvez faire mieux. Vous avez écrit des chapitres entiers où vos personnages fuient littéralement des explosions. Comment le lecteur est-il censé croire qu'ils tombent amoureux alors qu'ils ne passent pas cinq minutes consécutives à se parler ?

— Leur langage amoureux n'est pas la parole, rétorque-t-il. Ils communiquent par l'action. Et esquiver des éclats d'obus ensemble, ça renforce la confiance. C'est scientifique.

— Non, Rory. Ce qui est scientifique, c'est que je dois maintenir ma tension artérielle en dessous du seuil de l'AVC chaque fois que je lis une autre de ces scènes invraisemblables et excessives. Regardez ça... Je tapote à nouveau la page, ses bords se froissant sous mon ongle. Le grand moment romantique a lieu pendant qu'ils désamorcent une bombe. Une bombe, littéralement. Qu'est-ce que c'est que ça ?

— C'est symbolique, dit-il calmement en inclinant la tête. Après tout, l'amour est l'ultime bombe à retardement.

— Ça n'a rien de symbolique, je lui rétorque en le foudroyant du regard. C'est vous qui regardez trop de films d'action et essayez de faire passer ça pour de la profondeur émotionnelle.

— Vous préféreriez que je les fasse tomber amoureux autour d'un café et de silences gênés, alors ? Son ton est léger, taquin, mais il y a une pointe d'agacement maintenant, une légère ondulation sous la surface calme. Parce que ça a été fait et refait. J'innove, Lara. Je brise les codes.

— Vous brisez quelque chose, c'est certain, je réponds. Et ce n'est pas les codes. C'est ma volonté de vivre.

Il rit, un rire fort et sans retenue, et malgré moi, je sens poindre quelque chose de dangereusement proche de l'amusement. Maudit soit-il. Maudit soit ce rire stupide et puéril qui adoucit d'une manière ou d'une autre les angles vifs de son arrogance.

— Allons, dit-il, sa voix se faisant plus chaude, enjôleuse. Ne me dites pas que vous n'avez pas au moins apprécié la scène dans l'entrepôt en feu. C'était de l'or en barre.

— Si par « or en barre », vous entendez complètement ridicule, alors oui. De l'or en barre.

— Le ridicule peut être charmant, regardez-nous.

— Nous ? je répète, et le mot semble absurde sur ma langue. Comme essayer une paire de chaussures deux tailles trop petites. Il n'y a pas de « nous », Rory. Il y a vous, moi, et ce manuscrit qui est loin d'être prêt pour la publication. Et je pense que vous le savez. Vous devez le savoir.

— C'est dur, dit-il en se tenant la poitrine d'une douleur feinte. Mais je pense qu'il y a une petite alchimie, ici. Pas vous ?

— La seule alchimie que je ressens en ce moment, c'est l'envie de jeter de l'acide chlorhydrique sur cette excuse d'intrigue.

— Vous voyez ? Il sourit à nouveau, un sourire large et exaspérant. Ce feu. Cette passion. C'est une source d'inspiration.

— Ne *vous* servez pas de moi comme source d'inspiration, je l'avertis en pointant un doigt dans sa direction. Quoi que ce soit... Je fais un geste vague entre nous, surtout par frustration. ...ça reste en dehors de votre livre.

— Noté, dit-il, bien que la lueur dans ses yeux me dise qu'il ment comme un arracheur de dents. Mais pour information, je pense que nous ferions une excellente intrigue secondaire.

— Alors c'est une bonne chose que ce soit une relation strictement professionnelle, je dis, ma voix tranchante comme un couteau. Pourtant, une chaleur monte le long de mon cou, et je déteste qu'il puisse la voir. Pire, je déteste qu'il semble l'apprécier.

— Strictement professionnelle, répète-t-il, son ton léger et taquin.

— Rory, dis-je, ma patience s'amenuisant. Vous ne pouvez pas vous en sortir avec un sourire narquois jusqu'à votre date de publication. Ça... Je pointe mon doigt vers le manuscrit étalé entre nous. Ça ne fonctionne pas, ça n'a absolument aucune ressemblance avec vos livres précédents. C'est... ce n'est pas assez bon.

Son sourire s'efface, juste une fraction de seconde, mais je le vois. Ses doigts arrêtent de tambouriner sur l'accoudoir de son fauteuil, et pour la première fois depuis qu'il est entré en retard avec ce charme désinvolte, il a l'air... immobile. Comme si le poids de mes mots avait atterri sur quelque chose de fragile.

— Pas assez bon ? répète-t-il, plus bas que ce à quoi je m'attendais. Il y a quelque chose de brut dans son expression, quelque chose de non dissimulé, sans défense. Sa voix baisse dans un registre que je ne lui avais jamais entendu auparavant. Vous croyez que je ne le sais pas ?

Je cligne des yeux, déstabilisée par cette soudaine honnêteté. Le Rory Keane auquel je m'attendais, celui qui pare les coups avec une blague et un sourire éclatant, est introuvable. À la place, il y a cette version de lui : sombre, exposé et terriblement humain.

— Vous avez une formule qui marche. Pourquoi essayez-vous

de faire quelque chose de différent ? Ma voix est plus accusatrice que curieuse. Je déteste avoir l'air aussi sur la défensive, comme si sa vulnérabilité était une sorte d'embuscade à laquelle je n'étais pas préparée.

— Parce que je ne l'ai plus, admet-il en passant une main dans ses cheveux sombres. Ils se dressent légèrement ensuite, en désordre et imparfaits, et ce détail le rend en quelque sorte plus réel que jamais. L'étincelle, le... peu importe ce qui faisait que j'étais doué pour écrire ce genre de choses. C'est parti. Il fait un geste vague, comme s'il essayait de saisir quelque chose d'invisible juste hors de sa portée. Je pensais que je pourrais peut-être faire semblant, surfer sur ce qui fonctionnait avant, mais de toute évidence, vous voyez clair dans mon jeu.

— De toute évidence, j'acquiesce faiblement, bien que la satisfaction habituelle que je ressens en découvrant des défauts soit absente. À la place, il y a une douleur dans ma poitrine, importune et persistante, comme la piqûre d'une coupure de papier.

— Écoutez, continue-t-il, le regard fixé sur la pile de pages entre nous plutôt que sur moi. Je n'en suis pas fier, d'accord ? Mais c'est difficile d'écrire sur l'amour quand... Il hésite, sa bouche se serrant en une ligne fine. Quand on ne l'a pas ressenti depuis longtemps.

Quelque chose se tord au fond de moi à cet aveu. Ça semble trop personnel, trop intime pour cette salle de conférence stérile avec son éclairage fluorescent et son mobilier d'entreprise. Je devrais changer de sujet, nous ramener en terrain sûr. Mais je ne le fais pas.

Au lieu de ça, je l'étudie — la tension dans sa mâchoire, la façon dont ses mains reposent, immobiles, sur la table, si différent de leur énergie agitée habituelle. Il n'y a aucune trace de l'auteur play-boy sûr de lui, juste un homme qui admet à voix basse qu'il est perdu.

— Rory... Je ne suis pas sûre de savoir où je veux en venir. La sympathie ne fait pas partie de ma fiche de poste. L'empathie, encore moins. Et pourtant, me voilà en train de ressentir les deux à la pelle.

Il croise mon regard, et pour une fois, il n'y a pas d'étincelle taquine, pas de sourire en coin — juste de la sincérité, brute et désarmante.

— Vous vouliez du sérieux, Lara. Eh bien, voilà. Je ne sais pas comment réparer ça, parce que je ne sais plus comment le ressentir.

Ma gorge se serre, et je me force à détourner le regard, me concentrant plutôt sur l'encre rouge qui gribouille son manuscrit. Les lignes nettes de mes corrections se floutent légèrement, et je réalise avec effroi que ce moment — ce moment stupide et vulnérable — met à l'épreuve chaque barrière que j'ai soigneusement érigée entre nous.

— Ce n'est pas mon problème, dis-je sèchement. Je brasse les pages inutilement, ayant besoin de quelque chose — n'importe quoi — pour occuper mes mains. Mon travail, c'est de vous aider à écrire un meilleur livre, pas de jouer les psys pour votre crise existentielle.

— C'est juste, dit-il doucement, en se penchant de nouveau en arrière dans son fauteuil. Mais la vulnérabilité ne disparaît pas complètement ; elle persiste dans ses yeux, une ombre qui refuse de se retirer.

Je me dis de me concentrer sur le travail, sur la date butoir qui plane au-dessus de nous comme une guillotine. Mais ses mots restent, tenaces et envahissants, comme s'ils s'étaient coincés dans un recoin caché de mon cerveau. Parce que la vérité, c'est que je sais ce que c'est que de perdre cette étincelle — de fixer une page blanche en se demandant si on arrivera un jour à la remplir de nouveau avec quelque chose qui a du sens. Je ne le sais que trop bien.

— Restons-en au manuscrit, dis-je finalement, le ton sec mais la voix légèrement tremblante.

S'il le remarque, il n'en fait rien. Au lieu de ça, il fait un petit signe de tête, l'air abattu et étrangement respectueux.

— Comme vous voudrez, Capitaine Critique, dit-il, mais le surnom n'a rien de mordant. Juste de la résignation.

Ça devrait avoir le goût d'une victoire. Au lieu de ça, ça ressemble à une trêve.

— C'est peut-être ça, le problème, dit Rory, d'une voix douce comme le miel, mais avec une pointe intentionnelle qui me fait lever les yeux de mes notes. Ses doigts sont entrelacés comme s'il s'apprêtait à faire une révélation fracassante. J'essaie d'écrire sur l'amour sans... vous savez, le ressentir vraiment.

Je plisse les yeux en le regardant, incertaine de la direction qu'il prend, mais déjà agacée.

— Et c'est la faute de qui ?

— Touché. Il sourit, sans le moindre remords. Mais écoutez-moi. Peut-être que ce dont j'ai besoin, ce n'est pas d'une autre leçon sur les enjeux émotionnels ou les arcs narratifs. Son regard vacille — non, s'attarde — sur moi, et quelque chose change dans l'air entre nous, de subtil mais d'incontestable. Peut-être que j'ai besoin de vivre la romance pour de vrai. Vous savez, à des fins de recherche.

Oh, non. Sûrement pas. Je pose mon stylo avec une précision délibérée. — Dites-moi que vous plaisantez, je vous en prie.

— Pas tout à fait, dit-il. Pensez-y. Comment puis-je écrire quelque chose d'authentique si je ne le ressens pas ? Et qui de mieux pour m'aider que ma chère éditrice, qui a visiblement toutes les réponses sur ce à quoi l'amour devrait ressembler ?

— Arrêtez. Je lève la main, le coupant avant qu'il ne s'enfonce plus loin dans cette absurdité. Premièrement, votre travail est de créer de la fiction, pas de la vivre. Si chaque auteur avait besoin d'une expérience directe pour écrire de façon convaincante, la moitié du genre de la fantasy n'existerait pas. Deuxièmement... je remonte mes lunettes sur l'arête de mon nez, un geste qui me fait gagner une demi-seconde pour retrouver mon sang-froid, ...ce que vous suggérez est extrêmement peu professionnel, sans parler du fait que c'est ridicule.

— Ridicule ? Ses sourcils se soulèvent, faussement offensés. Je trouve ça innovant. De la narration immersive. Du method writing.

— Le method writing n'existe pas, dis-je d'un ton sec, et même si c'était le cas, je ne vais pas... *sortir avec* vous pour les besoins d'un manuscrit.

— Qui a parlé de sortir ensemble ? Son sourire en coin s'élargit, et je regrette instantanément mon choix de mots. Vous avez une sacrée imagination, Lara. Pas étonnant que vous soyez une si bonne éditrice.

— Rory. Mon ton est glacial, mon expression soigneusement neutre malgré la chaleur qui me monte au cou. Concentrez-vous. Sur. Le. Manuscrit.

— D'accord, d'accord, concède-t-il en levant les mains en signe de reddition, mais l'air bien trop content de lui. C'était juste une idée. Une bonne, si vous voulez mon avis.

— Ce que je ne veux pas, dis-je en feuilletant les pages devant moi. Mon pouls est fâcheusement rapide, et je déteste qu'il sache exactement comment m'irriter, comment me tirer des réactions que je préférerais garder cachées. Maintenant, si nous avons fini de brainstormer sur vos activités extrascolaires, pouvons-nous s'il vous plaît revenir à la correction du manque total de développement émotionnel de votre protagoniste féminine ?

Il ne répond pas tout de suite, et quand je lève les yeux, il m'observe avec une expression indéchiffrable. Le sourire taquin est toujours là, faible mais présent, pourtant ses yeux... ils sont plus doux maintenant, plus calmes.

— Bien sûr, dit-il enfin, d'une voix plus basse, presque pensive. Retour au manuscrit.

— Bien. Je hoche la tête brusquement, prétendant que je n'ai pas perdu une bataille invisible. Prétendant que son commentaire précédent ne s'est pas logé quelque part dans ma poitrine, tenace et importun.

— Rory, j'ai besoin que vous compreniez quelque chose. Je pose mon stylo avec un clic délibéré contre le plateau en verre de la table, le regardant droit dans les yeux. La date butoir n'est pas une date arbitraire. Ce manuscrit est prévu pour le créneau de sortie d'été afin de figurer sur toutes les listes des *Meilleures lectures de plage*. L'équipe marketing a déjà sa campagne qui tourne à plein régime. Les précommandes affluent et nous avons réservé et payé des présentoirs en point de vente dans des centaines de librairies. Si ça ne tient pas la route... Je prends une inspiration, me forçant à ne pas avoir l'air de sermonner un adolescent égaré, bien que la tentation soit forte. Ce n'est pas seulement votre réputation qui est en jeu. C'est celle de l'éditeur. Et, franchement, la mienne.

— La vôtre ? Il arque un sourcil. Je ne savais pas que vous étiez personnellement investie dans ma réussite, Lara.

— C'est mon travail. Mon nom est autant attaché à ce projet que le vôtre. S'il se plante parce que vous avez décidé de le bâcler, nous perdons tous les deux.

— Bâcler ? Aïe.

Je pousse le manuscrit vers lui, désireuse de m'y mettre, mon doigt tapotant sur l'une des nombreuses sections surlignées. — Page soixante-treize. Votre protagoniste avoue son amour à l'héroïne après trois rendez-vous. Trois. C'est précipité, c'est superficiel, et ça se lit comme... comme...

— Comme si c'était écrit par quelqu'un qui n'est pas tombé amoureux depuis un moment ? propose-t-il, impassible, et je me fige en plein tapotement.

— Ce n'est pas ce que j'allais dire, répliquai-je, mais la chaleur qui me monte aux joues me trahit.

— Mouais.

— Laissez-moi clarifier une chose. Je me lève, rassemblant les papiers éparpillés sur la table, chaque mouvement précis et mesuré. Ce n'est pas un jeu, Rory. Vous aimez peut-être jouer au charmant vaurien, mais si ce livre n'est pas à la hauteur des attentes, aucun clin d'œil ni sourire en coin ne vous sauvera. Ni moi.

Je referme mon carnet d'un coup sec, un bruit sourd qui marque la fin de cette réunion exaspérante et improductive. Les pages sont maintenant couvertes de notes brouillonnes et d'astérisques, chacun un rappel de l'incapacité — ou du refus — de Rory Keane d'aborder son manuscrit avec ne serait-ce qu'un semblant de concentration.

— Vous avez du pain sur la planche. Ma voix est sèche, purement professionnelle, alors même que mon esprit s'emballe déjà, cherchant de nouvelles solutions pour rattraper le désastre qu'il m'a remis en guise de manuscrit.

— Le mot est faible, réplique Rory.

— Il faut que vous commenciez ces corrections dès aujourd'-

hui. Ce n'est qu'à cette condition que nous aurons une chance de sauver ce qui peut l'être avant la date butoir. Je rajuste mes lunettes pour me donner contenance.

— Sauver. Quelle belle marque de confiance. Vous savez, pour quelqu'un qui passe autant de temps à disséquer la romance, vous êtes étonnamment impitoyable à ce sujet.

— Être impitoyable donne des résultats, je rétorque en me levant et en passant mon sac sur mon épaule. Et aux dernières nouvelles, c'est de résultats que vous avez besoin en ce moment.

Je me dirige vers la porte, mais il ne fait aucun mouvement pour partir.

— Y avait-il autre chose ? je demande en haussant un sourcil. Ma patience a des limites, mais ma curiosité — apparemment — pas. Une combinaison dangereuse.

— Vous êtes assez fascinante en mode éditrice. Terrifiante, certes. Mais fascinante.

Je fais un pas de plus vers la porte. — Si c'est tout, j'ai du vrai travail qui m'attend.

— Vous savez, pour quelqu'un qui prétend que ce n'est pas un jeu, vous jouez votre rôle terriblement bien.

— Et quel serait ce rôle ?

— La perfectionniste intouchable, dit-il avec aisance, mais le poids derrière ses mots me prend au dépourvu. Toute en angles vifs, sans droit à l'erreur. Je me demande si vous vous autorisez jamais à lâcher prise. Ne serait-ce qu'un tout petit peu.

L'air entre nous se tend, et je déteste que mon pouls s'accélère. — Mes habitudes personnelles ne vous regardent en rien, je réponds froidement en ouvrant la porte. Concentrez-vous sur la correction de votre manuscrit. C'est la seule chose qui compte ici.

— Bien sûr, dit-il en se levant enfin. Alors que je franchis le seuil, sa voix me suit, basse et chaude, teintée de quelque chose que je n'arrive pas tout à fait à définir. Mais peut-être... si jamais vous voulez parler de ce qui compte *vraiment*, vous savez où me trouver.

Je ne me retourne pas. Je n'ose pas le faire.

TROIS

Voilà quinze minutes que je suis assise là, à fixer l'écran. Mon ordinateur portable est ouvert, ma boîte de réception déborde, et le manuscrit que je suis censée corriger est juste sous mes yeux. Mais au lieu de prendre des notes, je suis juste... bloquée. Paralysée.

La partie logique de mon cerveau sait que je suis en télétravail aujourd'hui, sait que l'échéance approche à grands pas, sait que je devrais faire quelque chose — *n'importe quoi* — de productif. Mais le reste de moi ? La partie encore sous le choc de la suggestion ridicule de Rory ? Cette partie-là refuse de coopérer.

L'écriture immersive... Quel culot, cet homme.

Comme s'il était un artiste maudit en quête d'une muse, et non un auteur à succès qui a littéralement *bâti sa carrière* sur des romances inventées de toutes pièces. Comme si ceci — *peu importe ce que c'est* — n'était qu'un simple ressort scénaristique à tester, ajuster et perfectionner.

— Concentre-toi, je me dis à voix basse, en agrippant les accoudoirs de ma chaise comme si la simple force de ma volonté pouvait ramener mes pensées à la tâche qui m'attend. Mais ce n'est pas en fusillant l'écran du regard que je changerai le fait que mon esprit est tout sauf ici.

Au lieu de ça, il tourne en rond — non, il part en vrille — avec le souvenir de sa voix : suave, chaude et désinvolte, comme s'il n'avait pas tout juste déchaîné un ouragan dans ma vie si méticuleusement compartimentée.

Comme s'il ne venait pas de proposer l'arrangement le plus ridicule, le moins professionnel et le plus déplacé qui soit, avec le genre d'aisance imperturbable que l'on emploierait pour proposer d'aller prendre un café.

Comme si j'étais déraisonnable d'être complètement sidérée par sa proposition.

Je me repousse du bureau, et les roulettes de ma chaise crissent contre le sol en un gémissement.

— Quel toupet, je dis à voix haute, en pressant mes paumes contre mes tempes comme si je pouvais physiquement faire sortir l'irritation de mon crâne par un massage. Qui *fait* ça ?

Ce n'était pas seulement ce qu'il avait dit ; c'était la façon dont il l'avait dit, avec ce demi-sourire qui rendait impossible de savoir s'il était sérieux ou s'il se moquait de moi juste pour s'amuser. Une proposition, c'est comme ça qu'il avait appelé ça. Comme si nous étions en train de négocier une sorte de contrat commercial.

— « Travailler plus étroitement, Lara », j'imite sa voix, basse et veloutée, dégoulinante de charme. Mon estomac se noue et une chaleur m'envahit la nuque en réalisant avec quelle facilité le timbre de sa voix résonne encore à mes oreilles. « *Explorer de nouvelles possibilités créatives* », j'ajoute en mimant des guillemets avec mes doigts en signe de sarcasme.

Peut-être que vous aimeriez que j'exprime mes suggestions éditoriales par la danse. Ce serait assez créatif pour vous ?

Je me pince l'arête du nez et me force à prendre une profonde inspiration. Il ne s'agit pas de lui. Pas vraiment. Il s'agit de moi, de garder le contrôle, de... comment avait-il dit, déjà ? Ah, oui. Me *détendre*. Comme si j'étais une vieille fille coincée qui avait besoin de déboucher une bouteille de vin et de jeter la prudence aux orties.

Mais sous mon irritation, il y a autre chose. Quelque chose de malvenu. Une lueur d'intrigue, peut-être. Ou de la curiosité. Ou le plus léger murmure de la tentation.

Non. Sûrement pas. Absolument pas. Peu importe ce que

Rory Keane pense m'offrir avec son sourire insupportable et ses yeux exaspérément expressifs, je ne marche pas.

Je fais maintenant les cent pas. Mes bras sont étroitement croisés sur ma poitrine, mes doigts s'enfonçant dans mes manches comme si me retenir physiquement pouvait m'empêcher de m'effondrer mentalement. Spoiler : ça ne marche pas.

Mes pieds me portent jusqu'à la fenêtre du salon, presque malgré moi, et je pose légèrement mes paumes contre la vitre fraîche. Dehors, la ville s'étend, vaste et scintillante dans la lumière du début de soirée, une mosaïque de bâtiments et de rues animées qui bourdonnent de vie. D'ici, tout le monde a l'air si déterminé. Si sûr de soi.

— Depuis combien de temps ?

La question m'échappe avant que je ne puisse la retenir, douce et inconnue, comme si je testais le poids de quelque chose de fragile dans mes mains. Depuis combien de temps quelqu'un ne m'avait pas regardée comme Rory l'avait fait à ce moment-là ? Non pas seulement me voir, mais me *désirer*. Moi, pas l'éditrice tirée à quatre épingles avec ses talons raisonnables et ses vestes cintrées, mais la personne qui se cache en dessous.

C'est troublant, cette pensée. Intrigant aussi, mais surtout, si je suis honnête, c'est flatteur.

Du bout du doigt, je trace un petit cercle sur ma tasse de thé, maintenant glacée. Ce n'est pas que je ne me sens pas séduisante. Pas exactement. Mais il y a une différence entre être appréciée pour son travail — ou même admirée — et être véritablement *désirée*. Désirée d'une manière qui semble électrique, magnétique, imprudente.

Imprudent, voilà un mot qui semble ne pas appartenir à mon vocabulaire. Parce que c'est le cas. Du moins, plus maintenant.

Je secoue la tête et m'éloigne de la fenêtre, ignorant le léger pincement dans ma poitrine alors que je me détourne de la vue. Peu importe ce que Rory croit voir quand il me regarde — quelle que soit l'étincelle de folie qui l'a poussé à croire que c'était une bonne idée —, il vaut mieux ne pas l'explorer. C'est plus prudent. Plus net. Plus contrôlé. Les limites existent pour une raison.

Rory, avec sa façon agaçante de pencher la tête quand il essaie de faire valoir son point de vue, ne semble pas comprendre ça. Ou peut-être qu'il comprend, et qu'il aime simplement me voir me tortiller. Quoi qu'il en soit, je ne vais pas le laisser défoncer les barrières que j'ai si soigneusement érigées — aussi séduisant soit-il —, des barrières solidement construites depuis un certain temps déjà et qui rendent les choses prévisibles, ordonnées. Sûres.

Mon regard s'accroche à la photo encadrée sur le mur au-dessus de mon bureau. C'est une vieille photo, légèrement délavée sur les bords, mais les sujets sont encore clairs : mes parents, assis côte à côte sur le canapé de notre salon. Ma mère arbore son habituel sourire poli d'institutrice ; mon père regarde droit devant lui, sans expression, presque hébété. Ils ressemblent plus à des collègues de différents services posant pour une publication d'entreprise sur les réseaux sociaux qu'à deux personnes qui ont un jour échangé leurs vœux.

Je saisis le cadre et passe mon pouce sur le bord, le verre froid me ramenant à la réalité alors que des souvenirs remontent à la surface sans y avoir été invités. Leur mariage était — et reste — fonctionnel, je suppose. Efficace, comme une machine bien huilée. Ils partageaient la logistique — finances, emplois du temps, listes de courses —, mais la passion ? L'affection ? Le désir ? C'étaient des concepts étrangers, rejetés comme des frivolités.

— L'amour, ce n'est pas pratique, Lara, avait l'habitude de dire ma mère chaque fois que je leur demandais pourquoi ils ne riaient pas beaucoup, ne se touchaient pas beaucoup, ou ne... *ressentaient* pas grand-chose. — Et le côté pratique, c'est ce qui fait tourner la boutique.

Le côté pratique. La pierre angulaire de leur relation. Et le poison lent et silencieux qui l'a vidée de toute sa couleur. Je m'en moquerais, si ce n'est que je suis assez lucide pour savoir que ce pragmatisme a un peu déteint sur moi.

Je détourne le regard de la photo de mes parents. Je ne veux pas de cette vie. Je n'en ai jamais voulu. Mais l'alternative — le désordre, l'incertitude, les peines de cœur — me terrifie tout autant. Peut-être même plus.

Voilà exactement pourquoi on ne peut pas faire confiance aux émotions. Elles obscurcissent le jugement. Elles mènent à de mauvaises décisions. Elles...

Je m'interromps dans mes pensées alors que la voix de Rory résonne dans mon esprit, basse et taquine. « *Vous êtes trop coincée, Yates. Desserrez un peu le col de temps en temps.* »

— Connard, je siffle. Mais alors même que j'agite ma souris pour sortir mon écran de veille, mes doigts tremblent. Parce qu'une partie de moi connaît la vérité, le genre de vérité que je n'oserais jamais admettre à voix haute.

Le problème, ce n'est pas seulement Rory. C'est que, pour la première fois depuis des années, quelqu'un m'a fait me demander ce que ça ferait de desserrer un peu le col. Ne serait-ce qu'une fois. Mieux encore, il pourrait bien le desserrer pour moi.

La dernière personne que j'ai aimée n'avait pas le sourire insolent de Rory ni sa confiance exaspérante. Un autre visage me vient à l'esprit. Plus constant. Plus doux. Prévisible.

— James, je murmure. Et d'un seul coup, le souvenir m'engloutit.

L'air sent l'herbe fraîchement coupée et la crème solaire, un barbecue d'été bourdonne autour de nous pendant que James retourne les burgers avec la même précision qu'il mettait dans chaque tâche. Sa chemise est rentrée dans son pantalon kaki — un pantalon kaki ! — et son expression est celle d'une profonde concentration, le front légèrement plissé alors qu'il ajuste la spatule dans sa main.

— Détends-toi, Gordon Ramsay, je le taquine en le bousculant gentiment de la hanche. Il me jette un regard, surpris une demi-seconde, avant que sa bouche ne s'adoucisse pour former ce sourire familier. Chaleureux. Confortable. Rassurant.

— Il faut bien que quelqu'un s'assure qu'ils ne crament pas, dit-il, sur un ton amusé mais mesuré. Toujours mesuré. S'il y avait bien une chose qu'était James, c'était prévisible. Le genre d'homme qui ne laissait jamais un texto sans réponse, qui n'oubliait jamais comment vous preniez votre café, qui n'élevait jamais la voix même quand il était en colère. Un homme avec qui on pouvait construire sa vie parce qu'on savait toujours exactement où l'on en était.

Et pourtant... alors que je le regarde retourner méticuleusement un autre burger, je me souviens de ce vide douloureux qui avait commencé à grandir durant ces derniers mois. Comme si j'avais vécu dans une maison aux murs parfaitement peints, mais sans meubles. Sans chaleur. Juste... de l'espace.

— Est-ce que tu as parfois envie de plus que ça ? lui avais-je demandé un jour, la question m'échappant avant que je puisse la retenir. Nous étions assis sur son canapé gris immaculé — bien sûr qu'il était gris — à regarder des rediffusions d'une sitcom qui ne nous intéressait vraiment ni l'un ni l'autre. Il m'avait alors regardée, confus.

— Plus que quoi ?

— Plus que le confort. Plus que... la prévisibilité.

Il avait froncé les sourcils, essayant manifestement de comprendre. — Le confort n'est pas une mauvaise chose, Lara. Le confort, ça dure. La passion, ça se consume. Il s'était interrompu, puis avait ajouté, presque timidement : — Est-ce que ça ne suffit pas ?

Je secoue la tête, comme pour tenter de déloger les souvenirs qui s'accrochent à moi. Le sourire en coin de James se dissout pour laisser place au rictus carnassier de Rory, et soudain j'ai l'impression d'être prise dans une sorte de tir à la corde émotionnel auquel je n'ai jamais accepté de jouer.

Compliqué.

L'écran de veille de mon moniteur continue de tourner en boucle, le manuscrit que je devrais être en train de corriger, intact. Mais ce n'est pas le clavier qui attire mon regard, c'est mon téléphone. Posé là, à me narguer, à me défier.

Je saisis le téléphone sans réfléchir, son poids lisse m'ancrant au sol une demi-seconde, avant de trouver Rory dans mes contacts. Sa photo de profil — juste ses initiales parce que je refuse de lui attribuer quoi que ce soit de plus personnel — me fixe. Mon pouce plane au-dessus de son nom, à quelques millimètres d'ouvrir le message ou, Dieu m'en garde, de l'appeler.

— Ne fais pas ça, Lara, je murmure d'une voix à peine audible mais ferme. — Rien de bon ne sort des décisions impulsives. Tu le sais.

Et pourtant, je sens cette attraction. La même force magnétique que j'ai ressentie quand il a affiché un sourire narquois de l'autre côté de la table de conférence aujourd'hui et a dit : « *Vous êtes trop tendue, Yates. À quand remonte la dernière fois que vous avez fait quelque chose juste pour le plaisir ?* »

— *Corriger des textes, c'est amusant*, avais-je rétorqué sur la défensive, avant de pouvoir me retenir. Il s'était contenté de rire, d'un rire grave, riche et bien trop sûr de lui, comme s'il savait déjà comment cette histoire se terminerait.

Me voilà maintenant, tenant mon téléphone comme si c'était une grenade à moitié dégoupillée. Mon pouce se rapproche de l'écran, frôlant le bord de son nom. Une simple pression, et je pourrais entendre à nouveau cette voix traînante et taquine. Une simple pression, et...

— Non. Je laisse tomber le téléphone sur le bureau comme s'il m'avait brûlée, reculant ma chaise loin du bureau par précaution. — Ça n'arrivera pas.

Il faut une bonne minute pour que mon pouls se calme, bien que je sois encore parfaitement consciente du téléphone posé là, brillant toujours faiblement. Je sais que je ne supprimerai pas son numéro — je ne suis pas *si* mélodramatique — mais je sais aussi que je ne suis pas prête à ouvrir cette porte. Pas aujourd'hui. Peut-être jamais.

Mon regard dérive à nouveau vers la photo encadrée de mes parents. Leurs sourires raides et peu convaincants, un rappel de tout ce que je me suis promis de ne jamais accepter. Ou risquer.

Je ne fais pas dans le compliqué.

Le nom de Rory flotte dans l'air, tu mais impossible à ignorer.

Et je déteste la part de moi qui se demande déjà ce qu'il va dire ensuite.

— Un thé, j'annonce à la pièce vide, parce qu'apparemment le dire à voix haute rend la chose officielle. — Le thé arrange tout. Des mensonges, évidemment, mais au moins ça me donne quelque chose à faire de mes mains qui n'implique pas de ramasser à nouveau ce satané téléphone.

Je me concentre sur les gestes banals : le poids de la bouilloire, le jet d'eau régulier la remplissant juste au bon niveau, le grondement satisfaisant quand je l'allume. Les rituels, c'est bien. Pratique. Rationnel. Pas du tout comme la proposition ridicule que je continue de me repasser en boucle dans la tête, malgré tous mes efforts pour la noyer.

Tandis que la bouilloire entame sa lente montée vers l'ébullition, je m'appuie contre le comptoir. Mon regard se pose sur la tasse ébréchée près de l'évier, celle que je n'ai jamais pris le temps de remplacer. Un cadeau d'un Secret Santa reçu lors de mon premier Noël chez Scott & Drake. Il y est inscrit *Keep Calm and Edit On*, les lettres effacées par des années d'utilisation. Plutôt approprié, en fait. Si seulement se calmer était aussi simple que de plaquer ces mots sur de la céramique.

— Se lâcher, je raille à voix basse. Se lâcher, c'est ce que les gens comme Rory font sans effort. Il est probablement sorti du ventre de sa mère avec cette étincelle dans le regard et une chevelure parfaitement ébouriffée. Pendant ce temps, j'ai passé toute ma vie d'adulte à construire des murs plus hauts que n'importe quel château de conte de fées, avec douves et dragon pour faire bonne mesure.

La bouilloire s'éteint dans un déclic, me tirant de mes pensées. Je me jette dessus comme sur une bouée de sauvetage, versant l'eau fumante sur le sachet de thé qui attend dans ma tasse. L'odeur de la camomille s'élève, douce et familière, me ramenant à la réalité et m'aidant à comprendre pourquoi c'est une si mauvaise idée à tant de niveaux.

Premièrement : Rory Keane est un client.

Deuxièmement : sa proposition — cette *proposition* ridicule et audacieuse — exigerait que je passe *encore* plus de temps avec lui, au-delà de ce qui est contractuellement requis pour terminer son livre.

Troisièmement : il a un visage qui semble tout droit sorti de l'affiche d'un film d'auteur mélancolique. Ce visage, à lui seul, promet des ennuis. Nul doute qu'il utiliserait cette bouche pour balancer des répliques sur la « synergie créative » pendant que je résisterais à l'envie de l'étrangler avec sa propre écharpe. Est-ce qu'il porte seulement des écharpes ? Des ascots, probablement. Il en a tout l'air.

Quatrièmement : les relations sans engagement, ce n'est pas mon truc. En tout cas, je ne suis pas douée pour ça. Pas sans m'embourber dans les sentiments, les attentes et toutes ces choses que j'ai passé la moitié de ma vie à éviter.

Et cinquièmement : il ne s'agit pas de sentiments. Il s'agit de contrôle. Et s'il y a une chose que je déteste, c'est perdre le contrôle.

Mais j'ai beau essayer de me convaincre, une petite voix insistante murmure au fond de mon esprit — une suggestion à peine audible, mais persistante. *Et si se laisser aller ne signifiait pas perdre le contrôle ? Et si ça signifiait... la liberté ?*

Mon Dieu, malgré toutes les preuves du contraire, il y a quelque chose de tentant dans cette idée. Juste un instant. Juste pour voir ce que ça fait d'arrêter de réfléchir, d'arrêter de douter, d'arrêter de disséquer chaque interaction à la recherche de sous-entendus cachés et d'arrière-pensées. Me sentir désirée — non pas pour ma capacité à corriger les incohérences de l'intrigue et à resserrer les dialogues, mais pour *moi*.

— Génial, je gémis en me laissant retomber sur ma chaise. Je me dispute avec moi-même, maintenant. Fantastique. Tout va bien. Vraiment bien.

La tasse de thé est toujours sur le bureau, intacte et tiède. Je la prends quand même, la serrant entre mes mains comme si elle pouvait m'aider à traverser cette soirée. Ce n'est pas le cas, bien sûr. La camomille a ses limites.

Demain.

Je me le dis fermement, même si le mot a un goût amer dans ma bouche. — Je m'en occuperai demain.

QUATRE

Le lendemain, cependant, arrive plus vite que je ne l'aurais souhaité et je suis de retour au bureau pour découvrir que les dieux de l'édition ont conspiré pour s'assurer que je ne commencerais pas la journée en douceur. L'e-mail s'affiche sur mon écran, tel un présage funeste et lumineux. Objet : *Inconditionnellement, Éternellement*/R. *Keane – Source de revenus essentielle.* Subtil.

Je parcours les lignes pour la troisième fois, mais elles ne s'adoucissent pas à la relecture. Des expressions comme « trimestre fiscal clé » et « marge bénéficiaire prévisionnelle » me sautent aux yeux et me serrent la poitrine comme dans un étau. Les chiffres sont astronomiques – à six chiffres, frôlant dangereusement les sept. Il ne s'agit même plus de l'ego de Rory ; c'est le bilan de l'entreprise. Fiona aurait tout aussi bien pu écrire : « Pas de pression, Lara, mais si ce livre se plante, on est tous foutus. Passe une bonne journée ! »

C'est pour ça que j'ai signé, non ? Réparer des histoires bancales. Tenir des mains d'auteurs tremblantes. Sauver le monde de l'édition, une intrigue secondaire mal placée à la fois. Mais Rory Keane ? Le Rory Keane aux multiples best-sellers et récompenses ? Il est censé être intouchable. Cet homme respire littéralement le succès. Et maintenant, il m'incombe de veiller à ce que son dernier manuscrit ne plonge pas Scott & Drake dans la ruine financière. Rien de bien méchant.

Mon regard dérive vers le tirage encadré sur mon bureau – une simple citation en noir et blanc de Dorothy Parker : *Je déteste écrire, j'adore avoir écrit.*

Pareil, Dorothy. Pareil. Sauf que je n'ai rien écrit depuis des années, à moins de compter les notes cinglantes en marge, ce que personne ne fait.

Quand j'entre dans la salle de réunion, je suis frappée par un souffle d'air conditionné glacial. Il fait plus froid que d'habitude, ou peut-être que ce sont juste mes nerfs qui me rattrapent. Je trouve Rory Keane, l'homme qui, à lui seul, nous permet de payer nos factures, assis au fond de la table.

— Waouh, dis-je avant de pouvoir me retenir. Tu es à l'heure ?

Rory lève les yeux, surpris, et je remarque immédiatement deux choses : premièrement, ses cheveux sont ébouriffés – plus que d'habitude – comme s'il y avait passé les mains toute la matinée ; et deuxièmement, il tripote un stylo, le faisant tourner entre ses doigts. Rory Keane ne tripote rien. Il se prélasse. Il a un sourire suffisant. Il charme. Cette... énergie nerveuse ? Totalement hors de son personnage.

— N'aie pas l'air si choquée, dit-il en m'adressant un rapide sourire. C'est presque insultant.

— Presque ? Quelque chose cloche – quelque chose de brut sous son apparence habituellement lisse. Le stylo lui glisse des doigts, cliquetant contre la table, et il jure à voix basse, le ramassant comme s'il contenait le sens de la vie.

— Matinée difficile ? demandé-je d'un ton léger en me glissant sur ma chaise. Mon ton est désinvolte, professionnel même, mais mon cerveau d'éditrice catalogue déjà chaque détail : la tension dans ses épaules, le léger pli entre ses sourcils, la façon dont son genou rebondit sous la table comme s'il essayait d'échapper à une pensée qu'il ne veut pas rattraper.

— Quelque chose comme ça, dit-il en faisant de nouveau tourner le stylo.

— Eh bien, dis-je vivement, voyons si on peut sauver ce truc avant que ta crise existentielle n'empire.

— Ouvre la voie, Yates, dit-il, sa voix redevenue douce. Lisse. De retour à son personnage.

— C'est Lara, lui rappelé-je.

— Je préfère Yates. Un nom littéraire fort. Ça te va bien.

J'ai trop de choses à dire sur son manuscrit pour me battre avec lui là-dessus. S'il écoute mes conseils et me renvoie ses corrections rapidement, il pourra m'appeler comme il veut.

— Très bien, mettons-nous au travail. On a du pain sur la planche si on veut que ça ressemble à quelque chose de publiable.

Ses yeux se reportent sur moi, mais il y a quelque chose d'étrange dans la façon dont ils se fixent. Comme s'il était là en chair et en os, mais pas tout à fait en esprit.

— Rory, l'incité-je, en gardant ma voix résolument professionnelle, bien que ma curiosité me démange. Une raison pour que tu me regardes comme si tu venais de te souvenir où tu as laissé tes clés de voiture ?

— Je réfléchis, c'est tout, dit-il d'un ton léger, toujours en faisant tourner le stylo. C'est une réponse conçue pour être inoffensive, mais le poids dans son ton ne correspond pas. Avant que je puisse décider de pousser ou de laisser tomber, il ajoute, presque nonchalamment : Tu sais, c'est drôle. Tous les changements que tu me suggères d'apporter au personnage de Sophie... me font penser à toi.

Le changement est si brusque que je cligne des yeux. — Oh ? Son ton est trop désinvolte, trop calculé.

— Ouais. Son regard se fixe sur moi avec une précision déconcertante. Tu veux que je rende Sophie si... sceptique vis-à-vis de la romance. Presque comme si elle n'y croyait pas du tout.

Et voilà. Le piège, parfaitement amorcé. Je sens mon irritation monter avant de pouvoir la réprimer.

— Tu es sérieusement en train de psychanalyser ton propre personnage, là ? je lui lance un regard accusateur par-dessus le bord de mes lunettes. Parce que si c'est le cas, je te suggère de garder ça pour ta thérapie et de te concentrer sur la correction de ses motivations à la place.

— Si quoi que ce soit, c'est toi que je psychanalyse, réplique-t-il doucement, un sourcil arqué. Et surtout, tu ne l'as pas nié.

— C'est parce que c'est absurde, réponds-je, la voix sèche, mais amusée malgré moi. Le scepticisme de Sophie est parfaitement ancré dans son passé. Ça signifie qu'elle a un plus long chemin émotionnel à parcourir. Ça s'appelle le *développement du personnage*. Tu devrais peut-être essayer un de ces jours.

— J'essaierai. Promis.

— Bien. Bon. J'ai d'autres notes sur le conflit du milieu de l'histoire. En l'état, il n'y a pas assez de tension pour motiver les décisions des personnages. Il nous faut un catalyseur émotionnel plus fort – quelque chose qui semble inévitable mais quand même surprenant.

— Tu sais vraiment comment casser l'ambiance, toi, n'est-ce pas ?

— Il faut bien que quelqu'un le fasse, répliqué-je en gribouillant une note rapide avant de relever les yeux vers lui. Et puisque tu sembles déterminé à éviter de vraiment travailler aujourd'hui, cette personne, c'est moi.

— Dur, dit-il, mais juste.

— Ravie qu'on soit sur la même longueur d'onde... enfin, rétorqué-je en tournant une autre page du manuscrit avec un geste théâtral et délibéré. Je garde mon attention fixée sur les mots devant moi, même si je sens son regard s'attarder sur moi, m'étudier. Qu'il regarde. Qu'il pense ce qu'il veut. J'ai un travail à faire, et je refuse de le laisser – ou son sourire exaspérant – me distraire.

— Si tu n'es pas prêt pour le milieu de l'histoire, attaquons-nous au moins à la scène d'ouverture.

— Tu adores ça, n'est-ce pas ?

— Je déteste.

— Oh.

— Après trois paragraphes descriptifs exquis, Sophie commence littéralement sa journée en se disputant avec son chat à propos d'une tartine brûlée. Ce n'est pas vraiment ce qui fait une romance à succès.

— Hé, mes lectrices adorent les chats, rétorque-t-il, et les tartines brûlées, tout le monde peut s'y reconnaître. Je vise l'authenticité, ici.

— L'authenticité, c'est super, je réponds en griffonnant une note rapide dans la marge de son manuscrit. Mais tes lectrices n'achètent pas ce livre pour de la prose descriptive fleurie. Elles veulent du conflit, des enjeux, quelque chose qui les prenne à la gorge et ne les lâche plus. Pour l'instant, ça ressemble plus à une poignée de main polie.

— Attends, m'interrompt-il en levant une main. Et si, écoute-moi bien, le chat n'était pas seulement là pour servir de ressort comique ? Peut-être que je l'ai mis là parce que c'est... une métaphore ?

Je cille. — Une métaphore de quoi ?

— La solitude, dit-il sérieusement. Réfléchis. Le chat représente sa peur de créer des liens. C'est son compagnon sûr et prévisible parce qu'elle a trop peur de laisser quiconque entrer dans sa vie.

— Ou alors, c'est juste un chat. Et au lieu de caser au chausse-pied une métaphore inutile, on pourrait utiliser cet espace pour vraiment poser sa blessure émotionnelle. Tu sais, la chose qui motive son évolution ?

— Dis-moi un truc, Yates, dit-il, la voix basse et conspiratrice, comme si nous partagions un grand secret au lieu d'être assis sous les néons d'une salle de conférence sans âme. Tu y crois seulement, à l'amour ?

Je cille une fois, deux fois, laissant la question flotter dans l'air comme une odeur particulièrement nauséabonde.

— Quoi ?

— Simple curiosité, dit-il d'un ton suave en se penchant vers moi, son regard fixé au mien avec une intensité déconcertante. Ses stupides yeux sombres pétillent, et je déteste le remarquer. Tu passes tellement de temps à décortiquer les histoires d'amour en étapes narratives qui doivent arriver à un certain moment que je commence à me demander si tu penses que c'est réel, ou juste une fabrication.

— Ne commence pas, je l'avertis en levant une main comme pour repousser une mauvaise idée.

Mais il est trop tard. Rory Keane pense qu'il a déterré un os à ronger, et il n'est pas près de le lâcher.

— Je pense que c'est toi qui ne crois plus à l'amour, et que, consciemment ou non, ça influence la façon dont tu imagines le personnage de Sophie. Chaque note que tu fais prône la prudence, la méfiance, la défiance... et la peur. Je pense que tu te vois en elle... et elle en toi. Le sourire qui étire ses lèvres est du genre à me donner envie de lui jeter quelque chose de petit, de dur et d'incassable. De préférence à la tête.

— L'amour est très réel, je réplique sèchement. C'est aussi subjectif, hautement commercialisable et sujet aux clichés. C'est pourquoi mon travail est de m'assurer que *ta* version de la chose n'envoie pas les lectrices en choc diabétique. De rien, au fait.

— Ah, et voilà. Il pointe son stylo vers moi comme s'il venait de déchiffrer un code ancien. Le détachement clinique. « L'amour est subjectif. » « L'amour est commercialisable. » « L'amour est un trope. » Tu pourrais mettre ça sur une tasse. Est-ce que tu t'entends ? Pas étonnant que tu penses que Sophie est allergique à la vulnérabilité émotionnelle.

— Je n'ai pas dit qu'elle est *allergique*, je rétorque en griffonnant quelque chose d'absurde dans mes notes juste pour éviter de le regarder. J'ai dit qu'elle devait être plus prudente. Réaliste. Et franchement, c'est ce qui manque à tout ton manuscrit, le réalisme.

— Le réalisme, répète-t-il en faisant traîner le mot. Son expression change, moins taquine maintenant, plus pensive. D'accord, alors. Testons ton réalisme, tu veux bien ?

— Il vaudrait mieux pas, je dis vivement en le regardant par-dessus mes lunettes. Ça sent le piège, et je n'aime pas la direction que ça prend.

— Juste une hypothèse, insiste-t-il, imperturbable. Et si je pouvais te prouver que l'amour n'est pas juste un... concept ou un élément d'intrigue à analyser et à corriger jusqu'à soumission ? Et si je pouvais te montrer que c'est réel ? Tangible. Même pour quelqu'un d'aussi... « prudent » que toi.

— Me le prouver ? je répète, incrédule. Un rire m'échappe avant que je puisse le retenir, bref et totalement dédaigneux. Qu'est-ce que tu suggères, au juste ? Une étude de terrain ? Je dois m'attendre à une présentation avec des statistiques et des graphiques d'ici la fin de la semaine ?

— Peut-être, réplique-t-il au quart de tour, son grand sourire de retour. Ou peut-être quelque chose d'un peu plus... expérientiel.

— Expérientiel, je fais écho d'un ton neutre, parce qu'apparemment, j'en suis réduite à répéter ses bêtises comme un perroquet. Et ça implique quoi, exactement ? Des chasses au trésor romantiques ? Des dîners aux chandelles ? De longues promenades sur la plage où tu me récites des poèmes sur le clair de lune et le destin ?

— Ça pourrait être amusant, dit-il. Mais non. Je pensais à quelque chose de plus simple. Une sorte de pacte.

— Absolument pas, je dis instantanément, refermant mon stylo avec un claquement sec et définitif. Quoi que ce soit, ça doit cesser avant de devenir encore plus ridicule.

— Allez, Yates. Son ton est léger, presque enjoué, mais quelque chose se cache en dessous, un défi, à peine voilé. Laisse-toi faire. Si je gagne, tu dois admettre que tu as tort sur l'amour. Juste une fois. À voix haute. Devant moi.

— Et si je gagne ? je demande, surtout histoire de le laisser faire.

— Alors, je réécrirai toute l'évolution du personnage de Sophie comme tu le voudras. Sans discuter.

Je plisse les yeux, cherchant une faille dans son armure, mais tout ce que je trouve, c'est de l'assurance. Trop d'assurance. C'est exaspérant.

— Ce pacte hypothétique que tu proposes n'a aucune base logique ou professionnelle, je souligne, en attrapant déjà mes notes. Donc, naturellement, je le rejette.

— Naturellement, répète-t-il, comme s'il avait déjà gagné quelque chose. Et, d'une manière ou d'une autre, c'est plus agaçant que tout ce qu'il a dit jusqu'à présent.

— Tu es ridicule, je dis sans détour.

Un pacte. Il veut que je fasse un *pacte*. Comme si ce manuscrit, ce projet qui oscille dangereusement entre le désastre et la rédemption, n'était pas déjà une pression suffisante sans y ajouter des enjeux personnels.

Mon esprit s'emballe, déroulant toutes les conséquences

possibles. Si je dis oui, j'entre dans son jeu, je lui donne la permission de nous faire dérailler encore plus, et pour quoi ? Pour prouver une idée abstraite sur l'amour ? Et pourtant… si je dis non, est-ce qu'il va camper sur ses positions encore plus fermement ? Est-ce que l'évolution du personnage de Sophie restera ce gâchis fragile parce que j'ai refusé de jouer le jeu ?

— Tu y réfléchis, dit-il.

— Absolument pas. Les mots me sortent instinctivement, mais ils sonnent faux, même à mes propres oreilles.

— Bien sûr que non, dit-il, la voix douce comme de la soie. Ce petit pli entre tes sourcils ? Rien à voir. Tu penses probablement… à la ponctuation.

— La ponctuation *est* importante, je rétorque, parce que c'est plus facile que d'admettre la vérité qui flotte entre nous. J'hésite. Bonté divine, je suis vraiment en train d'hésiter.

Je me dis que c'est à cause de la date butoir. C'est tout ce que c'est : l'histoire a besoin d'être corrigée, et si jouer le jeu de Rory le rend plus coopératif, peut-être que ça vaut la peine d'y réfléchir. Mais quelque part, dans le coin tranquille de mon cerveau que j'essaie de ne pas trop fréquenter, une autre pensée vacille : *Et s'il avait raison ? Sur moi. Sur l'amour. Sur tout ce que j'ai passé des années à disséquer et à rejeter avec cynisme.*

— D'accord, dis-je finalement, en faisant traîner le mot alors que je me force à croiser son regard. — Écoute, *Keane*, je n'ai pas de temps à perdre avec l'intrigue secondaire de comédie romantique dans laquelle tu t'imagines qu'on est. Je suis là pour sauver ton livre, pas pour satisfaire tes caprices.

— C'est noté, dit-il, mais son sourire narquois ne faiblit pas. Au contraire, il s'élargit, devient plus insupportable. — Mais tu n'as pas dit non.

— Parce que ce serait indigne de moi de daigner répondre à ces absurdités, je rétorque. — Maintenant, si on revenait à la partie où je sauve ta carrière de sa chute libre inévitable, si tu veux bien ?

— La diversion, songe-t-il en tapotant son menton du doigt, comme s'il résolvait une énigme. — Stratégie intéressante, Yates.

— Observation, je contre-attaque. — Apparemment, ce n'est pas ton point fort.

Il rit, un rire grave et sincère qui détend immédiatement l'atmosphère. — Tu es douée pour ça, tu sais. Le coup de l'éditrice glaciale. Très convaincante. J'ai failli y croire une seconde.

— Contente de voir que tu commences enfin à piger.

— Bon, tu as gagné, dit-il enfin. — Parlons du manuscrit. Pour l'instant.

— Merci, je réponds, tout en griffonnant déjà des notes dans les marges de la page devant moi. Ma voix est assurée, professionnelle, exactement comme elle se doit de l'être. Mais dans un coin de ma tête, ses mots résonnent, aussi troublants qu'indéniables : *Tu n'as pas dit non.* Il le sait. D'une manière ou d'une autre, il sait qu'il a réussi à m'atteindre et, pire encore, ça lui plaît. Connard arrogant.

CINQ

Le café sent les grains de café torréfiés et les croissants tout juste sortis du four, mais le niveau sonore est à la limite du vacarme assourdissant : le sifflement des buses à vapeur pour le lait, le cliquetis des tasses, quelqu'un qui ponctue sa conversation de coups de cuillère agressifs sur une soucoupe, et le brouhaha de trop de conversations qui se superposent. Je me fraie un chemin dans la foule, en esquivant un type avec un écran d'ordinateur portable si grand qu'il pourrait servir de home cinéma. Mes yeux parcourent la salle jusqu'à ce qu'ils se posent sur Danny, à notre table habituelle dans le coin, qui arbore déjà un sourire en coin, comme s'il savait quelque chose que j'ignore.

Et, bien sûr, c'est le cas.

— Lara, lance-t-il en levant sa tasse comme s'il était à l'Oktoberfest. Tu as l'air délicieusement... déphasée ce matin.

— Charmant, dis-je en me faufilant à travers un labyrinthe de chaises et de coudes pour le rejoindre.

— Ne le prends pas mal, dit-il en se penchant en avant alors que je me laisse tomber sur la chaise en face de lui, mais on dirait que tu sors d'un combat de douze rounds contre une imprimante capricieuse et que tu as perdu. Sévèrement.

— Waouh. C'est... inspirant. J'enlève ma veste et la jette sur le dossier de ma chaise. C'est si bon de savoir que mon meilleur ami est aussi un générateur d'insultes ambulant à ses heures perdues.

— Je ne fais que mon devoir de citoyen, lance-t-il, en faisant un geste théâtral avec sa tasse de café. Mais sérieusement... Son regard glisse sur mes lunettes légèrement de travers et sur le chignon échevelé perché précairement au sommet de ma tête. Rory Keane, hein ? L'homme, le mythe, la... migraine ?

— Ne commence pas. Je lève une main, mais le sourire de Danny ne fait que s'élargir.

— Ça fait quoi de travailler avec l'équivalent littéraire d'un golden retriever humain ? Sa voix est taquine, mais il y a cette étincelle typique dans ses yeux, celle qui annonce qu'il est sur le point d'y aller à fond.

— Épuisant, je réponds sèchement, bien que je ne puisse retenir un sourire. Et pour ton information, Rory Keane est plus un... border collie hyperactif qu'un golden retriever. Mais merci pour l'analyse.

— À ton service, rétorque Danny, joignant les mains sous son menton comme s'il s'apprêtait à dispenser une sagesse ancestrale. Je veux dire, soyons honnêtes, Lara. Tu as tout ce... Il fait un vague geste vers moi, englobant tout, de mon chemisier froissé à la légère tache d'encre sur mon poignet gauche. *look d'éditrice surmenée chic.* C'est honnêtement impressionnant. Un peu tragique, mais impressionnant.

— Rappelle-moi pourquoi je te supporte ? je demande, en attrapant le menu même si je sais déjà que je vais commander le même café noir que d'habitude.

— Parce que je suis ton meilleur ami hétéro, dit-il sans la moindre hésitation. Et j'espère qu'un jour, quand tu décideras de te caser, tu me choisiras.

— Beurk. Non.

— Je me contenterais d'une aventure sans lendemain.

— Double beurk.

— D'accord, d'accord, parce qu'au fond de toi, tu adores que quelqu'un te dise la vérité au lieu de te servir des mensonges polis. Admets-le, je suis ton cynique de soutien émotionnel.

— Plutôt mon mal de tête de soutien émotionnel, je rétorque, mais mon sourire me trahit. Danny sait exactement jusqu'où pousser, flirtant avec la limite entre l'exaspérant et l'étrangement réconfortant avec la précision de quelqu'un qui fait ça depuis des années.

— Alors ? Accouche. Il est si terrible que ça, M. Border Collie ?

Je soupire comme si j'expulsais une décennie de frustration en une seule expiration, m'affalant contre le dossier de ma chaise.

— Catastrophique est un faible mot. Il est loin d'avoir fini. À part quelques chapitres de génie, ce qu'il a écrit n'est même pas assez bon pour être qualifié de daube sans originalité, et je pense qu'il n'y a pas le moindre espoir qu'on respecte la date limite. Aucune pression, n'est-ce pas ?

— Aucune, dit-il d'un ton enjoué, en prenant sa tasse pour boire une gorgée. Ça ressemble à un mardi comme les autres pour toi.

— Sauf que ce n'est pas un mardi comme les autres, je réplique en me penchant en avant, comme si la proximité pouvait d'une manière ou d'une autre lui faire comprendre l'absurdité de ma situation. C'est... le mardi Rory Keane, qui, soit dit en passant, est maintenant officiellement une catégorie de stress dans ma vie. Il débarque avec son stupide sourire...

— Un sourire charmant, m'interrompt Danny.

— Stupide, j'insiste, en le fusillant du regard alors qu'il sourit dans son café. Et il n'est que répliques bien senties et confiance sans effort. Pendant ce temps, tout le monde à l'étage le traite comme s'il avait personnellement inventé les émotions humaines. Et moi, je suis là, censée, quoi ? Réparer comme par magie la crise créative qu'il traverse, sans imploser sous le poids des attentes qu'ils ont placées sur moi ? Bien sûr. Pas de problème. Je vais juste nonchalamment sauver la situation comme une sorte de super-héroïne de l'édition.

— Tu t'en sortiras, tu t'en sors toujours.

— Danny, je suis sérieuse. Ce type est un auteur de best-sellers. Ses livres sont adaptés au cinéma. Il y a des comptes de fans dédiés à ses personnages. Ce soir, il est nominé pour un Rose Award. Et son dernier manuscrit est... affreux.

— Allons-nous vraiment faire semblant que tu n'adores pas secrètement le chaos qu'implique la réparation des erreurs des autres ? Parce qu'il me semble que tu étais carrément surexcitée à l'idée de démolir ce dernier thriller.

— C'était différent. Je secoue la tête. C'était pour un auteur de second plan qui, pour sa défense, avait posé de bonnes bases. Là, c'est Rory putain de Keane. Il fait quasiment partie de la royauté de l'édition. Et apparemment, je suis la paysanne chanceuse qui doit polir l'étron qu'il a soumis pour qu'il puisse continuer à porter sa couronne.

— Lara, ma chérie, dit Danny, en posant sa tasse avec un geste théâtral, tu vois les choses sous le mauvais angle.

— Vraiment ? je demande en haussant un sourcil.

— Oui, dit-il fermement. Écoute, je comprends. Grand nom, gros enjeux, bla bla bla. Mais ça ? C'est ton moment. Ton *heure de gloire*. Tu vas prendre *Rory Keane*, M. le Roi International de la Romance, et rappeler au monde pourquoi Lara Yates est l'éditrice que tout le monde veut avoir dans son camp. Il tapote la table pour appuyer ses dires. Tu ne te contentes pas de polir des étrons, tu construis des trônes. C'est le projet qui va propulser ta carrière dans la stratosphère.

— Waouh. Je cligne des yeux, partagée entre l'amusement et l'incrédulité. C'est peut-être le discours de motivation le plus théâtral que tu m'aies jamais fait.

— Merci, dit-il avec un grand sourire. Mais sérieusement, arrête de te dévaloriser. Si quelqu'un peut gérer Rory Keane et ses conneries, c'est bien toi. Sers-t'en. Montre-leur de quel bois tu te chauffes. Et puis merde, montre-*lui* de quel bois tu te chauffes.

— Ça, dis-je en le congédiant d'un geste de la main, c'était presque inspirant.

— Presque ? Ses sourcils se lèvent de manière théâtrale. Ma chérie, je ne fais pas dans le *presque*. Mes discours de motivation sont dignes d'une conférence TED. Admets-le, tu te sens déjà boostée.

— Boostée au point de vouloir prendre mes jambes à mon cou ? Bien sûr. Je me réfugie derrière une gorgée de café, laissant sa chaleur amère me distraire. Écoute, j'apprécie ton numéro de « allez, Lara », mais soyons réalistes. Je ne suis pas un génie de la création. Je n'ai ni vision ni voix. Je suis juste une éditrice, une correctrice glorifiée qui dit de temps en temps aux gens que leurs rebondissements sont nuls.

— Ah, oui, le numéro de la fausse modeste. Danny lève les yeux au ciel. Premièrement, tu n'es « juste » rien du tout. Et deuxièmement, il se penche, baissant la voix comme si nous complotions quelque chose d'illégal, tu as plus de vision que la moitié des auteurs que tu maternes. Ne crois pas que j'ai oublié ces idées d'histoires que tu débites après un ou deux verres de prosecco de trop.

— Ce ne sont pas... Ce n'est rien. Juste... des idées. Des gribouillis de mots, en fait. Pas assez pour tenir sur tout un roman.

— Biiien sûr, dit-il en faisant traîner le mot comme s'il ne croyait pas une seule syllabe de ce qui sortait de ma bouche.

— Arrête, je lance, sans aucune méchanceté. Surtout parce qu'il a visé trop juste.

— C'est bon, c'est bon, dit-il, en tenant le menu comme un bouclier. Mais un jour, retiens bien ce que je te dis, tu vas arrêter de corriger les fins heureuses des autres et commencer à écrire la tienne.

— Ça m'étonnerait, dis-je, bien que ma voix flanche juste assez pour me faire grincer des dents.

Je jette un œil à mon téléphone et soupire. — Je devrais retourner au bureau. J'ai quelques trucs à finir avant les RNA Awards ce soir. Non pas que j'aie envie d'y aller.

Danny se redresse, soudain intéressé. — Non ? Du vin gratuit et des auteurs de romance survoltés, ça ne suffit pas à t'attirer ?

Je secoue la tête. — Je préférerais travailler. On manque de temps. Et Rory devrait être plongé dans son manuscrit, pas à parader devant les Bookstagrammeurs.

Danny fredonne d'un air songeur, puis sourit. — C'est drôle. Tu n'arrêtes pas de parler de concentration, et pourtant, d'une manière ou d'une autre, tu ne penses qu'à lui.

Je souffle, me levant et attrapant mon manteau. — Au revoir, Danny.

Il lève les mains en signe de reddition, en riant. — Passe une bonne soirée ! Ou au moins, fais semblant.

SIX

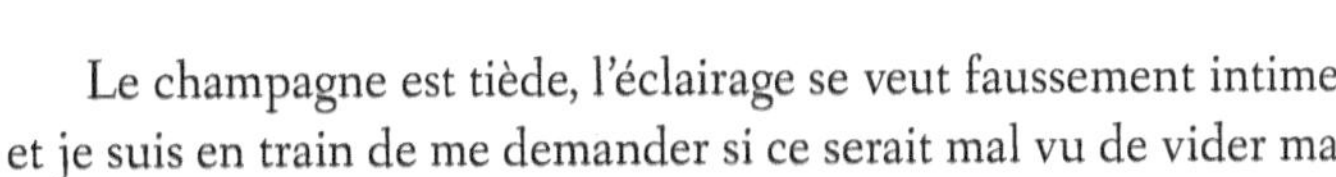

Le champagne est tiède, l'éclairage se veut faussement intime et je suis en train de me demander si ce serait mal vu de vider ma flûte d'un seul trait.

Parce que je suis à la cérémonie des RNA Awards, l'exercice d'autocongratulation le plus pailleté du secteur, où les auteurs de romance, les éditeurs et les équipes de communication se réunissent pour célébrer le meilleur du meilleur au Grosvenor House Hotel. Et par « célébrer », j'entends boire plus que de raison tout en feignant de se ficher de savoir qui va gagner.

Scott & Drake a une table de choix près de la scène, ce qui signifie que nous sommes *techniquement* importants. L'équipe marketing est en pleine effervescence, surveillant d'un œil les autres tables pour voir qui est là, et de l'autre, rédigeant mentalement les publications de demain sur les réseaux sociaux : « Félicitations à notre cher Rory Keane ! ». Parce que, soyons honnêtes, il va gagner.

Et en parlant du loup...

— Oh, regarde-toi un peu. Rory se glisse sur le siège à côté du mien, le visage illuminé d'amusement. Mademoiselle Yates, vous êtes absolument radieuse ce soir.

Je lève les yeux de mon menu – un document totalement inutile, car nous savons tous que ces événements sont composés à quatre-vingt-dix pour cent de canapés et à dix pour cent de rêves brisés.

— Tu te défends pas mal non plus, je réponds. Un vrai smoking. Je suis impressionnée. Quelqu'un a dû se battre pour te le faire enfiler, ou tu as simplement perdu un pari ?

Il a un sourire en coin, passant une main dans sa tignasse indisciplinée. La lumière tamisée accroche les angles vifs de sa mâchoire, et pendant une brève et horrible seconde, je réalise que si je ne connaissais pas aussi bien sa personnalité exaspérante, je pourrais – objectivement parlant – le trouver séduisant. Très séduisant.

Heureusement, je la *connais*.

— J'ai réussi à m'habiller tout seul, même le nœud papillon. Un vrai, je te signale. Il affiche un large sourire.

Je croise les bras, l'inspectant avec une admiration feinte. — Incroyable. Vraiment révolutionnaire. Ils ont déjà appelé pour te retirer ton badge d'« écrivain désespérément débraillé », ou ils te le laissent pour des raisons sentimentales ?

— Membre à vie, et ils donnent bien un badge. Je l'ai quelque part par ici. Rory se tapote les poches, essayant de le trouver…

— Très bien. Je pose mon verre et jette un coup d'œil à la salle de bal. Tu aimes ce genre de soirées ?

— Uniquement quand je gagne, dit-il avec aisance. Rien ne crie plus *mérite artistique objectif* qu'un millier de personnes en smoking applaudissant le livre qui a rapporté le plus d'argent cette année.

Je laisse échapper un petit rire. — Je parie que tu as préparé un discours et tout le tralala.

— Eh bien, il se penche vers moi, la voix chargée de malice, on ne veut pas décevoir les fans, n'est-ce pas ?

Je lève les yeux au ciel, mais il y a quelque chose dans la façon dont il me regarde – un amusement léger mêlé à autre chose que je n'arrive pas à identifier.

Avant que je puisse comprendre, Rory se redresse et jette un coup d'œil vers l'entrée. — Je vais faire un tour avant que ça ne commence, annonce-t-il en repoussant sa chaise. Essaie de ne pas trop te languir de moi.

J'incline la tête. — Je ferai de mon mieux.

Et sur ce, il disparaît dans la foule.

À la seconde où il est parti, je reporte mon attention sur mon champagne et j'essaie d'être une adulte normale et fonctionnelle, échangeant des banalités avec l'équipe de com – tous nouveaux dans l'entreprise et, à première vue, âgés d'environ quatorze ans.

Jusqu'à ce que mon regard s'accroche à lui de l'autre côté de la salle.

Plus précisément, à la personne à qui il parle.

Au premier abord, rien d'inhabituel – juste Rory, tout en charme et en aisance, engageant la conversation avec une jeune femme à l'une des tables d'éditeurs concurrents.

Mais ensuite...

Ensuite je la vois rire, avec sa main posée sur son bras et ses yeux écarquillés d'admiration.

Ah.

Je sais exactement qui elle est.

Alice Morgan. L'autrice débutante de dark romance. Une sensation virale. Son livre – une histoire sulfureuse, angoissante, la coqueluche de TikTok – est nominé pour le Prix du premier roman de l'année. Tous les grands pontes du milieu se l'arrachent. Y compris, semble-t-il, Rory Keane.

Je détourne le regard. Parce que ça ? Ça ne me regarde absolument pas.

C'est un auteur à succès. Il peut flirter avec qui il veut.

Et pourtant...

Il y a un petit pincement agaçant dans mon ventre.

Ce n'est pas de la jalousie. Évidemment. C'est juste... ce n'est pas professionnel. C'est tout.

Il devrait être ici, à la table de sa propre maison d'édition. Pas là-bas, à exhiber ses fossettes à la concurrence.

Je reporte délibérément mon attention sur ma table. L'équipe de com de Scott & Drake discute des chiffres de vente, complètement inconsciente de mon agacement soudain et *totalement injustifié*.

Les lumières baissent, signalant le début de la cérémonie. Je jette un dernier regard dans sa direction.

Rory est toujours là-bas.

Et lorsque le présentateur nous souhaite la bienvenue aux Romantic Novelists' Association Awards, quand tout le monde s'installe pour regarder, quand il aurait pu revenir s'asseoir à côté de moi...

Il ne le fait pas.

Il reste.

Assis juste à côté d'elle.

Je sirote mon champagne et je fais semblant de m'en ficher.

Au moment où le nom de Rory est annoncé comme le lauréat du prix de la Romance de l'année, la salle éclate en applaudissements.

J'applaudis, bien sûr – parce que, eh bien, c'est ce qu'on fait, et c'est bon pour Scott & Drake – mais mon expression est parfaitement neutre.

Rory, pendant ce temps, arbore son sourire signature en se levant de sa chaise. Et qui l'eût cru ? L'autrice débutante à ses côtés pétille pratiquement d'admiration, lui faisant un câlin enthousiaste et appuyé avant qu'il ne se dirige vers la scène.

Évidemment.

Je sirote mon champagne. Pas du tout irritée.

Le discours est du pur Rory – charmant, modeste, et juste ce qu'il faut de sincère. Il remercie ses lecteurs, son agent, ses éditrices (au pluriel, bien sûr, ce sur quoi je m'abstiens ostensiblement de trop réfléchir), puis termine par une grande remarque sur la façon dont les histoires d'amour nous rassemblent.

Le public est conquis.

Puis, son prix à la main, il revient enfin vers notre table.

Vers moi.

L'équipe le couvre de félicitations à son arrivée, chacun désireux de profiter de l'aura de la victoire. Je ne bouge pas de ma chaise, les bras nonchalamment croisés, ma flûte de champagne encore à moitié pleine.

— Rory Keane, l'auteur maintes fois primé, dit-il en inclinant légèrement son trophée vers moi, la voix chargée de taquinerie. On peut dire que je suis un grand fan de ce genre d'événements.

— Bien sûr que tu l'es, je réponds d'un ton neutre.

Il sourit d'un air entendu, comme s'il s'attendait à ce que je m'extasie, que je m'agite ou, Dieu m'en garde, que j'aie l'air impressionnée.

Au lieu de ça, je hausse un sourcil.

— C'est gentil de te joindre à nous, dis-je d'une voix suave, en faisant un vague geste vers la table qu'il a occupée pendant la majeure partie de la cérémonie. Je ne savais pas que Scott & Drake n'était qu'une simple étape dans ton marathon mondain.

La chaleur dans son regard vacille.

Ah. Il a accusé le coup. Bien.

Il se reprend vite, bien sûr — c'est Rory Keane, charmeur professionnel, après tout — mais je sais faire la différence entre ses sourires sincères et ses sourires de façade.

Celui-ci ? Un peu forcé.

— Allons, Yates, dit-il d'un ton léger, en ajustant le trophée dans sa main. Je ne te savais pas du genre jalouse.

Je cligne des yeux. — Jalouse ?

Il se penche légèrement, sa voix baisse juste assez pour que je sois la seule à l'entendre. — Parce que si tu l'es, c'est très inté-ressant.

Je ricane. Parce que ricaner, c'est digne.

— Rory, dis-je d'un ton sec. Je me fiche de savoir où tu es assis.

— C'est ça, approuve-t-il lentement de la tête. C'est pour ça que tu en parles.

— J'en parle, dis-je, parce que ça fait mauvais genre pour un auteur d'ignorer sa propre maison d'édition lors de la plus grande soirée de l'année pour le secteur. Pas terrible pour ton image.

Il m'observe, ses yeux verts indéchiffrables.

Puis, juste au moment où je crois avoir remporté cette bataille, quelle qu'elle soit, ses lèvres s'étirent en un sourire en coin entendu.

— Tu penses qu'elle me draguait, dit-il.

Je me raidis. Le salaud s'amuse.

— Elle *te* draguait, je réplique sèchement.

Il incline la tête. — Vraiment ?

Je lui lance un regard noir. — Oh, ne joue pas les innocents,

Rory. La main sur le bras, les rires haletants, les regards langoureux de biche... un classique.

Son sourire en coin s'élargit. — Et tu as remarqué tout ça ?

Ma mâchoire se crispe. Il est insupportable.

— Détends-toi, dit-il enfin, l'amusement toujours aussi présent dans sa voix. Je ne lui plais pas.

— Oh, je t'en prie.

— Elle est mariée.

Ça me coupe le sifflet.

— À une femme adorable nommée Jessica, qui est, par coïncidence, métreuse-vérificatrice.

Je cligne des yeux.

Il se penche de nouveau, la voix plus douce maintenant, sans cette pointe de taquinerie. — C'est l'une des auteures que je suis. J'ai lancé un groupe d'écriture de romance en ligne il y a quatre ans, et elle a été l'une de mes premières élèves. Je voulais juste la soutenir ce soir.

Quelque chose se serre dans ma poitrine.

Pendant une seconde brève et fugace, je me sens...

Oh, non. Sûrement pas.

Je refuse de reconnaître ce sentiment importun qui s'insinue en moi.

À la place, je me force à hausser les épaules d'un air désinvolte. — Eh bien. Tant mieux pour elle.

Il m'observe une seconde de plus — comme s'il se demandait s'il devait insister ou non — mais il laisse tomber, changeant brusquement de sujet.

— Tu sais ce qu'il n'y a pas à cet événement ? dit-il en soulevant légèrement son prix. De la nourriture décente.

Je souffle. — D'accord. C'est une cérémonie de trois heures et tout ce qu'ils nous ont servi, c'est une triste tranche de bœuf fine comme du papier à cigarette, deux pommes de terre rôties de la taille d'un radis et une cuillerée de sauce.

Son sourire en coin revient, mais cette fois, il est plus doux. — Allons manger quelque chose.

Je lève un sourcil. — Tu m'invites encore à sortir, Keane ?

— Non, il sourit. Pas un rendez-vous. Juste deux collègues,

souffrant mutuellement d'inanition due aux canapés, qui vont manger un morceau.

J'hésite.

Puis, avant de pouvoir trop y réfléchir, j'acquiesce. — D'accord.

Parce que ce n'est pas un rendez-vous.

C'est juste de la nourriture.

Et je suis affamée.

Rory choisit un café ouvert tard le soir à deux rues de là, le genre d'endroit qui reste ouvert après minuit pour les chauffeurs de taxi et les touristes déphasés. Tout n'est que néons, comptoirs en Formica et le faible vacarme de la musique house qui joue quelque part en arrière-plan.

Je me dis que l'endroit n'a pas d'importance.

Parce que ce n'est *pas* un rendez-vous.

La serveuse nous conduit à une banquette tranquille dans un coin, et au moment où je m'assois, je le sens : le plus *infime* changement dans l'atmosphère entre nous. C'est peut-être juste le contraste entre le chaos bruyant et arrosé de champagne des RNA Awards et le calme relatif du restaurant. C'est peut-être parce que je m'assois enfin après des heures passées sur des talons trop hauts. Ce n'est peut-être rien.

Mais Rory m'observe tandis que je prends mon menu, son regard s'attardant d'une manière que je ne peux ignorer.

Je m'éclaircis la gorge, ayant besoin de quelque chose — *n'importe quoi* — pour dissiper l'étrange tension qui s'installe. — Si tu ne serait-ce que *suggères* de commander quelque chose qui contient moins de mille calories, je m'en vais.

Il étouffe un petit rire en parcourant le menu. — Je n'y penserais même pas. Je pense prendre un steak. Des frites. Peut-être des rondelles d'oignon en accompagnement. Quelque chose qui *peut être qualifié* de repas.

J'acquiesce, approbatrice. — Bon choix.

La serveuse revient, prend notre commande et laisse une carafe d'eau et deux verres sur la table. Je nous sers tous les deux, juste pour me donner une contenance.

— Alors, dit Rory en s'adossant à la banquette en cuir. Tu ne vas vraiment pas l'admettre ?

Je lève les yeux. — Admettre *quoi* ?

— Que tu étais un tout petit peu jalouse.

Je produis un son au fond de ma gorge, à mi-chemin entre un ricanement et un grognement. — Rory.

— Quoi ? C'est une question simple.

— Et absolument *ridicule*.

Il sourit. — Tu étais agacée.

Je sirote mon eau lentement. — Je m'*ennuyais*.

— Tu me *fusillais* du regard.

— J'*attendais* que la cérémonie commence.

Il fredonne, clairement pas convaincu, mais laisse tomber.

La serveuse apporte nos plats — heureusement vite — et pendant un moment, nous mangeons dans un silence relatif. C'est... *agréable*, en fait. Je n'avais pas réalisé à quel point j'avais faim avant de prendre la première bouchée de mon steak, et je ne prends pas la peine de le cacher.

Rory le remarque.

— Tu as l'air *très* sérieuse avec ce repas, observe-t-il, amusé.

Je pointe mon couteau vers lui. — Je viens de supporter trois heures de conversations forcées avec des gens du métier, pendant que notre auteur vedette flirtait avec notre plus grand concurrent. Je *mérite* ce repas.

Il glousse en coupant dans son propre steak. — Je ne flirtais pas.

— C'est ce que tu *n'arrêtes pas* de dire.

Son regard croise à nouveau le mien, plus doux maintenant. — De toute façon, je préfère te parler à toi.

C'est une déclaration si simple. Presque *nonchalante*. Mais elle fait *mouche* là où elle ne devrait pas, envoyant une onde de chaleur à travers moi.

Je bouge légèrement sur mon siège, essayant de forcer mon pouls à ralentir. — Eh bien. Considère-toi comme privilégié, Rory Keane, auteur maintes fois primé.

— Oh, c'est le cas, dit-il avec aisance.

Et comme par magie, la conversation se met à couler de source.

Nous parlons de l'événement, du milieu, des derniers potins du monde de l'édition. Il me raconte la première fois qu'il a été invité, des années auparavant, et à quel point il était *terrifié* à l'idée d'entrer dans une pièce remplie d'auteurs qu'il admirait. Je lui raconte une anecdote particulièrement gênante sur la fois où j'ai accidentellement présenté un auteur *débutant* à quelqu'un comme étant un auteur *décédé*.

— Pour ma défense, dis-je, son nom *ressemblait* beaucoup à celui d'un poète du XIXe siècle.

Rory rit — il rit *vraiment* — si fort qu'il doit poser sa fourchette, et je me surprends à *sourire* avant même de m'en rendre compte.

C'est facile.

C'est *trop* facile.

C'est exactement la raison pour laquelle, lorsque les assiettes sont débarrassées et que l'addition arrive, je sens soudain quelque chose qui me *titille* l'esprit. Une *sonnette d'alarme*, faible mais insistante.

Rory se penche légèrement en avant, les coudes sur la table. — Alors ?

Je cligne des yeux. — Alors... quoi ?

— Tu vas le dire ?

Je fronce les sourcils. — Dire *quoi* ?

— Qu'on aurait dit un *rencard*.

Je lève un doigt réprobateur. — Ce *n'était pas* un rencard.

— Mais on *aurait dit*, insiste-t-il.

Je lève les yeux au ciel. — Tu es insupportable.

Il sourit. — Et pourtant, tu es toujours là.

Pas un rencard, me rappelle-je à moi-même. Juste un repas. Juste un repas entre collègues.

Et pourtant...

Je n'arrive pas à me défaire de l'impression que *quelque chose* a changé.

L'air de la nuit est vif lorsque nous sortons du restaurant, un soulagement bienvenu après la chaleur de la brasserie. Les rues sont plus calmes maintenant, à l'exception d'un taxi occasionnel qui file et du faible bourdonnement des conversations de fin de soirée provenant des bars voisins. Je resserre mon manteau autour de moi, espérant que l'air frais m'éclaircira les idées.

Rory enfonce les mains dans ses poches, marchant à côté de moi à un rythme détendu. Pour une fois, il ne remplit pas le silence de remarques taquines ou d'observations suffisantes, et je ne sais pas si cela rend ce moment meilleur ou pire.

Je lui jette un regard furtif. Il a encore ce regard, celui qui suggère qu'il *pense* à quelque chose. Rory Keane en pleine *réflexion*, c'est dangereux.

Je garde une voix neutre. — Tu es étrangement silencieux.

Il laisse échapper un léger rire. — Je profite juste du moment.

Je plisse les yeux. — Menteur.

— D'accord. Il penche la tête, songeur. — Je pensais à quelque chose que tu as dit tout à l'heure.

— Oh, mon Dieu, je gémis. — Quoi encore ?

Il s'arrête de marcher, se tournant légèrement pour me faire face. — À table, quand tu as dit que tu *méritais* ce repas.

Je fronce les sourcils, prise au dépourvu. — Et alors ?

— Tu as dit que tu avais passé la soirée à me regarder draguer à travers la salle. Il s'interrompt, ses yeux sondant les miens. — Est-ce que ça t'a vraiment *dérangée* ?

— Je t'ai dit que ça envoie le mauvais signal au milieu.

— Ce n'est pas de ça que je parle.

Je me dandine sur place, mon pouls soudain *trop* fort à mes oreilles. — Ça ne m'a pas *dérangée*, à proprement parler. C'était... je fais un geste vague de la main, pour gagner du temps. D'autres auraient pu y voir le signe que tu n'es pas satisfait de ton éditeur actuel. Ne sois pas surpris si tu reçois un appel de ton agent demain avec quelques offres de la part de parties intéressées.

Il émet un « hum » peu convaincu. — C'est ça. Les *parties intéressées*.

Je soupire, exaspérée. — Rory.

Ses lèvres s'étirent. — Tu *étais* agacée.

Je croise les bras. — Tu *as planté* ton équipe pour t'asseoir avec quelqu'un d'autre.

— Pendant cinq minutes, rétorque-t-il en se rapprochant. Et soyons honnêtes, il ne s'agit pas de Scott & Drake, n'est-ce pas ?

Je ne réponds pas.

Parce que je *ne peux pas*.

Parce que je *ne sais pas*.

Il m'observe, attendant.

Et soudain, je le *déteste* pour ça. Pour toujours lire entre les lignes. Pour toujours pousser, titiller, m'irriter jusqu'à ce que je ne sache plus où j'en suis.

Je détourne le regard, forçant ma voix à prendre un ton léger, détaché. — Ça n'a pas d'importance.

Mais au fond de moi, ça en a.

Ce ne sont pas *juste* des plaisanteries désinvoltes. Ce ne sont pas *juste* des taquineries amicales.

C'est une glissade lente et dangereuse vers quelque chose de tout à fait différent.

Et soudain, je suis inquiète. S'il m'invite à un vrai rencard... je ne suis pas sûre de ce que je répondrai.

SEPT

J'aimerais bien toucher deux mots au sadique qui a eu la bonne idée d'organiser une cérémonie de remise de prix un soir de semaine.

Quand j'arrive dans la salle de conférence, j'ai réussi à me convaincre que la soirée d'hier, c'était juste deux collègues qui passaient un bon moment ensemble. Ou, du moins, je suis tombée d'accord avec moi-même pour fourrer toute pensée contraire dans une petite boîte bien nette étiquetée *Ne pas ouvrir avant la publication.*

Cependant, ma migraine carabinée de gueule de bois se montre particulièrement récalcitrante à l'idée d'être mise en boîte. Au lieu de ça, elle s'installe confortablement dans le fauteuil douillet juste au-dessus de mon orbite gauche, signifiant clairement qu'elle est là pour durer et qu'il vaudrait mieux pour tout le monde que je me fasse à cette foutue idée.

J'ajuste mes lunettes, je lisse ma veste et je prends une profonde inspiration avant d'entrer.

Et il est là. Rory Keane. Lauréat du Prix de la Romance de l'Année. L'homme qui écrit des histoires d'amour qui font pleurer les femmes adultes. Si la confiance en soi était une monnaie, il serait milliardaire.

— Bonjour, dis-je, forçant ma voix à prendre un ton qui ressemble à une neutralité professionnelle.

— Bonjour, répond Rory, sa voix chaude et douce, comme s'il passait une audition pour une pub de café. Je n'étais pas tout à fait sûr que tu reviendrais.

— Eh bien, dis-je en posant mon ordinateur portable sur la table et en gardant mes gestes vifs, la vérité, c'est que je suis là uniquement parce que quelqu'un me paie pour ça.

Son sourire s'élargit, nullement dérangé par ma pique. Évidemment. Rory Keane n'a probablement jamais rencontré de situation dans sa vie où son charme n'a pas immédiatement neutralisé toute tension.

— Laisse-moi deviner, dit-il, tu as déjà condensé toutes les notes d'hier en une liste à puces de tout ce que je dois corriger, n'est-ce pas ?

Je hoche la tête.

— Et c'est là-dessus que tu veux qu'on se concentre aujourd'-hui, mais une petite partie de toi n'arrête pas de penser à notre marché.

— Tu te trompes complètement. Enfin, pas pour la liste à puces. J'en ai des tas, je réponds, soutenant son regard du mien. Alors, si on a fini de papoter, je propose qu'on s'y mette.

— J'ai hâte, dit-il, les yeux pétillants d'amusement.

Je m'assois, déterminée à m'accrocher au moindre brin d'auto-rité que je peux rassembler. Ce n'est qu'une autre réunion, me dis-je. Un autre projet. Un autre client. Peu importe qu'il dégou-line littéralement de charisme, ou qu'une bonne partie de moi ait pensé *et si...* Le fait que les mots de Danny sur les trônes et les rois, et pour être honnête, les étrons polis, résonnent encore dans ma tête n'aide vraiment pas. Ce qui compte, c'est de maintenir mon professionnalisme. Le contrôle. La distance.

— On commence ? je demande, en ouvrant mon ordinateur et en évitant délibérément de regarder son sourire agaçant de perfection.

— Absolument, dit Rory, le ton aussi irrévérencieux que jamais. Voilà le truc, Lara. J'ai une proposition à te faire.

Sa façon de dire « proposition » me donne envie de lever les yeux au ciel si fort que je pourrais voir mon propre cerveau. Au lieu de ça, j'ajuste mes lunettes et lui lance le genre de regard vide qui a poussé des auteurs moins chevronnés à réécrire des chapitres entiers.

— Une proposition, je répète d'un ton neutre. Quelle chose inquiétante.

— Pas inquiétante. Inspirée. Il se redresse, tapotant légèrement la table de ses doigts. J'ai besoin de ton aide pour des recherches.

— Pour quoi ? Un nouveau livre ? Ou est-ce que tu prévois de te reconvertir dans le journalisme d'investigation maintenant ?

— Très drôle, dit-il en m'adressant un autre sourire éclatant. Non, c'est pour *ce* livre. Celui que tu es en train de corriger avec l'enthousiasme de quelqu'un qu'on forcerait à monter un meuble IKEA sans notice.

— L'édition, c'est mon travail, je réponds froidement, ignorant sa pique. Et il se trouve que je suis très douée pour ça.

— Bien sûr que tu l'es, dit-il, mais il ne s'agit pas d'édition. Il s'agit d'authenticité. D'élever l'histoire. Les personnages. La romance.

— Évidemment, parce que Dieu sait que ce qui manque actuellement à ce livre, c'est l'authenticité.

— Exactement ! Il claque des doigts. C'est pourquoi j'ai besoin que tu ailles à un rendez-vous avec moi.

Je cligne des yeux. — Pardon ?

— Un rendez-vous, répète-t-il, comme si c'était la suggestion la plus raisonnable du monde. Tu sais... pour les recherches.

— Les recherches ?

— Oui. Les recherches. Il se penche à nouveau en avant, si près que je perçois la légère senteur de son eau de Cologne – quelque chose de chaud, de boisé et de terriblement distrayant. Si je dois écrire de manière convaincante sur le fait de tomber amoureux, je dois en faire l'expérience. Ou du moins... faire semblant. Et qui de mieux pour faire semblant que ma brillante et brutalement honnête éditrice ? Tu me garderas les pieds sur terre, tu me diras quand je suis ridicule, et – en prime – tu sais déjà comment décortiquer chacun de mes défauts. C'est parfait.

— Parfait, je répète, la voix chargée de scepticisme. Sauf pour la partie où ça n'arrivera pas.

— Pourquoi pas ? demande-t-il, absolument pas déconcerté par ma réponse. Tu n'es même pas obligée d'appeler ça un rendez-vous si ça peut te rassurer. On peut appeler ça... une sortie de terrain.

— Rory, dis-je en me pinçant l'arête du nez. C'est ridicule, même pour toi.

— Vraiment ? rétorque-t-il, son expression devenant soudainement sérieuse d'une manière qui me prend au dépourvu. Réfléchis-y, Lara. Comment puis-je écrire sur l'amour – l'amour véritable, désordonné, compliqué – si je ne m'y plonge pas ? Si je ne prends pas de risques ? N'est-ce pas ce qu'on dit toujours aux écrivains ? Écrivez sur ce que vous connaissez ?

— Si, mais en général, on ne veut pas dire : « Allez harceler votre éditrice pour jouer à un rendez-vous galant pour le plaisir et le profit ».

— Allez, insiste-t-il, son sourire revenant alors qu'il sent la plus infime fissure dans ma détermination. Ce sera une sortie professionnelle. Exactement comme hier soir. Rien de plus. Juste deux collègues qui dînent — ou qui prennent un café, ou ce que tu veux — et qui parlent d'amour. Uniquement à des fins de recherche.

— Tu t'entends, là ? Tu te rends compte à quel point ça a l'air absurde ?

— Peut-être. Mais l'amour aussi, tu ne trouves pas ? Et n'est-ce pas exactement ce que nous essayons de capturer ? L'absurdité. L'imprévisibilité. L'... alchimie.

— L'alchimie, je ricane, bien que le mot reste quelque part dans un coin de ma tête plus longtemps qu'il ne le devrait.

— Exactement, dit-il en baissant la voix juste assez pour que ça ressemble à un secret qui m'est réservé. Alors, qu'est-ce que tu en dis ?

— Je dis que tu dois revoir ton approche de l'inspiration créative, je réponds. Mes réponses semblent étrangement fragiles sous le poids de son regard, et je déteste ça. Je déteste la façon dont il arrive à rendre les idées les plus ridicules presque plausibles. Presque.

— Penses-y, c'est tout, dit-il. Sans pression. Sans attentes. Juste une expérience. Pour l'amour d'une bonne histoire.

— D'accord. Un verre, dis-je, les mots quittant ma bouche avant que j'aie pleinement réalisé la trahison de ma propre voix. Mais purement professionnel. Pour le bien du livre et c'est tout. Ce n'est très certainement pas un rendez-vous galant, alors pas de bêtises.

Le sourire de Rory s'élargit, lent et suffisant, comme s'il venait de gagner un pari dont personne d'autre n'était au courant. — Des bêtises ? Moi ?

— Je suis sérieuse, Rory, je lance sèchement, pointant un doigt dans sa direction pour appuyer mes dires. C'est pour la recherche. *Ta* recherche. Ne va pas croire une seule seconde que ça — quoi que ce soit — signifie quoi que ce soit de plus.

— Strictement professionnel. Comme deux collègues qui partagent... une expérience créative immersive.

— On dirait une brochure prétentieuse d'école d'art.

— Hé, ce n'est pas moi qui fais les règles, dit-il avec un hausse-ment d'épaules, en attrapant son manteau sur le dossier de la chaise. Je ne fais que suivre l'inspiration. Allez, c'est vendredi soir. On commence tout de suite.

Le bar qu'il choisit est exaspérément charmant, tout en éclairage chaleureux et en touches de bois vintage. C'est le genre d'endroit qui semble à la fois intime et décontracté, avec un air de jazz qui fredonne doucement en fond sonore et des bougies qui vacillent sur chaque table. Bien sûr, il fallait que Rory choisisse un décor tout droit sorti d'une adaptation de Nicholas Sparks.

— Laisse-moi deviner, dis-je alors que nous nous glissons dans une banquette d'angle, tu amènes tous tes « projets de recherche » ici ?

— Seulement les plus spéciaux, réplique-t-il avec aisance.

— Quelle chance j'ai, dis-je d'un ton plat en saisissant le menu. Je le parcours, me concentrant sur la police minuscule comme si elle détenait la clé pour survivre à cette soirée avec ma dignité intacte.

— Ne t'inquiète pas, dit-il. Je promets de ne pas mordre. Sauf, bien sûr, si c'est pour l'authenticité.

J'abaisse le menu juste assez pour le foudroyer du regard par-dessus. — Tu parles toujours comme ça, ou c'est juste quand tu essaies de m'énerver ?

— Loin de moi l'idée de t'énerver, dit-il, son ton dégoulinant d'une fausse sincérité. Tu es mon éditrice. Ma partenaire de création. Ma muse.

— Arrête, je grogne, posant complètement le menu car, de toute évidence, la lecture est impossible avec lui assis là, l'air si sacrément content de lui. Si tu m'appelles ta « muse » encore une fois, je sors d'ici, et tu écriras ton livre sans aucun soutien éditorial.

— D'accord, plus de « muse ». Que dirais-tu de collaboratrice ? Co-conspiratrice ? Partenaire de crime ?

— Que dirais-tu de « personne qui regrette déjà d'être ici » ? je rétorque, croisant les bras sur ma poitrine.

— Allons, allons, dit-il en levant son verre de whisky — celui qu'il a réussi à commander pendant que j'étais occupée à fulmi-ner. Trinquons aux nouvelles expériences. Aux grandes histoires. Et à toi, Lara Yates, pour avoir tenté ta chance avec une idée folle.

— Ne pousse pas le bouchon trop loin, je l'avertis, bien que je lève à contrecœur mon verre d'eau pour le rencontrer. Nos verres s'entrechoquent doucement, et pendant un instant, il y a quelque chose de presque... sincère dans la façon dont il me regarde. Presque.

— À nous, dit-il, sa voix plus basse maintenant, plus douce, comme s'il retirait une couche de ce charme juste assez pour révéler quelque chose de plus authentique en dessous.

— Au livre, je corrige rapidement, brisant l'étrange sortilège qui s'est installé entre nous. Je prends une autre gorgée d'eau, ignorant la chaleur qui me monte au cou tout en me rappelant — encore une fois — que c'est strictement professionnel.

— C'est vrai, le livre.

— Exactement, je réponds fermement, me forçant à me reconcentrer sur la tâche à accomplir. Et puisque c'est pour le livre, allons droit au but. Qu'espères-tu accomplir exactement avec cette petite expérience ?

— Je te l'ai dit. L'authenticité, répond-il immédiatement. Je veux écrire des personnages qui semblent réels. Qui parlent aux gens juste ici — il tapote sa poitrine — et pas seulement ici — il tapote sa tempe.

— C'est super, dis-je en hochant lentement la tête. Mais tu te rends compte que je suis une éditrice, pas une actrice de la Méthode, n'est-ce pas ? Tu n'as pas besoin de moi pour ça.

— Ah, mais c'est là que tu te trompes, dit-il. Parce que toi, Lara, tu es la personne la plus honnête que je connaisse. Brutalement, même. Si je peux te convaincre, toi, je peux convaincre n'importe qui.

— Me convaincre de quoi ? je demande en haussant un sourcil.

— Que l'amour, dans toute son absurdité, vaut la peine d'y croire.

Pendant un instant, je ne réponds pas. Car malgré toute sa bravade et ses jeux de mots astucieux, il y a quelque chose d'étonnamment sérieux dans son expression. Quelque chose qui rend difficile de le rejeter sans ménagement.

— Bonne chance avec ça, dis-je finalement, refusant de baisser davantage ma garde. Tu as beaucoup de travail pour me convaincre.

— Défi accepté, répond-il, son sourire revenant de plus belle. Maintenant, dis-moi, tu aimes la musique live ? Parce que j'ai entendu dire qu'un groupe assez fantastique commence bientôt...

Et juste comme ça, l'instant bascule à nouveau — retour aux plaisanteries, retour à la sécurité de notre dynamique habituelle.

Le groupe joue plus fort que ce à quoi je m'attendais. Pas au point d'en être assourdissant, mais juste assez pour qu'il soit plus difficile de se concentrer. Le bar cosy que Rory a choisi — *l'ambiance parfaite pour faire des recherches*, comme il l'a décrit — a toutes les caractéristiques d'un endroit qui se targue de son charme : des murs en briques apparentes, un éclairage tamisé, et le léger parfum de vanille émanant des bougies disséminées sur chaque table. C'est conçu pour désarmer, pour séduire, et je commence à croire que Rory savait exactement ce qu'il faisait en le choisissant.

— Bon, ça fait deux heures qu'on est là, et je ne comprends toujours pas en quoi ça peut être qualifié de « recherches ».

— Tu t'amuses. Avoue-le.

— M'amuser n'est pas exactement le mot que j'emploierais.

— Comment *appellerais*-tu ça ? Une agonie pure et simple ? Une légère irritation ? Ou... — son sourire s'élargit — un bon moment passé à contrecœur ?

— Quelque part entre la légère irritation et le bon moment passé à contrecœur, dis-je sèchement. En penchant fortement du côté de l'irritation.

Il lève son verre. — À ma capacité à être légèrement irritant, alors.

Je lève les yeux au ciel, mais je saisis mon verre — un gin tonic, maintenant, car j'ai besoin de quelque chose de vif et de distrayant — pour le cogner légèrement contre le sien. — À ta capacité inégalée à mettre ma patience à l'épreuve.

— *Sláinte*, dit-il en riant, son regard s'attardant un instant de trop avant qu'il ne prenne une nouvelle gorgée.

Et voilà, ça recommence. Ce basculement. Subtil mais indéniable, comme le moment où l'on réalise que la marée a tourné et qu'on n'est plus sur la terre ferme. Je détourne le regard, feignant d'être fascinée par la bougie qui vacille entre nous, mais mes pensées sont soudainement embrouillées, incohérentes.

Le groupe entame une nouvelle chanson, une mélodie lente et pleine d'âme qui remplit l'espace entre nous. Pendant un instant, aucun de nous ne parle. Rory se rapproche légèrement, son bras effleurant le mien alors qu'il pose son coude sur le bord de la table.

— Je peux te dire quelque chose ? demande-t-il, sa voix assez basse pour donner l'impression qu'elle ne s'adresse qu'à moi.

— Ça dépend, dis-je en essayant de garder un ton désinvolte. Est-ce que ça va inclure un autre argumentaire de vente sur pourquoi je devrais croire en l'amour ?

— Peut-être, dit-il, ses lèvres s'étirant en ce demi-sourire exaspérant. Ou peut-être que c'est juste une observation.

— Vas-y, alors, dis-je, même si je ne suis pas tout à fait sûre de vouloir qu'il continue.

— Tu te sous-estimes, dit-il simplement.

Ses mots me prennent au dépourvu ; non pas parce qu'ils sont particulièrement profonds, mais à cause de la façon dont il les prononce, comme s'il s'agissait d'un fait indiscutable.

— Rory... commencé-je, mais quelle que soit l'esquive que j'allais lui lancer, elle meurt sur mes lèvres.

— Juste une chose à laquelle réfléchir, dit-il, son regard stable et inébranlable.

La distance entre nous semble maintenant incroyablement mince, les frontières entre le professionnel et le personnel s'estompant d'une manière qui me coupe le souffle. Je devrais reculer, rétablir les limites que j'ai mis tant d'efforts à maintenir, mais pour une raison que j'ignore, je ne le fais pas.

— Fais attention, dis-je, me forçant à afficher un sourire narquois pour masquer la vulnérabilité soudaine qui menace de faire surface. Tu commences à avoir l'air sincère.

— Qui a dit que je ne le suis pas ? Son sourire s'adoucit, et pour une fois, il n'y a aucune trace de taquinerie dans son expression. Juste une intensité tranquille et sans défense.

La chanson passe à quelque chose de plus entraînant, brisant le charme, et je saisis l'occasion de me pencher en arrière, créant une infime parcelle d'espace entre nous.

— Eh bien, dis-je en m'éclaircissant la gorge. Si c'est ça que tu considères comme des recherches, je pense que tu devrais peut-être réévaluer tes méthodes.

— Seulement si tu promets de m'aider, dit-il, son ton de nouveau léger, bien que ses yeux n'aient pas perdu cette concentration troublante.

— N'allons pas trop vite en besogne, répliqué-je, refusant de baisser ma garde davantage. Mais alors même que je redirige la conversation vers des sujets plus sûrs, je n'arrive pas à me défaire du sentiment que quelque chose de non-dit a changé entre nous ; quelque chose que je ne suis pas encore prête à affronter.

HUIT

L'air frais de la nuit me saisit lorsque nous sortons du bar, un contraste frappant avec la chaleur de l'intérieur. La rue est animée : les phares se reflètent sur le pavé humide, le faible bourdonnement des conversations se mêle au klaxon occasionnel d'une voiture. Mes talons claquent sur le trottoir, un rythme régulier qui maintient ma concentration vers l'avant, loin de l'homme à mes côtés.

— Attention ! La voix de Rory perce le brouhaha au moment même où sa main s'enroule autour de mon poignet, ferme et surprenante.

La secousse — son contact mêlé à la traction soudaine — fait s'emballer mon cœur tandis que je recule d'un pas en titubant, distinguant à peine le flou du mouvement devant moi. Un cycliste passe en trombe, les pneus sifflant sur le pavé humide, assez près pour que j'entrevois un éclair de jaune fluorescent.

— Tu essaies de te faire écraser, ou c'est une sorte de stratégie de sortie spectaculaire ?

— Lâche-moi, je lance d'un ton sec, plus par réflexe que par réelle indignation. Sauf qu'il ne le fait pas. Pas tout de suite, en tout cas.

Ses doigts restent serrés autour de mon poignet, chauds et solides, me maintenant en place comme si je risquais de me jeter à nouveau dans la circulation sans surveillance. Je suis bien trop consciente du pouls qui bat rapidement à mon poignet sous son emprise.

— Calme-toi, dit-il, son pouce effleurant légèrement ma peau d'une manière qui semble... intentionnelle. Je ne vais pas te laisser te faire écraser. Tu es bien trop précieuse pour le monde de l'édition.

— Précieuse ? Je hausse un sourcil, dégageant mon bras avec plus de force que nécessaire. Sa main retombe, mais l'empreinte de son contact persiste comme de l'électricité statique. Tu as clairement trop bu si tu te mets à faire des compliments maintenant.

— Je dis les choses comme je les vois, dit-il.

— Eh bien, la prochaine fois, essaie de le faire sans m'agripper.

Je recule d'un pas, mais l'instant s'accroche à moi — son contact, sa voix, ce foutu sourire en coin. Mon bras semble nu, exposé sans sa main. C'est ridicule. J'ai déjà serré la main d'auteurs, enlacé des collègues lors de fêtes de bureau, et même supporté les bises maladroites occasionnelles de freelances trop zélés. Et pourtant, il suffit que Rory Keane m'attrape le poignet une demi-seconde pour que mon cerveau décide d'organiser son propre feu d'artifice.

— Hé. Sa voix est plus douce à présent, ramenant mon attention sur lui, que je le veuille ou non. Il m'observe, la tête légèrement penchée, amusé mais... dans l'attente. De quoi ? De mon explosion spontanée ? D'excuses ?

Son regard est fixe, trop fixe, et je déteste à quel point j'en suis consciente. Consciente de lui. De la façon dont ses cheveux sombres sont légèrement en désordre, comme s'il y avait passé les mains toute la soirée. De la façon dont un autre bouton de sa chemise s'est ouvert, lui donnant ce charme négligé de fin de journée qui est beaucoup trop agréable à regarder. Et ces yeux — perçants, intenses, comme s'il pouvait voir chaque pensée que j'essaie si fort de réprimer.

— Merci de m'avoir sauvée. Je ne faisais pas attention.

Il ne dit rien. Il se contente de me regarder, sans se presser, comme s'il laissait le silence parler de lui-même. C'est déconcertant. Non, c'est *dangereux*.

Parce que voilà le problème : je ne suis pas idiote. Je *sais* que je ne dois pas me laisser prendre dans cet instant qui ne devrait rien signifier, qui *doit* ne rien signifier. Rory Keane est un client. Un client à succès, intouchable, et sacrément casse-pieds, dont le manuscrit actuel est truffé d'incohérences qu'il ne semble pas pressé de corriger. Nous devons livrer un manuscrit terminé d'ici quelques semaines, et rien, absolument rien, ne doit se mettre en travers de notre chemin. Certainement pas une complication de ma propre création.

Je devrais être agacée. Je *suis* agacée. Et pourtant... Une partie de moi crie : « *Et si ?* ». Pourquoi est-ce que ça devrait ne rien signifier ? Ne puis-je pas tirer un roman publiable de cet homme et explorer... *ça*, si j'en ai envie ? Les deux choses sont-elles vraiment incompatibles ?

Avec tout autant de force, l'autre partie de moi — la Lara sensée, prudente, qui déteste le risque — me supplie de ne pas m'aventurer sur ce terrain. Pas encore. Ni en pensée, et certainement pas en action, à moins que je ne veuille une répétition de l'histoire avec James.

Le bruit de la rue s'estompe, assourdi par le martèlement de mon pouls tandis que je perçois la plus faible lueur de quelque chose derrière son expression. Quelque chose de prudent, d'attentif. Comme s'il me mettait au défi de combler la distance entre nous, mais sans faire le premier pas. Ma gorge se noue, une chaleur s'installe dans le bas de mon ventre tandis que mon esprit se démène pour retrouver pied.

Ça n'arrive pas. Ça ne *peut pas* arriver. Sauf que c'est le cas, parce que je suis là, clouée sur place, à le fixer comme une idiote, ignorant ma propre mise en garde, tandis que l'air entre nous devient plus dense, plus lourd, électrique. Mon cœur bat plus fort qu'il ne le devrait, noyant chaque pensée rationnelle que j'ai jamais eue sur les limites, le professionnalisme et le bon sens.

— Rory... je commence, mais ma voix se brise. Son nom sort plus doucement que prévu, flottant entre nous comme un aveu.

Et puis, avant que je ne puisse m'en dissuader — ou peut-être parce que je n'y arrive pas — j'agis.

Ce n'est ni calculé, ni gracieux, ni quoi que ce soit qui

ressemble de près ou de loin à du bon jugement. C'est une pure impulsion, menée par un cocktail de frustration, d'adrénaline et de quelque chose que je n'ai pas le courage de nommer. Je me penche en avant, comblant l'écart d'un mouvement rapide et téméraire, et je plaque mes lèvres contre les siennes.

Ses lèvres sont chaudes et plus douces que ce à quoi je m'attendais, mais le baiser est tout sauf tendre. Il est rapide, imprudent — comme une allumette qui gratte un silex — et pendant une seconde vertigineuse, tout ce sur quoi je peux me concentrer, c'est son goût. Un mélange de whisky et de quelque chose d'intrinsèquement *lui*, quelque chose qui provoque une chute libre dans mon estomac, d'une manière que je ne suis pas prête à affronter.

Le monde bascule. Mes doigts se crispent instinctivement sur le devant de sa veste, m'ancrant tandis qu'une vague de chaleur me submerge. Rory n'hésite pas, pas même un battement de cœur. Sa main remonte, ferme et assurée, jusqu'à ce que sa paume vienne envelopper ma mâchoire, son pouce frôlant juste en dessous de ma pommette. La sensation envoie des décharges électriques le long de ma colonne vertébrale, et je jure que mes genoux menacent de se dérober.

Il se penche davantage, approfondissant le baiser, et je le sens partout : irradiant dans ma poitrine, se lovant au creux de mon ventre, faisant en sorte que le reste de la rue animée se dissolve dans un grésillement indistinct. Sa prise se resserre juste assez pour me garder ancrée, pour m'empêcher de m'envoler complètement, et pendant un instant fugace et exaspérant, j'oublie pourquoi c'est une idée désastreuse.

La ville devient floue sur les bords, s'estompant sous l'intensité pure de sa présence. Plus de bruit de circulation, plus de faible brouhaha des passants, juste le sang qui bat à mes oreilles et la pression de sa bouche contre la mienne. Chacun de mes nerfs est en alerte, hyper-conscient de nos points de contact, de ses doigts qui effleurent le contour de ma mâchoire ou s'enfoncent légèrement dans mes cheveux.

Je ne sais pas quand j'ai arrêté de respirer, peut-être quelque part entre la première seconde volée et cet instant, mais chaque parcelle de mon être brûle du besoin de le serrer plus fort contre moi, de poursuivre cette étincelle avant que la réalité ne nous rattrape.

Je me recule brusquement, comme si je venais de me souvenir comment respirer et que c'était la chose la plus urgente au monde. Mes lèvres picotent, encore empreintes des siennes, mon pouls martelant comme si je venais de monter vingt étages en courant. Bordel, qu'est-ce que je viens de faire ?

— Okay, je lâche, bien que je n'aie aucune idée de ce que j'essaie de communiquer avec ce seul mot inutile. Ma voix est haletante, traîtresse, et je déteste la façon dont elle flotte entre nous, nue et à vif.

Rory ne bouge pas tout de suite. Sa main s'attarde près de mon visage une fraction de seconde de plus, comme s'il n'avait pas tout à fait réalisé que j'y avais mis fin. Lentement, ses doigts retombent, effleurant mon épaule avant de se retirer complètement. Et puis il sourit.

Pas un petit sourire. Pas un sourire poli ou timide. Non, c'est la Spéciale Rory Keane : un sourire large, carnassier et si insupportablement suffisant que j'ai envie de le lui effacer d'une gifle. Ou de l'embrasser à nouveau. Mon Dieu, non. Pas ça.

— Okay, répète-t-il en écho, sa voix basse et exaspérément suave. — C'était inattendu.

— Ne fais pas ça. Le mot jaillit, sec et sur la défensive, mon ultime effort pour sauver un semblant de dignité. Je fais un pas en arrière, mettant de précieux centimètres d'espace entre nous, mais ça n'aide pas. Il me regarde toujours comme si je venais de devenir son rebondissement préféré.

— Ne pas faire... quoi ? dit-il d'une voix traînante, en penchant la tête comme s'il voulait sincèrement une clarification, mais l'étincelle dans ses yeux dit le contraire. Il sait *exactement* ce que je veux dire.

— N'en fais pas toute une histoire. Mes mains sont maintenant agitées, lissant le devant de ma veste, ajustant mes lunettes, n'importe quoi pour éviter de croiser son regard directement. — Ce n'est rien.

— C'est vrai. Ce n'est rien, répète-t-il, clairement amusé. Il croise les bras sur son torse, son poids basculant sur une jambe avec cette aisance qui lui est propre, tout en confiance décontractée. — Juste un baiser totalement spontané, absolument pas provoqué, en plein milieu de la rue. Ça arrive tout le temps.

— Exactement. J'acquiesce d'un signe de tête, bref et décidé, comme si être d'accord avec lui allait rendre ce moment moins humiliant. — Un moment d'égarement. Rien de plus.

— Un moment, hein ? Il laisse le mot flotter, le faisant rouler dans sa bouche comme s'il était délicieux. Puis, parce qu'il ne peut pas s'en empêcher, il ajoute : — Tu en es sûre ?

— Rory. Je croise enfin son regard, et c'est une erreur. Ses yeux se sont adoucis, toujours taquins, oui, mais il y a autre chose aussi. De la chaleur. De la curiosité. Une sorte de joie tranquille qui me donne l'impression d'être sous un projecteur.

— Du calme, Lara, dit-il doucement. — Je ne me plains pas.

— C'est ça. Bon. Je devrais... Ma voix sort étranglée, les syllabes trébuchant les unes sur les autres comme si elles essayaient de fuir les lieux avant que je ne le fasse. Je les comprends.

Je fais un geste vague derrière moi, comme si la direction de ma fuite était une évidence et non quelque chose que j'invente sur-le-champ. — Je viens de me souvenir... des e-mails. Des manuscrits d'agents. Des urgences éditoriales. Ma bouche continue de bouger, mais rien de ce que je dis n'a de sens, même pour moi. — Tu sais ce que c'est.

— Des e-mails, répète Rory. Ses sourcils se haussent légèrement, mais il ne bouge pas, ne recule pas, ne fait rien d'utile comme me faciliter la tâche. Au lieu de ça, il reste exactement là où il est, les bras toujours croisés, l'air bien trop amusé pour quelqu'un qui vient de se faire surprendre par un baiser en public.

— Oui. Des e-mails. J'acquiesce rapidement, comme si ce seul mot expliquait tout : mon manque soudain de sang-froid, la façon dont mon cœur martèle contre mes côtes, le fait que je viens d'embrasser Rory Keane. Et, oh mon Dieu, j'*ai embrassé* Rory Keane.

— Des e-mails urgents, qui changent une vie, j'ajoute, car apparemment, creuser ma propre tombe est mon nouveau passe-temps. — Et probablement un incendie à éteindre quelque part. Au sens figuré.

— Bieeen sûr, réplique-t-il, faisant traîner le mot, le laissant dégouliner d'amusement.

— Okay, super conversation. Je pivote sur mes talons si vite que je manque de me tordre la cheville, mais l'élan est essentiel ici. Si je ralentis, je vais recommencer à réfléchir, et réfléchir mène à ressentir, et rien de bon ne peut en découler. Pas quand le sentiment en question implique la chaleur de sa main encore fantomatique sur mon poignet, ou la façon dont ses lèvres étaient... Non. On n'y va pas.

Je commence à mettre un pied devant l'autre. Chaque pas est une déclaration : je suis *en train de quitter cette situation*. Ma veste flotte légèrement dans la brise, et je la resserre autour de moi, comme si je pouvais me protéger de la conscience persistante qui picote ma peau.

— Des e-mails, je murmure, à moitié mantra, à moitié alibi. Les lampadaires deviennent flous à la lisière de ma vision, et je me concentre délibérément sur eux, laissant leur douce lueur m'ancrer. Me concentrer sur absolument n'importe quoi d'autre que l'électricité qui grésille encore dans mes veines ou le stupide sourire satisfait de Rory, maintenant gravé à jamais dans ma mémoire. Pourquoi faut-il qu'il ait tout le temps cet air-là ? Comme s'il était perpétuellement à cinq secondes de ruiner votre journée, et de vous en faire être reconnaissant en plus ?

Je ne me retourne pas. Je n'ose pas. Parce que si je le vois maintenant, si j'aperçois ne serait-ce qu'un instant ces yeux complices, je pourrais littéralement prendre feu. Ou pire, je pourrais m'arrêter de marcher. Et s'arrêter serait catastrophique. S'arrêter signifierait rester, et rester signifierait faire face à ce qui vient de se passer. Ce que *je* viens de faire.

Alors je continue d'avancer. Des pas rapides et délibérés, chacun m'éloignant de l'instant où j'ai baissé ma garde et où tout a changé.

Un taxi noir éclabousse une flaque d'eau, un klaxon retentit quelque part dans la rue, et tout ce qui m'entoure me semble trop bruyant, trop lumineux, *trop oppressant*. Mais ça va. Tout va bien.

Tout ce que j'ai à faire, c'est de rentrer chez moi sans me retourner.

Naturellement, je me retourne.

C'est un regard, à peine une demi-seconde, mais il me frappe avec la force d'un météore. Rory est là où je l'ai laissé, les mains nonchalamment enfoncées dans les poches de son manteau, comme s'il n'avait pas le moindre souci au monde. Et ce sourire – cette lente et dévastatrice courbe de ses lèvres – se dessine sur son visage. Ses yeux sombres croisent les miens, me clouant sur place un instant de trop, un instant de trahison.

Oh, et puis quoi encore ? Qui *a* l'air comme ça après s'être fait surprendre par un baiser ? Content, amusé, comme s'il était déjà en train de classer ça comme une sorte de victoire. Il penche légèrement la tête, un sourcil haussé en un défi silencieux, et je sais – je le *sais* pertinemment – qu'il attend que je fasse demi-tour et que je revienne vers lui. Ou peut-être que je me prenne encore les pieds dans le tapis. L'une ou l'autre de ces options ferait probablement sa soirée.

Mais à quoi est-ce que je pensais ? Sérieusement, quelle partie de moi a cru qu'embrasser Rory Keane – un homme qui se nourrit de chaos et de charme comme les plantes se nourrissent de soleil – était ne serait-ce qu'un tant soit peu une bonne idée ?

Sans surprise : aucune partie de moi n'a pensé que c'était une bonne idée. Ni mon cerveau, ni mon cœur, et certainement pas la petite voix rationnelle de l'éditrice dans ma tête qui m'empêche habituellement de faire des choses imprudentes qui pourraient ruiner ma carrière, comme celle-ci. Non, c'était une impulsion pure et sans filtre. Le genre d'impulsion qui vous transforme en anecdote à ne pas suivre lors des afterworks.

— Mon Dieu, mais quelle idiote, je murmure, ma voix noyée dans le vacarme de la ville. J'accélère le pas, comme si je pouvais fuir le souvenir des yeux de Rory plantés dans les miens. Mais ça ne marche pas. Bien sûr que ça ne marche pas. Parce que la vérité, c'est que je ne fuis pas Rory.

Je fuis le fait que – l'espace d'un instant de folie, défiant la gravité – j'ai eu envie de l'embrasser à nouveau.

Et ça, ça me terrifie plus que tout. Parce que ce n'est pas

seulement compliqué, c'est catastrophique. Rory n'est pas juste un type au hasard dans un bar. C'est *Rory Keane*, mon client et le plus grand atout de ma boîte. Ce n'est pas une aventure, un flirt, ou n'importe quel autre mot que les gens utilisent pour justifier leurs mauvaises décisions. C'est le travail. C'est mon boulot. Ma vie soigneusement structurée. Et maintenant, à cause d'un baiser impulsif, tout est sur le point de s'effondrer.

NEUF

Je referme la porte de mon appartement et m'affaisse aussitôt contre elle, en hyperventilation, comme si je venais de monter dix étages en courant au lieu de faire les cinq minutes de marche depuis la station de métro. Mes doigts effleurent la serrure un instant avant que je ne la tourne, comme si cette barrière supplémentaire pouvait d'une manière ou d'une autre empêcher la réalité des dernières heures de s'insinuer derrière moi, de me mettre au coin et de me demander de réfléchir à mon comportement.

Parce que ce baiser ? Ce baiser *ridicule*, imprudent, et tout sauf professionnel ?

Je ne sais absolument pas ce qui m'a pris.

Je retire mes chaussures du bout du pied, je traverse la pièce en pilote automatique, ignorant le désordre des manuscrits à moitié lus et des stylos rouges qui jonchent ma table basse. Mon ordinateur portable est ouvert, l'écran allumé, un curseur clignotant qui attend que je me remette au travail. Au lieu de ça, je saisis un verre sur l'étagère de la cuisine et le remplis au robinet, avalant l'eau à grandes goulées comme si elle pouvait chasser la chaleur qui couve encore sous ma peau.

Mais rien n'efface la sensation de ses mains sur moi, la façon dont il a répondu à mon baiser comme s'il le pensait vraiment, comme si j'étais quelque chose qu'il désirait.

Je secoue la tête, en reposant le verre trop fort. *Reprends-toi.*

Ce n'était qu'un baiser. Un moment de... quoi ? Faiblesse ? Impulsivité ? Mauvaise décision ?

Je presse les paumes de mes mains contre le bord froid du comptoir, me forçant à respirer, à être rationnelle. Mais le problème, c'est que je n'étais pas rationnelle à ce moment-là. J'ai été imprudente, et l'imprudence, ce n'est pas mon genre. Je ne me laisse pas emporter par le moment. Je n'entreprends *jamais* rien sans y avoir mûrement réfléchi. Et pourtant, je me suis retrouvée là, à entremêler mes doigts dans les cheveux de Rory Keane et à le serrer contre moi comme une héroïne de roman d'amour dans une scène de confession du troisième acte.

Je ferme les yeux en les plissant. C'est une catastrophe.

Je n'aurais jamais dû me retrouver seule avec lui comme ça. Je n'aurais jamais dû baisser ma garde, pas même une seconde, pas même pour un baiser. Parce que maintenant ? Maintenant, je suis dans le pétrin.

Mon téléphone vibre sur la table, et mon estomac se noue alors que je jette un œil à l'écran. Pas Rory. Juste Danny.

Un sentiment de soulagement m'envahit, ce qui est stupide. Pourquoi Rory m'enverrait-il un texto ? Il n'a probablement pas accordé à ce baiser la moitié de l'importance que je lui accorde.

Et c'est ça le vrai problème, n'est-ce pas ?

Parce que si je dis quelque chose maintenant, si j'en parle, si j'avoue que ça *signifiait* quelque chose pour moi, je passerai pour l'idiote. La fille *sans espoir*. Et je refuse d'être celle qui confond un moment d'attirance avec quelque chose de plus.

Pas encore. Pas après James. Pas après m'être retrouvée dans une cuisine il y a trois ans, tenant un faire-part de mariage et me demandant comment diable j'avais pu me laisser croire en quelque chose qui n'avait jamais existé.

Je laisse échapper un souffle, lent et contrôlé. Quoi que ce soit, quoi que *ça* ait été, ça n'a pas d'importance.

Parce que Rory Keane n'est qu'un travail, et je suis une professionnelle.

Je prends mon téléphone et envoie un texto à Danny :

> Salut, je vais me coucher. On se capte ce week-
> end. Tout va bien xx

Je ne suis pas prête à partager les détails. Je n'ai pas encore totalement assimilé les implications, et la dernière chose dont j'ai besoin, c'est d'un « *je te l'avais bien dit* » de la part de Danny, même par texto. Pour m'assurer de couper toute communication, j'enfonce mon téléphone au plus profond des coussins du canapé et m'effondre dessus.

Mais il est impossible de se détendre. Je me repasse la soirée en boucle, espérant pouvoir à la fois en changer l'issue et en ressentir à nouveau les sensations.

Ce n'est que du désir. C'est tout ce que c'est. C'est tout ce qu'il en reste.

Parce que l'amour ? L'amour, c'est tout autre chose. Quelque chose qui promet l'éternité, mais qui finit toujours par s'effondrer.

J'ai appris cette leçon à mes dépens.

La dernière fois que je me suis autorisée à croire à l'éternité, j'étais dans un appartement comme celui-ci, une bague de fiançailles au doigt, la voix rauque à force de prononcer des mots qui n'ont rien changé.

Debout dans la cuisine, James juste en face de moi, les bras croisés, la mâchoire crispée, les yeux fixés sur le sol comme s'il était déjà à moitié dehors.

Et peut-être qu'il l'était. Peut-être qu'il partait depuis des mois. Peut-être que je n'y prêtais tout simplement pas attention.

— Je ne sais pas ce que tu veux que je te dise, dit-il finalement, d'une voix sèche.

Je m'agrippe au comptoir pour ne pas trembler. — Tu pourrais commencer par la vérité.

Il laisse échapper un rire sans joie, passant une main dans ses cheveux. — La vérité ? La vérité, c'est que tu as déjà décidé comment cette conversation allait se terminer, Lara.

Je tressaille. Pas à cause de ses mots, mais parce qu'ils sonnent si juste. Comme s'il me connaissait mieux que je ne me connais moi-même.

— Je ne comprends tout simplement pas comment on en est arrivés là, dis-je, détestant la façon dont ma voix tremble. Détestant le fait que je suis en train de le *supplier*.

James expire de manière appuyée, reculant comme s'il essayait de se soustraire physiquement au poids de cette conversation. — Lara, ça fait un moment qu'on en est là.

Ces mots me claquent au visage.

— Non, *toi*, tu en es là, répliquai-je vivement. Tu as pris tes distances, trouvé des excuses, tu m'as traitée comme si j'étais juste... juste *là*...

— Mais tu *es* juste là ! m'interrompt-il, sa frustration débordant. Tu es toujours là. Assise à ton bureau, enfouie sous ton travail, à corriger les mots de tout le monde sans jamais dire un traître mot de ce que tu *veux* réellement.

Je recule d'un pas, ses mots touchant un point un peu trop sensible, un peu trop vrai.

— Ce n'est pas juste.

— N'est-ce pas ?

Sa voix s'adoucit, mais pas d'une manière apaisante. Plutôt d'une manière qui me fait comprendre que ce moment — cette *fin* — est déjà décidé.

Je serre les lèvres, ravalant la boule que j'ai dans la gorge.

— James, dis-je, plus bas maintenant. Si tu ne veux pas être là, dis-le, c'est tout.

Il me regarde alors, me regarde vraiment, et je sais — oh, je sais — ce qui va suivre.

— Lara, je pense que c'est fini entre nous.

Je hoche la tête, même si j'ai l'impression que le sol se dérobe sous mes pieds.

— D'accord. Ma voix est neutre, froide, comme si j'avais su que c'était inévitable. Alors, c'est tout ?

James hésite.

— Je ne voulais pas que ça se termine comme ça.

— Alors pourquoi est-ce le cas ?

Il ne répond pas. Peut-être qu'il n'a pas de réponse.

Ou peut-être qu'il en a une, et que je ne veux tout simplement pas l'entendre.

Le silence s'étire entre nous. C'est la conversation la plus honnête que nous ayons eue depuis des mois.

Finalement, James soupire. Il prend son manteau sur la chaise, le jette sur son bras et s'attarde une demi-seconde de trop. Comme s'il attendait que je change d'avis. Comme s'il attendait que je le retienne.

Je ne le fais pas.

Parce que l'amour ne suffit pas.

Parce que peu importe à quel point vous voulez que quelqu'un reste, parfois... il ne reste pas.

Parfois, il n'en a jamais eu l'intention au départ.

La porte se referme derrière lui, et je lâche un soupir.

Et d'un coup, je cesse de croire en l'amour.

Parce que ce n'est pas réel. Pas comme le décrivent les livres.

C'est du désir, de l'attirance, une alchimie... appelez ça comme vous voulez. Mais le grand amour ? Celui qui dure ? Celui qui ne s'éteint pas ou ne s'effondre pas à la seconde où la vie devient compliquée ?

Ça, c'est de la fiction.

Et moi, personnellement, je préfère garder des attentes *réalistes*.

Le souvenir persiste comme une odeur de pain grillé brûlé dans une cuisine, bien après que les restes calcinés ont été jetés dans la poubelle extérieure.

Je suis recroquevillée sur mon canapé, un verre de vin dans une main, essayant de ne pas récupérer mon téléphone de sous le coussin, résistant à la tentation ridicule d'envoyer un texto à Rory. *Pas pour dire quoi que ce soit de sérieux, bien sûr. Juste un truc désinvolte. Décontracté.*

Quelque chose qui ne laisserait pas transparaître que j'ai passé la dernière heure à me remémorer la façon dont il m'a embrassée.

Mais qu'est-ce que je fais, bon sang ?

Je renverse la tête contre les coussins en gémissant. Je n'arrive pas à croire que j'ai laissé faire ça. *Je l'ai embrassé.* C'est moi qui ai commencé. Ce n'était pas un heureux hasard romantique où nous avons été emportés par des forces qui nous dépassaient. *Non. Je savais exactement ce que je faisais.* Et je l'ai fait quand même.

Je ramène mes genoux contre ma poitrine, essayant de me replier sur moi-même pour devenir plus petite, comme pour me faire moins de place. Comme si je pouvais physiquement réduire mes sentiments à quelque chose de gérable.

Parce que ça ? Ce n'est pas gérable. C'est un problème.

Je sais comment cette histoire se termine.

Je l'ai appris avec James. Je l'ai vu avec mes parents, qui gravitent encore l'un autour de l'autre comme des colocataires plutôt que des partenaires. L'amour — le vrai — *ne dure pas.* Ça commence par la passion, l'alchimie, un *besoin* insoutenable d'être ensemble, et puis... ça s'estompe. Ça se refroidit. Ça devient quelque chose de fade, ou pire, d'amer.

Et l'idée de laisser ça se reproduire — de laisser quelqu'un s'approcher assez pour me blesser à nouveau de cette façon ? Non. Absolument pas.

Je parie que Rory n'est pas assis en train d'analyser notre baiser, à se demander ce que ça signifie. Qu'il va parfaitement bien, en train de taper son manuscrit, *sans penser à moi du tout.*

Et pourquoi le ferait-il ?

Ce n'est pas ce genre de relation, me rappelé-je. Il n'est pas ce genre de mec. Rory Keane est amusant. C'est un séducteur. Il est temporaire.

Et c'est parfait. C'est exactement ce dont j'ai besoin.

Pas le genre de relation compliquée où je m'attache trop vite et trop fort, ce que j'avais juré de ne plus jamais faire.

Je prends une autre gorgée de vin et chasse de mon esprit le souvenir de James — de cette dernière conversation, des années que j'ai passées à me convaincre que c'était pour toujours.

Cette fois, je ne ferai pas la même erreur.

Cette fois, je serai plus *maline*.

Je ne laisserai pas les sentiments s'en mêler.

Je ne peux pas.

Je pose mon verre de vin avec plus de force que nécessaire, le bruit du verre heurtant la table basse dans un cliquetis sonore.

Ça suffit.

Cette spirale s'arrête maintenant.

Je me lève, étirant mes membres comme pour me débarrasser du poids des souvenirs. La pièce est faiblement éclairée, le bourdonnement de la ville à l'extérieur est une présence constante et régulière. J'expire, lentement, de manière contrôlée, et je me dirige droit vers mon bureau. Si mon cerveau insiste pour faire une obsession sur Rory, alors je vais canaliser cette énergie dans quelque chose de productif.

Le manuscrit. La chose sur laquelle j'aurais dû me concentrer depuis le début.

Je parcours mes notes, balayant du regard les dernières pages que Rory a envoyées, ignorant la façon dont mon estomac se serre légèrement à sa pensée.

Parce que ce n'est rien de plus. Une réaction physique. Une attirance passagère.

Et je sais comment compartimenter.

Je m'arrête à un passage — une déclaration d'amour d'Oliver à Sophie.

« Je ne sais pas quand c'est arrivé, mais c'est arrivé. Un jour, tu étais juste là. Et maintenant, je ne peux pas imaginer une vie où tu ne serais pas. »

J'avale ma salive, les lèvres pincées. Trop sentimental. Le genre de chose qui fait croire aux gens que l'amour est inévitable.

Je le remplace par quelque chose de plus sûr, de plus logique.

« J'aime être avec toi. Ça me suffit. »

Beaucoup mieux.

Je continue, repoussant les pensées qui me rongent l'esprit. C'est ce que je fais. Je répare les choses. Je les rends plus nettes, plus lisses, moins dangereuses.

Et c'est exactement comme ça que je vais gérer Rory Keane.

On s'est embrassés. C'est tout. Ça n'a pas besoin de signifier quoi que ce soit.

Demain, je le verrai. On parlera du livre.

Je tracerai une ligne entre nous et je m'assurerai que personne ne la franchisse à nouveau.

Je ferme le dossier du manuscrit, le posant soigneusement sur mon bureau. Tout est à sa place. Le livre. Mes pensées. Ma résolution.

Et pourtant...

Mes doigts planent au-dessus du fichier, hésitants. Mon rythme cardiaque est régulier, maîtrisé — mais il y a quelque chose en dessous. Une étincelle de quelque chose que je ne veux pas nommer.

Parce que quand j'ai embrassé Rory, c'était *différent*.

Pas seulement de l'imprudence, pas seulement la chaleur ou l'attirance, ou un moment de mauvais jugement.

Quelque chose de plus profond. Quelque chose de dangereux.

Et ça rend la chose dix fois plus terrifiante.

Je dois aller me coucher, mettre cette journée, et surtout cette nuit, derrière moi. Je ne m'aventurerai plus sur ce chemin. Je ne peux pas.

Je me lève du canapé et j'atteins l'interrupteur, que j'éteins avec plus de force que nécessaire.

Ce n'est pas de l'amour. C'est du désir.

Et tant que je m'en souviendrai, tout ira bien.

Samedi après-midi, et le bourdonnement rythmé de mon clavier est le seul son dans mon salon, à l'exception du soupir agacé occasionnel que je laisse échapper quand une phrase refuse de coopérer. Mes doigts planent au-dessus des touches, immobiles à présent, tandis que je fixe le curseur clignotant sur les nouveaux chapitres que Rory a envoyés.

— Contente-toi de travailler, je marmonne tout bas, en essayant de m'en convaincre. Mes lunettes glissent sur mon nez, et je les remonte, un rituel qui semble se produire plus souvent lorsque je corrige ses écrits. Une coïncidence ? Peu probable.

Je fais à nouveau défiler le document, parcourant la scène qu'il avait tant insisté pour « documenter » ensemble. Le couple de fiction — des versions à peine voilées de nous, à ma grande honte — est en pleine joute verbale, leur dialogue crépitant d'une flirtation déguisée en rivalité. C'est exaspérément bien écrit. Pire, c'est vertigineusement familier. J'entends la voix de Rory dans chaque ligne, je vois la façon dont ses yeux se plissent aux coins quand il est particulièrement content de lui. Le souvenir de son sourire en coin de la nuit dernière me taraude comme un coup de coude dans les côtes.

— Arrête ça, m'ordonné-je en secouant la tête assez fort pour faire balancer ma queue de cheval. Il ne s'agit pas de lui. Il s'agit du travail.

Mais le problème, c'est qu'il ne s'agit plus seulement du travail. Plus maintenant. Nous nous sommes embrassés. Nous nous sommes vraiment embrassés, et c'est moi qui ai pris l'initiative. Rory Keane a réussi à se planter dans mon cerveau comme une écharde que je n'arrive pas à retirer. Et peut-être que je n'en ai pas envie.

Cette pensée me choque tellement que je manque de renverser ma tasse de café du bureau. Je l'attrape juste à temps, mes doigts s'enroulant autour de la céramique comme si s'y accrocher pouvait me stabiliser. Le café est sûr. Prévisible. Rory n'est ni l'un ni l'autre.

— Concentre-toi, je chuchote en fixant l'écran. Le curseur me répond en clignotant, toujours aussi peu coopératif.

Mon téléphone vibre à côté du clavier, me faisant sursauter. Je jette un œil à la notification. Un texto de Danny :

> Comment avance le manuscrit du border collie ?
> Tu résistes toujours à ses charmes évidents, ou je
> dois commencer à réfléchir au hashtag de votre
> mariage ?

— Pff, je grogne, mais je ne peux m'empêcher de laisser échapper un rire. Bien sûr que Danny sentirait *une perturbation dans la Force*. Je ne suis toujours pas prête à lui dire quoi que ce soit et je tape rapidement ma réponse :

> Ça va. Tout va bien. Aucune résistance au charme n'est requise.

Un mensonge éhonté, mais un jour il me pardonnera.

À peine ai-je appuyé sur « envoyer » qu'un autre message apparaît. Celui-ci n'est pas de Danny. Il est de Rory :

> Tu penses encore à hier soir ? Ne t'inquiète pas, je vais commencer à planifier notre prochaine sortie de recherche. De rien d'avance. 😊

Je fixe l'écran, sentant une chaleur monter dans mon cou. L'audace de cet homme. Mais aussi... l'audace de mon stupide cœur de rater un battement à la vue de son nom illuminant mon téléphone.

Je devrais l'ignorer. Prétendre que je ne l'ai pas vu. Mieux encore, répondre par une remarque cinglante qui montre clairement que ce qui s'est passé hier était sans aucun doute un événement ponctuel. Mais au lieu de cela, mon pouce plane sur le clavier, indécis.

— Ne rentre pas dans son jeu, me dis-je fermement. Ne rentre *pas* dans son jeu.

Et pourtant, contre toute logique — ou peut-être à cause de cela — je me surprends à lui répondre:

> Curiosité professionnelle. C'est tout ce que c'était. Ne te fais pas d'illusions, Keane.

J'appuie sur « envoyer » avant de pouvoir y réfléchir à deux fois, regrettant instantanément à quel point ça sonne comme du flirt. Le flirt n'était pas le but. Les limites professionnelles étaient le but. N'est-ce pas ?

Les points indiquant qu'il est en train d'écrire apparaissent immédiatement. Je pose le téléphone face contre le bureau, déterminé à ne plus lui laisser de place dans ma tête aujourd'hui. Sauf que, bien sûr, je le reprends trente secondes plus tard.

Je suis flatté quand même

Apprécie les nouveaux chapitres, Lara. Ta
méthode de recherche a vraiment aidé.

— Maudit sois-tu. Cependant, je me surprends à sourire. *Maudit soit-il.*

Je referme l'ordinateur portable d'un coup sec, me penchant en arrière sur ma chaise et fixant le plafond. C'était censé être simple. Corriger le livre. Rester professionnelle. Ignorer l'attraction magnétique du ridicule charisme de Rory Keane.

J'échoue lamentablement sur toute la ligne.

— C'est juste du boulot, je me dis à voix haute une dernière fois, mais ces mots sonnent creux maintenant. Parce qu'au fond de moi, je connais la vérité. Plus rien de tout ça ne ressemble à du *simple boulot*. Ce baiser n'était pas seulement une erreur. C'était un basculement — un véritable séisme — et maintenant, impossible de faire marche arrière.

Je me jure que toutes les futures réunions éditoriales se tiendront en ligne ; il n'y a absolument aucune raison pour que nous soyons dans la même pièce. On peut très bien tout gérer à distance.

DIX

Le gravier crisse sous mes pieds alors que je me bats avec ma valise pour remonter l'étroite allée du jardin, ma sacoche d'ordinateur rebondissant contre ma hanche à chaque pas maladroit. Le cottage se dresse devant moi — pittoresque, charmant et profondément irritant. Évidemment que Fiona penserait que c'était une bonne idée. Rien ne dit « collaboration professionnelle » comme isoler deux personnes dans une retraite à la campagne avec un Wi-Fi douteux et un passé chargé de mauvaises décisions.

De toute évidence, Fiona n'est pas au courant du baiser de la semaine dernière.

De toute évidence, je ne pouvais pas lui dire la vraie raison pour laquelle je ne voulais pas aller dans le Somerset.

Alors, me voilà. Évidemment.

— Charmant, n'est-ce pas ? La voix de Rory me parvient pardessus mon épaule, bien trop amusée à mon goût. Il est juste derrière moi, sa valise roulant sans effort, bien sûr.

— Charmant, je répète d'un ton plat, en agrippant la poignée de mon sac comme s'il pouvait lui pousser des ailes et s'envoler si je la lâchais. Si on aime l'esthétique mignonne et la proximité forcée.

— La proximité forcée peut être amusante, dit-il en me dépassant d'un pas léger pour monter les marches menant à la porte d'entrée. Tout dépend de la compagnie.

J'avale la réplique cinglante qui bouillonne au fond de ma gorge et le suis à l'intérieur, déterminée à ne pas le provoquer. L'air a une légère odeur de lavande et de bois vieilli, le genre de parfum qui va avec les bougies hors de prix destinées aux femmes qui n'ont jamais connu le stress. C'est apaisant au point d'en être agaçant, ce qui ne fait que m'irriter davantage.

Rory inspecte déjà les lieux, les mains dans les poches, une confiance détendue émanant de lui comme la lumière du soleil. Je déteste à quel point il a l'air à l'aise ici, comme s'il était à sa place, comme si toute cette mise en scène ridicule était une grosse blague dont il a l'intention de profiter au maximum. Pendant ce temps, moi, je suis plantée dans l'entrée, cramponnée à mes affaires comme une bête de somme dérangée, essayant de ne pas trébucher sur le sol inégal en dalles de pierre.

— Chaleureux, déclare-t-il en se tournant vers moi. Qu'en penses-tu ?

— Que je vais facturer à Fiona des dommages et intérêts pour préjudice moral, je rouspète en le dépassant pour m'approprier la première surface disponible comme espace de travail. La table de la salle à manger fera l'affaire — solide, fonctionnelle, et commodément éloignée de la cheminée où Rory s'est déjà affalé dans un fauteuil, tel un dandy littéraire.

Alors que je sors mon ordinateur portable et que je dispose mes carnets avec une précision chirurgicale, je le sens qui m'observe. Son regard a un poids, une chaleur qui me donne la chair de poule sous ma veste. Je garde les yeux fixés sur la table, faisant semblant de ne pas le remarquer.

— Besoin d'aide pour t'installer ? propose-t-il, sur un ton léger mais teinté de quelque chose qui ressemble à un défi.

— Je pense pouvoir me débrouiller pour brancher un ordinateur portable sans assistance, merci, je réplique en ajustant mes lunettes et en gardant ma concentration rivée sur mon écran. Mes doigts planent au-dessus du clavier, bien que je ne tape encore rien. J'ai juste besoin d'avoir l'air occupée. Distraite. Dépourvue d'intérêt.

— Comme tu veux. Il y a un bruissement lorsqu'il bouge sur sa chaise, suivi d'un petit rire qui me fait grincer des dents. Tu es toujours aussi sérieuse quand tu collabores, ou c'est un traitement de faveur que tu me réserves ?

— Certains d'entre nous prennent leur travail au sérieux, dis-je, levant enfin les yeux juste assez longtemps pour lui lancer un regard lourd de sous-entendus.

— Ah, donc je suis spécial.

— Spécial est un mot parmi d'autres, je marmonne, me concentrant à nouveau sur l'alignement des bords de mon carnet avec une précision militaire. Si je garde mes mains occupées, peut-être que je pourrai me distraire du souvenir de ses lèvres sur les miennes, de la façon dont mon cœur avait raté un battement dans cette fraction de seconde avant que la logique ne débarque et gâche tout.

— Allez, Lara, dit-il après un court silence, sa voix plus douce maintenant, presque conciliante. Ce n'est pas si terrible, n'est-ce pas ? Un petit séjour à la campagne, de l'air frais, un peu de collaboration créative...

— Contentons-nous de la collaboration, je le coupe. Ses sourcils se haussent, mais il n'insiste pas, et pour ça, je lui en suis reconnaissante.

Rory s'approche nonchalamment et me rejoint à la table de la salle à manger. Il a l'air exaspérément imperturbable, comme si nous étions ici pour une simple conversation plutôt que pour une opération chirurgicale sur son désastreux deuxième acte.

— Bon, dis-je, brisant enfin le silence. Commençons par le problème évident.

— Je t'en prie, répond-il doucement, faisant un geste de la main comme s'il m'invitait à le détruire. Sa confiance, je le jure, est à la fois épuisante et... Non, elle est juste épuisante.

— Ton protagoniste, Oliver, je souligne le nom comme si c'était un affront personnel, passe la moitié de l'acte deux, quand il n'est pas occupé par des courses-poursuites et des explosions, à bouder parce qu'il s'est fait larguer, mais nous sommes censés croire qu'il tombe amoureux de quelqu'un d'autre. C'est émotionnellement incohérent. Tu ne peux pas avoir de la profondeur si tu ne fais qu'effleurer la surface.

— Ah, oui, dit Rory en hochant la tête solennellement. La profondeur. L'ennemie jurée d'une bonne bouderie.

— Rory, je lance sèchement, je suis sérieuse. Tu évites le travail émotionnel. Oliver a besoin de *ressentir* quelque chose d'autre que de l'apitoiement sur lui-même. Sinon, tes lecteurs ne croiront pas à la romance.

— Mais si le fait qu'Oliver se vautre dans son malheur faisait justement partie du truc ? Peut-être qu'il a peur de ressentir quelque chose de réel parce que ça le rend vulnérable. La vulnérabilité est terrifiante, Lara. Tu n'es pas d'accord ?

— La vulnérabilité rend un personnage attachant, je contre d'un ton égal. Mais seulement si elle est méritée. Pour l'instant, Oliver a l'air d'un adolescent maussade qui ne sait pas ce qu'il veut.

— Ça me dit quelque chose, dit Rory à voix basse, juste assez fort pour que je l'entende.

— Pardon ?

— Rien, dit-il innocemment. Sérieusement, tu penses que le manque de profondeur émotionnelle est le plus gros problème ?

— C'est l'un d'eux, j'admets, gardant les yeux sur le manuscrit. Le rythme est également mauvais, et certains des nouveaux dialogues semblent... artificiels. Comme si tu essayais trop d'être malin.

— Je crois que j'ai un peu perdu le fil. C'était bizarre de ne pas se voir en personne la semaine dernière pour travailler sur la correction. Ça m'a manqué, tu sais. De travailler avec toi.

— Travailler avec moi ou te disputer avec moi ? je demande, méfiante.

— Il y a une différence ? lance-t-il, mais il y a un fond de sincérité dans sa voix.

— Revenons-en à Oliver, dis-je d'un ton sec. Il a besoin d'un arc émotionnel clair. Commence par te demander de quoi il a peur. Qu'est-ce qui le retient ?

— Peut-être la peur du rejet. La réponse de Rory est rapide, mais son regard s'attarde sur moi un peu trop longtemps, comme s'il tâtait le terrain. Ou la peur d'être blessé à nouveau. C'est facile de s'y identifier, non ?

— Bien sûr, je réponds. Tant que ça ne devient pas une excuse pour lui pour éviter d'évoluer. Les lecteurs veulent le voir évoluer, pas stagner.

— D'accord, concède-t-il. Et s'il lui écrivait une lettre ? Quelque chose de brut, de non peaufiné. De vulnérable.

— Enfin, dis-je en expirant comme si j'avais attendu depuis le début qu'il arrive à cette conclusion évidente. Là, on avance. Mais il faut que ce soit mérité. Pas de clichés sur les couchers de soleil ou de comparaisons de ses yeux à des pierres précieuses.

— Même les saphirs ? taquine-t-il.

— Surtout les saphirs.

— OK, j'ai compris. Même si, pour information, je trouve que c'est une réplique qui tue. Il sort son ordinateur portable et commence à écrire, notre rythme de travail d'avant se rétablissant peu à peu alors que nous nous lançons des idées. C'est presque... amusant, de travailler comme ça. Quand il n'est pas d'une suffisance insupportable, Rory écoute vraiment. Et quand je ne suis pas hypercritique, j'apprécie peut-être même la façon dont nos esprits s'accordent. C'est exaspérément productif. Presque dangereux, en fait.

Pendant que Rory est plongé dans la réécriture de sa fin du premier acte, j'en profite pour aller fureter à l'étage. Mes craintes initiales que Fiona n'ait pas pensé à vérifier qu'il y avait deux chambres se sont vite dissipées. Il y en a deux et elles sont toutes les deux magnifiques. C'est du pur style cottage-core et je suis une convertie instantanée. Je jette mon dévolu sur la plus petite des deux. Non pas que je me sente particulièrement magnanime, mais parce que c'est celle qui a une salle de bain attenante. Depuis que je suis entrée dans la trentaine il y a deux ans, j'ai découvert que ma vessie aime devenir hyperactive la nuit, et la dernière chose dont j'ai besoin, c'est qu'on me voie aux petites heures du matin courir en pyjama en revenant de la salle de bain commune.

Il ne me faut que quelques minutes pour défaire ma valise et le cottage me semble immédiatement être un deuxième chez-moi. Je m'allonge sur le couvre-lit pour reposer mes yeux, et grâce au réveil ridiculement matinal et au long trajet en voiture, je m'endors.

Quand je me réveille, je suis pleine d'énergie et d'enthousiasme, et je dévale les escaliers avec une envie de tisane. Rory est en pleine écriture de nouveaux passages, alors j'essaie de ne pas le déranger. À la place, je parcours la petite mais éclectique sélection de livres de cuisine alignés à côté de la bouilloire.

Avec une recette de tajine mémorisée et la promesse solennelle d'essayer de la cuisiner cette semaine, je m'assois à la table de la cuisine et m'étire, espérant dénouer quelques tensions dans mon dos.

Rory imite mon mouvement, sauf qu'au lieu de s'étirer, il bascule sa chaise en arrière sur deux pieds, en équilibre précaire.

— Ne fais pas ça, l'avertis-je automatiquement. Tu vas te fendre le crâne, et ce n'est pas moi qui te conduirai à l'hôpital.

— C'est bon de savoir à quoi m'en tenir avec toi. Il laisse la chaise retomber lourdement sur ses quatre pieds, puis croise les bras derrière sa tête. Alors... à propos de ce baiser.

L'atmosphère entre nous change si brusquement que je jurerais l'avoir sentie. Ma colonne vertébrale se raidit. — *Quel* baiser ?

— Allez, tu n'as pas oublié.

— Bien sûr que non, mais ça n'a aucune importance.

— Vraiment ? Parce que je ne pense pas.

— Eh bien, tu aurais tort. On est ici pour travailler, tu te souviens ? Pas pour ressasser une... une erreur de jugement. Ma voix faiblit légèrement sur les derniers mots, et je me déteste pour ça.

— Choix de mots intéressant.

— Laisse tomber, Rory.

— Très bien. Si tu insistes. On se remet au travail, alors ?

— Au travail, fis-je écho, forçant ma concentration à revenir sur la page. Mais la tension persiste, électrique et non résolue, vibrant dans l'air entre nous.

— L'alchimie, dit-il soudain, brisant le silence comme un galet jeté dans une eau calme.

Je lève les yeux en fronçant les sourcils. — Quoi, l'alchimie ?

— Dans le livre, précise-t-il, bien que la façon dont son regard se pose sur moi suggère qu'il ne parle *pas seulement* du livre. Tu as dit tout à l'heure que la romance manquait d'alchimie. Qu'elle semblait... plate.

— Oui, parce que c'est le cas, je réponds, ma voix d'éditrice prenant automatiquement le dessus. Les interactions entre tes personnages principaux sont encore trop superficielles. Il n'y a pas de véritable étincelle, aucune de la profondeur émotionnelle de tes autres livres. Ils ne font que... je marque une pause, cherchant le mot juste. Suivre le mouvement.

— Alors, éclaire-moi. Penses-tu que l'alchimie peut être fabriquée ? Ou est-ce quelque chose qui doit déjà exister ?

— On va vraiment faire ça ?

— Pourquoi pas ? C'est pertinent. Il se lève et se met à faire les cent pas. Si le problème avec Sophie et Oliver est un manque d'alchimie crédible, on devrait peut-être examiner ce qui rend l'alchimie crédible.

— Bonne chance avec ça. L'alchimie, ironiquement, n'est pas une expérience scientifique, Rory. On ne peut pas simplement... je fais un vague geste avec mon stylo... la fabriquer.

— Je suis d'accord, ce n'est pas de la science. C'est une connexion humaine. Désordonnée, compliquée, imprévisible. N'est-ce pas ce que tu dis que je dois capturer sur la page ?

Le deuxième acte de son manuscrit *est* effectivement plat. La romance manque de vie, de spontanéité. Elle semble trop étudiée, trop répétée — comme si les personnages jouaient un rôle plutôt que de le vivre. Et si je suis honnête avec moi-même (un grand *si*), j'ai passé plus de nuits que je ne veux l'admettre à fixer mon plafond, me demandant pourquoi je tiens tant à arranger ça. Me demandant pourquoi son échec me semble si personnel.

— Arrête de faire ça.

— De faire quoi ?

— D'être sensé.

Rory rit, se lève et se sert à boire à son tour.

Je plisse les yeux. — Tu as ce regard.

Rory s'appuie contre le plan de travail en face de moi, tout en confiance décontractée, remuant du sucre dans son thé comme s'il n'allait pas dire quelque chose de ridicule. — Quel regard ?

— Celui qui précède généralement une idée terrible.

Il sourit, portant sa tasse à ses lèvres. — Et si c'était une excellente idée ?

— Très peu probable.

Il m'observe un instant, comme s'il évaluait son approche, puis pose sa tasse avec un tintement décidé. — Il y a de toute évidence quelque chose entre nous.

Je hausse un sourcil. — Quelque chose ?

— Tu sais bien. — Il agite une main entre nous, avec un naturel déconcertant. — L'alchimie. La tension. Tout ce petit jeu du « vont-ils ou vont-ils pas » autour duquel on tourne depuis notre baiser l'autre soir.

Je ricane, ignorant la chaleur qui me picote la peau à ce souvenir. — Je n'avais pas conscience qu'on tournait autour de quoi que ce soit.

— Oh, si. — Il penche la tête, l'air de s'amuser beaucoup trop de la situation. — Et au lieu de lutter contre, je propose qu'on... se laisse tenter.

Je soupire, en pressant mes doigts sur mes tempes. — Se laisser tenter ?

Il sourit. — Être sex-friends.

Je le regarde, interloquée. — Tu plaisantes.

— Tout à fait sérieux. — Il croise les bras, imitant ma posture. — On est coincés ensemble pour les quatre prochaines semaines, à travailler sur ce livre. Tu es mon éditrice. Je suis le désastre de manuscrit que tu dois gérer. Il y a de l'attirance... on le sait tous les deux. Alors, pourquoi ne pas s'amuser un peu en chemin ? Sans engagement, sans complications.

Je le dévisage, en attendant la chute. Elle ne vient pas.

— Tu penses que coucher ensemble va t'aider à finir ton livre ?

Il grimace. — Je ne le formulerais pas tout à fait comme ça.

— Comment le formulerais-tu, alors ?

— Je dirais qu'on y gagne tous les deux quelque chose, à cet arrangement.

Je laisse échapper un rire sec. — Tu te sers vraiment de l'écriture comme excuse pour coucher ?

— Pas une excuse, nuance-t-il avec un sourire en coin. Plutôt une source de motivation.

Je secoue la tête, sirotant les dernières gouttes de mon thé, ayant besoin de gagner du temps avant de faire quelque chose de ridicule, comme y songer sérieusement.

— Et quand tout ça nous explosera inévitablement à la figure ? je demande.

Il hausse les épaules, pas le moins du monde dérangé. — Ça n'arrivera pas. On est adultes. Pas d'attentes, pas de pression. Juste... une expérience sur notre alchimie.

Je lève les yeux au ciel. — Tu es une véritable plaie.

— Tu dis ça, mais tu y réfléchis.

Le salaud, c'est vrai.

— Désolé, dit-il, sans avoir l'air désolé du tout. C'est une mauvaise habitude. Ça va avec le personnage, j'imagine. — Il fait un vague geste, comme si toute son existence n'était qu'un long exercice de persuasion naturelle. — Mais sérieusement, qu'est-ce qui te retient ? Peur de perdre le contrôle ?

— Le contrôle n'est pas le problème, je mens, en croisant les bras. C'est une question de professionnalisme. De limites.

— Les limites peuvent être flexibles, rétorque-t-il, la voix basse, suave. Surtout quand elles mènent à une meilleure œuvre.

— Rory, tu es incroyable.

— Merci, dit-il, souriant comme si je venais de lui faire un compliment. Écoute, je comprends que tu sois prudente. Méfiante. Mais parfois, Lara, prendre des risques est le seul moyen de créer quelque chose d'extraordinaire.

— Des risques, je répète, mon esprit passant en revue les mille façons dont ça pourrait tourner au désastre. Ma réputation ternie, mes émotions en pagaille, et l'un de nous — *c'est-à-dire moi* — avec le cœur brisé, une erreur que j'avais juré de ne plus jamais commettre après James. Mais il y a aussi une autre pensée, plus discrète, plus difficile à ignorer : *Et s'il avait raison ?*

— Penses-y, dit-il, sa posture faussement détendue tandis que son regard reste ancré dans le mien. Tu me pousses dans mes retranchements, je te pousse dans les tiens. On reste professionnels pendant les heures de travail, et après... — Il laisse sa phrase en suspens, de manière provocante.

— Et après, quoi ?

— Après, on verra ce qui se passe, termine-t-il, son sourire s'élargissant. Sans attaches. Juste... Pour le bien du livre, évidemment.

— Évidemment, je fais écho faiblement, bien que rien dans tout ça ne semble évident. Ni prudent. Ni sensé.

— Allez, Yates. — Sa voix s'adoucit, taquine, mais pas méchante. — Tu es la meilleure éditrice avec qui j'ai jamais travaillé. Laisse-moi te prouver que je peux être à la hauteur. Littéralement. — Il sourit narquoisement, et je grogne, en enfouissant mon visage dans mes mains.

Mon Dieu, aidez-moi, je pense, sans savoir s'il s'agit d'une prière ou d'une malédiction.

— C'est d'accord, je dis, le mot m'est arraché comme s'il avait été délogé avec un pied-de-biche. Mes bras sont croisés si fort sur ma poitrine que je suis surprise de ne rien m'être déboîté. Je vais *y réfléchir*.

— Y réfléchir ? répète Rory, ses sourcils se haussant dans une fausse incrédulité, son sourire lui donnant cet air à la fois gamin et beaucoup trop sûr de lui. Lara Yates, tu viens d'accepter qu'on soit... mutuellement bénéfiques ?

— Ne tente pas le diable. — Je lui lance un regard noir qui ferait tressaillir la plupart des hommes. Rory, bien sûr, a juste l'air plus amusé.

— Pas le diable. Juste l'alchimie. — Sa voix baisse légèrement, et il y a quelque chose dans sa façon de le dire — douce, taquine, mais aussi délibérée — qui provoque un battement indésirable dans ma poitrine.

— Des limites, j'annonce, en ignorant ce que je viens de ressentir. Je claque des doigts pour appuyer mes dires, comme si je rappelais à l'ordre cette réunion ridicule. — *Si* — et c'est hypothétique — si on fait ça, il y aura des règles.

— Des règles. — Il hoche la tête solennellement, bien que le tressaillement au coin de sa bouche le trahisse. — J'adore les règles.

— Bizarrement, j'en doute. — Je rajuste mes lunettes, surtout pour ne pas avoir à le regarder droit dans les yeux quand je dirai la suite. — Ça reste en dehors du travail. Complètement. Le manuscrit passe avant tout. Si ça — je fais un vague geste entre nous, comme pour indiquer un accord invisible et idiot flottant dans l'air — devient un obstacle, c'est terminé. Sur-le-champ.

— Compris. — Il sirote sa boisson, me regardant avec trop d'insistance maintenant. C'est troublant, cette façon qu'a Rory de me regarder comme si je n'étais pas seulement un ramassis de règles éditoriales et de limites professionnelles, mais une vraie personne. Je préfère quand les gens s'en tiennent à la première impression.

— Aussi, je continue en m'éclaircissant la gorge, pas de démonstrations en public. La discrétion n'est pas négociable.

— La discrétion. — Rory lève les yeux, faisant semblant de réfléchir. — Donc, pas de « Rory + Lara » sur les murs des toilettes ? Pas de « Tu me complètes ! » hurlé depuis les toits ?

— Exactement. — Je le fusille d'un regard appuyé. — Et si tu m'appelles « ma puce » ou « ma chérie » ne serait-ce qu'une fois, ton livre et toi, vous vous débrouillerez vraiment tout seuls.

— Noté. — Il sourit en coin, mais son expression s'adoucit, à peine. — Autre chose, ou puis-je officiellement considérer que c'est la meilleure idée que j'aie jamais eue ?

— Ne t'emballe pas, dis-je en baissant les yeux sur le carnet devant moi. Je l'ouvre et commence à gribouiller n'importe quoi, tout pour éviter de regarder l'homme qui vient de réussir à m'embarquer dans... Quoi, au juste ? Un arrangement ? Une catastrophe annoncée ? Les deux ?

— Hé, dit Rory après un instant, le ton plus calme maintenant, moins joueur. Merci de me faire confiance là-dessus. Je sais que c'est... compliqué.

Compliqué est un faible mot, mais je ne le reprends pas. Au lieu de ça, je lève les yeux et surprends une expression sur son visage que je ne lui connais pas. Pas son sourire arrogant, pas son sourire en coin charmeur. Quelque chose qui se rapproche de la sincérité, teinté d'incertitude. Ça me déstabilise au point que tout ce que je parviens à faire, c'est un bref hochement de tête avant de baisser de nouveau les yeux.

— Bon, alors, dit-il en s'asseyant à la table de la salle à manger. Il est temps de se remettre à sauver mon chef-d'œuvre littéraire, non ?

— Enfin, quelque chose de sensé qui sort de ta bouche. Je me raccroche à ce changement de sujet comme à une bouée de sauvetage, revenant à mes notes avec bien plus d'enthousiasme que n'importe qui ne devrait en ressentir pour des modifications de structure. — Le chapitre douze a toujours besoin d'une refonte complète, au fait. Toute cette scène où Sophie accepte si vite ses excuses ? C'est incroyablement cliché.

— Ah, oui. La scène de la réconciliation sur l'oreiller. Il sourit en attrapant son ordinateur portable. — Ce que tu ne vois pas, Yates, c'est que c'est *romantique*. Tu sais, comme nous.

ONZE

Je suis appuyée contre le plan de travail de la cuisine, fixant mon faible reflet dans la fenêtre assombrie. J'avais oublié à quel point la campagne est silencieuse. Pas de circulation, pas de sirènes, pas de fêtards tapageurs en route vers le pub, ou en revenant.

La voix de Rory résonne depuis le salon, il dit quelque chose sur le fait que les mauvais dialogues de films sont fondamentalement un crime contre l'humanité. Je l'écoute à moitié, hochant la tête de temps en temps pour qu'il pense que je suis attentive.

Parce que je n'y arrive pas. Pas vraiment.

Cet *accord* entre nous... C'est bien. C'est sans prise de tête. Sans attaches. Sans sentiments compliqués. Juste deux adultes consentants qui se trouvent avoir une alchimie incroyable.

Je me prends encore la tête.

La vérité, c'est que je me suis fixé des règles. Des limites. Je les ai tracées avec la précision de l'une de mes notes d'édition : des lignes claires, sans ambiguïté. Rory n'a pas sa place dans ma vie au-delà de... ça. Il ne peut pas. Je n'ai pas la disponibilité mentale pour ça, pas alors que j'ai encore tant de choses à accomplir, pas alors que...

— Tu broies encore du noir, Yates ? Sa voix me tire de ma spirale, et je lève les yeux pour le trouver appuyé dans l'embrasure de la porte, une épaule contre le cadre. Sa chemise en lin blanc a des plis sur les plis, et il y a une sorte d'assurance nonchalante dans la façon dont il m'étudie, comme s'il savait exactement à quoi je pense.

— Broyer du noir, c'est ton rayon, Keane, je réponds en gardant un ton léger. C'est plus facile comme ça... les taquineries sont sans danger. Les taquineries n'ont pas de conséquences.

— Ouais, ouais. Il fait un pas de plus, et mon pouls s'emballe.
— Continue de te dire ça.

Il faut bien que quelqu'un le fasse. Je saisis mon verre d'eau, faisant semblant d'avoir besoin de m'occuper les mains.

— Drôle, dit-il, comblant maintenant complètement la distance entre nous. Il est beaucoup plus grand que moi, ce qui est agaçant, car ça lui donne un avantage injuste. Quand il penche la tête, ses yeux se plantent dans les miens, et soudain, j'ai l'impression de vouloir juste me blottir contre son torse.

— Rory, je commence, dans l'intention de l'avertir, mais ma voix sort plus faible que je ne l'aurais voulu.

— Détends-toi, murmure-t-il. — Pas de prise de tête ce soir. Juste... ça.

Et puis il m'embrasse.

C'est délibéré, comme s'il avait planifié ça pendant des heures, peut-être des jours. Ses lèvres sont chaudes, douces, mais il n'y a rien d'hésitant dans la façon dont elles s'emparent des miennes. Sa main glisse à l'arrière de mon cou, son pouce frôlant ma mâchoire, et d'un seul coup, le monde bascule.

J'oublie tout : les règles, les limites, les excuses fragiles auxquelles je me suis accrochée comme à une bouée de sauvetage. Tout ce à quoi je peux penser, c'est lui. La chaleur de sa bouche, le léger frottement de sa barbe naissante contre ma peau, la façon dont il a le goût de la camomille et de quelque chose de plus doux que je ne saurais nommer.

Mon souffle se coince quand il approfondit le baiser, son autre main trouvant ma taille, me tirant plus près comme s'il ne supportait pas l'idée d'un espace entre nous. Mon verre d'eau m'échappe et atterrit quelque part sur le plan de travail avec un bruit sourd, mais j'enregistre à peine le son.

C'est dévorant. Il est dévorant. Et pour la première fois, je me demande si je n'ai pas sous-estimé à quel point Rory Keane est vraiment dangereux.

Son baiser est une question à laquelle je ne me souviens pas avoir accepté de répondre.

Mes mains se posent contre son torse – peut-être pour le repousser, peut-être pour me stabiliser – mais à la seconde où je sens sa chaleur sous mes doigts, toute pensée de résistance se disperse comme des feuilles volantes dans le vent. Sa bouche bouge avec une détermination qui me coupe le souffle et le remplace par quelque chose de bien plus dangereux : le besoin.

— Attends, j'arrive à dire entre deux baisers qui me laissent étourdie et sans repères. — On ne devrait pas...

— On ne devrait pas quoi ? souffle Rory contre mes lèvres, sa voix assez basse pour faire flageoler mes genoux. Il n'arrête pas vraiment de m'embrasser. Ses lèvres frôlent le coin de ma bouche, puis ma mâchoire, puis juste sous mon oreille, là où il semble savoir exactement comment me défaire.

— Réfléchir, je lâche, même si en le disant, j'entends à quel point je manque de conviction. Mon cerveau est déjà en bouillie, et la façon dont ses dents raclent légèrement mon lobe d'oreille n'aide pas du tout.

— Réfléchir, c'est surcoté, dit-il, ses mots chauds contre ma peau, et il y a un foutu sourire narquois dans sa voix. Évidemment.

Au lieu de reculer, j'agrippe le tissu de sa chemise, le tirant plus près, comme si une part traîtresse de moi voulait s'ancrer à lui. La partie logique de mon esprit – celle qui hurle à propos des limites et des mauvaises idées – perd rapidement du terrain. C'est difficile de raisonner logiquement quand votre pouls martèle et que votre corps apprécie chaque contact.

Brusquement, il s'arrête et se recule. — Je sais ce sur quoi on s'est mis d'accord tout à l'heure. Mais j'ai besoin de savoir. Est-ce que c'est ce que tu veux ?

— Rory, je dis, son nom sortant doux et haletant. — Oui. Oui, c'est ce que je veux.

— Ah oui ? Ses lèvres retrouvent les miennes. Cette fois, il m'embrasse lentement et profondément, une sorte de supplice délibéré qui ne laisse aucune place à la pensée cohérente.

Je ne sais pas qui bouge en premier, mais soudain nous reculons en titubant, ou avançons, ou allons sur le côté – je n'ai aucune idée de la direction, car tout ce sur quoi je peux me concentrer, c'est lui. Ses mains sont sur ma taille, et les miennes dans ses cheveux, et d'une manière ou d'une autre, nous arrivons dans le couloir et en haut des escaliers sans nous prendre les pieds dans le tapis.

— La porte, dit Rory d'une voix rauque, et je réalise qu'il attend que je lui montre le chemin.

— D'accord, je marmonne, cherchant à tâtons derrière moi la poignée de la porte de la chambre la plus proche. Mon cœur bat si fort que je suis surprise qu'aucun de nous ne le remarque. Finalement, la porte cède, et nous nous écroulons à l'intérieur de sa chambre, nos bouches ne se quittant jamais.

L'urgence entre nous est électrique, crépitant à chaque contact, à chaque son. Mon dos heurte le mur et je halète, mais il est là, étouffant le son sous un autre baiser. Ses mains glissent jusqu'à mes hanches, envoyant des frissons parcourir ma peau même à travers les épaisseurs de tissu.

— Tu réfléchis encore trop ? me taquine-t-il, sa voix chargée d'amusement et de quelque chose de plus sombre qui me retourne l'estomac.

— Tais-toi, je lance sèchement, mais ma voix sonne plus désespérée qu'agacée, surtout lorsque je le tire vers moi par la taille de son jean.

Son rire est grave et malicieux, et avant que je ne puisse trouver une répartie intelligente, ses lèvres sont de nouveau sur les miennes, réduisant tout au silence, à l'exception de l'incendie qui se propage entre nous.

Le lit nous trouve — ou peut-être que c'est nous qui le trouvons ; j'ai dépassé le stade de me soucier des détails. Tout ce que je sais, c'est que l'espace entre nous disparaît complètement, et que le monde se réduit à sa chaleur et à la façon dont ses mains semblent savoir exactement où aller.

— Un problème, je souffle contre sa bouche, sans savoir si je parle de lui ou de moi. Probablement des deux.

— Un bon problème, rétorque-t-il, et je déteste à quel point cela a du sens en ce moment.

Ses mains trouvent mes hanches, fermes mais exaspérément douces, comme s'il cherchait à extraire de moi quelque chose dont j'ignorais l'existence. Rory nous déplace sans effort, ses mouvements confiants mais sans hâte, et je réalise, avec un mélange de frustration et de fascination, qu'il mène la danse — me guidant comme dans une sorte de chorégraphie complexe où lui seul connaîtrait les pas.

— Détends-toi, me murmure-t-il à l'oreille, son souffle chaud et agaçant de douceur.

— Qui a dit que je n'étais pas détendue ?

— Mm, tu aurais presque pu me tromper, me taquine-t-il, en se reculant juste assez pour me regarder. C'est à la fois déconcertant et exaltant. Mais ne t'inquiète pas, Yates. Je suis très doué pour les distractions.

— Un peu arrogant, non ? je réplique, essayant de retrouver une once de contrôle. Mais son pouce caresse ma mâchoire, inclinant mon visage vers lui, et la répartie pleine d'esprit que j'avais en tête meurt sur ma langue.

— Confiant, corrige-t-il, il y a une différence.

Avant que je ne puisse argumenter — non pas qu'il me reste le moindre argument cohérent — il m'embrasse de nouveau, lentement et délibérément cette fois, comme pour me mettre au défi de continuer à penser au lieu de ressentir. Et merde, je ressens tout : sa bouche, ferme mais douce, la façon dont ses mains remontent le long de mes hanches, provoquant des étincelles sous ma peau, la chaleur qui monte entre nous.

— Mieux, murmure-t-il lorsque nous refaisons enfin surface, sa voix rauque de quelque chose de primal et d'incroyablement addictif. Une de ses mains s'emmêle dans mes cheveux, tirant doucement, tandis que l'autre glisse le long de mon dos, trouvant le creux de ma taille et s'y posant comme si c'était sa place.

— Ne prends pas la grosse tête, j'arrive à dire. Mes ongles glissent légèrement sur son torse, et je fais semblant de ne pas remarquer la façon dont son souffle se bloque, la façon dont ses pupilles s'assombrissent en réponse. Au moins, je ne suis pas la seule à perdre la tête ici.

— Trop tard, lance-t-il, mais il y a une douceur sous la bravade, une attention qui ne cesse de me prendre au dépourvu. Elle est dans la façon dont il observe mon visage après chaque contact, chaque baiser, comme s'il attendait une permission tout en prenant les choses en main. C'est désarmant, enivrant.

Je suis sur le point de dire quelque chose — quoi exactement, je n'en ai aucune idée — quand il me soulève sur le lit, ses mouvements fluides et assurés. Le matelas s'affaisse sous mon poids, et avant que je ne puisse réaliser le changement, il me surplombe, ses yeux rivés aux miens avec une intensité qui devrait être illégale.

— Tu réfléchis encore trop ? demande-t-il, faisant écho à son commentaire précédent, mais il n'y a plus d'humour dans son ton maintenant, juste un défi silencieux. Ses doigts glissent le long de mon bras d'une manière qui me donne la chair de poule.

— Tais-toi, je souffle, le tirant vers moi parce que les mots sont officiellement devenus inutiles. La tension se brise, et soudain, il n'y a plus d'espace, plus d'hésitation, juste nous — en parfaite synchronisation, comme si nous avions fait ça mille fois auparavant et que nous n'en avions toujours pas assez.

Chaque contact semble à la fois délibéré et instinctif, comme si nous nous découvrions et nous souvenions l'un de l'autre en même temps. Ses mains trouvent la peau nue sous ma blouse, et le contraste de l'air frais et de ses paumes chaudes m'envoie un frisson. Il le remarque, bien sûr qu'il le remarque, et le sourire satisfait qui suit suffit à me donner envie de le gifler — ou de l'embrasser plus fort. Je choisis la deuxième option.

— Un problème, je dis de nouveau, ma voix étouffée contre son épaule.

— Un bon problème, répète-t-il, ses mots une basse vibration contre ma clavicule. Ses lèvres y laissent une traînée, enflammant des terminaisons nerveuses dont j'ignorais l'existence, et je prends distinctement conscience que je suis complètement, totalement dépassée.

Mais il croise à nouveau mon regard, son sourire s'adoucissant en quelque chose de presque révérencieux, et pendant une seconde — une seule seconde — cela ressemble moins à un jeu qu'à la gravité, inévitable et indéniable.

Sa bouche bouge comme si elle me connaissait mieux que moi-même — intentionnelle, dévorante, dévastatrice. À un moment donné, je perds la trace de ses mains, et franchement, des miennes aussi, parce qu'il est partout à la fois. Il y a un instant, fugace mais électrique, où nos mouvements faiblissent, puis nous rions — un rire bas, haletant, le genre de rire qui ne fait que rendre ce moment plus incendiaire. Ses doigts tracent des motifs le long de ma colonne vertébrale, me tirant plus près de lui.

— Tu testes les limites, Keane ? j'arrive à dire, bien que ma voix tremble plus que je ne le voudrais.

— Je m'assure juste, souffle-t-il contre mon oreille, que le plan cul te convient toujours.

La phrase est un défi déguisé en question. Mon rire se coince dans ma gorge, se transformant en quelque chose de plus proche d'un hoquet alors que ses lèvres trouvent un point juste sous ma mâchoire qui rend toute pensée cohérente une tâche herculéenne.

— Tais-toi, je finis par dire, mais il n'y a aucune malice derrière, seulement de l'abandon.

Nous sommes un enchevêtrement de membres, de souffles et de peaux, chaque mouvement délibéré mais exploratoire, comme si aucun de nous ne pouvait tout à fait croire que nous avions le droit de faire ça. Et oh, il est méticuleux — ses mains, ses lèvres, son corps — un homme qui ne survole pas une page ; il lit chaque mot, deux fois, à la recherche du sous-texte. Le temps que nous nous effondrions ensemble, la pièce semble différente, comme si l'air lui-même s'était modifié pour s'adapter à ce qui venait de se passer entre nous.

Je fixe le plafond, le rythme saccadé de ma respiration s'apaisant peu à peu. Mes cheveux collent à mon front, mes jambes sont en coton, et quelque part dans un coin de mon esprit, je suis déjà en train de remanier ce moment pour en faire quelque chose de moins... monumental. Quelque chose qui ne rendra pas demain impossible.

Ok, je me dis, en essayant de dompter mes pensées. Tout va bien. Les gens normaux font ça tout le temps. Sans prise de tête. Amusant. Sans attaches. Sans problèmes.

Mais la vérité, c'est qu'allongée là, avec lui — son bras pressé contre le mien, sa respiration régulière et rythmée à la fois rassurante et exaspérante — je me sens tout sauf détendue. Ce n'est pas seulement mon corps qui est fatigué ; c'est ma résolution, ma barrière si soigneusement érigée entre la logique et les sentiments. Parce que ce n'était pas censé être si... intense.

Je lui jette un coup d'œil en coin. Il a l'air complètement imperturbable, comme quelqu'un qui vient de réussir à poser un avion sans même savoir qu'il était en train de s'écraser. Ma poitrine se serre, non pas de regret ni de honte, mais d'une lucidité crue et terrifiante : je suis complètement dépassée. Et le pire ? C'est que ça pourrait bien me plaire.

Le lit bouge quand Rory remue à côté de moi, rompant l'équilibre si fragile que je faisais semblant de maintenir. Je garde les yeux fixés sur le plafond, comme s'il détenait toutes les réponses, écrites quelque part dans les fissures du plâtre, si seulement je plissais les yeux assez fort.

— Tu réfléchis, dit-il, la voix basse et exaspérément amusée. J'entends tes méninges travailler d'ici.

— C'est impossible, je réponds d'un ton neutre, toujours le regard vers le haut. Les pensées ne font pas de bruit.

— Les tiennes, si, rétorque-t-il avec aisance, et je sens le matelas s'enfoncer de nouveau alors qu'il se redresse sur un coude. Il est plus proche maintenant, et je le sens qui me regarde, m'étudie avec cette confiance inébranlable qui me donne envie à la fois de l'embrasser encore et de lui jeter un objet lourd à la figure.

— Vas-y, alors, je réponds. Dis la chose suffisante que tu meurs d'envie de dire.

— Oh, non, dit-il d'un ton léger. Je profite juste de l'instant. Tu sais, je prends des notes... à des fins de recherche.

Ça capte mon attention. Je tourne la tête vers lui si vite que je crois m'être fait mal quelque part. — Des recherches ?

— Mm-hmm, fredonne-t-il, s'amusant visiblement beaucoup trop. Pas mal, d'ailleurs. Pour de la recherche.

— Tu te moques de moi ? j'arrive à dire, bien que les mots sortent faibles, à moitié haletants, d'une manière qui trahit à quel point je suis secouée. Ce qui, bien sûr, ne fait qu'élargir son sourire.

— Pourquoi je plaisanterais sur un sujet si important ? répond-il innocemment, mais une lueur dans son regard me dit qu'il sait *exactement* ce qu'il fait. Il essaie de me faire réagir, et pire, il y arrive.

— Incroyable, je dis. Le culot. L'*audace*.

— Détends-toi, dit-il, son ton s'adoucissant juste assez pour me désarmer davantage. Je plaisante. Pour ce que ça vaut... je ne mentais pas quand je disais que ce n'était pas mal.

— Pas mal, je répète d'un ton plat. Un oreiller percute son visage avant même que je réalise que je l'ai lancé. C'est un bon coup, en plus — franc et direct — bien que le « pouf » satisfaisant soit de courte durée, car Rory se contente de rire, un rire bas et imperturbable, comme s'il s'y attendait.

— Sérieusement ? Sa voix est mielleuse d'amusement alors qu'il ajuste l'oreiller maintenant posé sur ses genoux, s'adossant nonchalamment à la tête de lit comme si je ne venais pas de déclarer la guerre. C'est ça, ta réponse ? Le recours à la violence ?

Mes doigts se crispent sur le bord d'un autre oreiller, et j'envisage de lancer une deuxième attaque. — Si tu penses que *ça*, c'était violent, tu ne me connais clairement pas très bien.

Il lève les bras en signe de trêve, et je me rallonge, me blottissant contre sa poitrine. Son bras droit s'enroule autour de mon épaule, et c'est incroyablement bon de se sentir tenue. Désirée.

C'était censé être simple. Sans prise de tête. Un peu de bon temps pour décompresser, rien de plus. Mais alors que je suis allongée ici, dans son lit, à fixer le plafond, je sens le poids de la vérité m'écraser : je suis dans le pétrin. Un pétrin énorme, compliqué, en forme de cœur.

Le silence s'étire, lourd de tout ce qui n'est pas dit. Je le sens là, à quelques centimètres, et il me faut chaque once de volonté pour ne pas bouger la tête. Pour ne pas le regarder à nouveau et risquer de m'enfoncer plus profondément dans ce je-ne-sais-quoi.

— Bonne nuit, Lara, dit-il finalement.

— Bonne nuit, je réponds dans un souffle à peine audible.

Je reste allongée longtemps après que sa respiration soit devenue régulière, fixant les vagues contours des ombres qui dansent sur les murs. Ce n'est pas censé me faire cet effet. Ce n'est pas censé paraître si... *important*.

Mais c'est le cas.

Et ça me terrifie.

DOUZE

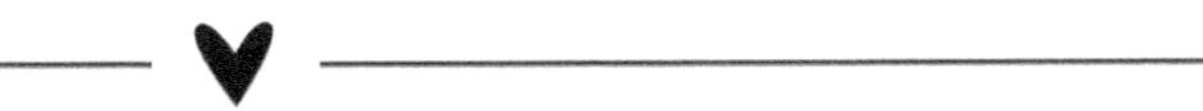

Je me réveille dans un silence si pesant qu'il en est assourdissant. La lumière vive du matin filtre à travers les stores, crue et impitoyable, éclairant le chaos dans ma tête bien plus efficacement que je ne le voudrais. Mon corps s'agite avant que mon esprit ne le rattrape — un réflexe musculaire qui me redresse, fait basculer mes jambes sur le côté du lit, mes pieds cherchant mes chaussons, que j'avais bien pris soin de laisser à côté de mon lit... dans la chambre d'en face. Merde, j'ai passé la nuit dans sa chambre.

Il est là, dans le lit, profondément endormi. Je peux sentir son odeur. Peau chaude, savon au cèdre et cette odeur indéfinissable que doivent avoir les décisions imprudentes. Sans prise de tête, je me rappelle. On était d'accord. Deux adultes qui font des choix douteux, mais qui gardent les choses simples.

« Sans prise de tête » est un mensonge que je me suis raconté à 22 h 37 quand je l'ai embrassé dans la cuisine et tout le long de l'escalier, et un autre que je me suis raconté quand ses mains ont glissé le long de mon dos d'une manière qui n'avait rien de désinvolte.

Je me lève et repère mon chemisier drapé sur le dossier d'une chaise — Dieu merci pour les petites faveurs. Au moins, je ne suis pas à la recherche de sous-vêtements manquants ou en train de ramasser les morceaux de ma dignité sur le sol. En enfilant le tissu impeccable, je redresse le col et me jette un rapide coup d'œil dans le miroir. Cheveux : en bataille, mais rattrapables. Maquillage : inexistant, mais au moins mes lunettes sont là où elles doivent être, perchées sur la table de nuit. Attitude professionnelle : intacte, même si la personne qui l'arbore a l'impression d'avoir été frappée par des éclats émotionnels.

— Reprends-toi, je dis en attachant mes cheveux en une queue-de-cheval basse. C'est un mantra maintenant, aussi fiable que le café ou les échéances.

Mon téléphone vibre sur la table de chevet, une distraction bienvenue. Je le saisis avant qu'il ne puisse réveiller la belle au bois dormant et je parcours les e-mails, les alertes d'actualités et un texto de groupe du personnel demandant qui est partant pour un verre en milieu de semaine ce soir (spoiler : pas moi). Le travail est là aussi, attendant comme toujours, constant et fiable dans ses exigences. Un e-mail du marketing à propos du livre de Rory, objet : *Urgent - Besoin de votre avis au plus vite.*

— Évidemment, je soupire en l'ouvrant. Donner mon avis est ma zone de confort. C'est noir sur blanc, concret, dénué de tout ce qui est désordonné et flou — contrairement à ce truc avec Rory.

Sans prise de tête. Je répète le mot comme si c'était une formule magique pour empêcher mon cerveau de court-circuiter. Il n'y a pas de place pour les complications ici, pas d'espace pour que les sentiments personnels se déversent dans les eaux professionnelles. J'ai travaillé trop dur, j'ai trop sacrifié de moi-même pour bâtir cette carrière, pour la laisser s'effondrer à cause d'une... bon, d'accord, de deux nuits de mauvaises décisions enveloppées de bonnes intentions.

J'essaie de me concentrer, parcourant l'e-mail du pouce. Jargon marketing, chiffres de vente révisés, questions sur les données démographiques cibles — c'est un terrain sûr, merveilleusement impersonnel. Ma poitrine se desserre légèrement, le rythme familier du travail repoussant tout le reste sur les côtés.

Le travail d'abord, les sentiments plus tard, je me dis, même si je sais très bien que « plus tard » n'est pas à mon agenda. Ni maintenant, ni jamais.

Je traverse la pièce, ma jupe à la main, ma veste drapée sur l'autre. Mon chemisier est boutonné... enfin, presque. Les deux derniers boutons manquent toujours à l'appel, mais je ne vais pas me mettre à quatre pattes pour les chercher. Les coups d'un soir ne sont pas fournis avec un service des objets trouvés.

J'atteins la porte, la main en suspens au-dessus de la poignée, et je m'arrête juste assez longtemps pour reprendre mon souffle. Inspirer, expirer. Remise à zéro. Ça va. Ça *va*. La nuit dernière était... sympa. Imprudente, certes, mais aussi contenue. Une jolie petite boîte de sexe torride, nouée d'un ruban de compréhension mutuelle : sans attaches, sans complications, sans émotions désordonnées.

Un coup d'un soir. Rien de grave.

Puis, parce que c'est ma vie, j'entends sa voix derrière moi.

— Tu pars déjà ? Quoi, pas de café ? Pas de baiser d'adieu ? Le ton de Rory est léger, teinté d'amusement, comme si tout cela faisait partie d'une charmante routine matinale que nous aurions répétée cent fois.

— C'est bien présomptueux de ta part, je dis, en tournant juste assez la tête pour jeter un coup d'œil par-dessus mon épaule. Il est adossé à la tête de lit, les draps amassés autour de sa taille, comme s'il jouait dans une publicité pour un « salaud suffisant ». Ses cheveux sont en désordre, des mèches sombres lui tombant sur le front d'une manière qui ne devrait pas être aussi séduisante à... Quelle heure est-il ? Sept heures du matin ? Neuf heures ? Qui sait ? Le temps perd tout son sens quand on essaie de s'échapper sans se faire remarquer.

— Présomptueux ? répète-t-il en haussant un sourcil. Lara, tu t'es faufilée hors du lit comme si tu fuyais la scène d'un crime. Pardonne-moi si j'ai pensé que t'offrir de la caféine était un geste de bon voisinage.

— Je suis en retard. Le travail, tu te souviens ? Ce truc pour lequel on me paie pour que tu respectes tes délais.

— Ah, oui. Le travail. Où nous allons prétendre que tu n'as pas juste qualifié la nuit dernière de « ce truc ».

— La nuit dernière a été exactement ce qu'elle devait être, je dis en gardant ma voix égale. Rien de plus, rien de moins.

— Bien sûr. Il penche la tête, m'étudiant comme si j'étais un rebondissement particulièrement complexe et qu'il n'avait pas encore décidé s'il l'adorait ou le détestait. Et moi qui pensais que les éditrices étaient censées être d'une franchise brutale.

— La franchise brutale ne requiert pas de détails, je rétorque, la main de nouveau sur la poignée de porte. Elle est efficace. Comme de partir avant le petit-déjeuner.

— Si tu le dis.

Je ne réponds pas. À la place, j'ouvre la porte et je sors, la laissant se refermer derrière moi avec un claquement définitif que je ne ressens pas tout à fait.

Ma main s'attarde sur la poignée une seconde de trop, comme si mon corps n'avait pas encore tout à fait intégré le plan de sortie soigneusement élaboré par mon cerveau.

Mais sa voix — *Et moi qui pensais que les éditrices étaient censées être d'une franchise brutale* — me colle à la peau comme un Post-it sur lequel une demi-phrase a été griffonnée. Inachevée. Incomplète.

« Efficace » n'explique pas pourquoi ma poitrine est si serrée, ni pourquoi je dois consciemment desserrer ma mâchoire avant de me diriger vers le sanctuaire de ma propre chambre.

Le temps de prendre une douche et de descendre pour commencer officiellement la journée, l'odeur du café a déjà envahi l'air, courtoisie de l'incursion de Rory dans la vie domestique. Cet homme peut charmer une foule, écrire un bestseller et, apparemment, préparer une bonne cafetière de café. À ajouter à la liste des raisons pour lesquelles je ne devrais pas le laisser m'atteindre. Trop de charme, c'est dangereux ; tout le monde sait ça.

Je m'assois en bout de table, où des piles de pages de manuscrit me dévisagent comme une accusation. Parfait. Quelque chose de tangible. De réel. Pas... la nuit dernière. Ni ses taquineries. Ni la façon dont il m'a regardée, comme si j'étais à la fois une énigme et sa solution. Seulement le travail.

Le travail est une valeur sûre. Le travail est prévisible. Le travail ne vous laisse pas tomber...

— Bonjour, dit-il en se glissant sur la chaise en face de moi. Il tient deux tasses, dont l'une qu'il pousse dans ma direction. Le café a une odeur riche, corsée et bien trop tentante... un peu comme celui qui me l'apporte, si j'étais du genre à faire ce genre de comparaison. Ce qui, de toute évidence, n'est pas mon cas.

— Merci, dis-je, la voix sèche, même si ma main me trahit en attrapant immédiatement la tasse. Je prends une gorgée et laisse la chaleur m'envahir, en gardant les yeux rivés sur le manuscrit en face de moi. Ne pas engager la conversation. Ne pas l'encourager. Juste... corriger.

— Par où est-ce qu'on commence ?

— J'ai une liste, dis-je en tapotant la marge de la page quarante-sept avec mon stylo.

— Pourquoi ça ne m'étonne pas ?

— On commence par cette accumulation d'adjectifs. Tu avais vraiment besoin de trois façons différentes de décrire son sourire ? On a compris. Elle est radieuse, lumineuse, *et* éblouissante.

— C'est l'héroïne, dit-il en haussant les épaules. Je pensais que tu apprécierais un peu de variété.

— La variété, c'est surfait, je réplique en encerclant les mots incriminés. Choisis-en un. Sinon, on a l'impression que tu n'arrives pas à te décider.

— D'accord. Quoi d'autre ?

— Au début de l'acte trois, les motivations d'Oliver ne sont toujours pas claires, j'explique en gardant un ton professionnel. Distant. Tu as toute cette montée en puissance avec son conflit interne, mais ensuite, il... il lui pardonne, comme ça ? Sans hésitation ? Sans retombées ? Ça semble immérité.

— D'accord, ce n'est pas faux, dit Rory en hochant lentement la tête. Et si... Et si on ajoutait une scène où il la confronte d'abord ? Genre, il met vraiment tout sur la table avant de décider de lui pardonner ou non ?

— Ça pourrait marcher, j'admets, impressionnée malgré moi par la rapidité avec laquelle il rebondit. Mais il faut plus qu'une simple confrontation. Il doit y avoir un moment où il se remet en question lui aussi, où il se demande s'il est prêt à faire de nouveau confiance. Il faut que ce soit le chaos.

— Compris.

— Et aussi, abandonne le cliché du toit, j'ajoute en pointant la note que j'avais griffonnée à l'encre rouge en bas de la page.

Personne n'a de révélations profondes sur un toit avec vue au coucher du soleil. Ça a été fait et refait.

— Hé, moi, j'*aime* les toits, proteste Rory, mais une lueur espiègle brille dans ses yeux. C'est romantique.

— C'est de la paresse, je contre. Et tu vaux mieux que ça.

— Wow, acquiesce-t-il. Un compliment et une insulte dans la même phrase. Ambassadrice, vous me gâtez vraiment.

— Ne t'y habitue pas.

Nous nous plongeons plus profondément dans l'acte trois, nous lançant des idées comme dans une partie de ping-pong verbal. Et quelque part entre un débat sur les mérites d'un grand geste par rapport à une réconciliation discrète, je réalise quelque chose d'étrange. Il... m'écoute. Il m'écoute vraiment. Et pas de cette façon feinte, en hochant la tête et en souriant, comme le font la plupart des auteurs quand je démolis leurs œuvres chéries. Il est impliqué, plein d'énergie, se nourrissant de l'élan de notre conversation, comme si c'était l'acte de collaboration lui-même qui déclenchait quelque chose en lui. Il veut sincèrement que *Pleinement, Pour Toujours* soit le meilleur livre possible. Il est prêt à réécrire des chapitres entiers si cela améliore la narration.

Et, ce qui est agaçant, c'est que ça déclenche aussi quelque chose en moi.

— Attends, dit-il soudain en claquant des doigts. Et si le grand tournant n'était pas qu'elle s'excuse auprès de lui ? Et s'il réalisait qu'il n'a pas besoin de ses excuses pour aller de l'avant ? Que son apaisement vient de l'intérieur, pas d'elle.

Je cligne des yeux, prise au dépourvu par ce changement de perspective. C'est... bien. Vraiment bien. Mieux que tout ce que j'ai suggéré. Mon stylo plane au-dessus du manuscrit alors que j'essaie de comprendre la sensation inconnue qui se tortille dans ma poitrine. De la fierté ? De l'admiration ? Non. Certainement de la faim.

— Ça... pourrait marcher, dis-je prudemment, n'osant pas en dire plus. Parce que la vérité, c'est que ça ne fait pas que marcher, c'est brillant. Et le fait que j'aie pu jouer ne serait-ce qu'un petit rôle pour l'aider à y parvenir est à la fois exaltant et terrifiant.

— Tu vois ? dit Rory en m'adressant un sourire triomphant. Je t'avais dit que les toits étaient romantiques.

Il ouvre son ordinateur portable, sort l'écran de veille et fait défiler le document pour trouver la page, prêt à écrire la scène. Mais il s'arrête et lève les yeux vers moi.

— Hé, Lara ?

— Oui ?

— Merci. Sa voix est douce. Quand je lève enfin les yeux, son sourire est plus tendre, moins calculé. Plus vrai.

— Pour quoi ? je demande, ma propre voix à peine plus qu'un murmure.

— Pour m'aider à le rendre meilleur, dit-il simplement.

Et merde, la façon dont il me regarde en ce moment... comme si j'étais plus que son éditrice, plus qu'une simple distraction passagère.

La main de Rory frôle la mienne alors qu'il tend le bras pour attraper un stylo qui n'est même pas de *son* côté de la table. Le contact est fugace, assez désinvolte pour être ignoré, sauf qu'il est tout le contraire. Je me fige au milieu d'une phrase, les mots s'évaporant comme de la vapeur sur le bitume.

— Arrête ça, dis-je en haussant un sourcil.

— Arrêter quoi ? Sa voix s'adoucit, devient plus grave, plus suave, le ton taquin se muant en quelque chose de plus chaleureux. De plus dangereux.

— Tu es censé réfléchir, pas... me couver du regard.

— Couver du regard ? Il a un petit rire, et le son est riche, plus profond qu'avant. Je ne couve pas du regard. Je brûle de désir. Il y a une différence.

— C'est discutable, dis-je, mais j'ai envie de rire. Maudit soit-il.

— Admets-le, dit-il, son sourire s'élargissant. Tu souris. Tu me trouves drôle.

— Eh bien, il en faut bien un, je réplique. Parce que la vérité, c'est qu'il *est* drôle. Et vif d'esprit. Et désarmant de facilité à me faire oublier pourquoi je suis censée garder mes distances.

Le silence s'étire, tendu et vibrant. Je devrais détourner le regard. Je ne le fais pas. Je le regarde, lui, et soudain la table semble trop petite, la pièce trop chaude.

Avant même de réaliser ce que je fais, je suis debout. La chaise racle le sol, assez fort pour me ramener à la réalité, sauf que je ne m'arrête pas. Je contourne la table, comblant l'espace entre nous en trois grandes enjambées.

— Je teste une théorie, dis-je sèchement, la voix plus assurée que je ne le suis.

— Laquelle ? Son expression change, la surprise traverse son visage, mais l'anticipation dans ses yeux est indéniable.

— À savoir si tu brûles de désir ou non, je réponds, puis je l'embrasse.

Ce n'est ni hésitant, ni prudent, ni aucune de ces choses que j'ai passé des années à m'entraîner à être. C'est de la chaleur, de la friction et un abandon téméraire, et pour une fois dans ma vie, je me fiche des conséquences.

Rory réagit instantanément, ses mains agrippant ma taille alors qu'il me tire plus près de lui, éliminant le dernier lambeau d'espace entre nous. Le baiser s'approfondit, sa bouche se mouvant contre la mienne avec une faim qui égale la mienne. Une de ses mains glisse dans mon dos, ses doigts s'emmêlant dans mes cheveux, tandis que l'autre m'ancre fermement en place.

Je halète contre ses lèvres, et il profite de l'ouverture, sa langue s'engouffrant dans ma bouche d'une manière qui fait vaciller mes genoux. Mes mains s'agrippent à sa chemise.

— Tu réfléchis encore trop ? dit-il, son souffle chaud et saccadé.

— La ferme, parviens-je à dire en le tirant de son siège pour qu'il se dresse face à moi.

Le manuscrit oublié, la table de la salle à manger devient un champ de bataille – une collision de désir, de frustration et de vérités tues. Ses lèvres glissent le long de ma mâchoire jusqu'au point sensible juste sous mon oreille, et je retiens un gémissement, ma tête basculant en arrière pour lui offrir un meilleur accès.

— Mon Dieu, Lara, murmure-t-il, la voix rauque et brisée, comme si je le chamboulais autant qu'il me chamboulait. Et c'est peut-être le cas. Peut-être que nous fonçons tous les deux droit vers quelque chose que nous ne pouvons pas contrôler, quelque chose qui nous brisera inévitablement.

Mais pour l'instant, je m'en fiche. Pour l'instant, il n'y a que lui – son contact, sa chaleur, son tout – et pour une fois, je me laisse aller.

L'air frais de la fenêtre ouverte frôle mes épaules nues, et je réalise trop tard que je suis toujours debout au milieu de la cuisine, débraillée et complètement défaite. Mon regard se pose sur les pages du manuscrit éparpillées sur la table – victimes oubliées de notre... détour – et une pointe de culpabilité me serre le cœur. Je jette un coup d'œil à Rory.

— Ne dis rien, dis-je en levant la main avant qu'il ne puisse parler. — Quoi que tu t'apprêtes à dire, ne le dis pas.

— Dire quoi ? Il hausse les épaules, bien trop content de lui. — Que tu es belle quand tu es légèrement déjantée ? Parce que c'est vrai.

— Rory.

— Ça va, ça va. Je ne dirai pas un mot.

— Bien. Je saisis ma blouse sur le dossier d'une chaise, pour la deuxième fois ce matin, et l'enfile, la boutonnant avec plus de force que nécessaire. — Parce qu'on ne parle pas de ça. Jamais.

— Vraiment ? Jamais de la vie ? Son ton est léger, taquin. — Ça semble un peu dommage. Je veux dire, on faisait de sacrés progrès sur...

— Non, je l'interromps, plus fort cette fois. — Ça ne change rien. On est toujours là pour travailler sur ton roman, et c'est tout. Pas de complications. Pas de distractions.

— Bien sûr, dit-il nonchalamment, — si c'est comme ça que tu veux jouer.

— C'est exactement comme ça que je veux jouer.

TREIZE

Troisième jour. L'attrait de la nouveauté de l'isolement à la campagne s'est officiellement dissipé, et la routine s'est installée — si l'on peut appeler routine l'équilibre précaire entre l'écriture, l'édition et l'esquive de la tension sexuelle sous-jacente.

Nous avons discuté des changements majeurs, nous nous sommes mis d'accord sur la direction à prendre et, maintenant, Rory est plongé dans son manuscrit, le front plissé, les doigts volant sur le clavier dans cet état fiévreux, comme en transe, qui suggère qu'il pourrait bien être en train de progresser. Je savourerais bien cette victoire, mais j'ai appris à mes dépens à ne pas crier victoire trop vite.

Pendant qu'il travaille, j'en profite pour jeter un œil au manuscrit d'une autre de mes autrices qui a atterri dans ma boîte de réception. En général, je n'aime pas passer d'un projet à l'autre, car il faut du temps pour se mettre dans le bon état d'esprit, puis pour en sortir. Je fais une exception parce que j'avais hâte de lire le dernier livre de Rebecca depuis que Scott & Drake a annoncé qu'elle avait signé un contrat pour deux livres, après son merveilleux premier roman.

Mais c'était une mauvaise idée. Voilà trois fois que je relis la même phrase et je suis incapable de dire si elle est sublime ou insupportable.

— Tu fusilles cet écran du regard comme si tu voulais le

provoquer en duel sur le parking, lance la voix de Rory, perçant le silence, douce et légèrement amusée. Il s'appuie contre l'autre bout de la table, les bras croisés sur son torse, un sourcil arqué d'un air faussement inquiet.

— C'est peut-être le cas, dis-je. Au moins, ça me ferait du bien de me dégourdir les jambes.

— Ah, eh bien, dans ce cas... Il penche la tête vers la fenêtre, où le soleil de fin d'après-midi filtre à travers les rideaux. Et si on arrêtait pour aujourd'hui ? Aller marcher. Prendre l'air avant que tes yeux ne se croisent pour de bon.

— Arrêter ? je lève les yeux, incrédule. Tu as une deadline, Keane. Les deadlines ne prennent pas de pause pour aller marcher.

— C'est vrai, dit-il en se détachant de la table avec une grâce nonchalante que seule une personne agaçamment grande peut se permettre. Mais les éditrices, si. Et les écrivains. C'est ce qu'on m'a dit. Son sourire est désarmant, mais je refuse de me laisser avoir. J'ai bâti toute ma carrière sur mon immunité au charme, surtout le sien.

— Tu n'as pas un chapitre à réécrire ? je contre-attaque, en croisant les bras et en lui lançant mon meilleur regard du genre « tu ne t'en tireras pas comme ça ».

— Tous les experts disent qu'il ne faut pas rester assis devant un ordinateur plus de quarante-cinq minutes d'affilée, réplique-t-il, se dirigeant déjà vers la porte. Viens, il fait un temps magnifique.

J'hésite, le regard fixé sur la page affichée à l'écran et sur la tasse de thé à moitié vide à côté. Prendre l'air, ça semble sympa, bien sûr, mais prendre l'air avec Rory ? C'est... compliqué.

— Très bien, je grogne en me levant et en lissant les plis de mon chemisier. Mais si ça se transforme en une sorte de promenade inspirante dans la nature où tu te mets à faire des imitations de David Attenborough, je t'abandonne dans les bois.

— Marché conclu, dit-il, en tenant la porte ouverte avec une courbette exagérée. Mais seulement parce que je me perdrais probablement sans toi.

Le sentier est meuble sous nos pieds, la lumière du soleil tachetée par le filtre de la canopée au-dessus de nos têtes. Des oiseaux pépient quelque part au loin, et l'odeur du pin flotte lourdement dans l'air. C'est idyllique. Pittoresque. On se croirait dans un de ses romans.

Et pourtant, tout ce sur quoi je peux me concentrer, c'est le silence entre nous. Pas gênant, à proprement parler, mais plutôt ce genre de silence qui semble plein, chargé de non-dits. Une partie de moi a envie de le combler, de dire n'importe quoi pour rompre le charme, tandis qu'une autre s'accroche à ce calme comme à une bouée de sauvetage.

Rory marche un pas devant moi, les mains nonchalamment fourrées dans les poches. Il y a une aisance en lui, ici, au grand air ; son habituelle énergie débordante est apaisée par le rythme du sentier. Je me demande s'il le sent aussi, cet étrange poids de la nuit dernière qui pèse sur nous. Cette façon dont tout a changé, presque imperceptiblement, comme une plaque tectonique glissant sous la surface.

Non pas que je pense à la nuit dernière. Pas trop.

— Tu es bien silencieuse, dit soudain Rory, en me jetant un regard en arrière avec un sourire taquin. Je devrais m'inquiéter ?

— Je profite juste du calme, je réponds en gardant un ton léger. C'est rare que tu sois aussi silencieux. Je devrais en profiter tant que ça dure.

— Compris, mais sérieusement, ça va ? Tu as l'air... différente.

— Différente comment ?

— Pas sûr, dit-il en reportant son attention sur le sentier devant lui. Je suppose que je vais devoir continuer à marcher pour le découvrir.

Le voilà de nouveau, ce changement, subtil mais indéniable. Je me mords l'intérieur de la joue, résistant à l'envie d'insister, de lui demander ce qu'il veut dire. À la place, je laisse le silence s'étirer à nouveau entre nous, chaque pas nous enfonçant plus profondément dans les bois et plus loin de la distance de sécurité que nous avions réussi à maintenir auparavant.

— Attention, dis-je alors que Rory enjambe une racine avec la grâce d'un faon nouveau-né. Il ne faudrait pas que le grand romancier se torde la cheville en pleine nature. Imagine les gros titres.

— Imagine les ventes, rétorque-t-il en me regardant par-dessus son épaule. « Un écrivain survit à une épreuve déchirante dans les bois. Trouve l'inspiration. Écrit un chef-d'œuvre. Des millions de lecteurs en larmes. »

— Je paierais cher pour te voir essayer de survivre ici. Je suis presque sûre que ton idée de « vie à la dure » implique un service en chambre tiède.

— Eh, je te signale que j'ai déjà campé pendant tout un week-end. Il bombe ses biceps. Pas de Wi-Fi. Pas de minibar. À la dure. Juste moi, les étoiles et une vache très en colère, qui n'a pas du tout apprécié que je décide de planter ma tente sur son territoire.

— Vraiment héroïque. Sa bêtise est presque attachante. Presque.

Nous marchons un peu plus loin, le bruit des feuilles qui craquent sous nos pas remplissant les espaces entre nous. La répartie est familière, facile — comme enfiler un vieux pull. Sauf que ce pull en particulier a été déformé, tiré par des pensées que je n'arrive plus à ranger dans de petites boîtes bien ordonnées.

— Tes parents, dit soudain Rory, son ton changeant juste assez pour attirer mon attention. Qu'est-ce qu'ils pensent de ce que tu fais ?

J'hésite, non pas parce que je ne connais pas la réponse, mais parce que je l'ai répétée tellement de fois. « Ce sont... des gens pragmatiques. » Je garde une voix égale, mesurée. « Mon père est comptable dans une société d'ingénierie, ma mère est professeure d'histoire. Ils aiment les choses qu'ils peuvent quantifier. La réussite en chiffres, la progression par étapes claires. Ma carrière n'est pas vraiment livrée avec une feuille de route qu'ils comprennent. »

— Difficile de quantifier le génie de l'édition ? demande-t-il.

— Quelque chose comme ça, dis-je en haussant les épaules,

bien que les mots pèsent plus lourd que je ne le voudrais. Je pense qu'ils ont toujours cru que je me dirigerais vers quelque chose de plus stable. Le droit, peut-être. La finance. Certainement pas l'édition. Mais, bon, me voilà.

— Et te voilà, répète-t-il, la voix plus douce maintenant. Et laisse-moi deviner... ils te demandent encore quand tu vas te trouver un « vrai travail » ?

— Pas avec ces mots-là, admets-je avec un faible sourire. Mais oui, il y a toujours ce sous-entendu de... déception. Comme si j'étais une sorte de pièce de puzzle qu'ils n'arrivent pas à faire entrer.

— C'est ridicule, dit Rory en fronçant les sourcils. Au contraire, ils devraient se vanter de toi à chaque dîner en ville. Tu es brillante, Lara.

Ses mots me prennent au dépourvu, une étrange chaleur me montant au cou. Je dévie, parce que que puis-je faire d'autre ? — Tu ne les as clairement jamais rencontrés. Les compliments, ce n'est pas vraiment leur langage de l'amour.

— N'empêche, persiste-t-il, l'air sincère. Tu fais quelque chose qui te passionne. Ça vaut bien plus que de correspondre aux attentes des autres.

— Ça, c'est le genre de chose que dit un homme qui n'a probablement jamais eu à se soucier des attentes des autres.

— Ah, mais c'est là que tu te trompes, dit-il en évitant une branche basse. Mais je garderai cette histoire pour quand on aura fini la bouteille d'eau et le paquet de custard creams que j'ai accidentellement laissés dans l'entrée en mettant mes chaussures.

— Non, c'est pas vrai ?

— Si, si. Désolé.

— Espèce d'andouille.

— Ouais. Surtout que je crève d'envie d'un biscuit, là, maintenant.

Rory hausse les épaules et continue de marcher, les revers de sa veste frôlant le denim de son jean à chaque pas. Il siffle — bien sûr, il siffle — et l'air est d'une gaieté exaspérante, un contraste saisissant avec le craquement des feuilles mortes sous nos pieds et le claquement occasionnel d'une brindille.

— Ça s'arrête un jour ? je crie dans son dos, trottinant à moitié pour le rattraper. L'opération de charme, je veux dire. Ou alors tu es juste génétiquement programmé pour être aussi insupportablement optimiste ?

Il jette un regard par-dessus son épaule. — Insupportablement ? Aïe. Et moi qui pensais être adorable.

— Être adorable, ça voudrait dire me laisser donner le rythme.

— C'est pas ma faute si tu as des jambes de leprechaun, rétorque-t-il en souriant.

— Charmant *et* discriminatoire sur la taille. Quel bon parti, je réponds, mais je souris aussi maintenant. Contre mon gré. C'est exaspérément difficile de ne pas le faire quand il me regarde comme ça — sourire en coin, les yeux plissés, comme s'il retenait une réplique encore meilleure.

— Bon, d'accord, je ralentis. Il se cale sur mon pas, son bras effleurant le mien un bref instant avant de s'éloigner. Ce n'est rien, vraiment, mais je le sens quand même, comme une petite décharge électrique.

— De rien, dit-il avec magnanimité, comme s'il venait de m'offrir la lune.

— Waouh, dis-je d'un ton neutre. Un gentleman et un érudit.

— Érudit ? Il rit, d'un son grave et riche qui semble se propager à travers les arbres. Ça faisait un bail que je n'avais pas entendu ça.

— N'essaie pas de nier, dis-je, un sourire narquois aux lèvres. Rien qu'à voir ton sourire effronté, je parierais gros que tu étais le chouchou de tes parents. Tu t'en tirais toujours à bon compte pendant que les autres devaient faire tout le sale boulot.

— Bon alors, premièrement, dit-il en levant un doigt, ça s'appelle être plein de ressources, pas s'en tirer à bon compte. Et deuxièmement, ajoute-t-il en levant un deuxième doigt, je te ferai savoir qu'être connu pour sa beauté et non pour son intelligence, ça laisse des traces. Donc en réalité, c'est moi la victime dans tout ça.

— Bien sûr, dis-je, incapable de retenir un rire. Pauvre Rory. Ça a dû être *tellement* dur de grandir en étant la prunelle de leurs yeux.

— Écoute, ce n'est pas ma faute si j'étais objectivement le plus mignon, dit-il. Être le plus jeune, ça veut juste dire que tu te retrouves sous un autre type de projecteur. Tous les autres avaient déjà leur vie toute tracée — et puis il y avait moi, qui gribouillais des poèmes sur des serviettes en papier et qui disais vouloir gagner ma vie en écrivant des livres.

— Scandaleux, dis-je, bien que ma voix soit plus basse maintenant, moins enjouée. Il y a quelque chose dans la façon dont il le formule — une lueur d'autodérision, peut-être — qui me pousse à marcher sur des œufs.

— À qui le dis-tu, dit-il avec un sourire ironique. Ils n'ont pas vraiment organisé de défilé pour fêter l'idée. Sauf Aoife, bien sûr. C'était la seule qui ne me regardait pas comme si j'avais perdu la tête.

— Ta sœur ? je demande en penchant la tête.

— Ouais. Son regard se porte sur le sentier devant nous, sa mâchoire se contractant de manière presque imperceptible. Elle... elle comprenait, tu vois ? Tout ce besoin de créer. C'était toujours elle qui me poussait à voir plus grand, à rêver plus fort. Elle m'a fait croire que je pouvais vraiment le faire.

— On dirait que c'était ta plus grande fan, dis-je doucement.

— Elle l'était, dit-il, sa voix n'étant plus qu'un murmure. Elle l'est toujours, je crois. Même si elle n'est pas... Ses mots restent suspendus dans l'air comme de la brume.

Je n'insiste pas. Je peux sentir le poids de tout ce qu'il ne dit pas, la façon prudente dont il le garde enfermé derrière son charme désinvolte et ses dérobades rapides. Au lieu de ça, je laisse le silence s'étirer entre nous, offrant le peu d'espace que je peux.

— Bref, dit-il finalement, se forçant à un sourire qui n'atteint pas tout à fait ses yeux. Assez parlé de moi. Parlons plutôt de tes jambes de leprechaun.

— Tu ne te plaignais pas hier soir.

— Et je ne me plains pas maintenant non plus. Ne sont-elles pas les plus belles jambes de leprechaun de tout le *Tír na nÓg* ?

— Va te faire voir.

— Bien.

Hormis le chant des oiseaux, le seul son est le craquement des chaussures sur les feuilles humides et le bruissement occasionnel du vent dans la canopée au-dessus de nous. C'est... paisible. Presque désarmant. Je ne m'y fie pas.

— Bon, dit-il soudain, rompant le silence. À ton tour.

— Mon tour de quoi ? je demande, même si je sais exactement où il veut en venir. Depuis ce matin, il tourne autour de ma vie privée si soigneusement gardée, enlevant les couches une par une avec un mélange de charme et de persévérance.

— De partager ton histoire. Il incline la tête vers moi. Tu as entendu la mienne — petit dernier de la famille, mouton noir, enfant chéri, et tout le tralala. Maintenant, je veux savoir comment Lara Yates est devenue la reine de l'encre rouge et des retours assassins.

— La reine de l'encre rouge ? je ricane. On ne me l'avait jamais faite, celle-là.

— Allez. Balance tout. Quand as-tu réalisé pour la première fois que tu voulais briser les rêves des écrivains pour gagner ta vie ?

— Waouh. Tu sais vraiment y faire avec les mots, dis-je, pince-sans-rire, mais il ne va pas laisser tomber.

— Bon, d'accord, dis-je avec un soupir, ajustant mes lunettes par habitude. Si tu tiens à le savoir, au départ, je ne voulais pas être éditrice. Je voulais écrire.

— Vraiment ? Il a l'air véritablement surpris, ce qui — d'accord, est juste. Je ne suis pas exactement l'exemple type de la personne aux rêves créatifs et fantasques. Que s'est-il passé ?

— La réalité m'a rattrapée, dis-je, en gardant un ton délibérément léger. — En fait, écrire, c'est dur. Et bordélique. Et ça demande un niveau de vulnérabilité que je n'étais pas particulièrement désireuse de cultiver à l'époque. La relecture, par contre ? Ça, ça avait du sens pour moi. C'était net. Précis. Je pouvais prendre le chaos de quelqu'un d'autre et le transformer en quelque chose de cohérent. Quelque chose... de mieux.

Il ne répond pas tout de suite, et quand je lui jette un nouveau coup d'œil, son expression est pensive, comme s'il retournait mes mots dans sa tête, les examinant sous tous les angles. C'est troublant.

— C'est une réponse très diplomate, dit-il enfin. — Mais ça n'explique pas pourquoi tu as complètement arrêté d'écrire.

— Qui a dit que j'avais arrêté ? Le mensonge sort trop vite, par réflexe, et je le regrette aussitôt. Il hausse les sourcils en un défi silencieux, et je soupire à nouveau, cette fois plus lourdement. — Bon, d'accord. J'ai arrêté. Content ?

— Pas spécialement. Son ton est doux, mais il y a une pointe d'autre chose en dessous. De la curiosité, peut-être. Ou de l'inquiétude. — Pourquoi as-tu arrêté ?

— Parce que ce n'était pas assez bon. Les mots restent en suspens entre nous, perçants, bruts et bien trop honnêtes. Je m'éclaircis la gorge, essayant de retrouver un semblant de contrôle. — Je veux dire, *je* n'étais pas assez bonne. Du moins, pas selon mes propres critères. Et si je ne pouvais pas les atteindre, alors à quoi bon ?

— Ah. Il hoche lentement la tête, comme si ça expliquait tout, ce qui n'est absolument pas le cas. — Le bon vieux paradoxe du perfectionniste. Si ce n'est pas parfait, ça ne vaut pas la peine d'être fait.

— Quelque chose comme ça, j'admets, en envoyant une pierre voler d'un coup de pied sur le sentier. Mon Dieu, pourquoi l'ai-je laissé m'entraîner ici ? L'air frais est surévalué.

— C'est ridicule, tu sais, dit-il, la voix plus douce maintenant. — Personne ne commence en étant parfait. Et puis merde, personne ne finit parfait non plus. Pas même toi, Reine de l'Encre Rouge.

— Merci pour le discours de motivation, coach.

— De rien, dit-il avec un léger sourire. Mais il n'insiste pas, et pour ça, je lui en suis absurdement reconnaissante.

Nous contournons un virage du sentier, et soudain les arbres s'ouvrent, révélant une large clairière en pente qui surplombe la vallée en contrebas. La vue est époustouflante — des collines ondoyantes baignées dans la douce lumière dorée de la fin d'après-midi, se fondant dans un horizon qui semble s'étirer à l'infini. Pendant un instant, aucun de nous ne parle. Il n'y a rien à dire.

— Waouh.

— Ouais, dit Rory doucement, venant se tenir à côté de moi. Il ne regarde pas la vallée, cependant. Il me regarde, moi.

Le ciel au-dessus de nous change maintenant, ses bleus pâles s'approfondissant en des nuances plus riches d'ambre et de rose. C'est difficile de croire que c'est l'Angleterre. J'ai l'impression de me tenir au bord de quelque chose de vaste et d'inconnaissable, et pour la première fois depuis longtemps, je ne ressens pas le besoin de combler le silence.

La brise se lève, se faufilant à travers la clairière et effleurant mon cou de ses doigts frais. Je frissonne — une seule fois, une ondulation rapide et involontaire. Bien sûr, Rory le remarque. Rien ne lui échappe.

— Un ange passe ? demande-t-il, enlevant déjà son manteau. Son ton est désinvolte, mais il y a quelque chose dans sa façon de bouger, délibérée mais sans prétention, que j'adore.

— Ça va, dis-je rapidement, même si ce n'est pas le cas. L'air du soir a du mordant maintenant, froid et piquant, et mon pull est ridiculement inefficace contre lui. Mais l'admettre, c'est comme perdre une bataille tacite que je ne saurais nommer.

— Ah, allons, dit-il d'un air ironique en se rapprochant. Avant que je puisse trouver une autre excuse, son manteau est drapé sur mes épaules, chaud, lourd et portant sa légère odeur. C'est absurdement cliché — le héros galant prêtant son manteau à la demoiselle en détresse — mais au lieu de me moquer, je me surprends à agripper les revers, le serrant plus fort contre moi.

— La galanterie n'est pas morte, finalement, dis-je, surtout parce que le sarcasme semble plus sûr.

— Ne t'y habitue pas, dit-il avec un sourire en coin. — Si la température baisse encore de deux ou trois degrés, je te l'arracherai du dos sans m'excuser.

— Me laissant mourir oubliée de tous dans un fossé, en pleine hypothermie ?

— Oubliée, non ! Tu auras probablement droit à une mention dans les remerciements, avec mes parents, mon agent et Dieu. De la meilleure compagnie qui soit.

Je le regarde du coin de l'œil, essayant de déchiffrer son expression sans que ce soit trop évident. Il n'y a plus d'étincelle taquine dans ses yeux maintenant, aucune trace de son charme arrogant habituel. À la place, il y a une franchise — une sorte de chaleur calme et constante — qui me désarme complètement.

— Quoi qu'il en soit, je pense que nous serons de retour au cottage avant de devoir prendre des décisions difficiles sur qui va manger qui.

— Bon à savoir.

Nous restons là en silence, la clairière s'étendant, large et vide autour de nous, l'horizon peint de teintes douces et crépusculaires. Ça devrait être gênant, d'être si proches, sans rien dire. Mais ça ne l'est pas. Au contraire, c'est... simple. Comme si nous avions trouvé par hasard un rythme que ni l'un ni l'autre ne savions que nous cherchions.

— Est-ce que parfois tu... je commence, puis je m'arrête en secouant la tête.

— Est-ce que parfois je quoi ? m'encourage-t-il, son regard fixé sur mon profil.

— Rien. Oublie. Je fais un geste de la main pour écarter la question, mais il ne laisse pas tomber.

— Non, vas-y. Quoi ? demande-t-il à nouveau, plus doucement cette fois.

— Est-ce que parfois tu... aimerais juste pouvoir éteindre ton cerveau ? Arrêter de tout remettre en question pendant cinq minutes et juste *être* ? Les mots jaillissent avant que je puisse les retenir, bruts et sans fioritures, et je regrette immédiatement de les avoir laissés s'échapper.

— Tout le temps, dit Rory tranquillement, comme si c'était la chose la plus évidente au monde. Et d'une manière ou d'une autre, cette simple admission me frappe plus fort que n'importe quelle grande déclaration n'aurait pu le faire.

Je me tourne pour le regarder, et pendant un instant, le reste du monde disparaît. Il n'y a que lui et moi, au bord de quelque chose auquel je ne peux pas encore donner de nom. Quelque chose qui semble à la fois terrifiant et inévitable.

— On dirait qu'on est tous les deux un peu compliqués, hein ? dis-je en esquissant un faible sourire.

— Parle pour toi. Moi, je suis un délice, rétorque-t-il, son sourire en coin revenant, mais ses yeux restent doux.

Et juste comme ça, la tension se relâche, se transformant en quelque chose de plus léger, de plus simple. Mais elle ne disparaît pas entièrement. Elle persiste, vibrant juste sous la surface, un rappel silencieux de tout ce que nous ne disons pas.

Rory se place devant moi, barrant le sentier tel un barrage humain suffisant d'un mètre quatre-vingts. Il croise les bras sur sa poitrine, et son visage exprime un défi on ne peut plus clair.

— Très bien, alors, dit-il, la voix pleine de malice. — Et si on faisait monter les enchères ? Le premier arrivé au cottage gagne.

— Gagne *quoi*, exactement ? je demande. C'est une réponse automatique — pour gagner du temps, en fait — parce qu'il est hors de question que j'accepte n'importe quelle bêtise qu'il est en train de manigancer.

— Le droit de se vanter, évidemment, dit-il en haussant les épaules. Puis, avec un clin d'œil, il ajoute : — Sauf si tu as peur que je te sème.

— Peur ? De toi ? Je le désigne d'un geste exagérément incrédule. — Tu écris des romans d'amour pour gagner ta vie, Rory. N'allons pas faire semblant que tu es un athlète olympique irlandais à tes heures perdues.

— Tu fais bien la maline pour quelqu'un qui n'a probablement pas couru depuis le collège. En disant cela, je suis déjà en train de déplacer mon poids, jaugeant le sentier accidenté devant nous. Il y a des racines partout, des plaques de boue, et je ne suis pas entièrement convaincue que je ne vais pas me tordre la cheville dans les dix premières secondes.

— Très bien, j'ajoute après un instant, parce que visiblement, mon instinct de survie est aux abonnés absents quand il s'agit de compétition. — Mais ne pleure pas quand tu perdras.

— Ne t'en fais pas, Yates. Je saurai être bon vainqueur. Et avant que je puisse répondre, il a disparu, filant sur le sentier comme un dératé, tout en longues jambes et en confiance insolente.

— Tricheur ! je lui crie en me lançant à sa poursuite. Le sentier défile sous mes pieds tandis que je m'élance, le craquement des brindilles et le souffle de l'air frais emplissant mes oreilles. Quelque part devant, le rire insouciant de Rory me parvient.

— Attention à la boue ! me lance-t-il par-dessus son épaule.

Je suis déjà à bout de souffle, mais ça m'est égal, et je lui réponds en criant : — C'est *toi* qui devrais faire attention à la boue !

Et d'un seul coup, la tension entre nous vole en éclats, remplacée par une énergie sauvage et haletante qui a un fort goût de liberté.

QUATORZE

C'est notre dernier jour au chalet, et le doux crépitement de la pluie contre la vitre est étrangement apaisant alors que je suis plongée dans les derniers chapitres de Rory. Il y a un rythme dans ses mots maintenant, une profondeur qui n'y était pas avant. C'est comme regarder quelqu'un trouver enfin la bonne pièce pour compléter un puzzle avec lequel il se débattait depuis une éternité.

— Il était temps, dis-je entre mes dents, savourant la lecture de l'histoire pour la première fois. Non pas que je l'admettrais un jour devant lui, mais il a fait de vrais progrès. Le rythme est plus soutenu, les dialogues plus percutants. Et les moments d'émotion... mon Dieu, cet homme sait décrire le désir d'une manière qui me donne l'impression de m'immiscer dans quelque chose d'intime.

Fiona avait raison pour ce séjour. Même si j'ai râlé d'avoir été traînée au milieu de nulle part avec un de nos auteurs vedettes — qui, soyons honnêtes, a un ego de la taille de Londres — elle savait ce qu'elle faisait. Rory avait besoin de se concentrer, et apparemment, j'avais besoin... eh bien, de ça. D'un changement de décor ? D'un rappel que le travail d'édition n'est pas seulement du triage, mais implique parfois une vraie collaboration ? Quoi que ce soit, ça marche. Pour nous deux.

La porte s'ouvre derrière moi, et une rafale d'air humide

annonce le retour de Rory. Je lève les yeux alors qu'il entre à grandes enjambées, d'immenses sacs de supermarché réutilisables pendus à ses deux épaules, l'air bien trop enjoué pour quelqu'un qui a écrit environ quarante mille mots en une semaine. Ses cheveux sont humides, bouclant légèrement sur les bords, et il y a une pluie de gouttelettes sur sa veste, qu'il secoue d'un geste décontracté.

— J'ai fait le plein, déclare-t-il, la voix claire et d'une assurance agaçante. Il laisse tomber les sacs sur le comptoir et commence à déballer sans même m'accorder un regard. J'en ai marre des plats au micro-ondes et des plats à emporter. On va avoir un dîner fait maison pour notre dernière soirée.

— Vraiment ? Dommage, il y a deux lasagnes au micro-ondes dans le frigo qui vont être gâchées, maintenant.

— Emporte-les avec toi si tu veux, mais ce soir, Yates, nous dînerons comme des dieux. C'est moi qui régale.

— Fais-toi plaisir, je t'en prie. J'espère que ce que tu as prévu est comestible.

— Pas seulement comestible. Il sort un bouquet d'herbes fraîches et le pose avec un geste théâtral. Mémorable. Tu vas dire à tes amis que tu n'as jamais aussi bien mangé de ta vie.

— La barre est haute, je l'avertis. Bien que, à vrai dire, ma curiosité soit piquée au vif.

Rory ne me donne pas l'impression d'être quelqu'un qui passe beaucoup de temps en cuisine — trop occupé à ruminer des histoires d'amour et à charmer les membres des clubs de lecture en ligne. Mais il y a une confiance dans sa façon de bouger maintenant, sortant les ingrédients des sacs avec une aisance quasi... déconcertante.

— N'aie pas l'air si sceptique, dit-il sans se retourner, comme s'il pouvait sentir mon scepticisme dans mon silence. Je gère.

— C'est ce qu'on dit toujours. Je me lève, m'étirant et sentant la douleur dans mes épaules après être restée penchée sur mon ordinateur portable pendant des heures. Traversant la pièce, je m'appuie contre l'encadrement de la porte de la cuisine, les bras croisés. Et en quoi consiste ce fameux plat, au juste ?

— Patience, Yates. Il m'adresse un grand sourire par-dessus

son épaule, le genre de sourire qui fait probablement pâmer la moitié des femmes de Grande-Bretagne. Tu verras bien assez tôt.

— Terrifiant, dis-je, mais je ne bouge pas, le regardant déballer une barquette de tomates cerises, une tête d'ail et une miche de pain frais. Il y a une fluidité inattendue dans ses mouvements, quelque chose de presque rythmé alors qu'il rince les légumes et aligne les ingrédients sur le comptoir. Il a déjà enlevé sa veste et retroussé ses manches, révélant ces avant-bras bien trop distrayants pour quelqu'un qui prétend vivre de sa plume.

— Tu es étrangement confiant, je remarque en haussant un sourcil. Je devrais m'inquiéter ?

— Seulement si tu as quelque chose contre la bonne cuisine, rétorque-t-il en sortant un bloc de parmesan qu'il pose avec panache. Crois-moi, je gère.

— Tu ne fais que monter la pression. Les attentes sont élevées. J'incline la tête, le regardant sortir une bouteille d'huile d'olive vierge. Tu te rends compte que j'ai survécu jusqu'ici sans faire confiance à quiconque dit « crois-moi » sans ironie, n'est-ce pas ?

— Ah, mais je ne suis pas n'importe qui, dit Rory, sans perdre le fil. Ses mains s'affairent, il prend un couteau dans le tiroir et le pose à côté d'une planche à découper. Je suis l'homme dont *tu* as dit que le manuscrit avait du potentiel. Ça doit bien compter pour quelque chose.

— Le potentiel est un terme relatif. J'ai tendance à l'utiliser pour tous les nouveaux auteurs, quel que soit leur talent, je le taquine.

— Tu vois ? Venant de toi, c'est pratiquement un compliment élogieux, dit-il avec un sourire en coin tout en coupant les tiges ligneuses d'une botte d'asperges. Tu t'adoucis peut-être.

— Peu probable, je réponds, sans pour autant quitter l'encadrement de la porte. Il y a quelque chose d'étrangement fascinant à le regarder comme ça — si à l'aise, si... appliqué.

Rory se déplace dans la minuscule cuisine comme s'il en était le chef exécutif depuis des années. Le couteau dans sa main brille alors qu'il hache un oignon avec une précision que je n'aurais pas cru possible pour quelqu'un qui, notre deuxième matin ici, a qualifié les toasts à l'avocat écrasé de « son plat signature ».

Le son rythmé de la lame rencontrant la planche à découper en bois remplit l'espace, et je commence à me sentir un peu mal à l'aise de ne rien faire pour aider.

Il jette l'oignon haché dans une poêle qui attendait d'un mouvement de poignet expert, puis attrape un poivron rouge.

— Tu as appris à cuisiner, tu as pris des cours, ou... ?

— C'est ma mère qui m'a appris.

— Femme intelligente.

— Elle l'est, dit-il, en tranchant le poivron avec la même précision rapide. C'était plutôt un ultimatum, en réalité. J'ai décidé que je voulais devenir végétarien quand j'avais quinze ans — je me suis dit que ça me donnerait un côté rebelle ou quelque chose comme ça. Elle m'a regardé et m'a dit : « D'accord, mais je ne vais pas préparer deux dîners différents tous les soirs. » Il sourit, claire-ment amusé par le souvenir. Donc, soit j'apprenais à cuisiner, soit je survivais avec des bâtonnets de carotte et du houmous pour l'éternité.

— Laisse-moi deviner, dis-je en haussant un sourcil. Tu es passé par une phase où tout ce que tu préparais contenait du tofu.

— Comment tu as su ? rit-il en déposant doucement deux pavés de saumon dans la poêle, qui grésillent de façon satisfai-sante. Pendant un temps, je ne mangeais que des woks et de tristes ragoûts de lentilles. Mais ensuite, je suis devenu accro aux émissions de cuisine et j'ai commencé à expérimenter. En fait, c'est assez marrant quand tu réalises qu'une recette n'est qu'un point de départ, une suggestion, et que la magie opère quand tu as assez confiance en toi pour ajouter des trucs au pif.

— Marrant, je ricane. Je vais te croire sur parole.

— Allons. Tu n'as jamais cuisiné un plat juste pour le plaisir ? Son expression est un mélange de taquinerie et de curiosité sincère.

— Est-ce que faire du pop-corn au micro-ondes, ça compte ?

— Tu es un cas désespéré, Lara Yates, dit-il en secouant la tête. On doit remédier à ça.

— Très peu pour moi, merci.

— Bref, poursuit-il en remuant le contenu de la poêle tandis qu'une odeur d'ail et d'oignons emplit l'air, ma mère a toujours dit que savoir cuisiner me serait utile si un jour je voulais impressionner quelqu'un.

— C'est donc ça ? je demande en désignant la cuisinière. Une tentative élaborée pour m'éblouir avec tes prouesses culinaires ?

— Qui a dit que j'avais besoin de t'impressionner ? Ses yeux croisent les miens, sombres et malicieux. Puis il hausse les épaules, d'un air parfaitement désinvolte. Mais si je peux, pourquoi m'en priver ?

— Confiant, à ce que je vois.

— Assez confiant. Il saupoudre quelque chose de vert et de parfumé sur la poêle — du persil, peut-être. De la coriandre ? — et remue une dernière fois. Tu verras. Le dîner est presque prêt, et je te promets que ce sera meilleur que des nouilles instantanées.

Le cottage embaume une odeur incroyable. C'est le genre d'odeur qui fait oublier à votre estomac qu'il a déjà été plein — du poivre parfumé, des herbes aromatiques qui s'épanouissent sous la chaleur, et quelque chose de riche et d'acidulé que je n'arrive pas tout à fait à identifier.

— Bon, le moment de vérité, annonce-t-il, interrompant le fil de mes pensées.

Il se retourne, tenant deux assiettes dressées à la perfection. Pour accompagner le saumon, il y a des asperges rôties et des haricots verts à l'ail. C'est vif et frais, des flocons de piment rouge éclatant contre les lances d'asperges vertes caramélisées. C'est presque trop joli pour être mangé.

— Ne te laisse pas avoir par la présentation, prévient-il. Il y a environ dix secondes de battement entre un saumon pas assez cuit et un saumon trop cuit.

— Ça a l'air délicieux, je dis en me penchant sur l'assiette pour humer les merveilleux arômes.

— C'est vrai, n'est-ce pas ? Je ne le prendrai pas personnellement quand tu me supplieras de te resservir.

— Il y a toujours ces lasagnes au frigo si on a besoin d'un plan B. Je saisis ma fourchette, visant une asperge avec une lenteur délibérée pendant qu'il me regarde, les bras croisés, l'incarnation de la confiance.

Très bien. Advienne que pourra.

La première bouchée me frappe comme une révélation. Les saveurs sont vives et complexes — la douceur des tomates rôties, le piquant du citron, la subtile touche de piment qui persiste au fond de ma gorge. C'est le genre de plat qui demande à être savouré, mais tout ce que je veux, c'est qu'on me laisse seule pour l'engloutir.

— Alors ? lance-t-il en coupant son saumon. Il attend, il attend vraiment, et pendant une seconde, j'en oublie comment parler.

— D'accord, je parviens enfin à dire en avalant. C'est... mangeable.

— Mangeable ? Il hausse un sourcil, mais je vois le soulagement dans ses yeux, la façon dont ses épaules se détendent, ne serait-ce qu'un tout petit peu.

— Très bien, j'admets, en posant ma fourchette avec une réticence exagérée. C'est incroyable. Absolument délicieux.

— Ha ! Et moi qui pensais que tu serais plus difficile à convaincre.

— Me convaincre ? je me moque. Ne nous emballons pas. Ce n'est que du saumon.

— Ouais, dit-il doucement, son regard s'ancrant dans le mien juste un instant de trop. Juste du saumon.

Rory enroule sa fourchette, attrapant quelques haricots. — Tu sais, commence-t-il, une lueur malicieuse dans les yeux qui me met immédiatement en alerte, c'est probablement la première fois que je ne rate pas complètement un dîner avec quelqu'un.

— J'ai du mal à le croire après t'avoir vu à l'œuvre ce soir.

— Difficile à croire ou non, c'est la vérité. Il se penche avec la bouteille de vin et remplit mon verre. Il y a eu cette fois — premier rendez-vous, très chic, ou du moins c'est ce que je pensais à l'époque. J'avais décidé de préparer ce... Comment avais-je appelé ça ? Ah ! « Festin méditerranéen rustique ».

— Ça a l'air ambitieux.

— Ambitieux est un faible mot. Il gesticule avec animation,

manquant de renverser son verre de vin. Imagine le tableau : un festin d'aubergines pas assez cuites, de couscous brûlé et d'un houmous si aillé qu'il aurait pu repousser des vampires à des kilomètres à la ronde.

— Waouh, je dis en posant ma fourchette pour lui accorder toute mon attention. Et comment ta cavalière a-t-elle réagi à ce chef-d'œuvre culinaire ?

— Elle a essayé d'être polie au début, dit-il en soupirant de façon théâtrale. Mais ensuite, elle... elle n'en pouvait plus. Elle a recraché une bouchée de couscous en plein milieu d'une phrase. Ça a giclé un peu partout.

— Partout ?

— Partout, confirme-t-il, en faisant un vague geste dans la pièce comme s'il était encore hanté par ce souvenir. La table. Le sol. Ma chemise. Honnêtement, je crois qu'il y en a même eu dans son sac. C'était un carnage.

— Y a-t-il eu un deuxième rendez-vous ?

— Malheureusement, non.

Rory se penche en arrière sur sa chaise, un sourire paresseux étirant ses lèvres alors qu'il lèche le bord de sa fourchette. Ce n'est rien — juste un geste distrait — mais pour une raison inexplicable, cela me fait l'effet d'une décharge électrique. Mon regard glisse vers sa bouche, et je sens l'air entre nous changer, de manière subtile mais chargée, comme les secondes qui précèdent un orage d'été.

— Tu me dévisages, dit-il d'une voix basse et taquine. Les mots sont légers, mais ses yeux — ils sont maintenant rivés sur les miens, sombres et intenses, et soudain, le souffle me manque.

— Pas du tout.

— Bien sûr que si. Son sourire s'élargit, suffisant et exaspérant, et j'ai envie de l'effacer de son visage. Ou peut-être... de faire tout autre chose.

— Très bien, je dis en repoussant ma chaise avec plus de force que nécessaire. Tu as un peu d'huile d'olive ou quelque chose sur le menton.

— Bien essayé. Il passe le dos de sa main sur sa mâchoire, toujours en me regardant, amusé. Mais il n'y a rien, n'est-ce pas ?

— Plus maintenant, je confirme en me levant brusquement. Mon pouls s'accélère, mes pensées sont confuses, et honnêtement, j'ai besoin d'espace. De distance. De perspective. Mais au lieu de m'éloigner comme une personne saine d'esprit, je fais exactement un pas vers lui.

Et puis je l'embrasse.

Ce n'est pas prévu. Pas même de loin. Une seconde je fusille du regard ce visage stupidement satisfait, et la seconde d'après, mes mains agrippent le devant de sa chemise, le tirant vers moi tandis que mes lèvres s'écrasent contre les siennes.

Pendant un battement de cœur, il se fige. Juste assez longtemps pour que la panique s'installe — *Oh mon Dieu, qu'est-ce que je suis en train de faire ?* — puis ses mains se posent sur moi, fermes et insistantes, me tirant plus près. Le baiser s'approfondit, lent au début, mais se transformant rapidement en quelque chose de chaud, d'urgent et de complètement incontrôlable.

Ses doigts s'emmêlent dans mes cheveux, inclinant ma tête en arrière, et je halète contre sa bouche. Il profite de l'ouverture, sa langue effleurant la mienne, et la sensation envoie un frisson le long de ma colonne vertébrale. C'est de la folie. De la folie pure et sans filtre. Mais sa prise est ferme, m'ancrant, et je me surprends à m'appuyer dessus, à m'appuyer sur lui.

— Bordel, Lara, je n'ai même pas servi le dessert, dit-il. Il y a un éclair d'hésitation, juste assez pour me laisser reculer si je le veux.

Je n'en ai aucune envie.

— Tais-toi, Keane, je murmure en l'attirant de nouveau vers moi.

La chaise grince bruyamment quand il se lève, me soulevant sans effort. Mes bras s'enroulent instinctivement autour de son cou et, avant que je m'en rende compte, nous titubons vers le canapé en nous cognant contre les meubles sur notre chemin. Il me dépose sur les coussins, son poids s'appuyant sur moi, solide, chaud et absolument bouleversant.

— Attends, j'arrive à dire, ma voix à peine audible par-dessus le martèlement dans mes oreilles. — Et pour...

— Plus tard, dit-il fermement, me coupant la parole avec un

autre baiser. Ses mains glissent le long de mes flancs, trouvent le bord de mon pull, et soudain, il n'est plus là, jeté quelque part derrière nous. Je devrais protester – c'est imprudent, impulsif, absolument pas ce pour quoi je suis venue –, mais quand ses lèvres se promènent sur mon cou, toute pensée cohérente s'évapore.

— Mon Dieu, tu es impossible, je dis, bien que cela ressemble plus à un gémissement.

— Tu te plains ? lance-t-il avec un sourire en coin, ses doigts défaisant adroitement les agrafes de mon soutien-gorge.

— Ne prends pas la grosse tête, je rétorque, bien que mes mots manquent de mordant. Surtout quand sa main se glisse sous le tissu, effleurant ma peau nue, et que je me cambre contre lui par réflexe.

— Trop tard.

Sa bouche retrouve la mienne, et le reste n'est qu'un tourbillon de chaleur et de mouvement : sa chemise rejoignant mes vêtements sur le sol, ses mains explorant chaque parcelle de mon corps, ma jambe se calant sur sa hanche alors qu'il s'installe entre nous. C'est frénétique et désordonné, et ça ne me ressemble tellement pas, mais mon Dieu, que c'est bon. Comme si tout le reste n'avait été qu'en nuances de gris jusqu'à présent, et que ça – *ça* –, c'était le technicolor.

La poitrine de Rory se soulève et s'abaisse sous ma joue, sa peau encore chaude et moite après le chaos que nous venons de déchaîner. Mon souffle ne s'est pas encore tout à fait calmé non plus, arrivant par saccades alors que je me concentre sur les poutres en bois du plafond au-dessus de nous. L'une d'elles est de travers, je remarque, car apparemment, c'est le moment idéal pour les critiques architecturales.

— Eh bien, dit Rory, la voix basse et plus rauque que d'habitude, brisant le silence. Il bouge légèrement sous moi, s'ajustant pour qu'une de mes jambes — nue, enchevêtrée dans la sienne — ne pende pas bizarrement du canapé. — Si c'est comme ça que tu réagis à ma cuisine, j'ai presque peur de voir ce qui se passera quand je t'impressionnerai vraiment.

Un rire m'échappe avant que je ne puisse le retenir. Ce n'est pas juste la facilité avec laquelle il y parvient : me déstabiliser, puis agir comme si de rien n'était. Je me redresse sur un coude, plissant les yeux en le regardant, même si mes lèvres tressaillent.

— Ne te monte pas la tête. J'aurai besoin d'un deuxième repas pour vérifier que tu n'es pas l'homme d'un seul tour.

Je bouge légèrement, m'écartant juste assez pour m'asseoir, ramenant le plaid du dossier du canapé sur mes épaules comme une armure. Mes lunettes sont quelque part de l'autre côté de la pièce, jetées dans le feu de l'action, et le monde semble plus doux sans elles : des contours flous et des couleurs atténuées. C'est à propos, d'une certaine manière, vu l'état de mes pensées.

— Hé. Rory se redresse, ses cheveux sombres délicieusement ébouriffés et son regard fermement fixé sur moi. Plus de sourire en coin maintenant, plus de badinage facile derrière lequel se cacher. Juste lui, ouvert et sans défense d'une manière à laquelle je ne m'attendais pas. — Ça va ?

— Oui, je dis vite, trop vite. Je n'ose pas croiser son regard ; à la place, je m'affaire à lisser la couverture sur mes genoux, prétendant qu'il y a un pli invisible qui nécessite une attention urgente. — Je... réfléchis, c'est tout.

— Tu réfléchis, répète-t-il, sur un ton indéchiffrable. Il n'insiste pas, cependant. Ne me presse pas de m'expliquer ni n'essaie d'alléger l'ambiance avec une blague. Au lieu de ça, il s'assoit complètement, son genou frôlant le mien, et attend. Patient. Stable.

Le problème, c'est que je *ne peux pas* m'arrêter de réfléchir. À la façon dont il m'a regardée tout à l'heure, comme si j'étais quelque chose qu'il cherchait sans s'en rendre compte. À quel point j'ai apprécié cette semaine, sa compagnie, notre arrangement... à perdre le contrôle, à le désirer, à le prendre. À quel point ça fera plus mal quand tout ça s'effondrera inévitablement.

Parce que ça arrivera. C'est obligé. C'était censé être juste pour s'amuser. Un arrangement mutuellement bénéfique. Sans prise de tête. Ce n'était pas censé être *ça*. Lui. Nous.

— Tu regrettes ? La voix de Rory perce ma spirale, douce mais ferme, me ramenant au présent. Il n'y a aucune accusation dedans, juste de la curiosité. Comme s'il se préparait à une réponse qu'il ne veut pas entendre.

— Honnêtement ? Je me force à le regarder, à observer le léger froncement de ses sourcils, l'espoir prudent qui persiste dans son expression. Ma poitrine se serre douloureusement, et je déteste ça — à quel point je tiens à lui, à quel point j'aimerais que ce ne soit pas le cas. — Je ne sais pas.

Ce n'est pas un mensonge. Je ne le regrette pas — pas la sensation de ses mains sur moi, ni la façon dont il m'a fait me sentir vivante comme je ne l'avais pas été depuis des années. Mais je regrette de m'approcher dangereusement du bord de quelque chose dont je pourrais ne pas sortir indemne. Quelque chose de plus profond, de plus compliqué, de plus réel que ce que j'avais l'intention de laisser s'installer.

— C'est juste, dit-il après un instant, se réinstallant contre les coussins, son regard ne quittant jamais le mien. Il n'y a aucune déception dans sa voix, aucun jugement, juste une acceptation tranquille, comme s'il comprenait plus que ce que je suis prête à admettre à voix haute.

Et c'est peut-être ça qui me fait le plus peur.

Il attrape la couverture, tirant doucement jusqu'à ce que je cède et le laisse me ramener contre lui. Ses bras s'enroulent autour de moi, solides et chauds, et pour un bref instant fugace, je me permets de m'appuyer dessus. Sur lui. Sur l'idée impossible et terrifiante que peut-être, juste peut-être, je n'ai pas à tout affronter seule.

Mais même alors que mes yeux se ferment, mon esprit refuse de se calmer. Car si cette nuit a prouvé quelque chose, c'est que je suis déjà plus impliquée que je n'ai jamais eu l'intention de l'être, et rien ne dit comment — ni *si* — je trouverai le chemin du retour.

QUINZE

L'original restaurant de falafels, qui est devenu une sorte de pèlerinage mensuel, apparaît au moment où je tourne au coin de la rue, mes talons claquant sur le trottoir dans un rythme saccadé qui reflète les battements de mon cœur. En retard. Encore. Ma ponctualité habituelle a été sabotée par une matinée interminable de réunions qui se sont enchaînées, une boîte de réception débordant de manuscrits et, oh, n'oublions pas, le retard tout à fait charmant du métro qui m'a laissée coincée entre un homme qui doit se doucher une fois par mois et une adolescente qui mâchait son chewing-gum comme s'il lui devait de l'argent.

Je repère Danny immédiatement. Bien sûr, il est déjà là, avachi à notre table habituelle au fond, comme si l'endroit lui appartenait. Il tient une fourchette dans une main et son verre dans l'autre, s'excusant d'avoir déjà commandé.

— Regarde qui a daigné se montrer, lance-t-il avant même que j'atteigne la table, son sourire large et insupportable. En retard par élégance ou juste en retard tout court ? Ne réponds pas, je connais déjà la réponse.

— Salut, Danny, je suis vraiment désolée, je souffle en me glissant sur la chaise en face de lui et en posant mon sac avec plus de force que nécessaire. Je retire ma veste — c'était une bonne idée ce matin à sept heures, beaucoup moins maintenant — et la drape sur le dossier de ma chaise. Ravie de te voir aussi.

— C'était quoi, cette fois ? Une conf-call de l'enfer ? Une urgence éditoriale ? Ou... — son ton change, faussement conspirateur à présent — devrais-je te féliciter d'avoir enfin une vie ?

— Le travail, je réponds sèchement, en agitant la main comme pour chasser une mouche. Tu sais ce que c'est. Les dates limites, les auteurs, les mots sur une page. Tout ça est très glamour.

— C'est ça. Parce que ça explique totalement pourquoi tu rayonnes comme si tu venais de te faire chanter la sérénade sous un balcon par un poète torse nu.

— Pardon ? Ma voix est plus aiguë que prévu, mais je saisis le menu devant moi et j'y plonge le nez, faisant semblant de ne pas en connaître le contenu par cœur. Tout pour éviter son regard — et ce sourire entendu.

Je prends le verre de thé à la menthe que Danny a commandé pour moi — un amour, il connaît au moins mes priorités — et je prends une longue gorgée. Ou du moins, j'essaie. À la seconde où le bord du verre touche mes lèvres, sa voix me parvient, dégoulinante de son sarcasme habituel.

— Ah, la voilà, dit Danny en s'adossant à sa chaise avec un air de satisfaction théâtrale. Il croise les bras sur son torse, tel un oracle omniscient. La lueur incomparable de quelqu'un qui a été... pleinement appréciée.

La gorgée que je m'apprêtais à prendre ? Abandonnée. Au lieu de ça, j'avale de travers et le thé décide qu'il préfère faire sa grande entrée dans ma trachée plutôt que dans mon estomac. Je tousse violemment, manquant de fracasser le verre sur la table en essayant de reprendre mon souffle.

— Bordel, Danny ! Ma voix sort étranglée, les yeux larmoyants à la fois à cause de l'assaut contre ma gorge et de la mortification qui me dévore. Tu peux pas arrêter ?

— Désolé, dit-il d'une voix traînante, sans avoir l'air désolé le moins du monde. En fait, il sourit encore plus largement, clairement ravi de mon expérience de mort imminente. Mais là, tu m'as tendu la perche. Une peau radieuse, une étincelle de plus dans le regard, et tu arrives en retard ? Si ça, ce ne sont pas les signes d'une nuit de sexe torride, alors je ne sais pas ce que c'est.

— Tu es insupportable, je crache en attrapant une serviette pour éponger le thé que j'ai réussi à renverser sur ma main.

— Admets-le, insiste-t-il en penchant la tête et en m'étudiant comme si j'étais une œuvre d'art curieuse qu'il essaie de déchiffrer. Quelqu'un met un peu de peps dans ta vie ces derniers temps. Qui est-ce ? Lui ? Elle ? Iel ? Crache le morceau, ma vieille.

— Il n'y a personne, je dis fermement, retrouvant enfin assez de sang-froid pour lui lancer un regard noir. Un regard noir bien faible, cependant. Il est difficile de feindre une véritable indignation quand on est prise en flagrant délit de mensonge.

— Mouais. Il lève les sourcils et fait un vague geste de la main dans ma direction. Alors explique-moi pourquoi tu rougis, ma chérie. Et ne me sors pas le coup du « il fait chaud ici ». On est en Angleterre, il y fait constamment froid et humide.

— Tu imagines des choses, je dis en levant le menton dans une attitude que j'espère détachée, mais qui me donne probablement juste l'air constipée. Ça s'appelle du maquillage, Danny. Je sais que tu n'es pas familier avec le concept, mais parfois, les femmes en portent.

— Bien essayé, rétorque-t-il immédiatement. Mais à moins que Sephora ne se soit mis à vendre une poudre bronzante « Je-sors-du-lit-après-une-nuit-de-passion », je m'en tiens à ma première théorie.

— Tu es ridicule. Je remplis mon verre avec la théière en argent, déterminée à sauver un semblant de dignité, mais ma main me trahit en tremblant très légèrement. Bien sûr, Danny le remarque. Parce qu'évidemment, il le remarque.

— Ridicule ? Peut-être, dit-il d'un ton léger. Mais j'ai aussi raison.

— C'est bon. Tu as gagné. Tu es content ?

— Aux anges, répond-il suavement. Mais ne t'arrête pas là. Vas-y, qui est l'heureux filou ?

— Rory, je dis, le coupant avant qu'il ne puisse commencer à lister des noms. Le mot tombe entre nous comme une grenade égarée, et je me prépare à l'impact.

Pendant une seconde, Danny me dévisage, clignant des yeux

une, deux fois, comme si je venais de parler une langue étrangère. Puis ses sourcils se lèvent si haut qu'ils disparaissent presque dans ses cheveux. — Rory *Keane* ? Sa voix monte dans les aigus, incrédule, et je sais que je n'ai pas fini d'en entendre parler. Le Rory de « la star internationale de la romance » ? Ce Rory-là ?

— Tu en connais un autre ?

— Eh bien, non, admet Danny. Mais je ne l'imaginais pas vraiment comme ton type. Que s'est-il passé ? Il t'a séduite avec des métaphores tragiques et des sonnets murmurés ?

— Rien de... dramatique. C'est juste... arrivé. Naturellement.

— C'est ça. Parce que rien ne crie plus « évolution naturelle » que de sauter au lit avec un homme dont les couvertures de livres devraient être accompagnées d'un avertissement pour pâmoison spontanée.

— Tu veux bien arrêter d'être si... — Je cherche le mot juste, mais ne trouve rien. Si *toi*, à ce sujet ?

— Jamais, dit-il joyeusement, mais son grand sourire s'adoucit pour devenir quelque chose de plus calme, de plus pensif. Alors, si je comprends bien, tu couches avec Rory Keane. *Ton client.* Son insistance sur le mot « client » est subtile mais bien sentie, comme une petite pique.

— Pas *mon* client, je corrige en tapotant le bord de mon verre. Le client de Scott & Drake. Il y a une nuance.

— Ouais. D'accord. Danny fait un vague geste de la main, mais son froncement de sourcils s'accentue. Et alors ? C'est juste une aventure sans lendemain ? Un peu de bon temps ?

— Exactement. Ma voix est ferme, assurée, comme si j'avais répété cette réplique devant un miroir. Ce qui, pour être honnête, est peut-être le cas.

— Hum-hum. Danny n'a pas l'air convaincu. En fait, il a l'air carrément sceptique maintenant, ses lèvres formant une fine ligne. Lara, tu te rends bien compte de qui on parle, là, n'est-ce pas ? Rory Keane ? Le mec dont la réputation pourrait remplir une page entière de résultats Google, et pas toujours de manière flatteuse ?

— Oui, je suis au courant, dis-je. Je sais tout de sa réputation, merci beaucoup.

— Alors explique-moi pourquoi tu as pensé que mélanger travail et plaisir était une bonne idée, dit-il, la voix désormais teintée d'exaspération. Parce qu'en tant que ton ami — et quelqu'un qui a été témoin de tes réactions au moindre petit drame au bureau — j'ai du mal à voir comment ça pourrait bien se terminer.

— Mon Dieu, on dirait un manuel des RH.

— Peut-être, dit-il en haussant les épaules. Mais j'ai aussi l'air de quelqu'un qui te connaît mieux que tu ne le penses, Lara. Et je te le dis, tu joues avec le feu. Rory Keane n'est pas vraiment connu pour sa... stabilité.

— Moi non plus, je lance pour essayer de détendre l'atmosphère, mais l'expression de Danny ne bouge pas. Il est sérieux maintenant, son inquiétude se lisant clairement sur son visage. Ça me déstabilise plus que je ne veux l'admettre.

— Écoute, dit-il calmement en croisant les mains sur la table. Je ne dis pas que tu ne peux pas te débrouiller. Dieu sait que tu es intelligente. Mais ça ? Lui ? Fais juste... attention, d'accord ?

— Je fais toujours attention, je réponds d'un ton léger, me forçant à un sourire qui semble un peu trop crispé.

Danny ne répond pas tout de suite. Au lieu de ça, il me regarde pendant un long moment, son regard lourd de quelque chose que je n'arrive pas à identifier. Finalement, il expire et passe une main dans ses cheveux déjà en désordre.

— D'accord, finit-il par dire, son ton plus léger mais toujours porteur d'une pointe d'inquiétude. Mais ne viens pas pleurer dans mes jupes quand tout ça te pétera à la figure.

— Je ne le ferai pas, dis-je. Laisse-moi t'expliquer clairement pour qu'on puisse tous passer à autre chose, d'accord ?

Danny lève un sourcil, penchant la tête comme un golden retriever perplexe. — Oh, ça promet.

— Rory et moi... Je marque une courte pause, refusant de me laisser déstabiliser par la lueur d'amusement dans son expression. Nous sommes deux adultes consentants qui se trouvent travailler ensemble et... apprécier occasionnellement la compagnie de l'autre de manière très décontractée. C'est tout. Sans attaches. Sans complications. Sans investissement émotionnel.

— C'est ça, dit Danny d'une voix traînante. Parce que *toi*, tu es un vrai parangon de détachement émotionnel. Parle-moi de ta nouvelle capacité à compartimenter tes sentiments, parce que j'ai dû louper l'info.

— Oh, allez, Danny. C'est pas sorcier.

Il ricane. — Non, mais c'est *toi*. Tu n'es pas vraiment l'exemple type de la fille « sans attaches ». Je veux dire, tu es la même femme qui a pleuré quand elle a accidentellement tué son personnage des Sims.

— C'était différent ! je m'emporte en pointant ma fourchette dans sa direction. Mortimer Goth méritait mieux, et tu le sais très bien !

— Tu n'es pas faite pour les plans cul décontractés. Crois-moi, j'en sais quelque chose, j'ai été ton confident pour chacune de tes relations depuis l'université. Et disons simplement qu'aucune d'elles ne respirait la légèreté d'une aventure sans lendemain.

— Eh bien, peut-être que j'ai changé, je contre-attaque. Les gens évoluent, Danny. Tout le monde ne reste pas coincé dans ses habitudes comme toi, avec tes playlists Spotify vieilles de dix ans et ton refus d'essayer le lait d'avoine.

— Le lait d'avoine a le goût du regret, dit-il sérieusement, mais ses yeux ne quittent pas les miens. Tu penses peut-être que tu maîtrises la situation, Lara, mais je te le dis, tu joues à un jeu dangereux. Rory Keane n'est pas une expérience inoffensive. Il est... compliqué. Et toi ? Tu es loin d'être aussi détachée que tu le penses.

— Merci pour ce vote de confiance, *mon meilleur pote*.

— Je n'essaie pas de te casser ton délire ou quoi que ce soit, d'accord ? C'est juste que... je te connais. Et je ne veux pas te voir souffrir parce que tu es trop occupée à te convaincre que ce n'est que de l'amusement et qu'il n'y a pas de sentiments. Tu y es déjà à moitié, même si tu ne veux pas l'admettre.

— D'accord. Merci pour ton inquiétude. Écoute, on s'amuse. C'est tout. De l'amusement. Point final. Fin de l'histoire.

— C'est çaaa. Danny lève un sourcil. C'est mignon comme tu penses que dire « amusement » douze fois dans une phrase en fait une vérité.

Je ris alors, surtout parce que si je ne le fais pas, je pourrais crier — ou pire, vraiment *prendre en compte* son argument. — Oh, mon Dieu, Danny. Ton inquiétude est notée et classée dans la catégorie « Inutile ». On peut passer à autre chose maintenant ?

— Très bien, ainsi s'achève mon sermon du jour, rétorque-t-il, souriant maintenant. Est-ce que par hasard tu vas commander les frites de patates douces ?

— Tu demandes ça parce que tu veux me les piquer ?

— Peut-être.

— C'est pour ça que personne ne fait confiance aux chefs de projet. Toujours à prendre leurs aises.

— Non. Elles ont juste meilleur goût quand elles viennent de l'assiette de quelqu'un d'autre. Ça n'a aucun sens, mais c'est indéniablement vrai, et je défendrai cette idée jusqu'à la mort.

Nous commandons les frites et une nouvelle théière de thé à la menthe, et je m'adosse à ma chaise, déterminée à profiter de ce qui reste de ma pause déjeuner. Quoi qu'il arrive ensuite — quel que soit le pétrin dans lequel je pourrais être en train de me fourrer avec Rory — je sais que Danny sera toujours là. Ricanant. Me piquant des frites. Me faisant remarquer mes bêtises.

Et honnêtement ? Ça me suffit. Pour l'instant, en tout cas.

SEIZE

Cela fait près d'une semaine que nous sommes de retour à Londres quand je propose à Rory qu'on se revoie en personne. Dès l'instant où nous quittons le trottoir animé pour entrer dans la librairie d'occasion, c'est comme si quelqu'un avait coupé le son de Londres. Le chaos de la ville se dissout derrière nous, remplacé par le faible bourdonnement des néons au-dessus de nos têtes et le doux froufroutement des pages que l'on tourne quelque part au fond. L'air sent le vieux papier, la cire à bois et juste un soupçon de poussière, comme si on entrait dans un souvenir dont on ignorait l'existence. Ma poitrine se serre, mais ce n'est pas désagréable ; j'ai l'impression de rentrer à la maison.

— Waouh, souffle Rory à côté de moi, sa voix se faisant un murmure révérencieux, comme s'il venait d'entrer dans une église plutôt que dans une librairie exiguë coincée entre un café et un pressing. — C'est... quelque chose.

— Quelque chose de bien ? je lui demande en le regardant, remarquant que son sourire habituellement arrogant s'est adouci pour devenir plus calme. Authentique. Ça me déstabilise une seconde avant que je ne me reprenne avec un haussement d'épaules. — Bon, ce n'est pas Foyles, mais ça fait l'affaire.

— Tu plaisantes ? On dirait le genre d'endroit où les livres prennent vie après la fermeture. Il sourit comme un collégien.

— Fais attention, dis-je d'un ton sec en me dirigeant vers le rayon le plus proche. — Si tu idéalises trop cet endroit, je pourrais penser que tu es le genre de personne qui achète des livres pour la déco sans jamais les lire.

— Qui te dit que ce n'est pas le cas ? Il me suit, assez près pour que je sente sa présence sans avoir à le regarder, ce qui est... déroutant.

— Eh bien, je le saurai assez vite, je réplique, laissant mes doigts glisser légèrement sur les dos des livres reliés. — Si tu commences à citer Austen de travers ou à dire qu'Hemingway est « sous-coté », je te laisse te débrouiller tout seul.

— Noté, promet Rory, mais il y a du rire dans sa voix.

Nous serpentons entre les allées étroites, dépassant des tours penchées de romans et des piles de mémoires en équilibre précaire. Je m'arrête brusquement devant une étagère près du fond, penchant la tête pour examiner un titre familier.

— Celui-ci, dis-je en sortant un livre de poche usé et en le lui montrant. La couverture est délavée, les coins cornés. — *Rebecca*. Je l'ai lu pour la première fois à quatorze ans. Je suis restée debout toute la nuit parce que je ne pouvais pas le lâcher.

— Du Maurier, dit Rory immédiatement. — La maison flip-pante, la jalousie obsessionnelle, les sous-entendus sinistres. Ça correspond bien à la toi de quatorze ans.

— Pardon ? je demande en haussant un sourcil, bien que je sois secrètement ravie qu'il connaisse. — Tu insinues que j'étais une adolescente maussade ?

— Insinuer ? Non. L'affirmer ? Absolument.

— Bon, d'accord, j'admets en remettant le livre sur l'étagère. — J'avais peut-être quelques... tendances angoissées. Mais j'ap-préciais aussi la maîtrise. Le rythme, la tension, la façon dont elle installe l'angoisse sans tout expliquer en détail. C'est la première fois que j'ai compris que les histoires pouvaient faire ça.

— C'est logique, dit-il, son ton plus doux maintenant. — Tu corriges comme quelqu'un qui a appris d'auteurs comme elle : précise, implacable, mais... élégante.

Je cligne des yeux, prise au dépourvu par le compliment. Il me trouble assez pour que je passe rapidement à autre chose, l'en-traînant vers un autre rayon.

— Par ici, dis-je vivement en désignant une série d'anthologies de poésie. — Mon échappatoire préférée quand les romans me paraissaient trop grands. La poésie m'a toujours semblé... gérable. Comme une seule scène distillée dans sa forme la plus pure.

— Laisse-moi deviner, dit Rory en parcourant les titres du regard. — Sylvia Plath pour les jours sombres, Mary Oliver pour les jours plus lumineux ?

— Pas mal. Mais si tu veux tout savoir, j'ai aussi eu une grosse période Pablo Neruda. Il y a quelque chose dans la mélancolie amoureuse en espagnol qui frappe plus fort.

— La mélancolie amoureuse, hein ? Sa voix se fait plus grave, taquine. — Alors, tu *as* un côté sensible.

— Ne t'y habitue pas.

— Trop tard.

Rory se met à ma hauteur. Son bras effleure brièvement le mien, un contact léger qui s'attarde dans mon esprit plus longtemps qu'il ne le devrait.

Tout va bien. Tout va très bien. Juste deux collègues qui parcourent des livres ensemble. Rien de bouleversant là-dedans.

Sauf que, bien sûr, ça y ressemble beaucoup.

Le jardin est niché derrière la boutique, caché à la vue de tous. Un portail en fer étroit grince lorsque je le pousse, ses gonds protestant contre des années d'abandon. Le parfum du jasmin en fleur et de la terre humide nous accueille comme un vieil ami, adoucissant l'air frais du soir. C'est plus calme ici, le bourdonnement lointain de la circulation londonienne réduit à un faible murmure dans la brise. Pendant un instant, c'est comme si nous étions entrés dans une réalité alternative, une où la ville n'appuie pas si fort sur votre poitrine.

— Tu savais que c'était là ? demande Rory, la voix basse, presque révérencieuse. Il passe une main le long du mur de briques couvert de lierre, ses doigts effleurant les feuilles comme s'il craignait qu'elles ne s'effritent sous son contact.

— Bien sûr, dis-je en l'entraînant plus loin. — Ce n'est pas vraiment un secret, mais la plupart des gens ne prennent pas la peine de chercher le calme quand le bruit est si facilement accessible.

— On dirait un truc que tu écrirais dans une de tes notes d'éditrice. « Trouvez le calme. Laissez l'histoire respirer. » Il me jette un regard, mais sans aucune méchanceté, juste de la reconnaissance.

— Fais gaffe, Keane, je rétorque en plissant les yeux. — Souviens-toi de ma note sur les mauvaises métaphores.

Il a un sourire en coin, mais pour une fois, il n'y a pas de réplique cinglante.

Je désigne un banc usé sous un arbre dans le coin, son bois blanchi par le temps et la pluie. — Asseyons-nous avant que tu ne commences à composer de la poésie sur l'« oasis cachée » ou n'importe quelle autre absurdité qui germe dans ta tête.

— Ne me tente pas, dit-il en me suivant alors que je m'affale sur le banc. Le bois craque sous nous, gémissant sous le poids de deux personnes.

Nous restons silencieux un instant, de ce genre de silence qui n'a pas besoin d'être comblé. Mes épaules se détendent malgré moi, et je laisse mon regard errer sur les photophores vacillants accrochés à la va-vite à travers les branches. C'est... paisible. Et d'une intimité agaçante à laquelle je ne m'étais pas préparée.

— Bon, alors, rompt-il le silence le premier, en s'adossant et en étirant un bras le long du dossier du banc. D'un air décontracté, comme si nous n'étions que deux amis profitant de l'après-midi et non la chose compliquée que nous sommes en réalité. — Auteur préféré. Vas-y.

— C'est d'un réducteur pas possible, je ricane. Tu ne peux pas résumer toute une vie de lecture en un seul nom.

— Bien sûr que si. Regarde. Sans une once d'hésitation, il lance : — Toni Morrison. Et voilà.

— Frimeur. Mais je ne peux m'empêcher de sourire. — Bon. Virginia Woolf. Content ?

— Je dois admettre que je suis impressionné, dit-il en penchant la tête vers moi. Pourquoi Woolf ?

— Sa prose semble vivante. Fluide. Comme si elle écrivait l'espace entre les choses plutôt que les choses elles-mêmes. Je hausse les épaules, soudain mal à l'aise. En plus, elle n'avait pas peur de l'imperfection. Ses brouillons étaient désordonnés, voire chaotiques, mais ce chaos se transformait d'une manière ou d'une autre en génie.

— Ah. Il hoche lentement la tête, son expression s'adoucissant, devenant plus pensive. Du chaos au génie. Ça ferait un bon mantra pour la vie.

— Ou pour décrire ce que c'est de corriger tes manuscrits.

— C'est juste, concède-t-il. Et, pour information, tu n'as pas tort pour Woolf. Mais si on parle de prose fluide, Baldwin lui fait une sacrée concurrence.

— James Baldwin ? je demande, pour être sûre que nous parlons du même auteur. Un choix intéressant pour quelqu'un qui écrit de la romance contemporaine torride.

— Pourquoi ? Parce qu'il n'écrit pas de fins heureuses. Il n'édulcore pas les choses. Il plonge dans le fouillis de tout ça — l'amour, la douleur, l'identité — et arrive quand même à rendre ça beau. C'est ce que je vise. Ou du moins, ce que j'essaie de faire.

— En désordre mais magnifique, je répète doucement, plus pour moi-même que pour lui. Mon instinct est de dévier, de rajouter une couche de sarcasme pour que la conversation reste superficielle. Mais... je ne le fais pas.

— Ok, à ton tour, dit-il, sa voix me tirant du nœud de mes pensées. C'est quoi ton plaisir coupable en lecture ? Et ne me dis pas que tu n'en as pas. Tout le monde en a un.

— D'accord, j'admets avec un soupir théâtral. Les romances Régence de poche. Plus les titres sont ridicules, mieux c'est.

— « Le Duc qui osa » ? devine-t-il en souriant. « Son Comte scandaleux » ?

— Essaie plutôt « Le Vœu secret du Vicomte », je dis, et il rit de nouveau, un son chaud et facile dans l'air frais de la nuit.

— Ça, je paierais pour le voir. Lara Yates, lovée avec un roman à l'eau de rose. Les lunettes de travers, annotant furieusement les marges à l'encre rouge.

— Ne sois pas absurde, je contre, luttant contre un sourire. Jamais je n'annoterais un livre de poche. C'est un sacrilège.

— Heureux de voir que tu as des limites, me taquine-t-il en me donnant un petit coup d'épaule avec la sienne.

— Il faut bien que quelqu'un en ait. Les mots m'échappent avant que je puisse les retenir. On ne peut pas dire que tu en aies beaucoup.

— Aïe ! Son sourire se tord sur le côté, son regard retenant le mien juste une seconde de trop.

— Bref, je dis vivement, en redressant mes lunettes et en détournant les yeux. On devrait bouger. Ce jardin est sympa, mais il n'est pas vraiment isolé du froid. Je suis gelée.

— D'accord, dit Rory en se levant et en me tendant la main. J'hésite une fraction de seconde avant de la prendre, sa poigne chaude contre mes doigts glacés. Je ne voudrais pas que tu attrapes froid, Yates. Mon éditrice ne peut pas être hors service.

— Exactement, je dis, mais l'excuse me semble bancale, même à moi. Alors que nous repassons le portail pour retrouver le bourdonnement de la ville, je risque un coup d'œil vers lui. Son expression est illisible, mais une intensité tranquille s'en dégage et reste dans un coin de mon esprit bien après que le moment soit passé.

Tout va bien. Tout va très bien.

Sauf que, bien sûr, je n'ai pas du tout l'impression que tout va bien.

L'ascenseur sonne et Rory sort le premier, retenant la porte d'un geste désinvolte du poignet pendant que je le suis. Typique. Toujours juste assez de charme pour que ça paraisse sans effort. Le bar sur le toit bourdonne déjà doucement, bien qu'il soit loin d'être bondé. Des balustrades en verre encerclent l'espace, offrant une vue à couper le souffle sur l'horizon disparate de Londres.

C'est le genre de moment pittoresque qui ferait soupirer avec nostalgie une personne moins aguerrie — ou pire, sortirait son téléphone pour une publication Instagram avec le hashtag

#blessed. Mais je reste là, les bras croisés, essayant de ne pas donner à Rory la satisfaction de savoir que c'est magnifique... et, je dois l'admettre, romantique.

— Pas mal, non ? dit-il de quelque part derrière moi, sa voix basse et posée. Il n'y a aucune trace de suffisance, ce qui est irritant car j'étais tout à fait prête à lever les yeux au ciel.

— Acceptable, je dis à la place.

— Venant de quelqu'un dont le métier est de corriger des romans d'amour, réplique-t-il en se rapprochant — assez près pour que je sente sa vague chaleur avant même que son épaule ne touche la mienne, ça sonne presque comme un compliment.

Nous restons là un instant, à regarder les lumières scintiller au loin comme des étoiles qui se réveillent. C'est si agaçant de romantisme.

— Alors, qu'est-ce qu'on boit pour marquer le coup ? Quelque chose de prétentieux avec un brin de romarin dedans ?

— Laisse-moi faire. Il lance ces mots par-dessus son épaule en se dirigeant vers le bar. Je reste plantée là, les mains enfoncées dans les poches de mon manteau, essayant de ne pas me sentir mal à l'aise.

Il ne tarde pas à revenir, deux verres à la main. Il en pose un devant moi avec un certain panache, le liquide ambré reflétant la lueur chaude des guirlandes lumineuses suspendues au-dessus de nos têtes.

— Un Old Fashioned, dit-il simplement en s'asseyant en face de moi. Pas de romarin, pas de chichis. Exactement comme tu aimes.

Je cligne des yeux, surprise. — Comment est-ce que tu...

— N'aie pas l'air si choquée, Yates. Il se penche en arrière, un coin de sa bouche se relevant. Tu l'as mentionné sur ton Instagram. À cet événement professionnel horrible, tu te souviens ? Tu avais fait une remarque sarcastique sur la mode des cocktails déconstruits.

— C'était il y a... des mois. Ma voix flanche légèrement. Tu as épluché tous mes réseaux sociaux ?

— Bien sûr. Quand Fiona a appelé pour dire que tu étais ma

nouvelle éditrice, je devais savoir avec qui j'allais me mettre au lit, pour ainsi dire. Son ton est léger, mais il y a quelque chose de sous-jacent.

— Eh bien, dis-je en saisissant mon verre et en buvant une gorgée étudiée pour dissimuler ma réaction. La boisson, douce et suave, me réchauffe la gorge, exactement comme je l'aime. — Bon à savoir que tu es capable de faire un minimum de recherches.

— Je dirais que mes recherches sont pour le moins approfondies, dit-il en me faisant un clin d'œil.

— Santé, dis-je en trinquant légèrement avec son verre. La ville s'étale à nos pieds, vivante et scintillante, et pendant un instant, je m'abandonne à son murmure paisible. Mais je sens alors son regard sur moi, insistant et direct, et il me ramène à la réalité, aussi inéluctable que la gravité.

— Bon, Yates, dit-il. Si tu devais choisir un livre, un seul et unique livre à lire pour le restant de tes jours, lequel serait-ce ?

— C'est une question impossible, dis-je aussitôt, en reprenant une gorgée de ma boisson. Aucun lecteur sérieux ne répondrait à ça. C'est comme me demander de choisir mon enfant préféré.

— Tu as des enfants ? demande-t-il en haussant un sourcil.

— Bien sûr que non. Je lève les yeux au ciel. C'est une hypothèse.

— D'accord, concède-t-il avec un sourire de collégien. Je vais simplifier. Tu es coincée sur une île déserte...

— Pourquoi suis-je toujours coincée dans ces scénarios ? je le coupe, sans pouvoir m'en empêcher. J'ai fait naufrage ? Un crash d'avion ? J'ai contrarié Poséidon ?

— Concentre-toi, Yates, dit-il avec un sourire en coin. Un seul livre. Lequel ?

— Quelque chose de pratique. *Comment construire un radeau avec un minimum de ressources*, je propose, et son rire éclate, soudain et lumineux.

— Évidemment que tu choisirais un guide de survie, dit-il. Tu serais même capable de le corriger en même temps.

— Seulement s'il en avait besoin. Bon, à ton tour, dis-je en posant mon verre vide dans un bruit sourd. Île déserte. Un seul livre.

— Facile, dit-il sans hésiter. *Orgueil et Préjugés.*

— Sérieusement ? Je suis sincèrement surprise. Monsieur Darcy, pour de vrai ?

— Ne critique pas, dit-il en se penchant plus près, les coudes posés sur la table. C'est un chef-d'œuvre. Intemporel. Et puis, je me dis que si je suis coincé sur une île, ça pourrait m'inspirer pour bouder comme il se doit.

— Forcément, dis-je, les lèvres tremblantes. Tu passerais tes journées à sortir de l'eau en pantalon de cheval ?

— Voilà, tu as tout compris, dit-il en riant, et je me force à l'imiter, même si l'atmosphère entre nous change subtilement, presque imperceptiblement. Son rire s'éteint, laissant derrière lui un silence pesant.

— Rory... je commence, mais les mots s'étranglent dans ma gorge car soudain, il est plus près. Pas de beaucoup, mais assez. Assez pour que je puisse voir la légère barbe naissante sur sa mâchoire, la façon dont son regard glisse vers mes lèvres une demi-seconde avant de croiser à nouveau le mien. Mon souffle se coupe et, pour une fois, aucune remarque cinglante ne me vient à l'esprit pour me défiler.

— Est-ce que je peux... commence-t-il d'une voix basse, mais il ne finit pas. Il se décale simplement, comblant la distance restante avec une certitude tranquille qui me vole le sol sous les pieds.

Le baiser est chaud, doux, et je voudrais qu'il dure une éternité. Je me penche vers lui, à peine, et tout le reste s'efface.

L'air entre nous semble fragile, comme si un seul faux mouvement pouvait le briser complètement. Mon cœur bat si fort que je suis sûre qu'il résonne sur les tuiles du toit, mais Rory ne dit pas un mot. Moi non plus. Nous restons là, suspendus dans cette immobilité étrange et vibrante, et je fixe son profil alors qu'il regarde la ville, la mâchoire serrée, les doigts pianotant sur son genou.

— Écoute, Rory... Je m'interromps, incertaine de ce que je veux vraiment dire. Passer la journée avec toi a été... agréable.

— C'est ça, dit-il vivement. *Agréable.*

— D'accord, c'était bien plus qu'agréable, mais je rentre seule ce soir.

Je fouille dans mon sac et en sors la clé USB que je transporte toute la journée, celle que j'ai dû chercher partout dans l'appartement, chargée de ses dernières modifications de manuscrit. La lui tendre semble étrangement transactionnel après tout ce qui vient de se passer entre nous, mais c'est aussi rassurant. Comme si je refermais brusquement le couvercle d'une boîte qui n'aurait jamais dû être ouverte.

— Tiens. Tes notes. Je me suis dit que tu les voudrais le plus tôt possible.

— Le travail, dit-il en prenant la clé USB avec un petit rire sans joie. On en revient toujours au travail avec toi, hein ?

— Il faut bien que quelqu'un te tienne à l'œil. On a trois semaines, Rory. Tu dois respecter cette date limite. C'est aussi simple que ça. On ne se revoit pas tant que tu n'auras pas fait ces changements.

— C'est ça, dit-il encore, en glissant la clé dans la poche de sa veste. Pendant une seconde, on dirait qu'il veut dire quelque chose de plus. Au lieu de ça, il se lève et me tend la main. Allez, viens. Je te raccompagne en bas.

— Merci, dis-je en le laissant m'aider à me relever. La chaleur de sa main persiste longtemps après qu'il m'a lâchée.

Nous descendons en silence dans l'ascenseur, la soirée brusquement terminée. Dehors, la ville vibre à son propre rythme, mais elle me semble étrangement lointaine, comme si je la regardais à travers une vitre. Je m'arrête au bord du trottoir, me tournant vers lui.

— Bonne nuit, Rory, dis-je doucement, ajustant mes lunettes par habitude.

— Bonne nuit, Lara, répond-il, la voix tout aussi sourde. Il hésite un instant, puis me fait un petit signe de la main avant de s'éloigner, sa silhouette disparaissant dans la foule.

Je reste plantée là un instant de plus, le fantôme de ce baiser encore présent sur ma peau. Puis je secoue la tête, redresse les épaules et me rappelle de respirer.

Ce n'était qu'un baiser, me dis-je fermement, *pas différent des nombreux autres que nous avons déjà partagés.* Mais alors que je me dirige vers la station de métro, je ne peux m'empêcher de sentir que quelque chose de fondamental a changé, que je viens de poser le pied en territoire inconnu, et qu'il n'y a aucune carte pour me guider sur le chemin du retour.

DIX-SEPT

Le train s'arrête dans une secousse, et je descends sur le quai, l'air lourd de ce mélange écœurant de vapeurs de diesel et de béton humide. C'est étrange comme même l'odeur a des allures de jugement. Bienvenue chez toi, Lara Yates, là où tu es toujours trop ou pas assez.

J'ajuste la bandoulière de ma sacoche d'ordinateur sur mon épaule, son poids me déséquilibrant légèrement. La gare est la même que lorsque je suis partie pour l'université il y a quatorze ans, jusqu'à la pancarte « HORS SERVICE » scotchée sur le distributeur automatique. La nostalgie ne me frappe pas, elle s'insinue, lente et insidieuse, s'enroulant autour de moi comme du lierre dans les fissures d'une vieille pierre.

Le trajet en taxi de la gare à la maison de mes parents est sans histoire, c'est-à-dire d'une familiarité étouffante. Des rangées de maisons en brique identiques défilent derrière la vitre, chacune indiscernable de la suivante, à l'exception d'un étalage effronté d'individualisme occasionnel sous la forme d'un crépi. Lorsque la voiture s'arrête devant la maison, j'ai la poitrine serrée, comme si j'avais retenu mon souffle depuis que j'ai quitté le train.

La porte d'entrée s'ouvre avant même que j'aie pu déboucler ma ceinture de sécurité, et la voilà — Maman. Toujours en train de scruter le monde avec ce mélange particulier d'inquiétude et de légère désapprobation qu'elle a toujours porté comme une armure, les bras fermement croisés sur sa poitrine. Ses cheveux sont plus courts que dans mon souvenir, teints dans une nuance trop foncée pour paraître naturelle. Elle ne me fait pas signe de la main, elle reste juste là, encadrée par la porte, comme si elle se préparait à affronter la version de moi qui se présenterait cette fois-ci.

— Bon, tu es arrivée, dit-elle alors que je hisse ma valise sur les marches. Pas de bonjour, pas de câlin. Juste ces quatre mots, prononcés sur ce ton qui parvient à sonner à la fois soulagé et déçu.

— Ouais. Je force un sourire qui ressemble plus à une grimace. Je suis encore capable de me débrouiller dans les transports en commun.

— Tout juste, répond-elle en lorgnant mes chaussures comme si elles l'offensaient. Ce sont des ballerines raisonnables, mais apparemment pas *assez raisonnables*.

À l'intérieur, la maison sent la cire au citron et quelque chose de légèrement brûlé — une combinaison aussi persistante que peu accueillante.

Papa apparaît dans l'embrasure de la porte du salon, ses lunettes de lecture perchées au bout de son nez. Il lève les yeux de ses mots croisés juste assez longtemps pour marmonner un « Salut, ma puce » sans enthousiasme, avant de se retrancher dans la forteresse de son fauteuil.

— Salut, Papa, je réponds, bien qu'il ait déjà disparu derrière le froissement des pages du journal. Un grand classique.

— Tu as mangé dans le train ? demande Maman, ses yeux se dirigeant vers ma sacoche d'ordinateur. Pas parce qu'elle se soucie de savoir si j'ai mangé, bien sûr, mais parce qu'elle meurt d'envie de me demander si j'ai travaillé pendant tout le trajet.

— Oui, je mens, parce qu'expliquer que j'ai passé deux heures à lire l'histoire d'un duc de fiction s'emparant d'une comtesse ne mènerait qu'à des questions auxquelles je ne suis pas prête à répondre.

— Bien, dit-elle, d'un ton sec et efficace. Tu as l'air fatiguée.

— Merci, je lance avec un grand sourire. Exactement ce que toute femme rêve d'entendre.

Elle ne rit pas, se contente de pincer les lèvres d'une manière qui me donne l'impression d'avoir dix ans.

— Eh bien, ne reste pas plantée là, dit-elle sèchement, se tournant déjà vers la cuisine. On dîne dans une heure, et ta cousine Emma vient.

Bien sûr qu'elle vient. Parce que rien ne dit mieux « bienvenue à la maison » que de se faire rappeler tous les domaines où l'on n'est pas à la hauteur par rapport à quelqu'un d'autre.

— ... et puis on pense à un mariage au printemps, gazouille Emma, sa voix aussi pétillante et sucrée que la limonade que Maman s'obstine à servir aux invités. Tu sais, les cerisiers en fleurs, une esthétique dans les tons pastel, peut-être une cérémonie en plein air — si le temps le permet, bien sûr.

— Bien sûr, je fais écho d'un air absent, en faisant tourner ma fourchette dans le brocoli réduit en purée dans mon assiette. Il a été cuit à la vapeur à en perdre l'âme, ce qui me semble approprié, vu mon état émotionnel actuel.

Emma ne semble pas remarquer — ou s'en soucier — que mon enthousiasme est à peu près aussi sincère que les compliments de Maman. Elle continue sur sa lancée, agitant une main manucurée en l'air comme si elle était déjà en train de lancer un bouquet. — On ne voulait juste rien de trop chichiteux, tu vois ? Tim et moi, on est très *simplicité*.

— Mm, je dis d'un ton neutre, jetant un coup d'œil à mes parents de l'autre côté de la table. Papa est concentré sur son poulet rôti comme s'il contenait les réponses aux grands mystères de la vie, tandis que Maman hoche la tête en rythme avec le monologue d'Emma, son expression oscillant entre l'intérêt poli et la satisfaction béate.

— Ça a l'air... sympa, j'ajoute, parce que quelqu'un doit bien dire quelque chose, et apparemment, ce quelqu'un, c'est moi.

— N'est-ce pas ? rayonne Emma, radieuse comme seules les personnes à la peau parfaite et à la confiance en soi sans bornes peuvent l'être. Je veux dire, je sais que ce n'est pas pour tout le monde — son regard se pose sur moi, juste assez brièvement pour être blessant — mais Tim et moi, on se sent tellement prêts, tu vois ? Genre, pourquoi attendre ?

— Pourquoi, en effet, je marmonne dans ma barbe. Emma ne m'entend pas, mais Maman si. Son inspiration marquée est presque théâtrale.

— Emma, ma chérie, dit Maman, réorientant la conversation comme une pro. Tu as déjà choisi tes demoiselles d'honneur ?

— Pas officiellement, glousse Emma, même s'il est évident qu'elle sait exactement qui sera — et ne sera pas — à ses côtés le grand jour. Je vous le donne en mille : ce n'est pas moi.

— Eh bien, tu auras tout le temps de voir ça, l'assure Maman, avant de tourner son attention vers moi. Et voilà, le changement de sujet. — À propos de temps, Lara, comment ça va au travail ? Toujours aussi prenant, j'imagine.

— Toujours, je réponds en me forçant à un sourire crispé. — Tu sais ce que c'est.

— Ah oui ? rétorque-t-elle en penchant la tête de cette manière qui me donne envie de hurler dans un oreiller. — Je veux dire, tu travailles tout le temps, n'est-ce pas ? Même le week-end ?

— L'édition, ce n'est pas vraiment comme l'enseignement, Maman, je dis en gardant un ton léger malgré la tension qui monte dans ma poitrine. — On n'a pas de sonnerie qui retentit pour nous dire qu'on peut tous rentrer à la maison. Les dates butoirs ne prennent pas de vacances.

— Mm, fait-elle, les lèvres se pinçant très légèrement. — Mais tu pourrais sûrement trouver le temps de....

— De quoi, Maman ? je la coupe. — D'organiser un mariage ? Parce qu'à moins que tu n'aies un fiancé caché dans le garde-manger, je crois que ça ira.

Les mots restent en suspens, gênants et lourds, jusqu'à ce qu'Emma se racle la gorge, visiblement mal à l'aise. — Je pense que les mariages sont, euh, surfaits pour certaines personnes, propose-t-elle, sa voix flanchant juste assez pour que je regrette de m'être emportée.

— Désolée, je dis en baissant les yeux vers mon assiette. Les bouquets de brocolis me dévisagent, sans m'être d'aucune aide.

— Tout ce que je voulais dire, continue Maman, ignorant la tension comme une vraie pro, — c'est que ça ne te ferait pas de mal de faire une pause de temps en temps. Tu travailles si dur, Lara... trop dur, en fait. Tu ne devrais pas être seule. Pas à ton âge.

— Merci, Maman, c'est exactement ce que j'avais besoin d'entendre.

— Eh bien, je le dis seulement parce que je tiens à toi, dit-elle sur un ton à la limite de la défensive. — Et parce que, honnêtement, je m'inquiète pour toi parfois. Tu mets tellement d'énergie dans ta carrière, mais...

— Mais quoi ? je la pousse à continuer, ma voix plus basse maintenant. Plus fragile.

— Rien, dit-elle rapidement, balayant des miettes imaginaires sur la nappe. — Oublie ce que j'ai dit.

— C'est fait, je réponds, bien que l'agacement commence à monter en moi.

Emma s'agite sur sa chaise, cherchant désespérément à changer de sujet. — Donc, euh, bref, à propos du gâteau...

Ses mots se fondent en un bruit de fond alors que je me concentre sur la découpe de mon poulet en morceaux précis et réguliers, prétendant que la table ne se referme pas sur moi. Les paroles de ma mère résonnent dans ma tête, de plus en plus fort à chaque répétition : *Tu travailles trop. Tu as l'air fatiguée. Je m'inquiète pour toi.*

Traduction : Tu n'es pas à la hauteur. Tu ne l'as jamais été.

— Excusez-moi, je dis brusquement en reculant ma chaise. — J'ai besoin d'aller aux toilettes.

Personne ne m'arrête alors que je file à l'étage, dans ma chambre d'enfant. Je m'appuie contre le dos de la porte fermée, fixant les vagues marques de pâte à fixer qui dessinent encore l'emplacement où mes posters trônaient autrefois, me forçant à respirer. À laisser tomber.

Mais le nœud reste là, emmêlé et tenace, refusant de se desserrer.

Les bruits étouffés de la conversation en bas — le rire d'Emma, la voix de ma mère, perçante même quand elle essaie d'être gentille — s'estompent légèrement, mais pas assez. Jamais assez.

La pièce est plus petite que dans mon souvenir. Ou peut-être que c'est moi qui suis devenue trop grande pour elle, comme un vieux gilet que je garde au fond du placard par pure sentimentalité.

Les étagères sont pleines de livres, leurs dos alignés en rangées inégales, certains penchant dangereusement comme s'ils étaient épuisés de se tenir droits toutes ces années. Des titres que je dévorais en quelques heures, des mondes dans lesquels je m'évadais quand cette maison me paraissait trop étouffante. C'est à la fois écrasant et réconfortant, comme être enveloppée dans une couverture qui sent légèrement la poussière et la tristesse.

Je m'agenouille près du lit, soulevant le couvre-lit fleuri qui n'a pas bougé depuis que ma mère l'a acheté en solde chez Marks & Spencer quand j'avais douze ans. Mes doigts tâtonnent à l'aveugle jusqu'à ce qu'ils heurtent du carton. La boîte est plus lourde que prévu, ou peut-être que je n'ai plus l'habitude de soulever le poids de mon moi adolescent.

Je la tire et m'assois en tailleur sur le sol. Le couvercle résiste un instant avant de céder, révélant son contenu chaotique : des carnets, des feuilles volantes, et quelques enveloppes froissées. Une capsule temporelle d'angoisse et d'ambition.

Le premier journal que je prends a une couverture violette à paillettes. Évidemment. Je l'ouvre et suis immédiatement accueillie par ma propre écriture — de grandes lettres arrondies griffonnées sur la page avec l'urgence de quelqu'un qui pensait que chaque mot comptait.

Ma première et unique tentative de tenir un journal intime. J'ai commencé la première entrée le 1ᵉʳ janvier et n'ai tenu que jusqu'au 5 février. Oh mon Dieu. Non. Je le referme brutalement, le visage en feu, comme si quelqu'un pouvait entrer et me voir. Comme si quelqu'un se souciait de ce que mon moi de quatorze ans pensait de… Je jette un autre coup d'œil à la page. «

... si Ben a remarqué ma nouvelle coupe de cheveux aujourd'hui. » Bon sang.

— Passons à autre chose, je dis à voix basse en fouillant plus profondément dans la boîte. Un autre carnet attire mon regard, celui-ci noir et à spirales, aux bords effilochés à force d'avoir été fourré dans trop de sacs à dos. Quand je l'ouvre, les pages sont remplies d'histoires à moitié écrites, de fragments de dialogue, d'idées notées à la hâte en sténo.

L'une d'elles attire mon attention — une scène entre deux personnages dont je ne reconnais plus les noms, se disputant à propos de quelque chose de dramatique qui allait changer leur vie. Le dialogue est clairement influencé par Brontë et Hugo, que je lisais à l'époque, dégoulinant de mélodrame, mais il y a quelque chose de brut là-dedans. D'honnête. Je peux presque sentir la version de moi-même qui a écrit ça, recroquevillée sur ce même sol, déversant tout ce que j'avais dans ces mots parce que je ne savais pas où le mettre d'autre.

Je tourne d'autres pages, plus vite maintenant. Il y a des débuts d'histoires — tellement de débuts — mais aucune n'est terminée. Chacune est coupée en milieu de phrase, en milieu de pensée, comme si elles avaient été abandonnées à la seconde où elles exigeaient plus que ce que j'étais prête à donner.

— Classique, je murmure en m'adossant au cadre du lit. Le nœud familier se resserre dans ma poitrine, le même que je traîne depuis le dîner. Depuis toujours.

Parce que la voilà, mise à nu devant moi : la preuve que j'ai toujours été douée pour commencer les choses et nulle pour les finir. La preuve que même à l'époque — même avant les dates butoirs, les réunions éditoriales et la pression constante de devoir corriger le travail des autres — je doutais d'être assez douée pour créer quoi que ce soit qui vaille la peine d'être gardé.

Je laisse le carnet se refermer sur mes genoux, le regard fixé sur le plafond. Les autocollants d'étoiles phosphorescentes sont toujours là, délavés et s'écaillant. Je m'allongeais ici la nuit, en m'imaginant qu'elles étaient réelles, en me demandant ce que ça ferait de tendre la main vers quelque chose de si lointain et de réussir à s'y accrocher.

— Pathétique, dis-je à voix haute, bien que ma voix se brise sur le mot. Je m'essuie la joue avant même de réaliser que des larmes sont là.

Je fourre le carnet dans la boîte et la glisse sous le lit avec mon pied, comme si cela pouvait ensevelir le chaos d'émotions qui me grimpe à la gorge. Loin des yeux, loin du cœur, du moins, c'est ce que je me dis. Sauf que le poids ne s'en va pas. Il reste là, lourd et importun, pressant contre ma poitrine comme une de ces couvertures lestées censées vous calmer, à ce qu'on dit. Spoiler : ça ne marche pas.

— Réparer, dis-je à voix haute. Ma voix résonne contre les murs, me surprenant moi-même. Je me passe une main sur le visage et j'essaie à nouveau, plus doucement cette fois. — Je suis douée pour réparer les choses.

Ça, c'est bien vrai. Donnez-moi un manuscrit truffé d'incohérences et de personnages plats, et je le remettrai d'aplomb. Resserrer la prose, réorganiser les scènes, renforcer les enjeux, c'est pratiquement une seconde nature maintenant. J'ai passé des années à perfectionner cette compétence, à me tailler une petite place dans le monde de l'édition où je suis celle qui répare. La chirurgienne. La personne qui améliore les histoires des autres.

Mais créer quelque chose de toutes pièces ? C'est... différent. C'est terrifiant.

La dernière fois que j'ai essayé, vraiment essayé, c'était il y a huit ans, quand je venais de rejoindre Scott & Drake en tant qu'assistante d'édition, tapant furieusement chaque soir comme si ma vie en dépendait. Et c'était peut-être le cas, d'une façon un peu mélodramatique. Je voulais tellement être douée pour ça. Écrire quelque chose qui ne soit pas juste correct, mais génial. Quelque chose qui compte.

Et quand je n'y suis pas arrivée ? Quand les mots sur la page ne correspondaient pas à ceux dans ma tête ? J'ai abandonné. Comme je le fais toujours.

— Mon Dieu. Je plaque un oreiller sur mon visage comme si ça pouvait étouffer les pensées qui partent en vrille. — Mais qu'est-ce que je suis en train de faire ?

Il ne s'agit pas seulement d'écriture. Il s'agit de tout. Mon travail, ma vie, ma série interminable de routines soigneusement orchestrées qui donnent l'impression que j'assure, alors qu'en réalité, j'ai l'impression de fonctionner en pilote automatique la plupart du temps. L'édition, c'est sûr. Confortable. Je sais ce qu'on attend de moi, et je réponds à ces attentes avec une efficacité redoutable, parce que c'est ce que je fais. C'est ce que je suis.

N'est-ce pas ?

Sous l'oreiller, j'expire, lentement, d'une manière tremblante. La vérité, la vérité moche et dérangeante, c'est que je ne sais plus. Je ne sais pas vers quoi je travaille ni pourquoi. Je ne sais pas si je veux grimper plus haut dans le monde de l'édition ou si j'ai déjà atteint le plafond de verre. Je ne sais même pas si l'édition me suffit. Pas quand l'idée d'écrire persiste encore au fond de mon esprit, tenace et douloureuse, comme une vieille blessure qui n'a jamais vraiment cicatrisé.

Mon téléphone est dans ma main avant que je ne réalise que je l'ai attrapé. C'est instinctif maintenant, ce cycle sans fin de distraction. Instagram, e-mails, quelque chose, n'importe quoi pour empêcher mon cerveau de trop s'enfoncer en lui-même. Sauf que le Wi-Fi ici est aussi mauvais que dans le train, et le signal est quasi inexistant. Pourtant, je balaye l'écran sans but, regardant la petite roue de chargement tourner comme si elle pouvait finir par percer les secrets de l'univers, ou du moins me donner un mème assez drôle pour que ce soir ait valu le déplacement.

L'écran a un bug, se fige, puis me renvoie à mon écran d'accueil. Parfait. Je lâche un souffle qui ressemble plus à un grognement et je laisse tomber le téléphone sur mon ventre. Il rebondit une fois avant de s'immobiliser là, se moquant de moi avec sa surface vide et inutile.

Je ferme les yeux, mais ça ne fait qu'empirer les choses. N'ayant rien d'autre pour occuper l'espace entre mes deux oreilles, mon esprit vagabonde. Et où va-t-il ? Droit sur Rory Keane, comme toujours quand je ne fais pas attention.

C'est stupide, vraiment. C'est juste ce... type. Un type ridiculement charmant et exaspérément talentueux qui a réussi à me faire accepter ce je-ne-sais-quoi. Amis. Amants. Amis qui couchent ensemble de temps en temps, mais qui ne parlent surtout pas de sentiments, car cela gâcherait toute l'ambiance décontractée. Oui, c'est nous. Décontractés. Totalement normal.

Et pourtant, nous voilà. Ou plutôt, me voilà, allongée sur un lit une place dans ma chambre d'enfant, à fixer des étoiles phosphorescentes qui ont depuis longtemps perdu leur éclat, en me demandant si Rory a ne serait-ce qu'une seule fois pensé à moi aujourd'hui.

— Mon Dieu, je grogne en enfouissant mon visage dans l'oreiller. — T'es pathétique.

Mais ça n'arrête pas les questions. A-t-il pensé à moi ? Est-ce qu'il se soucie que je sois ici, coincée en banlieue, en train de perdre lentement la tête ? Ou est-ce qu'il va parfaitement bien, vivant sa vie parfaitement bien, complètement inconscient du fait que je suranalyse chaque détail de nos conversations précédentes ?

Décontracté. Comme si me le répéter assez de fois dans ma tête allait le rendre vrai. Parce que c'est ce sur quoi nous nous sommes mis d'accord. Pas d'attaches. Pas de complications. Juste deux personnes qui apprécient la compagnie l'une de l'autre, et occasionnellement le lit l'un de l'autre.

Sauf que ce n'est pas si simple, n'est-ce pas ? Ça ne l'est jamais.

Sans réfléchir, je saisis à nouveau mon téléphone. Mon pouce survole l'écran, et avant de pouvoir m'arrêter, je fais défiler mes contacts. Anciens collègues, vieux amis, numéros que j'aurais dû supprimer il y a des années. Et puis il est là.

Rory.

Son nom reste là, brillant faiblement dans la pénombre de la pièce, comme s'il me mettait au défi d'appuyer dessus. D'appeler. D'envoyer un message. De faire *quelque chose.*

Mais qu'est-ce que je dirais, de toute façon ? Salut, je voulais juste vérifier si tu es toujours insupportablement séduisant et indisponible sur le plan émotionnel. Cool, super, à bientôt.

Ouais, non merci. Je verrouille l'écran et jette le téléphone à côté de moi, face contre le matelas, comme si le cacher pouvait aussi cacher le désordre dans ma tête. Mais son poids persiste, lourd et insistant, ramenant mes pensées à lui, peu importe à quel point j'essaie de les diriger ailleurs.

Tout va bien entre nous, me dis-je. Nous sommes exactement ce que nous avons dit que nous serions. Ni plus, ni moins.

Je me laisse retomber sur le lit, fixant le plafond comme s'il détenait une sorte de réponse. Ce n'est que de la peinture beige et une légère fissure qui ressemble vaguement à l'Italie si on plisse assez fort les yeux. Le même plafond que je fixais à seize ans, en rêvant à des choses comme l'université, ou quitter cette ville ou, que Dieu me pardonne, épouser Jake Gyllenhaal. Et pourtant, me voilà, à trente-deux ans, allongée exactement au même endroit, pas plus avancée sur ce que je veux que je ne l'étais à l'époque.

Sauf que maintenant, au lieu de rêver de Jake dans son uniforme des Marines, je pense à Rory Keane et à sa mâchoire stupidement parfaite. Pas vraiment un progrès.

La vérité, celle autour de laquelle je tourne depuis des semaines, se faufile à travers les fissures que j'ai si soigneusement tenté de colmater. Il me plaît. Pas de la manière décontractée, du genre « c'est sympa de traîner avec toi ». Mais de la manière dangereuse, celle qui fait battre le cœur à tout rompre, celle qui se demande « pourquoi il ne m'a pas encore répondu ? ». Le genre de sentiment qui en veut plus. Plus de temps. Plus de nuits. Plus de… tout.

Mais l'admettre à voix haute ? Ne serait-ce qu'à moi-même ? C'est comme s'aventurer sur une fine couche de glace et l'entendre craquer sous mes pieds.

Parce que que se passe-t-il si je le dis, si je reconnais que j'ai déjà enfreint la seule règle que nous avions fixée, et que lui non ? Et si pour lui, tout ça est vraiment aussi simple que nous nous l'étions promis ? Et s'il se contente très bien de garder les choses légères, pendant que moi, de mon côté, je suis en train de réécrire mentalement notre première rencontre pour en faire une tragédie digne de Nicholas Sparks ?

Je me redresse brusquement, jetant l'oreiller de côté. Mon téléphone est toujours là, face contre le matelas, vibrant presque sous le poids des accusations. Me traitant de lâche sans même avoir besoin de s'allumer.

D'accord, je pense. Disons que je lui envoie un message. Disons que je lui dis que je ressens des choses que je ne devrais pas ressentir. Quel est le pire qui pourrait arriver ?

Il hésiterait. Il ne me rejetterait pas catégoriquement — ce n'est pas le genre de Rory — mais il y aurait une pause, un temps de silence trop long avant qu'il ne réponde. Et dans ce silence, j'entendrais tout ce que je sais déjà mais que j'ai été trop stupide pour accepter. *Oh, Lara,* commencerait-il, ne voulant pas me décevoir, me tenant probablement la main avec sincérité. Et puis il me rappellerait — gentiment, toujours gentiment — que ce n'est pas ce que nous avions convenu. Que c'était pour l'aider à écrire le meilleur livre possible. Rien de plus, rien de moins.

Et il aurait raison.

Je me laisse retomber sur le lit en expirant bruyamment. *Tu es ridicule,* me dis-je, mais les mots n'ont pas l'impact escompté.

Parce que la vérité, c'est que Rory n'a rien fait qui puisse me laisser penser qu'il ressent la même chose. Au contraire, il a été constant. Affectueux, oui. Attentionné. Mais jamais plus que ce que nous avions décidé d'être. Rien qui ne suggère que *ceci* — quoi que *ceci* soit — puisse exister en dehors de notre relation temporaire d'éditrice/auteur, au-delà des pages de son manuscrit.

Et le comble ? Je savais dans quoi je m'engageais. J'ai accepté. Je connaissais les risques. Alors pourquoi suis-je allongée ici, à disséquer chaque regard, chaque contact, chaque pause qui s'éternise, comme si tout ça avait vraiment un sens ?

Ce n'est pas le cas.

C'est le livre qui compte. C'est ça, la priorité. C'est pour ça que je fais ça. Et s'il me reste ne serait-ce qu'une once d'amour-propre, je vais me ressaisir et me concentrer.

Je ferme les yeux, forçant la tension à quitter mon corps. Ça ne sert à rien de continuer à y penser, à se complaire dans des fantasmes stupides. J'ai un travail à faire. Je ne serai pas l'éditrice qui s'approche trop, qui complique les choses sans raison. Je ne serai pas la raison pour laquelle ce livre ne sera pas terminé.

Alors, peu importe ce que je crois ressentir... ça n'a aucune importance.

Je prends une profonde inspiration, puis une autre. Je vais enfouir ce sentiment. Le mettre sous clé.

Le livre passe en premier. Il le faut.

DIX-HUIT

Pendant tout le week-end, je résiste à l'envie d'appeler Rory, de lui envoyer un texto ou de le contacter de quelque manière que ce soit avant notre point éditorial convenu pour demain. Je veux lui laisser de l'espace pour écrire et lui... eh bien, il ne m'a pas appelée non plus, ce qui me donne raison.

Alors, quand le texto arrive, au moment où je m'installe sur le canapé avec une tasse de thé et mon dernier plaisir coupable – une romance historique absurdement dramatique avec des pirates et des corsages allègrement déchirés –, je ne m'y attends vraiment pas. Mon téléphone vibre contre l'accoudoir, et ma réaction immédiate est l'agacement.

> Un verre ce soir ? Parlons du livre. Rory x

La curiosité me ronge ; si je me fie à sa dernière version, alors je suis vraiment impatiente de lire la nouvelle mouture pour voir comment il a intégré mes notes et s'est approprié l'histoire. Mon pouce survole le clavier. D'un côté, ce n'est probablement rien, juste Rory qui fait du Rory, tout en charme et en spontanéité. D'un autre côté... Non, il n'y a pas d'autre côté.

Pourtant, j'hésite. Mais la vérité, c'est que je n'ai pas arrêté de penser à son livre. Au cours des dernières semaines, il est passé de médiocre à bon, ce qui n'est pas une mince affaire vu d'où on est partis. Bien qu'il soit encore loin d'être abouti, il semble aussi plus brut que ses écrits habituellement si soignés, comme s'il avait dévoilé une facette cachée de lui-même et qu'il essayait vraiment de grandir en tant qu'écrivain.

D'accord.

Je demande les détails avant de pouvoir revenir sur ma décision.

Où et quand ?

La réponse est immédiate, comme s'il avait attendu que je cède.

20 h. Flanaghan's, à Piccadilly. C'est ma tournée pour la première.

Au moment où je pousse la lourde porte en bois du Flanaghan's, je regrette déjà ma décision. Le bar est faiblement éclairé, tout en bois sombre et en lumières ambrées et chaleureuses, et le bourdonnement des voix et le cliquetis des verres remplissent l'air. C'est confortable mais bondé, le genre d'endroit où les gens viennent se détendre après de longues journées passées à des boulots qu'ils détestent en secret.

Ma déformation professionnelle d'éditrice prend le dessus presque instantanément, scannant tous les petits détails. Les affiches vintage encadrées sur les murs. Les banquettes en cuir usé qui semblent être là depuis des décennies. Le barman versant avec expertise une cascade de liquide bleu dans un verre sans en renverser une goutte.

Et puis je le vois. Rory. Assis à une petite table dans un coin, à moitié caché par l'ombre d'une ampoule Edison suspendue. Mon estomac me trahit en se retournant à sa vue, mais je refoule ce sentiment, forçant mes hormones à m'obéir.

Je me faufile à travers la foule, esquivant un homme qui gesticule sauvagement avec sa pinte et un couple qui se dispute doucement mais intensément. Plus je m'approche de la table de Rory, plus il devient évident qu'il s'est... bien habillé. Pas de manière extravagante, mais assez pour me faire hésiter en plein milieu de mon avancée.

Il porte une chemise foncée, les manches retroussées juste ce qu'il faut jusqu'aux coudes. Les deux premiers boutons sont défaits, laissant juste assez entrevoir pour suggérer une élégance décontractée tout en ayant l'air exaspérément impeccable. Ses cheveux – toujours légèrement ébouriffés de cette manière « oh, je n'ai pas fait exprès » – sont étrangement parfaits ce soir, comme s'il y avait vraiment passé du temps.

— Vraiment ? je demande en approchant. Juste un verre décontracté ?

Je me dis que c'est simplement la personnalité de Rory Keane. Ça n'a rien à voir avec moi. Il n'essaie absolument pas de m'impressionner.

... Pas vrai ?

— Eh bien, dis-je en me glissant sur le siège en face de lui, posant mon sac avec application, on dirait que tu sors tout droit d'une séance photo pour *GQ*. Je laisse mon regard passer ostensiblement de sa chemise à ses manches soigneusement retroussées. Est-ce que j'ai raté le mémo ? Il y avait un code vestimentaire pour ce soir ?

Les lèvres de Rory s'étirent en un sourire en coin, une commissure plus haute que l'autre. C'est un sourire exaspérément sûr de lui, comme s'il savait exactement ce qu'il faisait. Parce que, bien sûr que oui.

— On n'a plus le droit de faire un petit effort ? Il se penche en arrière sur sa chaise, ses doigts effleurant le côté de son verre. D'ailleurs, tout le reste est dans le panier à linge sale.

— Mm. Je croise les bras en penchant la tête. Et qu'aurais-tu fait, je te prie, s'il s'agissait d'une vraie discussion sur le manuscrit

? Tu aurais apporté une veste d'intérieur en velours ? Un monocle ?

— Tentant, dit-il suavement, ses yeux pétillant sous la lumière tamisée. Mais je me suis dit que ce serait difficile de prendre des notes en plissant les yeux.

— Ah, le sens pratique l'emporte.

— Toujours. Il lève son verre pour prendre une gorgée. Puis, l'abaissant juste assez pour croiser mon regard, il ajoute : Mais j'avoue que c'est agréable de voir que j'ai attiré ton attention.

— Je suis éditrice. Observer les détails, c'est littéralement mon travail.

— C'est comme ça qu'on appelle ça, maintenant ?

Quel que soit son petit jeu, je suis déterminée à ne pas le laisser gagner. Même si une partie de moi — une toute petite partie très stupide — se demande si peut-être, juste peut-être, il *essaie* vraiment de m'impressionner, après tout.

— Très bien, dis-je en prenant le verre de stout qui, selon Rory, est la meilleure qu'on puisse trouver en dehors de l'Irlande. Mes doigts effleurent la condensation sur le verre tandis que je le regarde avec un air qui, je l'espère, passe pour du professionnalisme détaché. S'il te plaît, dis-moi que tu as fait les modifications.

— On entre direct dans le vif du sujet, dit-il. Tu ne vas même pas me demander comment s'est passée ma journée ? Peut-être m'y amener en douceur avec une conversation légère ?

— Ta journée n'a aucune importance pour savoir si nous serons prêts à envoyer le texte aux correcteurs.

— J'espère que les modifications te satisferont. Il t'attend dans ta boîte de réception. Je l'ai envoyé avant de partir, prêt à se faire démolir par tes soins.

— Je ne démolis rien, le corrige-je en consultant mon téléphone et en voyant qu'il y a bien un e-mail de Rory, avec une pièce jointe. Je dirais plutôt que... je démantèle en douceur, au nom de l'amélioration.

— Ah. Il se penche en avant, posant ses avant-bras sur la table. Le mouvement attire — malheureusement — mon attention sur ses manches retroussées, qui révèlent juste assez de ses avant-bras pour me distraire. Un démantèlement en douceur. C'est comme ça que tu appelles les cinquante-trois commentaires que tu as laissés rien que sur les deux premiers chapitres ?

— Cinquante-deux, je rétorque en lui lançant un regard lourd de sens. L'un d'entre eux n'était pas un commentaire. C'était une question.

— C'est vrai. Au temps pour moi.

Je devrais détourner le regard. Je ne le fais pas. Au lieu de ça, mes yeux s'attardent sur la petite fossette qui se creuse au coin de son sourire ; un trait que j'ai remarqué exactement deux fois auparavant, mais que je refuse d'admettre trouver charmant. Ma prise se resserre sur mon verre, et je me force à me concentrer sur autre chose, *n'importe quoi* d'autre.

L'éclairage du bar change sans prévenir, un affaiblissement discret de la lumière qui adoucit les contours de toute chose. Les plafonniers, si vifs et cliniques à peine une heure plus tôt, diffusent maintenant une lueur ambrée et chaude, comme si quelqu'un avait drapé la pièce de miel. Même le brouhaha autour de nous semble avoir baissé d'un ton, le vacarme autrefois bruyant s'étant réduit à de faibles murmures et à des éclats de rire occasionnels provenant de coins éloignés. C'est comme si l'univers lui-même avait décidé de conspirer contre moi, nous enveloppant, Rory et moi, dans ce cocon d'intimité involontaire.

— Tout va bien ? Tu es bien silencieuse tout d'un coup, dit Rory, sa voix interrompant le fil de mes pensées. Tu n'es pas déjà à court de notes pour moi, j'espère ?

— Certainement pas, je rétorque, faisant tournoyer le reste de liquide sombre dans mon verre pour me donner une contenance. J'essaie juste de décider quel défaut je vais éviscérer ensuite. Il y a tellement de choix.

Son rire est grave et riche, le son s'enroulant comme de la fumée dans le petit espace qui nous sépare.

— Tu me blesses, Yates. Vraiment.

— Tant mieux. Continue de saigner, ça forge le caractère. Je lève mon verre comme pour trinquer avec lui.

— Admets-le, dit-il, sa voix assez basse pour passer sous le bourdonnement des conversations autour de nous. Ça pourrait passer pour un rendez-vous galant.

— Ah oui ? je réplique en haussant un sourcil. Mon ton est léger — travaillé — mais la question tombe plus lourdement que je ne l'avais prévu. Le mot *rendez-vous* reste en suspens dans l'air entre nous, plus lourd qu'il ne le devrait.

— Eh bien, voyons voir. Il penche la tête, son sourire se faisant presque carnassier. Il y a un bar, des verres, un éclairage douteux. Tous les marqueurs classiques, tu ne trouves pas ?

— Il manque un élément clé, je fais remarquer, me forçant à paraître impassible.

— Lequel ? Son regard est direct — trop direct — et je dois détourner les yeux avant de m'y noyer.

— Le romantisme, dis-je sèchement.

— Tu as raison. Pas la moindre once de ce truc. Pas une miette. Son démenti ne fait que renforcer le fait que Rory Keane — un homme payé pour écrire sur les grands gestes et les baisers volés — est assis à côté de moi, me regardant comme si *j'étais* le rebondissement qu'il n'avait pas vu venir. Et le pire ? C'est que ça ne me déplaît pas.

— D'accord, dit-il au bout d'un moment, se tournant légèrement pour me faire face plus complètement. Il y a quelque chose de différent dans son expression maintenant — un changement que je n'arrive pas tout à fait à cerner. Je peux te poser une question ?

— Depuis quand demandes-tu la permission ?

— Pas faux, admet-il. Mais celle-ci est importante.

— Vas-y, alors, dis-je, me préparant à... À quoi, exactement ? Je ne suis pas sûre. Une question sur les corrections, peut-être. Ou une tentative à peine voilée de dire quelque chose de salace. Ce à quoi je ne *m'attends pas*, c'est...

— Pourquoi n'écris-tu pas tes propres livres ?

Je cligne des yeux. — Quoi ?

— Tu m'as entendue.

— Rory... Je ris nerveusement en posant mon verre. D'où ça sort ?

— Du manuscrit sur la clé USB que tu m'as donnée. Sa voix est calme, posée, comme s'il ne venait pas de faire exploser une bombe au milieu de notre conversation. Celle que tu as probablement oublié d'avoir laissée dessus.

Mon estomac se noue. — De quoi tu parles ?

— Un vieux fichier, dit-il, m'observant attentivement maintenant, comme s'il évaluait si j'allais prendre la fuite. Il n'avait pas de nom, ou quoi que ce soit. Enfin, il s'appelait doc.doc, alors j'ai failli ne pas l'ouvrir. Mais la curiosité l'a emporté, et... eh bien... Il hausse les épaules, comme si la fin de la phrase n'était pas monumentale. Disons simplement que je n'ai pas pu m'arrêter de lire.

Je le fixe, les mots me manquant pour la première fois de la soirée. Peut-être pour la première fois de ma vie.

— Page une, continue-t-il doucement en se rapprochant. C'est tout ce qu'il a fallu. Tu m'as accroché dès la première page, Lara. Et quand j'ai fini, je n'arrivais pas à y croire. Je n'arrivais pas à croire que tu cachais *ce* talent depuis tout ce temps.

— Rory, réussis-je à dire, bien que ma voix soit plus faible que je ne le voudrais. Tu n'étais pas censé voir ça. Ce n'est... ce n'est rien. Juste une vieille ébauche avec laquelle j'ai joué il y a une éternité.

— Rien ? Ses sourcils se froncent, incrédule. Lara, c'est *brillant*. Les personnages, le rythme, les dialogues, tout y est. C'est brut, bien sûr, mais c'est authentique. Et c'est bon. Tellement bon.

— Arrête, dis-je rapidement en secouant la tête. Mes paumes sont moites, et la pièce semble soudain plus petite, comme si les murs se rapprochaient. Ça n'a pas d'importance. Ce n'est pas...

— Pas quoi ? insiste-t-il doucement. Pas prêt ? Pas parfait ? Parce que, scoop : aucun livre ne l'est jamais. Tu le sais mieux que personne.

— Rory... je commence, mais il me coupe.

— Sais-tu combien d'écrivains tueraient pour avoir ton instinct ? Pour avoir ta plume ? Tu as passé ta carrière à améliorer les histoires des autres, à te cacher derrière ton stylo rouge, mais Lara... Il marque une pause, son regard s'ancrant dans le mien. Tu mérites d'être vue, toi aussi.

Je ne peux plus respirer. Ni penser. Ni parler. Tout ce que je peux faire, c'est rester assise là, chancelante, tandis que ses mots s'imprègnent en moi, plus profondément qu'ils n'en ont le droit.

Mes doigts s'enroulent fermement autour du bord de la table, m'ancrant tandis que le poids des mots de Rory s'installe sur ma poitrine. *Tu mérites d'être vue, toi aussi.* Ils résonnent dans ma tête, importuns et implacables, comme une chanson que je n'ai pas demandé à entendre mais que je ne parviens pas à oublier.

— Rory, dis-je finalement, ma voix plus assurée que je ne l'aurais cru. — Ce n'est pas ce que tu crois. Ce manuscrit... Il n'était destiné à être lu par personne d'autre. Jamais.

Il penche la tête, curieux, ses yeux sombres toujours rivés sur moi comme s'il essayait de comprendre mon fonctionnement.

— Pourquoi pas ?

— Parce qu'il est vieux. Mon rire sonne cassant et peu convaincant. — Et brouillon. Et inachevé. Et... Je prends une inspiration, ajustant mes lunettes même si elles n'en ont pas besoin. — *Personnel.*

— Exactement. Il dit ça comme si c'était la chose la plus évidente au monde, comme s'il venait de décréter que le ciel est bleu ou que l'eau est mouillée. — C'est pour ça qu'il est si bon.

— Rory. Son nom m'échappe comme un soupir. — Tu ne comprends pas. Je l'ai écrit... Je marque une pause, cherchant les mots justes, mais tout ce qui me vient à l'esprit semble trop révélateur. — C'était il y a longtemps. Je m'amusais, c'est tout. Ce n'est pas...

— Pas digne d'être partagé ? termine-t-il à ma place, son ton doux mais insistant. — Crois-moi quand je te dis que tu es meilleure que la moitié des auteurs sur la liste de Scott & Drake.

— S'il te plaît, arrête, je lance d'un ton sec. C'est plus facile de paraître irritée que d'admettre la vérité : ses mots touchent une corde sensible que j'ai gardée enfouie pendant des années. Quelque chose de fragile, de stupide et de bien trop plein d'espoir.

— Je suis honnête. Sa bouche s'étire en un petit sourire entendu, mais qui n'a rien de suffisant. Au contraire, il est désarmant. Maudit soit-il. — Tu te caches au vu et au su de tous, Lara.

Tu corriges le travail des autres alors que tu devrais publier le tien. Tu as le talent. La voix. Le cran...

— Arrête, je l'interromps. — Je n'ai pas le... Ma voix flanche. *Le courage ? La confiance ? La stupidité ? Tout ça à la fois ?*

— Si, tu l'as, réplique-t-il fermement, balayant mon hésitation comme si de rien n'était. — Tu ne veux juste pas l'admettre.

— Pourquoi est-ce que tu fais ça ? La question m'échappe avant que je puisse la retenir. — Pourquoi est-ce que ça t'importe, même ?

— Parce que je sais ce que c'est. Sa réponse est immédiate. — De douter de soi. De remettre en question chaque mot que tu couches sur le papier, en te demandant s'il est assez bon. Mais il l'est, Lara. *Tu* l'es.

L'air entre nous semble maintenant incroyablement dense, lourd de non-dits et de choses que je ne suis pas sûre d'être prête à entendre. Je détourne le regard, me concentrant sur la bougie qui vacille au centre de la table. Sa douce lueur semble se moquer de moi, romantisant un moment qui ne devrait pas paraître aussi important qu'il ne l'est.

— Écoute, dit Rory après un instant, sur un ton direct. — Si tu ne veux pas me croire, peut-être que tu croiras le fait que je n'ai pas pu le lâcher. Je suis resté éveillé jusqu'à trois heures du matin à le lire, puis je l'ai relu le lendemain. Et tu me dis que c'est un premier jet ? Imagine ce que ça pourrait être si tu le terminais vraiment.

— Rory... Je ne sais même plus ce que j'essaie de dire. Mes pensées sont un enchevêtrement de nœuds, chacune bousculant la suivante avant que je ne puisse m'en saisir. Tout ce que je sais, c'est que je me sens à nu, comme s'il voyait une partie de moi que je ne réalisais même pas garder si férocement.

— Penses-y, c'est tout, dit-il doucement. — C'est tout ce que je te demande.

— Je ne suis pas assez douée.

— C'est des conneries, dit-il sans détour.

Je cille de nouveau. Est-ce qu'il vient de... ?

— Pardon ?

— C'est. Des. Conneries. Chaque mot atterrit comme un petit

coup de poing, et curieusement, ça ressemble moins à une insulte qu'à un miroir qu'il me tendrait et dans lequel je ne veux pas me regarder. — Tu ne trompes personne, et encore moins moi. Je crois que tu as juste peur.

— Peur ? Mon rire est sans joie. — N'importe quoi. Je *corrige* des écrivains, tu te souviens ? Je suis parfaitement heureuse de rester à ma place : en coulisses. Tout le monde n'a pas envie d'être propulsé sous les feux des projecteurs, Keane. Certains d'entre nous préfèrent éviter le crash inévitable.

— Ouais, bien sûr, dit-il, son ton dégoulinant de sarcasme. — Parce qu'éviter l'échec, c'est tout à fait la même chose qu'éviter le succès.

— Tout le monde n'a pas non plus besoin de succès, je rétorque, bien que les mots aient un goût amer en quittant ma bouche.

— Continue de te raconter ça, dit Rory.

— Tout le monde n'a pas *besoin* d'être vu. Certains d'entre nous sont parfaitement à l'aise à l'idée de laisser les autres accaparer la vedette pendant que nous faisons le gros du travail en coulisses. Tu sais, le truc qui compte *vraiment*.

— C'est ça. Il ne cille même pas, ne bronche pas face au ton acerbe que j'ai perfectionné lors des réunions éditoriales. Non, Rory Keane reste simplement assis là, calme comme un moine, comme s'il avait attendu ce moment précis. — Parce que tu es si altruiste, n'est-ce pas ? Juste une humble éditrice qui s'assure que nous autres recevions nos bons points.

Rory se pince l'arête du nez et soupire. — Arrêtons les conneries, Lara. Il n'est pas question des projecteurs, n'est-ce pas ? Il est question de ce qui arrive si quelqu'un regarde de trop près. S'il te voit vraiment.

— C'est ridicule, dis-je rapidement, mais ma voix semble faible, même à mes propres oreilles. — Tout n'est pas une question de profonde psychologie...

— Ah non ? Je pense que tu as peur, Lara. Et je comprends. S'exposer ? Laisser les gens juger ton travail ? C'est terrifiant. Mais ne reste pas assise là à me dire que tu préférerais rester invisible alors que la vérité, c'est que tu as juste peur d'être vue.

— Arrête. J'en ai assez. Assez de cette conversation. Assez de lui. Il faut que je sorte d'ici.

La prise de conscience me frappe comme une gifle, froide et brutale, et soudain, je suis en mouvement avant même d'avoir pleinement décidé de le faire. Ma chaise crisse bruyamment contre le sol alors que je me lève, le son tranchant le silence chargé comme une lame de couteau. Mes mains cherchent maladroitement mon sac, d'une gaucherie qui m'énerve parce que c'est la preuve — la preuve indéniable — qu'il m'a atteinte.

— Lara ? Où est-ce que tu vas ? Sa voix est calme, mais il y a une pointe d'incrédulité qui manque de me faire m'arrêter. Manque de peu.

— Chez moi, je m'entends dire, même si je ne suis pas tout à fait sûre de le penser. Mon cœur bat si fort qu'il pourrait transpercer ma cage thoracique d'une seconde à l'autre, et je sens la brûlure des larmes qui montent derrière mes yeux. Non. Pas ici. Pas devant lui.

— Ne fais pas ça, commence-t-il, mais je suis déjà à mi-chemin de la porte, mes doigts crispés sur la lanière de mon sac au point que mes jointures blanchissent. Mon champ de vision se rétrécit, se fixant sur la sortie comme si c'était la seule chose qui me maintenait à flot. Je ne me fais pas confiance pour jeter un regard en arrière. Si je le fais, je risque de m'effondrer complètement, et je ne peux pas me le permettre ; pas ici, pas maintenant, et certainement pas devant Rory Keane.

Je suis à mi-chemin de la porte quand sa voix perce l'air derrière moi, directe et implacable.

— Ne fuis pas ça, Lara.

Ce n'est pas fort, mais c'est suffisant pour me stopper net. Il y a quelque chose dans son ton — de la frustration, certes, mais aussi de l'inquiétude, comme s'il pensait que j'étais sur le point de faire quelque chose d'irréversible. Comme si quitter cette pièce était une sorte de ligne que je ne pourrais pas franchir en sens inverse.

Mes doigts se resserrent sur la lanière de mon sac, le cuir me mordant la paume. Je lui tourne le dos, mais je sens son regard comme un poids qui pèse entre mes omoplates. Pendant une seconde — une fraction de seconde — j'envisage de me retourner. De dire quelque chose. N'importe quoi. Mais que dirais-je, au fond ? Qu'il a tort, qu'il ne comprend pas, que je ne suis pas celle qu'il semble si déterminé à croire que je suis ?

À la place, je reste là, figée sur place, le souffle court et saccadé. Le silence s'étire, pesant et chargé d'attente, me défiant de le rompre. Et pendant un instant terrifiant, je manque de le faire. Mes lèvres s'entrouvrent, mais aucun son n'en sort.

— Évidemment, dit doucement Rory, comblant le vide que je laisse. Tu préfères t'enfuir plutôt que de risquer d'être vue.

Ses mots me frappent comme un coup, précis et dévastateur. Je les sens s'installer en moi, brûlants et malvenus, et chaque nerf de mon corps me hurle de riposter. De me retourner et de lui dire exactement où il peut se la carrer, sa psychanalyse de comptoir. Mais après ? Lui donner raison en perdant les pédales ?

Non. Pas ici. Pas avec lui.

— Contente-toi de finir ton propre foutu livre, et arrête de t'occuper du mien. Je secoue la tête et me dirige d'un pas décidé vers la porte.

L'air extérieur est plus frais, la rue plus calme, mais rien de tout ça ne parvient à calmer la tempête qui fait rage en moi. Mon cœur bat la chamade, ma poitrine est oppressée, et mes pensées sont un chaos de colère, d'humiliation et — que Dieu me vienne en aide — de quelque chose qui ressemble dangereusement à de l'espoir.

L'espoir de quoi, au juste ? Qu'il ait raison ? Que je ne devrais pas avoir peur ? Que peut-être, juste peut-être, il voie en moi quelque chose pour lequel il vaut la peine de se battre ?

DIX-NEUF

Cela fait des années que la dernière réunion de crise a été convoquée chez Scott & Drake. J'étais une jeune éditrice à l'époque, relativement nouvelle dans le monde de l'édition. Ce fut une affaire brutale qui a vu toute l'équipe de production sur la sellette pour avoir changé d'imprimeur avant la sortie d'un livre majeur sans avoir effectué de vérifications préalables sérieuses — ou en avoir informé Fiona et le reste du conseil d'administration. Le nouvel imprimeur a livré un produit de qualité médiocre, qui a dû être mis au pilon. Cela a coûté à la maison d'édition un sacré casse-tête et des dizaines de milliers de livres sterling pour la réimpression. Cela a coûté leur poste au directeur de la production et à deux cadres supérieurs.

J'avais espéré ne plus jamais avoir à assister à une telle réunion. Mais en être le sujet — ou du moins, l'une des principales contributrices ? C'est le moment le plus embarrassant de toute ma carrière professionnelle. Je pousse la lourde porte en verre, et toutes les têtes se tournent vers moi une fraction de seconde avant de se replonger sur leurs ordinateurs portables. Toutes les têtes, sauf celle de Rory, dont le regard me suit à travers la pièce et s'attarde longtemps après que je me suis installée à ma place. La tension est palpable, suspendue dans l'air comme un nuage d'orage qui menace d'éclater depuis toute la semaine.

Ils sont tous conscients que le dernier manuscrit de Rory est un désastre. Après tout, c'est la raison pour laquelle cette réunion a été convoquée. La plupart d'entre eux ne l'ont probablement pas lu, pas en entier, mais les failles ont certainement été communiquées à l'ensemble de l'équipe, et ils sont inquiets. À juste titre.

Je suis bien en peine d'expliquer ce qui a mal tourné, car ce n'est pas l'histoire sur laquelle nous travaillions au cottage, ni rien de semblable aux ébauches qu'il a écrites depuis. Ce que nous avons maintenant est quelque chose de complètement différent. Rory n'a pas seulement jeté le bébé avec l'eau du bain, il a aussi balancé la baignoire par la fenêtre, puis a lancé une grenade dans la salle de bain pour faire bonne mesure.

Mes mains sont stables, Dieu merci, même si je sens la chaleur monter le long de mon cou. *Professionnelle. Impassible. Distante.* C'est ce que je me répète en m'installant, ouvrant la pochette en cuir devant moi avec une lente précision. Mon stylo est en position, dans une tentative convaincante de cacher le chaos qui règne dans ma tête.

— Ne le regarde pas, me rappelle-je à moi-même, car si je le fais, j'ai peur de ce que je pourrais lui dire. Un auteur de best-sellers de romance qui n'arrive pas à terminer son livre, et aussi l'homme qui a réussi à transformer ma vie déjà compliquée en une migraine éditoriale géante. Il n'y a pas de place pour les sentiments personnels ici — pas avec un tel enjeu. Pas alors que nous faisons face à des délais plus serrés que la veste cintrée de Fiona.

— Bien. La voix de Fiona tranche à travers les bavardages et le cliquetis des claviers, imposant un silence immédiat. Elle n'élève pas la voix ; elle n'en a jamais besoin. L'autorité émane d'elle par vagues, de la cadence délibérée de ses mots au clic retentissant de son stylo lorsqu'elle le referme. — Allons droit au but. Nous avons huit jours pour envoyer ce manuscrit à l'imprimeur — ou nous n'avons pas de livre du tout.

La pièce se crispe collectivement, le poids de ses paroles s'abattant sur nous comme une chape de plomb. Je la regarde du coin de l'œil alors qu'elle se penche légèrement en avant, les paumes à plat sur la table. Fiona Scott en mode professionnelle intransigeante est un spectacle à voir : posée, implacable, et juste assez intimidante pour maintenir tout le monde sur ses gardes.

— Il ne s'agit pas seulement de respecter une date limite, poursuit-elle, son ton sec, chaque mot atterrissant comme une fléchette parfaitement visée. — Il s'agit de crédibilité. De notre réputation. Rory, vos deux derniers livres ont dominé tous les classements imaginables. Si nous ratons celui-ci, nous passerons pour des incompétents. Vous passerez pour un incompétent. Et l'incompétence, Mesdames et Messieurs, ça ne fait pas vendre de livres.

Je hoche légèrement la tête, faisant semblant de noter quelque chose pendant que mon estomac se tord en nœuds de plus en plus créatifs. Aucune pression, donc. Juste l'avenir de notre auteur le plus rentable et de la maison d'édition suspendu de manière précaire au-dessus d'une falaise. Parfait.

— Maintenant, dit Fiona, son regard se faisant plus perçant, nous avons besoin de solutions. Pas d'excuses, pas de délais — des solutions. Ce manuscrit nous file entre les doigts, et si quelqu'un ne s'en empare pas bientôt, nous le perdrons entièrement. Elle laisse les mots en suspens un instant.

— Des questions ? Des commentaires ? Ses yeux balayent à nouveau la pièce, défiant quiconque de parler. Je garde la bouche fermée, mais mon esprit tourne à plein régime. Des solutions. Ce que Fiona veut vraiment dire, c'est que nous devons trouver comment réparer le gâchis de Rory sans froisser son ego — ou le mien, apparemment, puisque je suis l'éditrice chargée de mener ce désastre jusqu'à sa publication. Pas de problème. Juste un jeudi comme les autres chez Scott & Drake.

Rory, les bras étroitement croisés sur sa poitrine — l'image parfaite d'un homme qui ne veut pas être ici et qui n'a certainement pas l'habitude qu'on parle de lui, plutôt qu'à lui. Sa mâchoire est crispée, et il foudroie du regard le manuscrit devant lui comme s'il avait insulté sa mère. Je ne saurais dire s'il est sur le point de la contredire ou d'entrer en combustion spontanée, mais les deux options semblent probables.

— Eh bien, dit-il enfin, la voix sèche, je suis ravi que nous soyons réunis aujourd'hui pour disséquer mon âme devant un public.

— Ton âme ? je réplique en haussant un sourcil. — C'est

drôle, je ne savais pas que ton âme venait avec une intrigue secondaire qui ne mène toujours absolument nulle part.

Ses yeux se lèvent brusquement pour croiser les miens. Oh, super. On va régler ça maintenant.

— Prendre du temps pour faire le point est essentiel pour Sophie, rétorque-t-il. — Ça rejoint le thème principal...

— De quoi ? De nombrilisme excessif ? je l'interromps, en gardant mon ton égal, professionnel. Presque. — Rory, quand j'ai suggéré de remplacer la course-poursuite en voiture par quelque chose d'un peu plus ancré dans la réalité, je parlais du décor. La structure narrative exige toujours la même charge émotionnelle, juste pas dans un véhicule. Maintenant, Oliver se vautre dans l'apitoiement sur lui-même pendant trois chapitres d'affilée. On en a parlé, encore et encore.

— Pardonne-moi d'écrire des personnages avec de la profondeur, lance-t-il, sa frustration s'enroulant autour de chaque syllabe. — Tout le monde ne veut pas de personnages en carton-pâte, Lara. Certains d'entre nous visent la nuance.

— *Nuance*, je répète, laissant le mot flotter entre nous, goûtant son amertume. — Rory, il y a une différence entre la nuance et l'indécision. Cette version ressemble à un retour en arrière. Maintenant, Oliver passe un temps démesuré à regarder par la fenêtre et à ruminer ses erreurs passées. Ce n'est pas de la profondeur — c'est du remplissage.

— Ah oui, parce que Dieu nous préserve qu'un roman d'amour ait une véritable complexité émotionnelle, réplique-t-il, sa voix s'élevant juste assez pour attirer les regards en coin des malheureux témoins à la table.

Fiona ne bronche pas, ce qui ne fait que rendre sa présence plus menaçante. Comme une lionne qui attend pour bondir.

— La complexité émotionnelle n'est pas le problème, dis-je en gardant ma voix basse et maîtrisée. — Mais les lecteurs doivent se soucier de ce qui va se passer ensuite. Et pour l'instant ? Ce n'est pas le cas, car il ne se passe rien, à part quelques joutes verbales pleines d'esprit. Le rythme est toujours bancal après le milieu du livre, Rory. Si tu ne le resserres pas, ils abandonneront le livre à mi-parcours.

— Peut-être qu'ils remarqueront les problèmes de rythme parce que l'éditrice n'a pas fait son travail, dit-il à voix basse, mais suffisamment fort pour que je l'entende. Suffisamment fort pour que tout le monde l'entende.

Le silence s'installe dans la pièce. Mes joues me brûlent, mais je garde mon sang-froid, du moins, je l'espère. Je jette un coup d'œil furtif à Fiona, qui nous observe tous les deux avec une sorte de neutralité étudiée qui pourrait tout aussi bien être un regard assassin. Génial.

— Pardon ? dis-je, ma voix faussement calme, alors que ma prise sur mon stylo se resserre comme si c'était la seule chose qui me rattachait à la raison.

— Tu m'as entendu. Rory se penche en arrière sur sa chaise, les bras toujours croisés, son expression me défiant de le contredire.

— Aux dernières nouvelles, dis-je en me redressant, ce n'est pas mon travail de réécrire ton livre. Mon travail, c'est de m'assurer que ton livre vaille la peine d'être lu. Si tu n'es pas content de mes notes, tu devrais peut-être te concentrer sur la correction du manuscrit au lieu de me reprocher de souligner ses défauts.

— Des défauts, répète-t-il. — Tu veux dire les passages de l'histoire que tu n'aimes pas, c'est ça ? Admets-le, Lara. Il ne s'agit pas du livre, il s'agit de toi qui veux que tout rentre dans tes petites cases bien propres.

— Des cases ? Le mot a un goût acide dans ma bouche. — Oh, je t'en prie. Tu crois que je ne veux pas que ce livre soit un succès ? Que je ne veux pas que *tu* réussisses ? Pardonne-moi de me soucier de publier quelque chose qui ne se lit pas comme une longue séance de thérapie déguisée en intrigue.

— Peut-être que si tu te décoinçais de temps en temps, tu comprendrais, rétorque-t-il, ses mots chargés d'une nuance plus sombre, plus personnelle. Trop personnelle.

— Me décoincer ? Ma voix tremble, plus de colère qu'autre chose. — Est-ce que tu es sérieux...

— Ça suffit ! La voix de Fiona tranche la tension comme un coup de fouet, nous réduisant tous les deux au silence instantanément. Son expression est illisible, mais sa patience ne tient clairement qu'à un fil.

Je romps le contact visuel avec Rory, me concentrant plutôt sur les notes griffonnées dans mon carnet qui me semblent soudain floues. Mon cœur bat la chamade, mes pensées s'emballent. Je ne le regarde plus, mais je sens son regard, lourd et implacable, qui me brûle comme une accusation contre laquelle je ne sais pas comment me défendre.

— Je ne peux travailler qu'avec le matériel qu'on me fournit, je ne peux pas...

— J'ai dit que ça suffit. La voix de Fiona s'abat sur la pièce avec la grâce d'une guillotine. L'air semble frémir sous son poids, et je manque de tressaillir. Presque.

En face de moi, Rory se penche en arrière sur sa chaise, les bras croisés, la mâchoire serrée. Son air de défi irradie comme la chaleur du bitume, mais il reste silencieux pour le moment. Malin.

— Dois-je vous rappeler à tous les deux ce qui est en jeu ici ? demande Fiona, son ton lent et délibéré, comme si elle s'adressait à des enfants particulièrement lents. Elle pose ses mains à plat sur la table, ses ongles manucurés claquant contre le bois poli, et nous foudroie tous les deux du regard. — Il ne s'agit pas seulement d'un livre. Il s'agit de *votre* réputation, Rory. Et de la réputation de Scott & Drake en tant qu'éditeur qui livre un travail de qualité à chaque fois. Nous ne sommes pas dans le commerce des récits à moitié finis ou des rancunes personnelles déguisées en différends créatifs.

— Personnelles... commençai-je, mais le regard qu'elle me lance me glace les mots dans la gorge.

— Laissez-moi finir, lâche-t-elle, ses voyelles brèves tombant comme un coup de marteau. — Je me fiche de ce que... peu importe ce que c'est, que vous deux avez ramené dans cette pièce, dit-elle en faisant un geste vague entre Rory et moi. Ce qui m'importe, c'est de livrer un manuscrit qui reflète le niveau d'excellence pour lequel nous sommes connus. Votre petite prise de bec, son regard se rétrécit, n'aide personne. Et encore moins vousmêmes.

Je surprends le plus léger tressaillement de la bouche de Rory, comme s'il réprimait un sourire suffisant.

Ah non, mon grand, on ne va pas jouer à ça maintenant. Je le foudroie du regard, le défiant de dire une bêtise, mais heureusement, il opte pour le silence. Pour une fois.

— Voici comment ça va se passer, continue Fiona, sa voix résonnant comme un verdict sans appel. — Vous allez résoudre ça. Aujourd'hui. Je me fiche de la manière, mais vous allez trouver un terrain d'entente, et vous le ferez sans me faire perdre plus de temps. C'est bien clair ?

— Limpide, dit Rory d'un ton suave, bien qu'une tension dans sa voix suggère qu'il ravale ce qu'il a vraiment envie de dire.

Bien sûr qu'il a l'air charmant même quand il tient à peine le coup.

Ça doit être bien.

— Bien. Fiona se redresse, lissant le devant de sa veste avec une efficacité énergique. Elle me jette un coup d'œil, puis à Rory, et soupire, le genre de soupir qui porte en lui des années passées à gérer des gens difficiles. — Parce que si ce livre sort avec un air autre que parfait, ce ne seront pas seulement vos têtes qui tomberont, ce sera la mienne. Et je n'ai pas l'intention de laisser ça arriver. Sur ce, elle prend son carnet et se dirige d'un pas décidé vers la porte sans un regard en arrière. Le reste de l'équipe marketing et édition se lève aussitôt, chacun regardant son téléphone en la suivant.

La dernière à partir a la présence d'esprit de fermer la porte derrière elle, et le silence qui s'ensuit est presque suffocant. Je tapote mon stylo contre mon carnet, fixant le gribouillis de notes qui pourraient tout aussi bien être écrites en sanskrit tant elles n'ont plus de sens maintenant. Ma poitrine est serrée, mais je me force à respirer calmement, à canaliser toute ma frustration dans le clic-clic-clic rythmé du stylo. C'est bon. Tout va bien. Je suis une professionnelle. Je peux gérer ça.

— Eh bien, c'était amusant, dit Rory, brisant le silence. Il y a une amertume nouvelle dans sa voix, moins enjouée, plus acérée. — Ça va, de ton côté ? On dirait que tu es en train de planifier mon meurtre.

— Je vais bien, dis-je sèchement, bien que mes mains serrent le stylo un peu plus fort que nécessaire. Je garde le regard fixé sur la page devant moi, refusant de croiser ses yeux, parce que je sais, je *sais*, que si je le fais, je verrai ce maudit mélange d'arrogance et de vulnérabilité qui me donne toujours l'impression d'être au bord d'un précipice. — Je pensais qu'on avançait, mais cette dernière version...

— C'est ça. C'est à la manière de Lara ou rien, n'est-ce pas ? Une simple liste de cases à cocher.

— Putain, mais Rory ! Ma frustration sort plus durement que je ne l'avais prévu, et je le regrette instantanément. Mais avant qu'il ne puisse répondre, je me recule de la table, les pieds de ma chaise raclant bruyamment le sol. J'ai l'impression d'être à l'étroit dans ma peau, mes pensées sont trop bruyantes, et j'ai besoin... d'espace. D'air. De quelque chose pour défaire le nœud d'émotions qui se tord en moi.

En rassemblant mes affaires, j'essaie de me concentrer sur les mots de Fiona, sur les enjeux qu'elle a martelés. L'avenir du livre, de la maison d'édition, de nos carrières, tout est en jeu. C'est ça qui compte. C'est la seule chose qui compte, me dis-je fermement. Et pourtant, peu importe combien de fois je le répète comme un mantra désespéré, je n'arrive pas à me défaire du poids persistant du regard de Rory ni de la façon dont ses mots s'insinuent sous ma peau comme des échardes.

Concentre-toi, il est encore temps de réparer ça. Je rassemble mes affaires et me dirige vers la porte. Il n'y a plus rien à dire. Professionnalisme. Sang-froid. Distance. Ce sont mes piliers. Pas... ce foutoir de sentiments. Certainement pas ça.

Je suis à mi-chemin dans le couloir avant de réaliser que j'ai laissé mon stylo préféré sur la table. Mais faire demi-tour est hors de question.

— Qu'il se débrouille, je dis à voix haute en fonçant vers mon bureau. Mon pouls est un orage que je n'arrive pas à calmer, qui me secoue à chaque pas. Et pourtant, me voilà, fuyant le champ de bataille comme une stagiaire qui aurait accidentellement cliqué sur « Répondre à tous » le premier jour.

Le Uber s'éloigne, me laissant plantée sur le trottoir devant la maison de Rory. Partir en claquant la porte tout à l'heure m'a semblé être une petite victoire, mais je sais que c'était mesquin et autodestructeur. Rory a un délai à respecter, ce qui veut dire que *nous* avons un délai à respecter. À cause de mon coup de sang, nous avons perdu un après-midi et une soirée que nous aurions pu mettre à profit pour tenter de réparer ce gâchis.

Je frappe à sa porte, réalisant seulement maintenant qu'il aurait été plus sage de vérifier d'abord s'il était encore réveillé et, plus important encore, chez lui.

La porte s'ouvre si brusquement que je sursaute et recule d'un pas, le poing encore à moitié levé. Rory se tient là, pieds nus, vêtu d'un t-shirt froissé et d'un jean. Ses cheveux sont en bataille, ses mèches sombres et ondulées partant dans tous les sens, comme s'il n'avait cessé d'y passer les mains — ou de se les arracher. Il cligne des yeux en me regardant, la confusion laissant place à une expression plus sombre.

— Lara, dit-il, mon nom sortant comme un râle grave qui semble érafler les contours de ma résolution. Qu'est-ce que...

— Il fallait que je te parle. Les mots sortent trop vite, saccadés et tremblants, comme s'ils risquaient de se briser si j'essayais de les retenir plus longtemps. Ma gorge est sèche, et mon cœur bat si fort que je suis sûre qu'il peut l'entendre.

Il appuie un bras contre l'encadrement de la porte, ses yeux se plissant tandis qu'il m'étudie. — Il est presque minuit. Ça ne pouvait pas attendre demain matin ?

— Probablement, je réponds en forçant un rire qui sonne faux. Mais je voulais m'excuser.

Sa bouche forme un parfait « o » de surprise, mais il s'écarte. — Oh, alors tu ferais mieux d'entrer.

Je ne bouge pas. Pas tout de suite. Je reste là, à le dévisager, à regarder la façon dont son t-shirt colle à ses épaules, l'ombre légère de sa barbe naissante sur sa mâchoire, la lueur d'épuisement et d'exaspération dans ses yeux. Et pendant une seconde, je le déteste : d'être là, de me regarder comme ça, d'avoir changé son livre si radicalement sans me prévenir.

Mais surtout, je me déteste moi-même. Pour mon comportement. Pour m'en soucier. Pour être venue. Pour avoir besoin de lui d'une manière que je ne peux même pas commencer à analyser sans risquer de détruire tout ce que j'ai construit autour de moi.

— Lara, répète-t-il, plus doucement cette fois, et quelque chose dans son ton fait céder le fil fragile qui me retenait.

J'entre, et avant de pouvoir y réfléchir à deux fois, avant de pouvoir lui donner — ou me donner — une chance de poser des questions ou d'ériger des barrières, j'agrippe le devant de son t-shirt et le plaque contre le mur près de la porte. Il a un hoquet de surprise, et ses mains se lèvent instinctivement pour se stabiliser — ou peut-être pour me stabiliser, moi — mais je ne m'arrête pas. Je ne réfléchis pas. Je l'embrasse, c'est tout.

Brutalement.

Ce n'est ni gracieux, ni élégant, ni même particulièrement coordonné. C'est désespéré, brouillon, un mélange de dents, de chaleur et de frustration qui s'échappe de moi en un seul geste imprudent et irréversible. Ses lèvres sont chaudes, douces mais fermes contre les miennes, et pendant un instant terriblement parfait, il ne bouge pas. Il me laisse simplement prendre, me laisse déverser en lui chaque once de colère, de désir et de confusion.

Et puis il me rend mon baiser.

C'est comme craquer une allumette sur de l'essence. Ses mains glissent jusqu'à ma taille, m'attirant plus près, m'ancrant alors que tout le reste — la pièce, le monde, mon sang-froid si soigneusement construit — s'effondre. Une de ses mains s'emmêle dans mes cheveux, inclinant ma tête juste assez pour approfondir le baiser, tandis que l'autre se presse au creux de mes reins, me clouant contre lui avec une force qui menace de faire flageoler mes genoux.

J'enfonce mes doigts dans ses épaules, mes ongles s'accrochant au tissu de son t-shirt alors que je me presse plus fort contre lui, ayant besoin de sentir quelque chose de solide, de réel, alors même que tout en moi se délite. Il n'y a plus d'espace entre nous, plus de place pour l'air, le doute ou la logique. Juste l'attirance intense et électrique qu'il exerce sur moi, l'attirance de ce moment, de cette vérité exaspérante et indéniable que j'ai passé des mois à essayer d'enfouir.

Quand nous nous séparons enfin, haletants, mon front repose contre le sien, et pour la première fois depuis ce qui me semble une éternité, je m'autorise à respirer. Vraiment respirer.

— Bon, dit Rory, la voix rauque et saccadée, ses doigts toujours crispés dans mes cheveux. Alors... on fait ça maintenant ?

— Apparemment, j'arrive à dire, bien que ma voix ne soit guère plus qu'un murmure. Mes lèvres picotent encore, mon cœur bat toujours la chamade, et je n'arrive pas à le regarder droit dans les yeux parce que je sais — mon Dieu, je le *sais* — que si je le fais, j'y verrai le reflet exact de ce que je ressens.

Et alors, je n'aurai pas d'autre choix que d'y faire face.

Le t-shirt de Rory tombe par terre. Mes mains sont partout, parcourant les muscles durs de son torse, la courbe de ses omoplates, comme si j'essayais de le mémoriser par le seul toucher. Sa peau est chaude sous mes paumes, incroyablement chaude, et pendant un instant vertigineux, je me demande si je ne vais pas prendre feu à être si près de lui.

— Tu es sûre de toi ? demande Rory, ses mots effleurant ma peau et provoquant un frisson le long de ma colonne vertébrale.

— Ne parle pas, je lâche sèchement, en tirant sur la ceinture de son jean avec plus de force que nécessaire. Mes doigts, tremblants et impatients, tâtonnent pour trouver le bouton. Juste..., je dis, déglutissant difficilement alors que mon souffle se coince. Juste... ne dis rien.

Parce que s'il parle, ça deviendra réel, et si c'est réel, alors je devrai gérer tout ce qui viendra après. Les retombées, le désordre, la vérité insupportable que j'ai niée ces dernières semaines. Et en ce moment, je ne peux pas me permettre de réfléchir. Je ne peux me permettre de ne rien ressentir d'autre que ça : la chaleur de son corps, la pression de sa bouche contre la mienne, cette attirance brute et douloureuse qui m'empêche de m'arrêter.

— D'accord, dit-il doucement, son ton teinté de quelque

chose que je ne veux pas nommer. Il n'insiste pas, n'argumente pas, il me laisse simplement prendre les devants même si ses mains trouvent ma taille, pour me stabiliser, pour m'ancrer d'une manière dont j'ai désespérément besoin et que je déteste tout à la fois.

Ma veste glisse de mes épaules et tombe en tas à mes pieds, suivie de près par mon chemisier. Ses doigts effleurent la peau nue de mon dos alors qu'il détache mon soutien-gorge avec une aisance experte, et j'inspire, tout mon corps se tendant en réponse. C'est trop et pas assez à la fois, et que Dieu me vienne en aide, je crois que je pourrais vraiment me disloquer ici même, dans ses bras.

— Juste... je me mords la lèvre, frustrée par le manque d'assurance dans ma voix. Laisse-moi faire.

— Te laisser faire ? Ses lèvres esquissent un demi-sourire, mais il n'y a aucune gaieté là-dedans, seulement une tristesse douce et mordante que je m'efforce d'ignorer. Tu ne me donnes pas vraiment le choix.

— Tant mieux, je réponds, affichant un sourire narquois que je ne ressens pas. Pour une fois, peut-être que tu écouteras.

Il laisse échapper un petit rire, mais ne dit rien de plus. À la place, ses mains glissent plus bas, agrippant mes hanches tandis qu'il me guide à reculons jusqu'à ce que mes jambes heurtent le bord du canapé. Avant que je puisse trop y penser, je l'entraîne avec moi, l'attirant plus près, ayant besoin d'effacer chaque centimètre d'espace entre nous.

Tout va bien. C'est une bonne chose. Physique. Simple. Une solution, pas un problème.

Mais alors même que je m'en persuade, il y a une fissure quelque part au plus profond de moi, une fine crevasse qui s'élargit à chaque contact, chaque baiser, chaque soupir murmuré qui s'échappe de mes lèvres avant que je ne puisse le retenir. Parce que ce n'est pas simple, et ça ne l'a jamais été, pas avec lui. Pas avec nous.

Alors que ma jupe rejoint la pile de vêtements qui grandit sur le sol, je ferme les yeux très fort, en espérant que l'obscurité noiera la voix dans ma tête qui me hurle d'arrêter. De reculer.

Mais ça ne marche pas. Au contraire, l'obscurité ne fait qu'amplifier le poids de ses mains sur ma peau, la façon dont il murmure mon nom comme une sorte de prière, comme si j'étais une chose digne d'adoration.

— Ce n'est pas que je me plaigne, dit-il d'une voix nonchalante et amusée, mais je dois admettre... que ce n'est pas exactement comme ça que j'imaginais notre prochaine conversation.

Nous sommes allongés nus sur le canapé. Son canapé. Et c'est agréable. — Oh, la ferme.

Il rit. — Sans rire, pourtant. J'avais tout un discours de prévu. Je pensais que j'allais devoir ramper. Pour être honnête, je redoutais ce moment. Au lieu de ça, tu as simplement débarqué, tu m'as sauté dessus et...

Je lui lance un coussin. Il l'esquive, un sourire narquois toujours aux lèvres. — Pour information, ça ne veut pas dire que tout est pardonné.

Il me frotte l'épaule, ses doigts glissant sur ma peau d'une manière bien trop distrayante pour un homme qui me doit encore un livre entier. — Oh, j'en suis bien conscient, dit-il en me rapprochant juste un peu plus de lui. Mais tu viens de faire irruption ici et d'avoir raison de moi, alors pardonne-moi si j'ai du mal à prendre ton indignation au sérieux.

Je dégage mon épaule d'un coup sec en secouant la tête, déterminée à ne pas le laisser me détourner du sujet. — C'est la raison de ma venue, en fait. Pour parler du livre. Pas pour flatter ton ego.

Ses sourcils se haussent. — Tu es venue ici pour parler du livre ? Puis-je dire que j'approuve sans réserve cette nouvelle approche éditoriale ? Peu orthodoxe, certes. Mais tes arguments sont on ne peut plus clairs.

— Arrête. Nous devons nous mettre d'accord sur la direction de l'histoire et nous y tenir.

Son sourire s'efface légèrement, juste assez pour que je sache qu'il comprend que je suis sérieuse. Il expire et passe une main dans ses cheveux.

— Très bien. Quel est le plan ?

Je croise les bras, me préparant. — Premièrement, plus de surprises. Plus de changements structurels impulsifs juste parce que ça te chante. Nous devons ramer dans la même direction, sinon c'est fini.

Son regard parcourt mon visage, comme s'il y cherchait quelque chose, puis il hoche la tête. — D'accord.

— D'accord ? je cligne des yeux. C'est tout ?

Il écarte les mains. — Tu as raison. Je suis désolé de t'avoir prise au dépourvu. Je vais revenir à la dernière version.

J'ai son accord et je sais que je devrais en rester là. Mais je ne le fais pas. Je ne peux pas.

— Que s'est-il passé ? Pourquoi ce changement radical ?

Rory prend une profonde inspiration. Sa poitrine se soulève entièrement, puis il expire. — J'avais l'impression d'écrire une biographie plutôt qu'un roman. Que ce soit à cause de tes suggestions ou de mon subconscient, ce n'était plus l'histoire de Sophie et Oliver. C'était celle de Lara et Rory.

Je secoue immédiatement la tête. — Je ne pense pas que ce soit vrai...

— Oh, allez. Son regard se lève pour croiser le mien, sérieux mais sans méchanceté. — Si, ça l'était. Le dialogue, le décor, le conflit... c'était nous. Chaque scène commençait à ressembler à quelque chose tiré de ma propre vie. De *nous*. Et je... je ne peux pas écrire *ça*. Pas encore.

Ses mots me frappent comme un coup de poing que je n'ai pas vu venir. Je le fixe, mon pouls s'accélérant, ne sachant que dire.

— Et donc ? je parviens à articuler, ma voix trop tendue. Tu as paniqué et tu es revenu à tes vieilles habitudes ?

Rory expire, passant une main dans ses cheveux. — J'ai fait ce que je fais toujours quand quelque chose me touche de trop près : j'ai pris mes distances. J'ai tout ramené à quelque chose de sûr, de familier. Quelque chose que je *sais* qui fonctionne.

— Banal, je lâche avant de pouvoir me retenir.

Sa bouche a un soubresaut. — Exactement.

— Et tu penses que ce que tu as envoyé est la meilleure version ? Celle que tu veux vraiment publier ?

Un silence. Puis...

— Non. Sa mâchoire se crispe. Mais c'est celle que j'ai pu finir.

Les mots s'installent entre nous, lourds, des vérités tacites pesant de tout leur poids.

J'ai envie de le pousser dans ses retranchements, de lui dire qu'il aurait dû se battre, qu'il aurait dû écrire la vraie version, celle qui est désordonnée et imprévisible... mais peut-être que je n'en ai pas le droit. Peut-être devrais-je être reconnaissante qu'il ait reculé. Parce que si Rory n'est pas prêt à écrire *cette* histoire... peut-être que je ne suis pas prête à la lire.

— De toute façon, pour information, je ne ressemble en rien à Sophie.

— Ah oui ? Alors pourquoi ne crois-tu pas aux fins heureuses ? demande Rory, sa voix basse, presque hésitante, comme s'il tâtait le terrain, tout à fait prêt à ce que je le morde.

Mon estomac se noue. Pas à cause de la question elle-même — on me l'a déjà posée, mais jamais aussi directement — mais à cause de la façon dont il me regarde maintenant.

— Je ne me souviens pas avoir dit que je ne croyais pas aux fins heureuses.

— Tu n'as pas eu besoin, rétorque-t-il en penchant légèrement la tête, son regard se faisant plus perçant, comme s'il disséquait chacune de mes paroles, chacun de mes mouvements. C'est écrit partout dans tes corrections. La façon dont tu tranches dans le sentimentalisme comme si c'était de la moisissure sur du bon pain. La façon dont tu réduis chaque scène romantique à sa plus simple expression, comme si tu avais peur de laisser les personnages ressentir trop de choses.

— Ça s'appelle resserrer la prose, je réplique du tac au tac. Et si tu regardais à nouveau tous mes commentaires, au lieu de sélectionner ce qui soutient ta théorie, tu verrais que j'ai laissé beaucoup de place à la profondeur émotionnelle. Franchement, s'il y a bien une chose que je fais, c'est t'éviter de noyer tes lecteurs sous des clichés surfaits.

Il ne détourne pas le regard. Ne me laisse pas m'en tirer.

— Écoute, Rory, nous ne sommes pas là pour discuter de mon point de vue sur... je ne sais quoi. Nous sommes là pour nous assurer que ce livre soit terminé. C'est le travail. C'est tout ce qui compte en ce moment.

— Penses-tu que l'amour est réel ? demande-t-il, ses mots prudents, délibérés. Pas dans les livres ou les films ou... peu importe. Juste... dans la vraie vie.

Je me fige. Pour une fois, je n'ai pas de repartie intelligente, ni même de dérobade. Tout ce que j'ai, c'est la vérité, qui semble être la dernière chose que je veuille partager avec lui en ce moment.

— Parfois, je dis finalement, ma voix à peine audible. Mais pas pour tout le monde.

— Pourquoi pas pour toi ? Son regard plonge dans le mien, constant et patient, comme s'il était prêt à rester assis ici toute la nuit en attendant une réponse.

— *Parce que... J'hésite, le mot se coince dans ma gorge. Parce que c'est plus facile de ne pas espérer. Parce que la déception est bien moins douloureuse que l'alternative. Mais je ne dis rien de tout ça. Je ne peux pas.*

— Parce que j'ai vu ce qui se passe quand ça part en éclats, je dis à la place, d'un ton sec et distant. Ce n'est pas un mensonge, mais ce n'est pas non plus toute la vérité. C'est la version de l'histoire que j'ai répétée, celle qui empêche les gens de poser plus de questions.

— C'est juste, dit Rory après un instant, d'une voix neutre, même si je perçois une lueur de quelque chose de plus profond dans ses yeux. De la déception ? De la compréhension ? Peut-être les deux.

VINGT

— Soixante ans, c'est un cap important, non ? demande Rory, sans lever les yeux de son ordinateur portable. Sa voix est désinvolte, une remarque lancée en l'air comme s'il me demandait de lui passer le sel au lieu de m'inviter à rencontrer sa *famille*. — Ma mère organise tout un truc ce soir : gâteau, cousins, chaos. Il y a tout le ban et l'arrière-ban qui est venu d'Irlande. Tu devrais venir, rencontrer toute la tribu d'un seul coup.

Je me fige alors que ma main se tend vers ma tasse de thé, mes doigts se resserrant sur l'anse en céramique. Je lui jette un regard par-dessus mes lunettes, essayant de jauger son sérieux. Son ton a beau être léger, mais je connais Rory. Il cache les choses importantes derrière des remarques désinvoltes, comme s'il glissait un secret dans une blague en espérant que personne ne le remarque.

— Venir... à la fête d'anniversaire de ta mère ? je répète lentement, comme si les syllabes étaient étrangères sur ma langue. — *Avec toi ?*

— C'est généralement comme ça que ça marche, ouais. Il se penche en arrière sur sa chaise, s'étirant jusqu'à ce que sa chemise se tende sur son torse. L'image même de la nonchalance. — Elle t'adorerait. Et comme tu m'as déjà survécu, le reste du clan Keane sera du gâteau.

— Rory... je commence, mais je n'ai aucune idée de la direction que prend ma phrase. Mon esprit est bloqué sur *elle t'adore-*

rait et la façon dont il l'a dit si facilement, comme si c'était un fait gravé dans le marbre. Comme si l'idée de me présenter à sa famille ne me provoquait pas une crise cardiaque.

— Écoute, m'interrompt-il en m'adressant ce sourire désarmant qui l'a tiré de plus de mauvais pas qu'il n'aurait dû. — Tu peux voir ça comme des recherches. Les auteurs et leurs passés tragiques. Je te donne de la matière, Yates.

— Des recherches, je répète en écho, détestant la faiblesse de ma voix. Rencontrer sa *mère* ? Ce n'est pas anodin. C'est... significatif.

— Ne te prends pas la tête, ajoute-t-il, comme s'il savait exactement ce que j'étais en train de faire. Son regard croise le mien, s'adoucissant une fraction de seconde. — C'est juste une fête. Sans pression.

Sans pression. Bien sûr. Comme s'il n'y avait aucun poids derrière cette invitation. Comme si entrer dans son monde ne signifierait pas quelque chose de plus grand que ce que nous sommes prêts à admettre l'un comme l'autre. Mais tout ce que j'arrive à faire, c'est hocher la tête maladroitement avant de bredouiller quelque chose sur le fait de ne pas avoir de tenue appropriée, tandis que mon cœur bat trop fort dans mes oreilles.

La voiture ronronne calmement sous nous alors que nous quittons l'étalement urbain de Londres. Tout semble beaucoup plus vert et luxuriant, et la ligne d'horizon rapetisse dans le rétroviseur. Rory tapote le volant en rythme avec une chanson qui passe faiblement à la radio — une mélodie folk que je ne reconnais pas. Il a l'air si détendu, une main nonchalamment posée sur le volant, comme si nous allions juste faire les courses au lieu de nous diriger vers la fosse aux lions qui tient lieu de maison de son enfance.

Pendant ce temps, je serre mon sac à main comme s'il contenait des secrets d'État, le regard fixé par la fenêtre côté passager comme si l'obscurité au-dehors avait les réponses aux questions que je ne peux m'empêcher de me poser. *Qu'est-ce que ça signifie ? Pourquoi maintenant ? Sommes-nous... quelque chose ?*

— Tu es étonnamment silencieuse, dit Rory en me jetant un regard de côté. — Si je ne te connaissais pas mieux, je dirais que tu es nerveuse.

— Qui, moi ? Nerveuse ? je me moque, même si je soupçonne que ça sonne moins convaincant que je ne l'aurais voulu. — Je me prépare juste mentalement au cirque familial dans lequel tu t'apprêtes à me jeter.

— Ah, le clan Keane n'est pas si terrible. Il sourit, sa voix chaleureuse et taquine. — Un peu bruyant, peut-être. Mais tu t'en sortiras. Tu es plus coriace que tu en as l'air.

— C'est ça. Parce que rien ne crie plus « coriace » que des jupes crayon et des plannings à code couleur, je réponds d'un ton neutre, ce qui lui arrache un petit rire. C'est injuste à quel point ce son est doué pour dissiper la tension.

— Ne te dévalorise pas. Tu as des griffes sous tout ce vernis.

— Griffes ou pas, je ne suis pas douée avec les foules. Ni les conversations de salon. Ni... Je me retiens. Avouer que l'idée de rencontrer sa famille me semble incroyablement intime — que ça me fait peur — n'est pas quelque chose que je suis prête à dire à voix haute. Pas encore.

— Détends-toi, dit Rory, sa voix plus douce maintenant. — Je te l'ai déjà dit, ils vont t'adorer.

— M'adorer ? Sur la base de quoi, exactement ?

— Sur la base du fait que moi oui, répond-il facilement, avant de grimacer aussitôt, comme si les mots lui avaient échappé sans permission. Il s'éclaircit la gorge, se concentrant un peu trop intensément sur la route. — Je veux dire... ils t'adoreront parce que tu es... euh, géniale. Évidemment.

Mon cœur s'emballe, trébuchant sur les implications. *Il m'aime ?* Non, sûrement pas. Il ne pouvait pas le penser de *cette* façon. Si ?

— Évidemment, je dis, en regardant droit devant moi, mon pouls s'accélérant. Le silence qui s'ensuit est lourd, chargé de tout ce que nous ne disons pas.

Et soudain, le trajet semble bien plus long qu'il ne l'est.

La voiture s'arrête devant une maison jumelée au crépi blanc qui irradie littéralement de chaleur. Des guirlandes lumineuses sont enfilées le long de la balustrade du porche, scintillant joyeusement dans le crépuscule, et le son étouffé des rires s'échappe d'une fenêtre ouverte quelque part à l'étage. Il y a déjà un attroupement de voitures garées, beaucoup avec des plaques d'immatriculation irlandaises, qui bordent l'allée et débordent sur la rue, laissant deviner le nombre de personnes entassées à l'intérieur.

— Nous y voilà, annonce Rory, comme si nous venions de nous garer devant un Pizza Express au lieu de l'épicentre de mon anxiété sociale pour la soirée.

Il coupe le moteur, se penchant en arrière sur son siège avec une confiance tranquille. Pendant ce temps, je suis figée, agrippant mon sac comme si c'était un gilet de sauvetage.

— Super. Ma voix est monocorde, ne trahissant rien du chaos qui fait rage dans ma poitrine. — Ça a l'air... animé.

— Ne t'inquiète pas, dit-il en me jetant un coup d'œil avec un sourire si désarmant qu'il devrait être vendu avec une notice d'avertissement. — Ils ne mordent pas. Souvent.

— C'est bon à savoir, dis-je, en ne plaisantant qu'à moitié tout en regardant de nouveau la maison. Le tintement lointain de la vaisselle et des éclats de conversation sont portés par la brise, soulignés par ce qui ressemble étrangement à quelqu'un qui braille une chanson un peu faux. — Sauf si on peut considérer le chant comme une agression.

— Ça, ça doit être mon oncle Declan, dit Rory avec un petit rire en sortant déjà de la voiture. — Et c'est carrément le cas.

Le temps que je parvienne à desserrer mes doigts de mon sac et à sortir, il m'attend du côté passager, une main tendue. J'hésite — parce qu'apparemment, la galanterie me déstabilise encore — mais je finis par la prendre. Sa paume est chaude, un point d'ancrage, tandis qu'il me guide sur le chemin menant à la maison.

— Détends-toi, murmure-t-il, son pouce effleurant légèrement le mien avant de me lâcher. — Tout va bien se passer.

Un jeu de clés a été laissé sur la porte et avant que je puisse faire demi-tour et m'enfuir, il est déjà entré.

Le bruit est la première chose qui me frappe : une cacophonie de voix, de rires et de musique, le tout entremêlé. Puis vient l'odeur : de la viande rôtie, de l'ail, et quelque chose de sucré et de cannelle dans le mélange. C'est le genre de parfum qui appartient à un foyer, pas à une simple maison, et cela touche une corde sensible, quelque chose d'enfoui au plus profond de ma poitrine. Quelque chose que je préférerais laisser enfoui.

— Rory ! crie une voix de femme depuis la foule rassemblée dans le salon. Un flou de visages se tourne vers nous, et soudain, j'ai l'impression d'être entrée en plein milieu d'une pièce de théâtre sans connaître mon texte.

— Salut, M'man ! Joyeux anniversaire, répond Rory, se glissant sans effort dans la pièce comme s'il avait fait ça mille fois. Ce qui est le cas, bien sûr. Sa main glisse dans le creux de mon dos, exerçant une pression subtile pour me faire avancer. Cela m'ancre autant que cela fait s'emballer mon cœur.

— Tout le monde, voici Lara, annonce-t-il d'un ton à la fois désinvolte et délibéré. — Lara, je te présente... eh bien, tout le monde.

— Bonjour, je réussis à dire, ma voix sortant un peu trop aiguë. Je rajuste mes lunettes par réflexe.

— Ah, alors *c'est* elle, Lara, dit un homme qui doit être l'oncle Declan, à en juger par la pinte dans une main et la lueur malicieuse dans ses yeux. — Rory a été très...

— Declan, l'interrompt Rory avec fluidité, son sourire crispé mais sa prise sur mon dos ferme. — Garde peut-être les histoires pour plus tard, d'accord ?

— Bien, bien. Declan me fait un clin d'œil. — Mais ne crois pas que tu es tirée d'affaire, Lara.

— Je n'y penserais même pas, je réponds, d'un ton assez sec pour lui arracher un rire surpris. Bien. Le sarcasme est plus sûr que la sincérité pour l'instant.

— Viens t'asseoir, ma chérie, dit la mère de Rory, se précipitant pour l'envelopper dans une étreinte rapide avant de tourner son attention vers moi. Elle est petite, le visage rond, et dégage une énergie qui pourrait probablement alimenter une petite ville. Son sourire est chaleureux, sincère, et complètement écrasant. — C'est un plaisir de vous rencontrer enfin ! Je suis la maman de Rory, Evelyn. Il nous a tellement parlé de vous.

— Ah oui ? je lance un regard à Rory, mais il se contente de hausser les épaules, sans le moindre remords.

— Que du bien, je vous promets, insiste-t-elle, prenant brièvement mes mains dans les siennes avant de m'entraîner plus loin dans le chaos. — Allez, on va vous donner quelque chose à manger. Avez-vous goûté les fameux roulés à la saucisse de Declan ? Oh, et il y a du trifle — ou de la pavlova, si vous préférez. Ou les deux !

— Les deux, ça m'a l'air super, dis-je timidement, ne sachant pas trop quoi répondre d'autre.

Rory suit de près, sa main ne quittant jamais sa place sur mon dos, comme s'il pouvait sentir le moment exact où je pourrais prendre la fuite.

— Et il reste peut-être une petite part de tarte aux pommes si vous avez de la chance. Oh, et si rien de tout ça ne vous tente, j'ai un pot de Ben & Jerry's dans le congélateur...

— *M'man.* On va se débrouiller. Ne te mets pas dans tous tes états, c'est ton anniversaire. Détends-toi.

— Je ne peux pas me détendre, j'ai des saucisses cocktail dans le four qu'il faut retourner et j'ai envoyé Shiv à la supérette chercher plus de mayo pour la sauce Mille-Îles. Lara, je vais vous chercher un verre en attendant, vous devez être assoiffée.

Evelyn se dirige vers le fond du couloir en direction de la cuisine, clairement en mission pour s'assurer que je sois bien nourrie et hydratée.

— Tu vois ? murmure-t-il, assez bas pour que je sois la seule à l'entendre. — Je t'avais dit qu'elle t'adorerait.

— C'est discutable, je réponds, ce qui lui vaut un autre rire. Mais quand je surprends la façon dont sa mère se retourne et lui sourit — ainsi qu'à moi — je me demande s'il n'aurait pas raison. Enfin, en grande partie.

Le salon bourdonne de conversations qui se chevauchent, des éclats de rire ponctuant l'air comme une mélodie que je n'arrive pas tout à fait à suivre. Chaque recoin est occupé : des cousins de tous âges affalés par terre, feuilletant de vieux albums photo, des tantes perchées sur les accoudoirs avec des verres de vin à la main, et Rory au beau milieu de tout ça, complètement à l'aise. Son rire résonne à travers la pièce alors qu'un de ses oncles lui tape sur l'épaule, et je ressens un pincement au cœur, aigu et inconnu. De l'envie ? Peut-être. Ou juste l'étrangeté absolue de regarder quelqu'un qui est si profondément à sa place.

Je suis assise sur le bord du canapé, les jambes croisées aux chevilles, essayant de me fondre dans le meuble autant que possible. Mon verre de vin est pratiquement plein, car le siroter me donnerait l'impression de m'engager à un niveau de détente que je ne suis pas sûre d'atteindre ce soir. De temps en temps, quelqu'un jette un regard dans ma direction — un sourire poli par-ci, une question en passant par-là — mais pour l'essentiel, je suis une observatrice. Un peu dépassée par l'énergie frénétique de la maison.

— À l'aise ? gronde la voix de Rory au-dessus de moi, basse et chaleureuse, alors qu'il se penche pour parler près de mon oreille. Sa main effleure mon épaule, un geste décontracté mais rassurant.

— Comme une girafe dans un magasin de porcelaine, je réponds, ce qui lui vaut son sourire en coin. Il a l'air bien trop content de lui, le traître.

— Tu te débrouilles très bien, dit-il doucement en se redressant. — Ils sont déjà obsédés par toi.

— Obsédés par l'idée de savoir si je vais imploser, peut-être.

— Ça aussi. Il me fait un clin d'œil avant d'être happé par une autre conversation, cette fois avec un cousin du même âge. Je le regarde se déplacer dans la pièce, charmant sans effort, le centre de gravité autour duquel tout le monde orbite. C'est exaspérément attachant.

Je prends une profonde inspiration et j'essaie de me concentrer sur quelque chose de tangible — les photographies encadrées qui bordent le manteau de la cheminée, les coussins dépareillés éparpillés, la vague odeur d'agneau rôti et de romarin qui flotte depuis la cuisine. Mais il est impossible d'ignorer le courant d'énergie sous-jacent dans l'air, le sentiment que quelque chose — ou quelqu'un — manque. Au moment où je me dis que je l'imagine peut-être, la porte d'entrée grince en s'ouvrant, et une rafale d'air frais du soir se déverse dans la pièce.

— C'est... ? commence quelqu'un, ses mots engloutis par un hoquet collectif. Les têtes pivotent vers l'embrasure de la porte, et soudain, l'atmosphère change, chargée d'une nouvelle forme d'excitation.

— AOIFE ! s'écrie la mère de Rory, sa voix un mélange de choc et de joie non dissimulée. La pièce plonge dans le chaos — chaises qui raclent le sol, gens qui se lèvent, voix qui se chevauchent en une cacophonie de noms et de salutations.

Rory se fige en plein rire, son expression oscillant entre l'incrédulité et le ravissement. — Sans déconner, dit-il à voix basse, se dirigeant déjà vers la porte.

Je suis son regard et elle est là — un tourbillon saisissant de boucles noires et un manteau vert vif, faisant glisser de son épaule un énorme sac à dos. Elle sourit en entrant, les joues rougies par le froid, et toute la pièce semble basculer vers elle, comme aimantée.

— Surprise ! annonce-t-elle, sa voix chantante et musicale, comme si sa seule présence n'en était pas une assez grande.

— Bordel, Aoife, s'exclame Rory en l'atteignant en trois longues enjambées. — Je te croyais encore en Thaïlande. Il l'attire dans une étreinte d'ours qui la soulève du sol, et elle rit, d'un son léger et pétillant. C'est le genre de rire qui vous donne envie de vous joindre à elle, même si vous ne connaissez pas la blague.

— Lâche-moi, espèce de grand balourd, le gronde-t-elle, bien que son ton ne soit que pure affection. Dès que ses pieds touchent le sol, elle lui tape le bras de façon enjouée avant de se tourner pour saluer le reste de la famille, qui se bouscule pour attirer son attention. Aoife réserve le plus grand câlin de tous à sa mère. Evelyn essuie les larmes sur ses joues, tout en essayant d'énumérer tous les plats disponibles, en même temps qu'elle lui demande comment s'est passé son voyage.

Je reste plantée là où je suis, observant la scène se dérouler avec un étrange mélange de fascination et de malaise. Il y a quelque chose de désarmant chez Aoife — un charisme naturel qui attire les gens, un peu comme Rory, mais en plus doux, moins policé. Elle se déplace dans la pièce comme si chaque recoin lui appartenait, étreignant, riant et donnant l'impression à chaque personne qu'ils ont attendu toute la soirée juste pour la voir.

Mon regard revient sur Aoife et Rory — le frère et la sœur —, debout l'un près de l'autre, leurs têtes penchées alors qu'ils discutent. Il y a une aisance entre eux, une complicité née des années et d'une histoire commune, qui me fait prendre conscience soudainement, et de manière aiguë, à quel point je connais peu Rory en réalité.

— Aoife, c'est l'ambiance assurée. Une voix à la Céline Dion, continue Declan, le ton rempli d'une fierté indéniable. — Elle est toujours partie à vadrouiller, mais quand elle débarque, c'est Noël avant l'heure.

— On dirait bien, je confirme, incapable de détourner le regard. Le visage de Rory est illuminé d'une façon que je n'avais jamais vue auparavant, ouvert et sans défense, et Aoife lui renvoie la pareille, ses mains s'agitant avec animation pendant qu'elle parle. La tension qui flottait dans l'air auparavant a complètement changé, remplacée par quelque chose de plus chaleureux, de plus intime. Et pour des raisons que je n'arrive pas tout à fait à expliquer, cela me met de nouveau les nerfs en pelote.

— Eh bien, eh bien, dit Aoife, sa voix portant à travers la pièce comme un rayon de soleil perçant les nuages. — Alors c'est elle, la célèbre Lara.

Je me redresse instinctivement, prise au dépourvu par la chaleur pure qui émane d'elle alors qu'elle traverse la pièce pour venir vers moi.

Sa poignée de main est ferme mais sans prétention, et son sourire — large, éclatant, terriblement sincère — me donne le sentiment d'être à la fois vue et immédiatement scrutée.

— Célèbre ? j'arrive à dire, sur un ton bien plus froid que ce qui bouillonne sous la surface. Mon cœur bat la chamade de façon irrégulière. — C'est un peu exagéré.

— Pas du tout, dit Aoife, les yeux pétillants d'un mélange de malice et d'admiration. — Il ne parle que de toi dans ses messages ces derniers temps. Enfin, de toi et du boulot. Mais surtout de toi.

— Surtout du boulot, intervient Rory avec douceur, apparaissant à mes côtés avec un sourire facile. Sa main plane de nouveau près de mon dos, effleurant à peine le tissu de ma robe, et je ne saurais dire si c'est pour me stabiliser ou pour se stabiliser lui-même. Peut-être les deux.

— Mais oui, bien sûr, le taquine Aoife, son accent irlandais s'épaississant avec son amusement. — Le boulot. Que, soit dit en passant, tu me dois entièrement. Ou tu as opportunément oublié qui t'a mis le pied à l'étrier ?

— Le pied à l'étrier ? Le mot m'échappe avant que je puisse le retenir. Ils me jettent tous les deux un regard — Rory, rapide et méfiant ; Aoife, avec une sorte de curiosité désinvolte, comme si elle venait de remarquer que je pouvais être attentive.

— Ah, alors, dit-elle en riant légèrement. — Le vilain petit secret de l'empire familial Keane. Elle agite ses doigts de façon théâtrale, comme si elle dévoilait une grande conspiration. — Rory écrit les mots, mais c'est moi qui polis les diamants bruts.

— Polir, répète Rory, bien qu'une tension soit apparue dans sa mâchoire, absente quelques instants plus tôt. — C'est une façon de voir les choses.

— Ne te laisse pas avoir, dit Aoife en se penchant vers moi d'un air de conspiratrice, ses boucles rebondissant à chacun de ses mouvements. — Il est brillant, bien sûr. Mais parfois, un frère a juste besoin de sa sœur pour lui dire quand son héroïne se comporte comme une parfaite idiote ou quand ses scènes d'amour sont plus gênantes qu'à faire rêver.

— D'accord, dis-je faiblement, mes lèvres s'étirant en un sourire poli qui semble plaqué sur mon visage. Mon esprit tourne déjà à plein régime, essayant de rassembler les pièces de ce que je viens d'entendre. Les livres de Rory — les best-sellers vendus à des millions d'exemplaires, la poule aux œufs d'or Scott & Drake — ont été... quoi ? Un projet de groupe ?

— Elle exagère, intervient Rory, sa voix basse et prudente. — Ce n'est pas...

— J'exagère ? l'interrompt Aoife en haussant un sourcil d'un air faussement offensé. — Quoi, tu ne te souviens pas des nuits où on est restés debout jusqu'à l'aube pour retravailler cette fin horrible pour *Lakewood Hearts* ? Ou quand j'ai dû réécrire la moitié de *Falling for April* parce que ton héros donnait l'impression d'avoir avalé un dictionnaire des synonymes ? Comment tu t'en es sorti tout seul cette fois, sans mon génie pour tout arranger, hein ? Tu as dû avoir du pain sur la planche, Lara, je n'en doute pas.

— Ça suffit, Aoife, dit Rory, son sourire s'effaçant complètement. Il y a une dureté dans sa voix qui ne fait que la faire rire plus fort, inconsciente — ou peut-être indifférente — à la tension qui s'épaissit entre nous.

— Bref, continue-t-elle, imperturbable, en se tournant de nouveau vers moi avec un clin d'œil. — Tu sais comment il est : il a plein de grandes idées mais aucune patience. Il faut bien que quelqu'un s'assure que ces grands gestes sur le papier fassent vraiment leur effet, non ?

— Aoife, s'il te plaît.

— Ne t'en fais pas, Lara. Il reste le génie que tout le monde pense qu'il est. Je suis juste le pilier invisible en coulisses.

Invisible. Le mot me tombe sur la poitrine comme une pierre, lourd et froid. Mon regard passe à Rory, cherchant une forme de démenti, une assurance que tout cela n'est qu'une exagération taquine entre frère et sœur. Mais son expression — les lèvres pincées, coupable, sur la défensive — me dit tout ce que j'ai besoin de savoir.

— Intéressant, dis-je, bien que ma voix sorte plus faible que je ne l'aurais voulu. Ma gorge est sèche et râpeuse, comme si elle se resserrait sur elle-même.

— N'est-ce pas ? rayonne Aoife, visiblement contente d'elle. Et moi qui pensais que c'était *toi* qui serais intimidante, en tant que grande éditrice et tout le tralala. Mais regarde-toi... Elle fait un geste vers moi, son ton chaleureux mais nettement condescendant. Parfaitement normale. Adorable, même.

— Merci, dis-je, bien que mon estomac se noue un peu plus à chaque seconde. Normale. Adorable. Invisible.

Je me force à boire une gorgée du vin que Rory m'a tendu plus tôt, mais il a maintenant un goût amer, comme du vinaigre sur ma langue. De l'autre côté de la pièce, la mère de Rory rit de quelque chose qu'un autre invité a dit, le son résonnant joyeusement, dans l'insouciance la plus totale. L'air est étouffant, la chaleur de la maison pesant sur ma peau comme un poids dont je ne peux me défaire.

— Excusez-moi un instant, dis-je en posant mon verre sur une table voisine avec une précision quasi chirurgicale. Ma voix me semble détachée même à mes propres oreilles, mais je n'ai pas la force de m'en soucier.

— Tout va bien ? demande Rory, les sourcils froncés, mais je ne le regarde pas en le dépassant.

— Très bien, mens-je, mes talons claquant sur le parquet alors que je quitte le salon pour me diriger vers le hall.

Parce que j'ai besoin d'espace. D'air. De quelque chose à quoi me raccrocher pendant que le sol se dérobe sous mes pieds.

Coécriture. Peaufinage. Peu importe comment ils veulent appeler ça. Les détails n'ont plus guère d'importance maintenant. Ce qui importe, c'est que l'homme en qui j'ai cru pendant des semaines — l'homme dont je... Mon Dieu, l'homme dont j'ai commencé à tomber amoureuse — n'est pas celui que je pensais.

Et ça, d'une manière ou d'une autre, semble pire que tous les mensonges eux-mêmes.

Mes poumons oublient comment fonctionner.

Je me tiens juste à l'entrée du salon, m'agrippant à l'encadrement de la porte comme si ça pouvait empêcher le monde de tourner. Ma poitrine est oppressée, les battements de mon cœur sont une batterie frénétique qui couvre le bourdonnement de la conversation autour de moi. La chaleur qui me picote la nuque n'a rien à voir avec la maison bondée ou le vin que j'ai à peine touché. De l'autre côté de la pièce, Rory rit de quelque chose que sa cousine a dit, la tête renversée en arrière de cette manière désinvolte et facile qui lui est propre, comme si l'univers lui-même se pliait pour le mettre à l'aise.

Coécriture, avait dit Aoife, sa voix chantante et amusée, comme si elle ne venait pas de faire exploser une bombe juste devant moi.

Je déglutis difficilement, le son fort à mes propres oreilles. Mes doigts se crispent sur le cadre de la porte. Ma peau me semble trop tendue, comme si la trahison s'était infiltrée jusqu'au plus profond de mes cellules, et maintenant je suis condamnée à la porter. À la subir.

— Hé.

La voix de Rory perce le brouillard, soudaine et bien trop proche. Je cligne des yeux et je réalise qu'il est debout devant moi, son sourire vacillant lorsqu'il voit ce qui doit être écrit sur mon visage. Il a l'air confus pendant une demi-seconde, mais ensuite quelque chose change. Ses yeux s'écarquillent, et son expression — mon Dieu, c'est comme voir le masque d'un magicien tomber en plein milieu d'un tour.

— Est-ce que c'est vrai ? Ma voix tranche les couches de bruit qui filtrent du salon. Je me fiche de savoir qui peut entendre. Mes mains tremblent maintenant, alors je serre les poings le long de mon corps. Ce qu'Aoife a dit ? À propos de tes livres ?

Sa mâchoire se crispe. C'est le même regard qu'il a quand il est sur le point de bluffer pour se sortir d'une incohérence de l'intrigue pendant une de nos réunions éditoriales. Sauf que cette fois, il n'y a pas de manuscrit entre nous. Pas de distance professionnelle pour amortir le choc.

— Lara... Sa voix est plus douce maintenant, presque suppliante, mais ça ne fait que me tordre l'estomac encore plus fort.

— Arrête. Je fais un pas en arrière, levant une main comme si elle pouvait physiquement l'empêcher de s'approcher davantage. Simplement... arrête.

Ses épaules s'affaissent, et pour la première fois depuis que je l'ai rencontré, Rory Keane a l'air complètement perdu. Vulnérable d'une manière qui ne lui va pas, et ne lui ira peut-être jamais. Le charme, la bravade — tout a disparu. Remplacé par un garçon qui a l'air de s'être fait prendre la main dans le sac. Mais je ne peux pas me concentrer là-dessus, pas quand ma respiration est courte et saccadée et que mon cerveau ne cesse de me hurler de *réparer ça*, même si je ne sais pas comment.

— Laisse-moi t'expliquer, dit-il, la voix basse et pressante maintenant. Ce n'est pas...

— Ce n'est pas ce que ça a l'air d'être ? Mon rire est amer. Ne nous offense pas tous les deux en prétendant que ce n'est pas exactement ce que ça a l'air d'être, Rory.

Sa bouche s'ouvre, mais aucun mot n'en sort. Et pour une fois, son silence est plus éloquent que tout ce qu'il aurait pu dire.

Je n'attends pas qu'il essaie à nouveau. Mes pieds bougent avant que mon cerveau ne puisse réagir, me portant vers la porte d'entrée comme si c'était l'unique canot de sauvetage d'un navire en perdition. La maison est soudainement trop bruyante et trop silencieuse à la fois — le bourdonnement des conversations qui s'éteint, le tintement des verres qui s'arrête au milieu d'un toast. C'est une cacophonie de silences stupéfaits qui me poursuit tandis que je m'en vais.

— Où vas-tu... La voix de Rory perce le silence, rauque et désespérée, mais je ne me retourne pas. Si je le regarde maintenant — son visage stupidement sincère, ses yeux suppliants — je pourrais m'effondrer. Et je ne peux pas me le permettre. Pas ici. Pas devant toute sa famille.

Mes talons claquent à chaque pas, tel un marteau enfonçant les clous dans le cercueil de ce que... cette chose entre nous était censée être. J'atteins la porte d'entrée, ma main cherchant maladroitement le loquet. L'air est épais, comme si je marchais dans du sirop, et mes doigts refusent de coopérer. Bien sûr. Bien sûr que même la porte conspire contre moi maintenant.

— Laisse-moi t'aider... Rory, encore. Plus près cette fois. Trop près.

— Ne t'avise pas. J'arrive enfin à ouvrir la porte, l'air froid de la nuit me gifle le visage comme une tentative cosmique de réanimation, et je sors sans un regard en arrière, laissant la porte se refermer avec un *bruit* sourd et satisfaisant derrière moi.

VINGT-ET-UN

L'air vif du soir me mord les joues tandis que je dévale l'allée en trombe. La trahison me pèse sur l'estomac, se tordant dans mes entrailles comme une bête vivante.

— « *Comment tu t'en es sorti cette fois tout seul, sans mon génie pour tout arranger, hein ?* » Ses mots exacts. Tout s'éclaire soudain. Pendant tout ce temps, chaque brouillon, chaque appel tard dans la nuit pour des rebondissements et des problèmes de rythme. Aoife. Sa sœur. Sa muse secrète.

Comment ai-je pu ne pas le voir ? Les indices étaient là, disséminés comme des miettes de pain : ses réponses vagues quand je lui demandais où il trouvait ses idées, sa façon de toujours changer de sujet quand j'insistais pour savoir pourquoi ce livre était si différent des autres. Et Aoife... Elle s'est glissée dans la soirée comme si elle y avait toujours eu sa place, comme si elle était la pièce manquante du puzzle que je ne savais même pas chercher.

Pendant tout ce temps... Ma gorge se noue et je cligne des yeux avec force pour retenir les larmes qui menacent de déborder. Non. Pas maintenant. Pas ici. Je refuse de laisser Rory Keane — ou qui que ce soit d'autre, d'ailleurs — me voir m'effondrer comme ça.

— Bon sang, Lara, attends ! La voix de Rory déchire le silence de la nuit, mais je ne me retourne pas.

Bien sûr, il me suit. Il faut toujours qu'il ait le dernier mot, pas vrai ? J'accélère le pas, l'allée de gravier laissant place à des dalles de pierre. Chaque pas est comme un point d'exclamation qui ponctue les pensées qui fusent dans ma tête : *Comment ose-t-il ? Comment* ose-t-il ?

— Juste... Ses pas crissent sur le gravier derrière moi, plus rapides, plus proches. — Lara, tu veux bien t'arrêter une seconde ?

— Pourquoi ? je lance par-dessus mon épaule, sans ralentir. Ma voix est cinglante, à la limite de l'hystérie. Très bien. Qu'il entende cette pointe d'agressivité. Qu'il s'étouffe avec. — Pour que tu puisses me broder une autre histoire ? Ou peut-être développer une nouvelle fin, Rory ? Quelque chose de plus... satisfaisant pour ton public ?

— On peut juste en parler ? S'il te plaît ?

— Parler ? je me retourne brusquement, l'obligeant à s'arrêter net à quelques pas de moi. Le mouvement soudain fait glisser mes lunettes sur mon nez, et je les remets en place avec plus de force que nécessaire. — Parler de quoi, au juste, Rory ? Parce que je pense qu'on en a déjà bien assez dit.

Il me regarde alors, me regarde vraiment. Il y a quelque chose de brut dans son expression — quelque chose de presque enfantin dans la façon dont ses cheveux sombres tombent en désordre sur son front, sa respiration saccadée après m'avoir couru après. Mais je ne me laisserai pas avoir. Pas cette fois.

— Écoute, commence-t-il en passant une main dans ses cheveux, comme s'il essayait de gagner du temps. — Je n'ai pas...

— Ne fais pas ça. Je lève une main pour l'interrompre. — N'ose même pas essayer de trouver une explication. Tu n'as pas le droit d'arrondir les angles avec tes petits discours charmants ou je ne sais quoi que tu fais pour que les gens oublient que tu es plein de...

— Ça suffit, lance-t-il en se rapprochant. Sa voix est plus forte maintenant, plus colérique, et cela me surprend assez pour me couper en pleine phrase.

Pendant une seconde, nous restons plantés là, la tension entre nous crépitant dans l'air froid de la nuit. Ses yeux sondent les miens, désespérés, fiévreux, comme s'il essayait d'y trouver quelque chose qu'il sait déjà avoir perdu.

— S'il te plaît, répète-t-il, plus doucement cette fois. Sa voix se brise sur le mot, et quelque chose se tord douloureusement en moi.

Maudit soit-il. Maudite soit sa stupide sincérité, sa stupide franchise, son stupide tout.

— Dis-moi, alors, dis-je d'une voix basse mais mortelle. — Quelle est la place d'Aoife dans tout ça ?

Il se fige. Juste une seconde, mais assez longtemps pour que je le remarque. Assez longtemps pour que la minuscule et stupide part de moi qui s'accrochait à l'espoir se racornisse et meure. Sa bouche s'ouvre, mais aucun mot n'en sort. C'est comme regarder un apprenti conducteur caler à un feu vert, et je me dis : *Oh mon Dieu, c'est ça, n'est-ce pas ?*

— Rory. Ma voix se fissure, mais je continue. — Tu voulais que je croie en toi. Que je te fasse confiance. Et maintenant, tu ne peux même pas me regarder dans les yeux et me dire la vérité ?

Il croise enfin mon regard. Il déglutit difficilement. Hésite. Encore.

Ma voix s'élève, alimentée par l'audace pure de son silence. — Dis quelque chose ! N'importe quoi ! Ou bien je suis juste censée relier les points moi-même ? Parce que laisse-moi te dire, Rory, que le tableau n'est pas très reluisant de mon point de vue.

Toujours rien. Sa gorge bouge comme s'il essayait de faire sortir les mots, mais ils sont coincés quelque part entre son ego et le lambeau de décence qui lui reste. Plus il reste silencieux, plus tout le reste devient fort — le bruissement des feuilles, le bourdonnement lointain de la circulation, le rugissement dans mes oreilles.

— Incroyable, dis-je en reculant d'un pas. Ma poitrine est oppressée, comme si tout l'air avait été aspiré du monde. — Alors c'est ça. C'est ce que tu es vraiment.

— Attends, dit-il enfin, la voix rauque et hésitante, comme s'il savait que c'est trop peu, trop tard. — Lara, ce n'est pas...

— Ne fais pas ça. Je l'interromps en secouant la tête. Ma colère commence à faiblir, à se fissurer sur les bords, laissant place à quelque chose de plus profond. De plus lourd. — Tu ne te rends même pas compte de ce que tu as fait, n'est-ce pas ?

Et voilà — cette lueur de culpabilité dans son expression. Une étincelle de regret qui ne fait que me mettre encore plus en colère parce que ce n'est pas suffisant. Ce ne sera jamais suffisant.

Je lève les bras au ciel, un geste soudain qui brise le silence chargé entre nous. — Tu sais ce qui est drôle, Rory ? Je commençais vraiment à te croire. Ma voix sort plus fort que je ne l'avais prévu, mais je m'en fiche. Les mots tremblent au bord de la fureur, comme s'ils avaient attendu ce moment pour jaillir. — Tous ces discours sur le syndrome de la page blanche et le fait de retrouver ton inspiration... Mon Dieu, j'ai été tellement idiote.

Ses yeux s'écarquillent, sa bouche s'entrouvre comme s'il s'apprêtait à m'interrompre, mais je fonce, balayant toute tentative de sa part de prendre la parole.

— Tu as la *moindre* idée de l'humiliation que c'est de découvrir à mes dépens que je n'étais que... Quoi ? Une remplaçante pratique pour ta sœur ? Un raccourci pour contourner ta prétendue panne d'inspiration ?

— Ce n'est pas...

Je le coupe avec un rire qui a un goût amer dans ma gorge.

— N'essaie même pas, Rory. Pas la peine. Je pointe un doigt vers lui, ma main tremblant légèrement, même si j'espère qu'il ne le voit pas. Tu es resté là, jour après jour, à me servir tes beaux discours sur le fait que tu étais bloqué. À quel point tu avais besoin de moi. Et pendant tout ce temps, Aoife — son nom est comme de l'acide sur ma langue —, elle faisait quoi, exactement ? Elle remplissait les blancs pour toi pendant que tu jouais au génie torturé ?

Il se rapproche, les mains levées comme pour parer un coup. — Lara, arrête. Juste... juste laisse-moi t'expliquer.

— Oh, je t'en prie, je réplique sèchement en croisant les bras sur ma poitrine. J'adorerais entendre l'explication sur la raison pour laquelle tu m'as menti. Pourquoi tu t'es servi de moi.

— Je ne me servais pas de toi ! Il passe une main dans ses cheveux, d'un geste si frénétique qu'on dirait presque qu'il essaie de se les arracher. Je te le jure, Lara, ce n'était pas ça. C'est juste que... Aoife n'a pas du tout participé à ce livre. Sur la tête de ma mère, pas un seul mot.

— Ça paraît peu probable, vu sa petite confession là-dedans.

— Elle est partie en voyage avant que je trouve l'idée de base de *Fully, Forever*. Elle devait partir un mois, mais elle a fini par tomber amoureuse de quelqu'un là-bas et m'a dit qu'elle ne reviendrait pas, et que je devais me débrouiller seul pour celui-ci.

— Oh, allez. Il y a les e-mails, les appels vidéo et...

— J'ai écrit le premier jet entièrement seul. Il le fallait bien. Elle était à l'autre bout du monde et ne voulait rien avoir à faire avec ça.

Il fait un pas de plus vers moi et je recule d'autant.

— Une fois que j'ai compris qu'elle était sérieuse, je me suis mis à écrire. Je voulais prouver que je pouvais y arriver tout seul.

— Eh bien, félicitations, je dis en écartant les bras dans une fausse célébration. Tu as bien prouvé quelque chose. Tu as prouvé que tu es un menteur.

Son visage se décompose légèrement, et pendant une demi-seconde, je crois avoir touché un point sensible. Mais ensuite, il parle, et les mots déferlent en une cascade, plus désespérés les uns que les autres.

— Je ne mentais pas. Pas sur le blocage, pas sur... pas sur le fait d'avoir besoin de toi. Mon Dieu, Lara, il faut que tu comprennes. Sa voix se brise, et il joint ses paumes, comme s'il priait pour que je le croie. La pression, les attentes... c'est comme un poids qui m'écrase à chaque seconde. Tout le monde s'attend à ce que je sois brillant, que je livre un autre best-seller, et je... je n'y arrivais pas tout seul. J'ai paniqué.

— Alors tu t'es dit : « Tiens, je vais juste entraîner Lara dans ce pétrin », je rétorque. Parce que de toute évidence, elle n'a rien de mieux à faire que de sauver Rory Keane de lui-même.

— Non ! dit-il rapidement, trop rapidement. Je n'avais pas prévu que ça se passerait comme ça. Je... Je pensais juste que si j'avais quelqu'un qui comprenait, quelqu'un qui croyait en l'œuvre elle-même... Sa voix flanche, et il laisse échapper un souffle frustré. Je ne voulais pas te faire de mal.

Je le dévisage, les bras toujours croisés, mes ongles s'enfonçant dans mes avant-bras.

— Eh bien, encore félicitations, parce que tu as réussi quand
même.

Il tressaille, et pendant un bref instant, je le vois : son masque
glisse. Le Rory Keane charmant et sûr de lui s'efface pour révéler
quelque chose de brut et de non poli en dessous. Quelque chose
qui me donnerait presque, presque envie de m'adoucir. Mais
ensuite, je me souviens du silence de tout à l'heure, de l'hésitation
qui criait plus fort que n'importe quelle excuse, et l'étincelle de
sympathie s'éteint.

— Tu ne comprends pas, je dis doucement, ma voix devenue
dangereusement calme. Tu ne m'as pas seulement menti. Tu m'as
fait croire en quelque chose. En toi. Ma poitrine se serre, et je
déteste le tremblement que je sens menacer de s'insinuer dans ma
voix. Et puis tu as tout arraché comme si ça ne voulait rien dire.

— Ça voulait *tout* dire, dit-il, sa voix se brisant sur ce mot. Tu
veux tout dire pour moi, Lara. C'est juste que... j'ai merdé, d'accord ? J'ai fait une erreur.

Je secoue lentement la tête, la mâchoire crispée, alors que je
ravale la boule que j'ai dans la gorge. *Erreur.* Le mot semble si
petit comparé au trou béant qu'il a laissé dans mon cœur. — Une
erreur, c'est oublier la commande de café de quelqu'un, Rory. Ce
que tu as fait ? Ce n'est pas une erreur. C'est un choix.

— Lara, s'il te plaît...

— Non. Le mot jaillit de moi avant que je puisse le retenir,
comme l'une de mes corrections au stylo rouge. Plus d'excuses.
Plus de demi-vérités. Réponds juste à ça... Ma voix tremble, non
pas de faiblesse mais d'une fureur si puissante que j'ai l'impression qu'elle pourrait me consumer. Est-ce qu'il y a eu quoi que ce
soit de vrai ? Ou est-ce que je n'étais qu'un autre ressort scénaristique pour toi ?

Il tressaille, comme si la question lui coupait physiquement le
souffle.

Bien. Qu'il se tortille.

— Ce n'est pas juste, dit-il d'une voix basse et tendue. Tu sais
que c'était vrai.

— Ah oui ? Mon rire est creux, amer, et si peu à mon image que je le reconnais à peine. Parce que pour le moment, on dirait que tout ça — je fais un geste entre nous, ma main tremblant malgré moi — n'était qu'un moyen pratique pour toi de jouer à l'artiste torturé pendant que je réparais tes conneries. Tu avais besoin de *moi*, Rory ? Ou tu avais besoin d'une co-autrice qui faisait du bon café et ne facturait pas les heures supplémentaires ?

— Arrête ça, supplie-t-il, ses yeux cherchant désespérément les miens, comme s'il pensait pouvoir trouver le bon levier à actionner pour défaire tout ce qui s'effondre entre nous. Tu déformes la situation. Tu penses que j'ai planifié ça ? Que je me suis assis en me disant : « Oh, tu sais ce qui m'aiderait vraiment avec ma panne d'inspiration ? Je vais trouver une remplaçante pour Aoife. » Tu penses que j'aurais pu orchestrer *ça* ?

— Et pourquoi pas ? je contre, mes mots vifs et mordants. Tu as réussi à tromper tout le monde. Les éditeurs. Les lecteurs. Bon sang, tu m'avais même convaincue. Alors, dis-moi pourquoi je ne devrais pas croire que tu t'es juste servi de moi pour écrire ton livre à ta place.

— Parce que je... il bute sur ses mots, s'étouffant visiblement avec l'excuse qu'il veut cracher. Si c'était l'un de ses livres, ce serait le moment où le héros fait une grande déclaration, quelque chose de grandiose et de poétique qui arrange tout avec un joli nœud. Mais sans la main directrice d'Aoife pour écrire cette scène à sa place, il a juste l'air... perdu.

— Parce que je ne te ferais pas ça, finit-il par dire, sa voix se brisant sous le poids de ces mots. Je ne pourrais pas.

— Tu ne pouvais pas ou tu ne voulais pas ? j'insiste, m'appuyant sur le silence qui suit. — Il y a une grosse différence, Rory.

Ses mains retombent mollement le long de son corps, ses doigts agités de soubresauts, comme s'ils voulaient m'atteindre sans oser le faire.

— C'était vrai, dit-il, et il y a quelque chose de brut dans sa voix maintenant alors qu'il cherche son souffle. — Tout. Chaque instant. Tu dois me croire, Lara.

— Ah oui ? je murmure, haïssant le tremblement dans ma voix, haïssant les larmes qui me montent aux yeux.

— Oui ! Il fait un autre pas en avant, presque assez près pour me toucher, mais il se retient — et d'une manière ou d'une autre, cette retenue me fait plus de mal que s'il m'avait attrapée. — Tu n'étais pas seulement quelqu'un sur qui je m'appuyais quand les choses devenaient difficiles. Tu *es* la seule chose qui compte, Lara. La seule chose qui faisait que tout ça en vaille la peine. Ses mots se bousculent, désespérés et maladroits, chacun sonnant comme une supplique. Tu m'as donné envie d'être meilleur. Pour toi. Pour nous.

— Nous, je répète avec amertume, le mot étranger et rêche sur ma langue. — C'est un comble venant de quelqu'un qui a passé des semaines à me mentir en face.

— Je n'essayais pas de te faire de mal, dit-il, la voix de nouveau brisée. — Je te jure, je pensais... je pensais que si je pouvais juste finir le livre en suivant tes conseils, alors peut-être que je serais... à la hauteur.

— À la hauteur pour qui ? je demande, la colère montant de nouveau en moi. — Pour moi ? Parce que je vais t'apprendre un truc, Rory, je ne t'ai jamais demandé de prouver quoi que ce soit. Je n'ai jamais eu besoin que tu sois parfait. J'avais juste besoin que tu sois honnête.

— Eh bien, j'ai échoué sur ce point, n'est-ce pas ? rétorque-t-il avec amertume. — Mais n'ose même pas rester là à faire comme si ce que nous avions n'était pas réel. Je sais que tu l'as ressenti aussi. Dis-moi que je me trompe, Lara. Regarde-moi dans les yeux et dis-moi que tu ne l'as pas ressenti.

Je croise son regard, le poids de ses mots pesant lourdement au creux de mon estomac. Mais ensuite, je me souviens des mensonges, de la trahison, et je me force à rester de marbre.

— Peut-être bien, dis-je tranquillement, d'une voix froide et sèche. — Mais ça ne change rien au fait que tu as tout gâché.

Je secoue la tête, le mouvement clair et définitif, comme une porte qui claque. Je croise les bras sur ma poitrine, comme si ça pouvait me maintenir entière, empêcher les fractures de s'étendre davantage.

— Mon Dieu, tu ne comprends vraiment rien, n'est-ce pas ? Tu ne t'es pas contenté de me mentir, Rory. Tu t'es *servi* de moi.

Comme un de tes foutus plans ou de tes fiches de personnage. Juste un autre outil pour amener ton histoire là où tu le voulais.

— Lara...

— Tais-toi, je lance, levant une main pour l'arrêter net. — N'essaie pas de réécrire l'histoire, Rory. Je suis éditrice, tu te souviens ? Je reconnais un ressort dramatique quand j'en vois un.

Il tressaille, et pendant une fraction de seconde, je me sens presque coupable. Presque. Mais ensuite je me souviens des semaines que j'ai passées penchée sur son manuscrit, à l'améliorer, à croire que chaque mot, chaque moment que nous partagions, construisait quelque chose de réel. Pas ça. Pas... rien.

— Tu as la moindre idée à quel point c'est humiliant ? je continue, ma voix montant malgré la boule qui se forme dans ma gorge. — De penser que pendant que je tombais amoureuse de toi, tu étais juste en train de... Je fais un geste vague, furieux, comme si les mots pouvaient apparaître dans l'air entre nous. — *Quoi ?* De prendre des notes ? De collecter de la matière ?

— Je tiens à toi... Je *t'aime.* Ce n'était pas un jeu pour moi. J'ai merdé, d'accord ? J'ai fait des erreurs, mais tout ce que je ressentais pour toi, c'était vrai. Ça l'est toujours.

— Eh bien, tant mieux pour toi, dis-je, le sarcasme dégoulinant de mes mots comme du venin. — Mais voilà le problème, Rory : l'amour ne suffit pas. Pas sans la confiance. Et toi ? Tu l'as anéantie. C'est fini, Rory.

Je m'éloigne de lui sans me retourner. Si je le faisais, je risquerais de m'effondrer complètement — et je ne peux pas me le permettre. Pas maintenant. Plus jamais.

J'arrache mon téléphone de mon sac, mes doigts tremblants alors que je déverrouille l'écran. L'air frais de la nuit me mord la peau, mais ce n'est rien comparé au gel qui s'étend dans ma poitrine. Mon pouce survole l'application Uber une fraction de seconde avant que j'appuie, parce que Dieu m'en garde d'hésiter assez longtemps pour que Rory pense que je reconsidère ma décision.

— Laisse-moi te ramener, dit-il derrière moi, d'une voix basse, rauque et désespérée.

— Pas question, je lance sèchement, sans même prendre la

peine de me retourner vers lui. Si je le faisais, je verrais ce visage — ces yeux stupidement sérieux, cette mâchoire mal rasée qui le rend encore plus agaçamment séduisant — et je pourrais... non. Non. Je ne vais pas faire ça. Pas encore.

L'application charge lentement, se moquant de moi, et je serre mon téléphone plus fort comme si je pouvais le forcer physiquement à aller plus vite. Un message s'affiche : « Recherche de chauffeurs dans votre secteur ». Génial. Vraiment génial. Je tape du pied, chaque coup contre le sol me rappelant de tenir bon. Pied gauche, pied droit. Inspire, expire. Arrête de pleurer. Pas ici. Pas devant lui.

— Lara... Sa voix se brise.

— Rentre, Rory. Ta sœur est de retour, va finir ton livre. Ça devrait être facile maintenant.

Enfin, un chauffeur accepte la course, et j'expire en tremblant, le soulagement et l'angoisse s'emmêlant dans ma gorge. Sept minutes. Je peux survivre sept minutes de plus à ça.

— Au revoir, Rory, je parviens à dire, les mots s'étranglant légèrement dans ma gorge. Je n'attends pas sa réponse. Je ne sais même pas s'il en a une. Au lieu de ça, je traverse la rue et j'attends sur le bord du trottoir, fixant la rue déserte comme si elle détenait une forme de salut.

VINGT-DEUX

J'ai passé les trois derniers mois à faire comme si Rory Keane n'existait pas. Ça a été plus facile que je ne l'aurais cru. La routine est une chose fiable, et la mienne m'a avalée toute crue : café du matin, nouveaux manuscrits d'auteurs sur lesquels travailler, réunions qui se fondent les unes dans les autres. Je me suis réfugiée dans les mots des autres, à corriger, peaufiner, perfectionner des histoires qui n'étaient pas les siennes. C'est ce que je fais de mieux.

Après avoir terminé la révision finale de son livre, après avoir signé de mon nom la dernière page et l'avoir envoyé aux correcteurs, je me suis dit que c'était tout. Fini. Terminé. Un chapitre clos, qui n'aurait jamais dû être écrit, pour commencer.

Et pourtant, ça persiste. Pas de manière évidente. Je ne cherche pas son nom sur Google ni ne vérifie le buzz du secteur. Je ne me demande pas où il est, ni ce qu'il fait. Et je ne pense certainement pas à ce que ça faisait de travailler à ses côtés, de me disputer avec lui, de le désirer. Mais de temps en temps, j'entends une remarque au passage au bureau, une mention désinvolte de son livre, ou de son lancement à venir. Et ça me frappe comme une coupure de papier : petite, vive, invisible jusqu'à ce qu'elle pique.

Je chasse cette pensée en allant m'asseoir à la réunion hebdomadaire des acquisitions. Rory Keane, c'est de l'histoire ancienne.

Pour l'instant, mon travail consiste à me concentrer sur la suite. Et quoi que ce soit, ça n'a rien à voir avec lui.

— ... Ce à quoi nous avons vraiment affaire ici, c'est à la saturation du marché par les histoires de rédemption de milliardaires, dit Claire, sa voix traversant la salle de réunion comme une fléchette bien ajustée.

Je hoche la tête, mon stylo en suspens au-dessus de mon carnet, comme si j'allais vraiment écrire quelque chose. Des milliardaires qui se découvrent un cœur dans des endroits improbables : un parc à chiens, une boutique de cupcakes, une retraite de yoga avec des chèvres. Tout ça, j'en ai soupé, j'ai corrigé. Normalement, j'apporterais ma contribution à cette réunion avec des analyses précises et une touche de flair sardonique car, avouons-le, rien ne crie « je suis impliquée » comme une pique intelligente sur l'improbabilité qu'un magnat de Wall Street sache faire des scones. Mais aujourd'hui, mon cerveau a l'air de ramer.

— Des idées, Lara ? Le ton de Fiona est neutre, mais son sourcil arqué, beaucoup moins.

— Euh, oui, dis-je en me redressant sur ma chaise. Je parcours du doigt les points énumérés dans la lettre de soumission de l'agent littéraire, essayant de formuler quelque chose de cohérent. Je pense que... si nous devons aller de l'avant avec des histoires de ce genre, nous devons nous concentrer sur des cadres uniques ou des enjeux qui semblent nouveaux.

— Comme ? Fiona en veut plus. Tel un chien avec son os, elle ne va pas lâcher l'affaire. Elle se penche en arrière dans son fauteuil, les bras croisés, attendant que je m'exécute.

— Eh bien... J'hésite — juste une seconde, mais assez longtemps pour sentir une vague de chaleur me monter au cou. *Réfléchis, Lara. Réfléchis.* Nous pourrions demander à l'auteure de situer son livre dans un... secteur moins conventionnel. Peut-être un milliardaire de la tech qui a tout plaqué pour gérer un vignoble ?

— Intéressant, dit Fiona, bien que son expression reste impénétrable. Le genre d'impénétrabilité qui vous donne envie de remettre en question chaque décision que vous avez jamais prise, à commencer par votre choix de carrière.

— Ou, intervient Claire, l'une des assistantes d'édition, détournant heureusement les projecteurs, on mise à fond sur la nostalgie. Un milliardaire qui rachète la bibliothèque de sa ville natale pour la sauver de la transformation en un immeuble d'appartements.

La salle bruisse d'approbation, et je parviens à esquisser un petit sourire professionnel. Crise évitée. Pour l'instant. Mais la frustration lancinante que je ressens envers moi-même persiste.

Je n'aurais pas dû hésiter. Je n'aurais pas dû avoir besoin que Claire intervienne à la rescousse. C'est moi qui suis censée être inébranlable, celle qui a toujours l'avis le plus pertinent de la salle. C'est mon truc. Sauf que, visiblement, mon truc est actuellement en vacances quelque part loin, très loin de cette salle de réunion. Je suis complètement perdue et je n'arrive pas à m'en sortir.

— Marchez avec moi, dit Fiona dès la fin de la réunion, son ton sec ne laissant aucune place à la discussion.

— Bien sûr, je réponds, me mettant à son pas alors qu'elle avance à grandes enjambées dans le couloir.

— Vous avez fait du bon travail sur le livre de Rory. Vous devriez être fière de vous.

— Merci. Je le suis.

Un vrai compliment de la part de Fiona. Si j'étais du genre à parier, il y aurait probablement une suite...

— Alors, comment pensez-vous que cette réunion s'est passée ? demande-t-elle sans me regarder.

— Bien, dis-je, en prenant soin de garder ma voix stable. Nous avons choisi des titres solides, et je pense que nos offres sont convaincantes.

— Vraiment ? Fiona s'arrête brusquement, se tournant pour me faire face. Parce que ce que j'ai vu, c'est Claire qui a fait les choix audacieux et vous qui vous êtes contentée de suivre le mouvement.

Aïe. En plein dans le mille. Je résiste à l'envie d'ajuster mes lunettes – un tic que Fiona ne connaît que trop bien – et je me force à croiser son regard. — J'admets que je n'étais pas au meilleur de ma forme à l'instant.

— Pas seulement aujourd'hui, dit Fiona, sa voix s'adoucissant juste assez pour que les mots fassent encore plus mal. Lara, vous avez aidé Rory Keane à livrer son manuscrit le plus fort à ce jour. On ne pouvait vraiment pas le lâcher. Vous êtes l'une des éditrices les plus talentueuses avec qui j'ai jamais travaillé. Mais ces deux derniers mois, depuis qu'il l'a rendu en fait, vous m'avez semblé... distraite. De manière inhabituelle.

— J'ai eu beaucoup de choses à gérer, dis-je, l'excuse sonnant creux au moment même où je la formule.

— Tout le monde a beaucoup de choses à gérer, rétorque Fiona. C'est la nature de ce métier. Et tout en jonglant avec ces assiettes, nous devons aussi veiller à ce qu'aucune ne se brise. J'ai besoin que vous soyez au top de votre forme tous les jours, surtout avec nos auteurs de milieu de liste qui comptent sur nous pour élever leur travail. Tous les clients ne sont pas un Rory Keane, mais ils méritent tous le même niveau d'attention.

Le revoilà. Son nom, lâché comme une grenade entre nous. Mon estomac se noue, mais je garde une expression neutre.

— Compris, dis-je sèchement, même si le mot a le goût d'un morceau de verre que j'avalerais.

— Bien, dit Fiona, son ton redevenant vif. Parce que je ne veux pas avoir cette conversation deux fois. Vous valez mieux que ça, Lara. Ne me prouvez pas le contraire.

Sur ce, elle tourne les talons et s'éloigne, me laissant plantée dans le couloir, le poids de ses paroles m'écrasant comme un rocher. Mieux que ça. Le suis-je ? Ou ai-je berné tout le monde – moi y compris – depuis le début ?

Les mots de Fiona résonnent dans ma tête alors que je pousse la porte de mon bureau pour y entrer, la refermant fermement derrière moi comme si j'essayais de garder sa voix — et ce doute qui me ronge — de l'autre côté. L'atmosphère familière de mon bureau m'apaise d'habitude, mais aujourd'hui, elle me semble impersonnelle, comme empruntée à la vie de quelqu'un d'autre. Pas la mienne.

Je me laisse tomber sur ma chaise, le cuir craquant sous mon poids, et je contemple la pile de manuscrits sur mon bureau. Ils sont soigneusement rangés, comme j'y tiens toujours, les dos alignés tels des soldats attendant les ordres. Normalement, ce serait satisfaisant, un signe tangible de contrôle dans un secteur chaotique. Aujourd'hui ? Je n'y vois qu'un fatras. Des pages et des pages d'histoires d'autres personnes que je suis censée polir, parfaire, sublimer.

— Soyez meilleure, avait dit Fiona. Comme si c'était si simple. Comme s'il me suffisait de claquer des doigts pour redevenir une sorte de magicienne de l'édition, intouchable et inébranlable. Mais ici, rien ne claque. Seulement le son de ma respiration – courte et irrégulière – tandis que je reste assise, figée, les mains inertes sur mes genoux.

— Reprends-toi, Yates, je me dis à voix basse en jetant un coup d'œil au manuscrit en haut de la pile. Une romance. Grand Dieu. Le titre, *Windswept Desires*, s'étale sur la page de garde en une police pleine de fioritures. Je le saisis, feuilletant les premières pages. Des clichés partout : des amants maudits, une passion interdite, une nuit d'orage où tout bascule. D'ordinaire, je serais sans pitié, pourfendant les clichés avec mon stylo rouge et savourant le processus.

Aujourd'hui, je n'arrive même pas à trouver l'énergie d'en rire.

À la place, le visage de Rory surgit dans mon esprit : son sourire en coin, ses satanées fossettes, son assurance absurde qui, d'une manière ou d'une autre, rendait la vulnérabilité si facile. Et puis, pire encore, sa voix : *Tu es si prompte à corriger le travail des autres, Lara. Ne t'es-tu jamais demandé pourquoi tu ne tentes pas ta chance avec le tien ?*

— Arrête, je siffle en claquant le manuscrit sur le bureau. Le son se répercute sur les murs, me surprenant. Ma main tremble lorsque je la retire.

Le problème... c'est qu'il n'avait pas tort. C'est ça qui me brûle le plus. Sous le charme, les demi-vérités et cette capacité à voir trop de choses trop vite, il a vu clair en moi. Et j'ai détesté ça. Je le déteste toujours.

Merde. La pièce me semble encore trop petite, les murs se resserrent, le poids des attentes m'oppresse la poitrine.

Avant, ce travail me passionnait. J'avais l'impression d'être vivante. Maintenant, tout ce que je ressens, c'est d'être coincée, comme si je tournais en rond, courant après les échéances, évitant les erreurs, réparant les choses pour tout le monde sauf pour moi. Peut-être que Fiona a raison. Peut-être que je ne suis plus faite pour ça.

Non. Non. Je refuse de sombrer.

J'appuie les paumes de mes mains sur mes tempes, voulant chasser le doute. Dehors, j'entends des rires étouffés provenant d'un bureau voisin. Quelqu'un d'autre s'épanouit, probablement en train de conclure un contrat, de fournir un feedback brillant ou je ne sais quoi que font les éditrices « meilleures ».

Je jette un nouveau regard à *Windswept Desires*. Puis au reste de la pile de soumissions : chaque manuscrit représente les rêves d'un auteur, ses ambitions, son âme. Chacun représente des mois, voire des années, de la vie de l'écrivain. Mon travail consiste à les éplucher et à décider s'ils sont assez bons pour Scott & Drake. Mon estomac se noue. Je veux que ça m'importe. Mon Dieu, j'ai *besoin* que ça m'importe. Mais pour l'instant, tout ce que je ressens, c'est la distance lourde et douloureuse entre celle que je suis et celle que j'étais.

D'accord, une chose à la fois. Juste une.

Mon stylo glisse de mes doigts et tombe bruyamment sur le bureau. Je ne le ramasse pas.

Au lieu de ça, je repousse ma chaise et me lève, arpentant la courte longueur de mon bureau. Trois pas jusqu'à la fenêtre. Trois pas pour revenir à la porte. Je n'arrive à me concentrer sur rien. Pas maintenant. Pas avec *sa* voix qui tourne en boucle dans ma tête comme si elle avait un passe-droit pour me hanter.

Tu as peur qu'on te voie, Lara.

Je renifle, croisant fermement les bras sur ma poitrine. Le culot. L'audace absolue de Rory Keane de me balancer ça comme s'il était une sorte d'oracle des vérités personnelles.

Comme s'il me connaissait mieux que je ne me connais moi-même.

Qu'est-ce que ça veut même dire ?

Mais la vérité, c'est que je sais exactement ce qu'il voulait dire. Et pire encore, je sais qu'il n'avait pas tort.

J'arrête de faire les cent pas et m'adosse au bord de mon bureau. Mes mains s'agrippent au bois frais comme s'il pouvait me stabiliser. Un florilège de tous les moments où j'ai choisi la sécurité plutôt que le risque, l'invisibilité plutôt que la vulnérabilité.

L'université. Ça a commencé là, n'est-ce pas ? Quand mon professeur d'écriture créative a suggéré que je soumette ma nouvelle au *London Magazine*. J'avais souri poliment, l'avais remercié pour ses « gentilles » paroles, puis j'avais enterré le manuscrit dans un tiroir si profond qu'il aurait pu être une tombe. Trop risqué. Trop exposé. Et s'ils détestaient ? Et s'ils adoraient ? Dans un cas comme dans l'autre, je ne pouvais pas le supporter.

Mieux vaut rester en retrait, ai-je toujours pensé. C'est confortable. C'est familier. *C'est plus sûr.*

Et oh, comme je me suis réfugiée dans cette sécurité. Éditer le travail des autres, corriger leurs erreurs, *façonner leurs histoires.* Jamais les miennes. Toujours les leurs. Parce que façonner l'histoire de quelqu'un d'autre n'exige pas d'être vulnérable. N'exige pas la validation d'un tiers. N'exige pas que l'on mette son cœur sur la page en risquant de le voir se faire déchiqueter.

— Mon Dieu, je grogne en pinçant l'arête de mon nez sous mes lunettes. Quand suis-je devenue un tel cliché ?

Le visage de Rory surgit dans mon esprit, la façon dont sa mâchoire s'était crispée quand il avait prononcé ces mots, comme s'il me mettait au défi de le contredire tout en sachant déjà que je ne le ferais pas. Il a vu à travers moi. À travers les chemisiers impeccablement repassés, les critiques acerbes et cet air de professionnalisme imperturbable que j'ai mis des années à perfectionner.

Tu as peur qu'on te voie.

Il l'avait dit comme un défi. Comme s'il essayait de me provoquer. Et, maudit soit-il, ça marche.

Je ferme les yeux très fort, mais les souvenirs continuent d'affluer. La façon dont sa voix s'était adoucie lorsqu'il avait ajouté : « Tu te caches, Lara. Et c'est dommage. Parce que tu as plus de talent en toi que tu ne le penses. »

Ma gorge se serre, une chaleur pique au coin de mes yeux. Je déteste ça. Je déteste qu'il m'ait atteinte. Je déteste que ses mots aient fait mouche, me forçant à affronter des choses que j'ai soigneusement gardées sous clé pendant des années.

Parce que la vérité, c'est que j'ai toujours douté de moi. J'ai toujours supposé que ce que j'avais à dire n'était pas assez bien, pas assez intelligent, pas assez important. C'est pour ça que je restais silencieuse en réunion, sauf si j'étais absolument sûre d'avoir raison. C'est pour ça que j'éditais les manuscrits avec une précision chirurgicale, terrifiée à l'idée de manquer quelque chose et de prouver à Fiona – ou à n'importe qui d'autre – qu'ils avaient eu tort de me faire confiance.

Et c'est pour ça que je n'ai jamais dit la vérité à Rory. Sur à quel point j'admirais son manuscrit final. Sur à quel point je voulais croire en son histoire, même quand mes doutes hurlaient plus fort. Sur à quel point je...

Non. Je secoue la tête, coupant court à la pensée avant qu'elle ne puisse prendre racine. Je n'irai pas sur ce terrain. Pas maintenant. Peut-être jamais.

Mais une chose est claire : Rory a vu quelque chose en moi que j'ai passé ma vie entière à me convaincre qui n'existait pas. Et peu importe à quel point je veux le rejeter, le qualifier de menteur, d'escroc et de narcissique égocentrique, je ne peux ignorer la vérité derrière ses mots.

— Plus de talent que je ne l'imagine, dis-je, en testant la phrase sur ma langue. Elle me semble étrangère. Inconfortable. Mais il y a quelque chose... une étincelle de possibilité, petite et fragile, mais indéniablement vivante.

— Il a peut-être raison, admets-je tout bas. Les mots flottent dans l'air, lourds de tout ce qu'ils impliquent.

Il est peut-être temps d'arrêter de me cacher.

Je baisse les yeux sur ma sacoche.

Je prends une profonde inspiration, plonge la main dans la poche zippée, sors la clé USB et l'insère dans mon ordinateur portable. Pendant un instant, rien ne se passe. Puis une petite lumière verte se met à clignoter. Il n'y a que deux fichiers : une première version de l'histoire de Rory, avec des centaines de modifications suivies, datant d'avant que je ne le persuade d'abandonner la course-poursuite en voiture et le point culminant explosif du milieu de l'histoire, et mon manuscrit. *Mon* histoire. Pas celle de quelqu'un d'autre, pour une fois.

Je fixe le nom du fichier d'un document que je n'ai pas ouvert depuis huit ans.

Doc.doc

Huit ans. Assez longtemps pour que mes cheveux repoussent et que je me persuade que cet échec particulier était mieux à sa place, enfermé dans un cercueil numérique.

— Ouvre-le, c'est tout, je murmure pour moi-même, comme si me parler allait rendre la situation moins pathétique. Mes doigts planent au-dessus du trackpad. Ils ne bougent pas. Seigneur, même mes mains se rebellent maintenant.

Mais mon cœur bat la chamade comme si j'avais couru un marathon, chaque pulsation me hurlant de l'éjecter. De la retirer. De m'en aller. De retourner à l'édition du travail des autres, à décortiquer leurs phrases pendant que les miennes restent là, intactes, non testées, invisibles.

— Bon. Très bien. J'essaie de chasser le doute et je double-clique sur le fichier. L'écran vacille, et le voilà : *Le Désir Entre Nous, par Lara Yates,* écrit dans une police de caractères odieusement optimiste que je regrette maintenant d'avoir choisie. C'est comme regarder une version plus jeune et plus naïve de moi-même qui pensait qu'elle pourrait vraiment y arriver. La pauvre. Je n'arrive toujours pas à croire que Rory l'ait lu.

La première phrase me dévisage, une ligne sur laquelle je me suis arraché les cheveux pendant des semaines. Je commence à lire. Au début, c'est comme rouvrir une vieille blessure — sensible et familière, mais pas totalement insupportable. Puis, quelque part vers la page deux, la douleur s'installe.

Mon héroïne, Ashley, une jeune éditrice pragmatique qui navigue dans sa propre vie amoureuse compliquée, me ressemble de manière troublante maintenant. Trop. Est-ce vraiment moi qui ai écrit ça ? Ou est-ce que mon subconscient a juste pris des notes sur mon avenir et décidé de semer des indices ?

Les parallèles sont frappants. Le protagoniste masculin, Matthew, un élagueur bougon mais irrésistible avec un sourire en coin et un lourd passé... Ouais, il pourrait tout aussi bien avoir le nom de Rory tatoué sur le front. L'habitude d'Ashley de suranalyser chaque interaction tout en prétendant simultanément qu'elle s'en fiche ? C'est tout moi. Sa façon de repousser les gens parce que c'est plus facile que d'admettre qu'elle pourrait vraiment vouloir quelque chose — ou quelqu'un ? C'est encore plus moi.

— Bon sang,

Mais au lieu de fermer le fichier et de le faire glisser dans la corbeille où est sa place, je continue. Page après page, scène après scène, je suis entraînée plus profondément dans ce monde que j'ai créé, et dans les émotions qui bouillonnent sous la surface. C'est brut, maladroit par endroits, mais il y a quelque chose de vrai au fond, quelque chose que je n'avais pas vu avant. À l'époque, j'étais trop occupée à essayer de le rendre parfait, à en poncer les aspérités jusqu'à ce qu'il devienne stérile. Maintenant, je vois que la structure est solide ; il faut juste la peaufiner pour améliorer le rythme.

Enfouie sous la maladresse, une lueur brille. Une tournure de phrase par-ci, une observation inattendue par-là. De minuscules étincelles de quelque chose de puissant, de brut mais de vivant. C'est comme fouiller dans un grenier poussiéreux et trouver une vieille boîte de trésors oubliés — la moitié est bonne à jeter, bien sûr, mais l'autre moitié ? L'autre moitié est intrigante.

— D'accord, ce n'est pas si mal, j'admets à contrecœur. — Absolument rattrapable.

Mes mains retrouvent le clavier presque sans que j'y pense. Ça commence par de petites corrections — resserrer la prose, couper le superflu, remplacer les clichés par des images plus spécifiques. Puis, avant que je ne m'en rende compte, je réécris des passages entiers, y intégrant des détails et une introspection que je n'aurais jamais osé inclure à l'époque. Des choses que j'ai vues, ressenties, vécues depuis. Une pique sur le poids des attentes. Une confession maladroite, trop honnête, au milieu d'une dispute. Un moment de silence qui en dit plus que les mots ne le pourraient jamais.

Plus je travaille, moins j'ai l'impression de faire de l'édition et plus j'ai l'impression d'expirer après avoir retenu ma respiration pendant des années. Je m'autorise à écrire de manière brouillonne et imparfaite, sans me soucier que ce soit impeccable ou commercialisable ou n'importe laquelle des choses que j'exigerais d'un de mes auteurs. Pour une fois, je ne me préoccupe pas de savoir qui va le lire — j'écris juste pour moi.

— Elle n'est pas tombée avec grâce, je tape, en supprimant sans cérémonie la phrase d'ouverture originale et embarrassante. — Elle est tombée comme un arbre frappé par la foudre — soudainement, violemment, et de façon impossible à ignorer.

Je m'arrête, relisant la phrase. Est-elle parfaite ? Non. Mais elle est honnête et intrigante. Et pour l'instant, ça me semble suffisant.

Quand j'atteins le milieu du livre — une dispute houleuse entre Ashley et Matthew qui se termine par un baiser qu'aucun d'eux n'admet avoir désiré — je dois arrêter de lire. Mon cœur bat à tout rompre, ma tête tourne. Ce qui doit être corrigé est si évident. Le dialogue est rigide, la tension diluée. Je ne les ai pas laissé ressentir assez de choses, je ne me suis pas laissé *moi-même* ressentir assez de choses quand je l'ai écrit. Si j'ajoutais quelques chapitres supplémentaires à la fin du premier acte, cela expliquerait mieux la blessure émotionnelle que porte Ashley, et cela offrirait une plus grande satisfaction plus tard dans le roman.

Juste quelques commentaires, j'essaie de me convaincre en passant le document en mode révision. Mes doigts commencent à taper de nouveaux commentaires presque automatiquement, capturant des idées, écrivant des bribes de dialogue qui pourront être insérées plus tard. Les mots remplissent la marge de droite comme un flux de conscience, plus vite que je ne peux les organiser, mais je ne m'arrête pas. Si je m'arrête, le doute s'insinuera à nouveau, me chuchotant que je perds mon temps. Que je ne serai jamais à la hauteur des vrais écrivains professionnels, comme Rory, qui semblent saigner du génie sur chaque page.

Rory. Son simple nom me serre la poitrine. Je secoue la tête pour chasser cette pensée, me concentrant sur les notes devant moi. Il n'est pas question de lui. Pas complètement, en tout cas. Mais même si je déteste l'admettre, le rencontrer — les disputes, l'intimité, la façon dont il semble tout simplement me *comprendre* — a changé quelque chose en moi. Et peut-être, juste peut-être, que c'est exactement ce dont j'avais besoin pour enfin réussir cette histoire.

Je surligne des passages de prose, j'ajoute de plus en plus de commentaires, et je supprime des scènes entières comme si j'essayais d'échapper à mes propres doutes.

— *Ashley ne dirait pas ça. Je surligne un passage de dialogue en jaune vif. Elle... elle esquiverait. Ferait un commentaire sarcastique au lieu d'admettre ce qu'elle ressent.*

Je tape une nouvelle conversation. Le premier acte prend forme, morceau par morceau, avec plus de rythme maintenant, plus de vie. J'ajoute un commentaire pour plus tard : *Plus de tension ici. La laisser le désirer, mais qu'elle lutte plus fort contre ça.*

Un petit sourire étire le coin de ma bouche alors que je continue, façonnant l'histoire en quelque chose qui me ressemble davantage. La voix stupide de Rory résonne à nouveau dans ma tête — *Tu as peur qu'on te voie.*

— Ouais, eh bien, dis-je, mes doigts volant sur le clavier, peut-être que je suis prête à être vue.

Le curseur clignote devant moi, plein d'attente et implacable. Mes doigts sont légèrement endoloris à force de taper — je ne sais même pas depuis combien de temps je suis assise ici, penchée sur mon clavier comme une sorte de gremlin sous caféine. La tasse à côté de moi est vide, une trace de rouge à lèvres séchée sur le bord. J'ai probablement du marc de café entre les dents. Glamour.

Je m'appuie contre le dossier de ma chaise, étirant mes bras au-dessus de ma tête jusqu'à ce que ma colonne vertébrale craque en signe de protestation. Un soupir m'échappe — long, profond, tremblant d'une manière qui semble trop personnelle pour un bureau vide. Mon regard tombe sur l'écran. Des mots. *Mes* mots. Des pages et des pages. Certains polis, d'autres plus rêches que la barbe naissante de Rory, mais ils sont là. Réels. À moi.

Un rire nerveux m'échappe avant que je puisse le retenir, teinté d'incrédulité. Ce n'est pas parfait — loin de là — mais pour une fois, je ne le ressens pas comme un échec. C'est... honnête. Comme si j'avais retiré une couche protectrice dont j'ignorais même l'existence pour laisser transparaître quelque chose de brut.

— Eh bien, je chuchote, en ajustant mes lunettes comme si cela pouvait m'aider à y voir plus clair. — Te voilà, petite chose désordonnée.

Le manuscrit me dévisage, sans s'excuser, me mettant au défi de continuer. Je devrais être terrifiée. Et je le suis. Un peu. Mais sous cette peur, il y a autre chose, quelque chose de plus chaleureux, de plus fort : de la détermination.

Pendant des années, j'ai été la discrète — celle qui arrange, qui peaufine, l'échafaudage invisible qui soutient le chef-d'œuvre d'un autre. Je me suis dit que ça me convenait, que rester dans l'ombre était ce qui me correspondait. Mais assise ici, maintenant, à contempler ces phrases imparfaites et farouchement vivantes, je sens le mensonge s'effondrer. Rory avait peut-être raison. J'ai peut-être passé tellement de temps à me cacher derrière les histoires des autres que j'ai oublié que j'en avais une à moi.

Et peut-être — juste peut-être — qu'il est temps que ça change.

Je place le pointeur de la souris sur l'icône de sauvegarde, ma main tremblant légèrement. C'est ridicule, vraiment. Enregistrer un document Word ne devrait pas paraître si monumental, mais c'est le cas. C'est comme faire un choix — comme *me* choisir. Je clique.

L'écran clignote une fois, confirmant que le fichier est en sécurité. Il y a encore des corrections à faire, bien sûr. Je n'ai même pas encore relu les cent dernières pages. Il y a des problèmes de rythme, surtout dans la partie centrale, et je pourrais encore changer la meilleure amie en meilleur ami pour jouer davantage sur la jalousie du protagoniste masculin. Mais il y a un chemin clair. Une voie à suivre.

Mon rythme cardiaque ralentit. Je me rassois, les mains

posées inutilement sur mes genoux, tandis qu'un calme étrange et inconnu s'installe en moi. Pas l'absence de nervosité — j'en ai encore beaucoup qui bourdonne — mais une certitude tranquille sous-jacente. Je suis en train de le faire. Pour le meilleur ou pour le pire, je travaille enfin sur mon manuscrit après une pause de huit ans. Dans quel but ? Je n'en suis pas encore tout à fait sûre, mais ça fait du bien de remettre les mains dans le cambouis.

Alors que je regarde vers la fenêtre, la lumière du soleil de fin d'après-midi filtre à travers les stores, peignant des rayures dorées sur mon bureau. Dehors, la ville bourdonne, indifférente à cette minuscule révolution qui se déroule dans le bureau d'angle de Scott & Drake Publishing. Mais je la sens — une lueur d'espoir, têtue et nouvelle, qui prend racine en moi.

— D'accord, je murmure pour personne en particulier, le mot doux mais ferme, une promesse à moi-même. — On va voir.

VINGT-TROIS

La salle de réunion est si immaculée qu'elle m'en donne des démangeaisons. Le bureau en acier et en verre qui nous sépare pourrait faire office de podium, si les podiums étaient conçus pour intimider. Je m'agite légèrement sur ma chaise en lissant ma jupe, qui me paraît soudain trop serrée, trop restrictive. En face de moi, Vanessa Scott – cofondatrice des éditions Scott & Drake et broyeuse d'egos à ses heures perdues – se penche en avant, le regard perçant. Ses ongles manucurés tapotent en rythme sur un dossier ouvert. Mon nom est imprimé proprement en haut de la page.

— Eh bien, Lara, dit-elle, tu t'es surpassée cette fois-ci.

Je me force à sourire. *Je me suis surpassée ?* Cela sous-entend que mon travail n'est habituellement pas à la hauteur. Je ne sais pas si ce compliment cache une pique ou non. J'acquiesce, car que peut-on faire d'autre quand la patronne de votre patronne vous regarde comme si vous étiez un tour de magie qu'elle n'a pas encore tout à fait percé ?

— Les préventes de Rory ont officiellement dépassé les deux cent mille exemplaires, et il reste encore une semaine avant le lancement, poursuit Vanessa, les lèvres étirées en un sourire aussi rare que calculé. Tu as pris un bon auteur et tu en as fait quelqu'un d'exceptionnel. Toute l'équipe ne parle que de ça. Ce genre de succès n'arrive pas par hasard. — Elle marque une pause, laissant le compliment flotter dans l'air comme un appât.

— Merci, dis-je en rajustant mes lunettes bien qu'elles n'en aient pas besoin. J'ai la gorge sèche. Je déglutis et le regrette aussitôt tant le son me paraît anormalement fort dans le silence. C'était... un travail d'équipe.

— Ne sois pas modeste, rétorque Vanessa en balayant ma dérobade d'un geste de la main. Les auteurs comme Rory ne courent pas les rues, mais ne prétendons pas que son dernier succès n'est pas directement lié à ton génie éditorial. Fiona a vu une première version et a dit que ça laissait beaucoup à désirer. — Ses yeux se plissent légèrement, calculateurs. Ce qui m'amène à la raison pour laquelle je t'ai convoquée aujourd'hui.

Ça y est. Le guet-apens. Je me redresse, essayant de paraître calme, ou du moins, moins susceptible de prendre mes jambes à mon cou.

— Compte tenu de tes antécédents, dit Vanessa, nous aimerions te proposer un poste de directrice éditoriale. Avec effet immédiat. — Elle dit cela avec un tel naturel, comme si elle me demandait si je voulais du lait dans mon café.

Mon cœur rate un battement. Directrice éditoriale. Ces mots devraient me procurer un sentiment de triomphe, de reconnaissance. Mais à la place, un malaise insidieux s'enroule au creux de mon ventre. Directrice. Autrement dit, responsable. Autrement dit, visible.

— Waouh, j'arrive à articuler, ma voix calme et posée. À l'intérieur, c'est le chaos. C'est... une offre incroyable.

— Oui, en effet, acquiesce Vanessa, avec le genre d'assurance qui suggère que ce n'est pas négociable. Nous avons besoin de quelqu'un qui puisse dénicher des perles rares, les faire grandir et prendre des risques. — Son regard me cloue sur place, me défiant de sourciller. Tu as prouvé que tu avais l'instinct – et la ténacité – pour faire exactement ça. Le livre de Rory en est la preuve.

J'hoche de nouveau la tête, qui bouge comme si elle était détachée du reste de mon corps. Mes pensées sont un enchevêtrement de fierté et de panique. De la fierté parce que, eh bien, *allô*, étape majeure dans une carrière. De la panique parce que j'entends déjà les chuchotements : *Elle a eu de la chance.*

— Bien sûr, poursuit Vanessa, inconsciente de la fête du syndrome de l'imposteur qui fait rage dans mon cerveau, ce poste exigera un certain degré d'audace. Promouvoir de nouveaux auteurs signifie prendre des risques, pour eux et pour toi-même. Es-tu prête pour ça ?

Est-ce que je le suis ? Ma poitrine se serre. Je devrais dire oui. Oui, je suis prête à transformer un talent brut en or pour les classements de best-sellers. Oui, je vais relever le défi. Oui, bien sûr, ma place est ici. Mais la vérité, c'est que je n'en sais rien. Car et si j'échouais ? Et si le livre de Rory n'était qu'un coup de chance, et que je n'étais qu'une usurpatrice armée d'un stylo rouge, douée pour faire semblant ?

— Absolument, dis-je à la place, car apparemment, ma bouche n'a aucun égard pour ma crise existentielle.

— Bien. — Vanessa sourit de nouveau, plus largement cette fois, mais tout aussi intimidante. Nous l'annoncerons officiellement lors de la réunion du personnel de vendredi. D'ici là, commence à réfléchir à ton premier projet. Je veux quelqu'un d'inattendu. Quelqu'un avec un potentiel que toi seule peux voir.

— Entendu, dis-je, bien que mon cerveau hurle : *Mission avortée ! Mission avortée !* L'idée de sélectionner de nouveaux talents est exaltante et absolument terrifiante. Et si je choisissais la mauvaise personne ? Et si je ruinais sa carrière avant même qu'elle ait commencé ?

— Félicitations, Lara, dit Vanessa en se levant et en me tendant la main. C'est amplement mérité.

— Merci, je réponds, imitant son geste et lui serrant la main avec, je l'espère, un sang-froid professionnel et non un désespoir pur et simple.

En quittant la salle de réunion, j'ai l'impression que mes jambes avancent sur pilote automatique.

— Félicitations, Lara ! — lance quelqu'un d'une voix guillerette alors que je passe devant la salle de pause, sa voix peinant à percer le bruit du sang qui bat dans mes oreilles. Je parviens à esquisser un sourire crispé et à lever la main dans ce qui se veut un vague salut, mais mon rythme ne faiblit pas. Si je m'arrête, je risque de m'effondrer en mille morceaux de doute en plein milieu des couloirs très brillants et très publics de Scott & Drake.

L'endroit est plein de vie : des assistants se pressent avec des piles précaires de manuscrits, des éditeurs se serrent dans les encadrements de portes pour débattre de maquettes de couverture, le bourdonnement des imprimantes crachant des contrats qui changeront probablement la vie de quelqu'un. Tout est si familier, et pourtant aujourd'hui, j'ai l'impression de traverser cet univers dans une peau qui n'est pas la mienne, comme une usurpatrice essayant de se fondre dans un monde où elle a atterri par accident.

— Directrice éditoriale, j'essaie mon nouveau titre en contournant un groupe de stagiaires agglutinés autour de la machine à café. Les mots sonnent étranges, voire absurdes, comme s'ils appartenaient à quelqu'un d'autre. Quelqu'un qui n'est pas secrètement terrifié à l'idée d'être démasqué.

Le temps d'arriver à la réception, mes pensées sont un méli-mélo de *et si* et de *comment diable*.

Comment diable me suis-je fourrée là-dedans ? Et si Vanessa avait fait une erreur ? Et si je ne parviens pas à être à la hauteur de ses attentes ?

La brise fraîche me frappe dès que je mets le pied dehors, chassant l'air étouffant du bureau. Je m'arrête sur le trottoir, laissant le bruit de Londres m'envahir. C'est chaotique, mais étrangement rassurant, comme si la ville elle-même me rappelait d'inspirer, d'expirer, de recommencer.

Je lève les yeux vers le ciel, gris et lourd de nuages, puis je les baisse vers le bout poli de mes chaussures. Mes mains se posent sur mes hanches, et je ferme les yeux un instant, essayant de noyer la tempête qui fait rage dans ma tête.

Reprends-toi, Yates. Mais ces mots ne s'ancrent pas en moi. Au lieu de ça, mes pensées divaguent vers Rory — son assurance habituelle qui se fissure comme une vieille peinture, sa confession murmurée au détour d'un verre de vin tard dans la nuit sur le fait qu'il n'était pas sûr que son nouveau livre soit « à la hauteur ». Qu'il n'était pas sûr que *lui*, il soit à la hauteur.

Et maintenant, plantée là sur le trottoir bondé, je comprends. Mon Dieu, et comment si je comprends.

Parce que j'ai eu beau le rassurer à l'époque, lui dire qu'il n'avait rien à prouver, la vérité, c'est que je ne suis pas sûre que je croirais ces mots si quelqu'un me les disait. Pas quand chaque parcelle de mon être a l'impression d'avoir été jetée dans le grand bain sans savoir nager.

Le poids de tout ça m'écrase — cette peur que nous ne fassions peut-être que faire semblant, en attendant que quelqu'un s'en aperçoive. Mais ensuite, je pense à la façon dont Rory s'est sorti de cette spirale, comment il a déversé chaque once de doute et d'insécurité dans quelque chose de réel, de tangible. Et peut-être... peut-être que je peux en faire autant.

— Allez, je murmure, en rajustant ma veste et en redressant les épaules. La ville bouillonne autour de moi, mais d'une certaine manière, c'est réconfortant. Comme si peu importait que j'échoue ou que je réussisse ; le monde continuerait d'avancer quoi qu'il arrive.

Je prends une profonde inspiration et fais un pas en avant, me fondant dans le flot de piétons. Le doute me taraude encore l'esprit, mais il y a aussi de la détermination, tenace et implacable. Parce que si Rory peut combattre ses démons, peut-être — juste peut-être — que je peux combattre les miens.

VINGT-QUATRE

Le manuscrit est posé sur ma table basse. Trois cent quatre-vingts pages imprimées en recto simple, double interligne, format A4. J'ai retravaillé, peaufiné, retouché et modifié pratiquement chaque mot à l'écran, mais c'est la première fois que je travaille sur une copie papier. Ma dernière vérification avant de pouvoir affirmer avec certitude qu'il est terminé.

Probablement.

Peut-être.

Ça dépendra de comment se passe cette relecture.

Prenant une profonde inspiration, je tends la main et tourne la page de titre. Ma main tremble légèrement, mais je l'ignore. La première page me dévisage : Chapitre Un.

C'est parti.

Je commence à lire, m'attendant au pire. Me préparant aux clichés, aux métaphores bancales et aux dialogues rigides, mais je découvre que c'est tout le contraire. Une prose concise, intelligente, qui coule si naturellement que j'ai presque du mal à la reconnaître comme la mienne. Pendant une seconde, je me demande si je ne l'ai pas plagié.

Eh bien, ça, c'est... inattendu.

Et puis je continue. Mon cerveau d'éditrice prend les rênes, disséquant chaque mot, chaque virgule, chaque rythme. Je ne peux pas m'en empêcher, c'est ce que je fais. Mais au lieu de trouver un désastre, je trouve une histoire. Un rythme qui fonctionne. Des personnages qui respirent. Et puis arrivent les chapitres les plus récents, ceux que j'ai écrits après que Rory a débarqué dans ma vie tel une tornade trop sûre d'elle.

Ces chapitres-là ? Ils sont vivants.

Je le vois en eux, dans l'esprit charmant de mon héros, dans la vulnérabilité désordonnée de mon héroïne. Son empreinte est partout, et pas parce qu'il m'a donné des notes ou des retours. C'est plus subtil que ça. Il est tissé dans la trame même de l'histoire. Des petits moments, des petites vérités, empruntés directement à des conversations que nous ne pensions pas importantes à l'époque.

L'ironie de la situation ne m'échappe pas. Rory a été le premier à transformer notre histoire en fiction, façonnant et tordant des morceaux de nous pour en faire quelque chose de digeste pour les lecteurs, quelque chose qui fasse rêver. Et maintenant, me voilà en train de faire exactement la même chose.

Sauf que... c'est différent.

Parce que ce n'est pas une performance. Je ne suis pas en train de sculpter une romance parfaite et papier glacé à partir de nous. Il n'y a pas de résolution parfaite en trois actes, pas de grande déclaration au moment opportun. Il ne s'agit pas de transformer la douleur en une histoire d'amour parfaitement commercialisable. Il s'agit de la comprendre. De le comprendre. De me comprendre.

— Bien sûr que tu allais débarquer ici aussi, je me moque en secouant la tête tout en tournant la page. Tu ne peux pas t'en empêcher, n'est-ce pas ?

Mais même en levant les yeux au ciel, il est impossible de nier la chaleur qui éclot dans ma poitrine. Parce que quelque part en cours de route, ceci a cessé de ressembler à un exercice d'autoflagellation pour commencer à ressembler à... de l'espoir.

Je tourne une autre page, mes doigts estompant légèrement l'encre. Les mots se brouillent un instant, et je cligne des yeux avec force pour les faire redevenir nets. Je suis là-dessus depuis des heures maintenant, ou peut-être des minutes ; le temps semble élastique quand on essaie de décider si on est brillante ou complètement folle. Quoi qu'il en soit, une chose est claire : Rory a peut-être pris des morceaux de moi pour les transformer en fiction, mais il n'a fait qu'emprunter. Moi, j'ai pris des morceaux de lui et j'ai compris.

Et c'est pourquoi, cette fois, c'est différent.

La scène que je lis est l'une des plus récentes, l'une des apparitions involontaires de Rory. Mon héroïne fait les cent pas dans son appartement, se disputant au téléphone avec le héros. Leurs joutes verbales sont excellentes, mais chargées de quelque chose de plus lourd, de non-dit. C'est bon. *Vraiment* bon. Le genre de dialogue qui vous pousse à vous pencher, qui vous donne l'impression d'écouter aux portes d'une conversation réelle.

— D'accord, dis-je à voix haute, car apparemment, j'ai atteint le stade où je réponds à mon propre manuscrit. Ce n'était pas si mal.

Pas si mal se transforme rapidement en *en fait plutôt génial* tandis que je continue, chaque page m'entraînant plus profondément dans ce monde que j'ai construit, morceau par morceau minutieux. Bien sûr, il a besoin d'un tiers, d'un autre éditeur pour repérer les défauts. Mais ce qui fonctionne, c'est... un peu tout, en fait. Il y a une voix ici, un rythme. Des personnages qui semblent être des personnes, pas des marionnettes. Il y a du cœur.

Au moment où j'atteins la fin du chapitre, je suis assise plus droite, mon cerveau d'éditrice inhabituellement silencieux. Pour une fois, il ne décortique pas, ne remet pas en question. À la place, quelque chose de complètement différent s'est insinué : une sensation que j'ai passé des années à fuir. La fierté.

C'est là que ça me frappe : *ce n'est pas juste bon. C'est* digne d'être lu.

Et cette pensée ? Cette simple étincelle de validation ? Elle est à la fois exaltante et terrifiante. Parce que si c'est digne d'être lu, si *je* suis digne, alors je n'ai plus d'excuse. Plus de bouclier derrière lequel me cacher, plus de blagues pleines d'autodérision sur le fait que je ne suis « qu'une » éditrice qui écrit à ses heures perdues. Si je crois en cette histoire, même un tout petit peu, je vais peut-être devoir vraiment faire quelque chose.

Je pose les pages, me levant brusquement. Mon cœur bat fort, trop fort, comme si le son seul pouvait briser cette fragile prise de conscience. Le manuscrit reste là, tranquillement accusateur, pendant que je fais les cent pas dans mon salon. Un pas, deux pas, demi-tour. Je rince et je recommence.

— Le soumettre ? Je marmonne à voix basse. Bien sûr. Pourquoi pas ? Tant qu'on y est, autant m'ouvrir la poitrine et tendre à quelqu'un mon cœur encore battant.

Parce que c'est ce que ce serait, n'est-ce pas ? Soumettre ce manuscrit signifie inviter quelqu'un d'autre à tout voir, tout de moi, les parties que j'ai gardées cachées si longtemps que j'ai presque oublié qu'elles existaient. Cela signifie le risque. La vulnérabilité. Une humiliation potentiellement catastrophique.

Et pourtant... je ne peux m'empêcher de penser à Rory. C'est lui qui m'a dit il y a des mois, entre deux ébauches de son propre livre : « C'est la peur qui signifie que tu tiens quelque chose. Personne n'a peur de la médiocrité. » À l'époque, j'avais levé les yeux au ciel si fort que j'avais cru me faire une entorse, mais maintenant ? Maintenant, j'ai l'impression qu'il s'adressait directement à moi, comme s'il savait d'une manière ou d'une autre que ce moment arriverait.

Rory comprend. Il sait ce que c'est que de poursuivre quelque chose qui semble à la fois trop grand, trop personnel et trop impossible. Il sait ce que c'est que de se lancer, même quand chaque instinct vous hurle de vous faire discrète, de ne pas prendre de risques. Et pourtant, il le fait. À chaque fois.

— Ça doit être agréable, je marmonne, mais sans la moindre amertume. Juste une pointe d'admiration réticente.

Et peut-être un peu d'envie, aussi. Parce que la vérité, c'est que je veux ce courage. Je veux être la personne qui saute le pas, qui croit assez en elle pour risquer la chute. Ou, à tout le moins, je veux savoir que si je me plante en beauté, ce ne sera pas parce que je n'aurai même pas essayé.

Je jette un coup d'œil au manuscrit, posé sagement sur la

table basse, ses pages légèrement cornées et portant le poids indéniable des possibilités. Mon estomac se noue, un mélange d'angoisse et d'espoir.

Alors. Tu vas faire quoi ?

La question flotte dans l'air, sans réponse mais bien vivante, me mettant au défi de trouver le courage d'y répondre.

Il est prêt. Ou du moins, aussi prêt qu'il ne le sera jamais. J'ai passé des semaines à le peaufiner, à douter, à me convaincre qu'il avait besoin d'une dernière relecture. Mais la vérité, c'est que ce ne sont pas les corrections qui me font peur, c'est ce qui vient après. La soumission. Le jugement. L'échec public.

C'est exactement pour ça que je ne peux pas l'envoyer à qui que ce soit chez Scott & Drake. S'ils le rejetaient, je devrais me présenter au travail chaque jour en sachant que mes collègues — *les gens qui me voient comme l'éditrice, celle qui corrige les histoires, pas celle qui les écrit* — savent que je n'ai pas été à la hauteur. Et s'ils l'acceptaient ? Je ne saurais jamais si c'est parce que le livre le méritait ou s'ils se sentaient simplement obligés.

Je l'envoie donc plutôt à un agent littéraire. Un regard neuf. Quelqu'un qui ne me connaît pas, qui se fiche des politiques de bureau, et ne s'intéresse qu'au travail. Parce que si ce livre a une chance, je veux qu'il puisse se défendre par lui-même. Et si ce n'est pas le cas ? Je dois être la seule à le savoir.

Le curseur clignote comme pour me narguer, me mettant au défi de me dégonfler. Mes mains planent au-dessus du clavier, tremblant légèrement ; pas à cause de la caféine cette fois, mais à cause de quelque chose de plus lourd, de plus brut. La peur, peut-être. Ou l'espoir. Les deux se ressemblent tellement quand ils sont si proches.

La première étape est assez simple : ouvrir le portail de soumission. Le site web charge lentement, chaque roue qui tourne est une nouvelle occasion pour le doute de s'insinuer. Mais je ne le laisse pas faire. Pas cette fois. À la place, je me concentre sur la mécanique — le clic de la souris, la frappe des touches — comme si décomposer l'action en petites tâches m'empêchait de prendre conscience de l'ampleur de ce que je suis sur le point de faire.

Je saisis le titre du livre dans le champ prévu. Mes doigts hésitent une demi-seconde avant que je ne les force à continuer. *Auteure. C'est moi, je suppose.*

Je lis : « Téléchargement du fichier », avant de faire glisser le fichier contenant les trois premiers chapitres dans la case bleue lumineuse. Ma poitrine se serre tandis que la barre de progression avance, les secondes s'étirant à l'infini. Enfin, je colle ma lettre de présentation. Ça y est. Le point de non-retour.

Avant de pouvoir y réfléchir davantage, j'appuie sur « Envoyer ».

Un léger son de « whoosh » se fait entendre alors que le fichier disparaît dans le cyberespace, et pendant un instant, tout devient immobile. Silencieux. Comme si l'univers lui-même retenait son souffle avec moi.

Et puis, ça me frappe : une montée d'adrénaline si violente qu'elle m'en donne le vertige. Je me penche en arrière sur ma chaise, expirant d'une traite tremblante tandis que l'énormité de ce que je viens de faire m'envahit. C'est parti. Dans la nature. Irrécupérable. Mon travail, mon cœur, mon risque... tout est maintenant entre les mains de quelqu'un d'autre.

Un rire jaillit de façon inattendue, me surprenant par sa clarté. Ce n'est pas du soulagement, pas exactement, ni même du triomphe. C'est quelque chose qui se rapproche de la liberté, qui se déroule en moi comme un ruban enfin libéré de son nœud. Pour la première fois depuis des années, je me sens... légère.

Je regarde par la fenêtre, où les lumières de la ville scintillent contre le ciel nocturne comme de minuscules points de possibilité. Quelque part, là-dehors, quelqu'un lira peut-être bientôt mes mots, les jugera. Et, je l'espère, les appréciera.

Je me lève, étirant la tension qui s'est enroulée dans mes épaules comme des ressorts. Ma chaise grince en signe de protestation derrière moi alors que je la repousse. Il fait calme ici, trop calme. Le genre de calme qui vous rend hyperconsciente de votre propre souffle, de vos propres pensées. Le bourdonnement du réfrigérateur dans la cuisine est soudainement assourdissant.

Le voyage n'est pas terminé. Et puis merde, ce n'est peut-être que le début. Mais là, debout, pieds nus dans mon salon, à fixer le message de confirmation sur mon écran, je me sens enfin prête. Prête pour tout. Quoi qu'il arrive, je pense que ça ira.

VINGT-CINQ

Southbank bourdonne de vie, une symphonie chaotique de musiciens de rue, de bavardages, et du cri occasionnel d'un bambin surexcité. J'essaie de me concentrer sur la voix de Danny alors qu'il se faufile dans la foule à côté de moi, les mains nonchalamment fourrées dans les poches de sa veste.

— C'est moi, dit-il en esquivant un skateur imprudent avec la grâce de quelqu'un habitué au chaos de la ville, ou est-ce que cet endroit donne toujours l'impression que tout le monde a collectivement décidé d'oublier le concept d'espace personnel ?

— C'est Londres, quoi, je réponds en contournant un couple qui prend des selfies avec une statue vivante. Un cours magistral sur la gestion de la proximité.

— Une mauvaise gestion de la proximité, plutôt.

Nous marchons quelques pas de plus avant que la tête de Danny ne pivote vers quelque chose droit devant. Son expression s'illumine comme celle d'un enfant qui aperçoit le Père Noël, ce qui me met immédiatement sur mes gardes. Ce regard est synonyme de problèmes.

— Ah, voilà *ce que* je voulais, annonce-t-il, bifurquant légèrement sur la droite sans attendre ma réponse. Mon regard suit le sien et atterrit sur... bien sûr... un stand de glaces. Peu importe que nous venions de déjeuner il y a à peine vingt minutes.

— N'y pense même pas, je l'avertis, bien que mon ton

manque de véritable mordant. Il est déjà en train de parcourir le menu comme si c'était la pierre de Rosette.

— Allez, Lara, dit-il en traînant sur mon nom de cette façon mélodramatique qu'il sait m'irriter. La vie est trop courte pour passer devant une glace à l'italienne sans reconnaître son existence.

Je lève un sourcil. — On vient littéralement de manger. Genre, *à l'instant*.

— Détails, balaie-t-il mon objection d'un geste en s'approchant pour inspecter les options. D'ailleurs, le dessert, ce n'est pas une question de faim. C'est une question de moral. Et mon moral me dit que j'ai besoin d'une double boule caramel au beurre salé avec des vermicelles.

— Des vermicelles ? je répète, incrédule, parce que bien sûr, *il* serait le genre de personne à commander des vermicelles comme s'il avait huit ans. Tu te rends compte que tu es un adulte, n'est-ce pas ?

— Bien sûr, dit-il nonchalamment, en me jetant un regard par-dessus son épaule. Mais à quoi ça sert d'être un adulte si on ne peut pas se comporter comme un gamin de temps en temps ? Tu devrais essayer un jour. Ça pourrait te décoincer.

— Sans moi, merci. Il y a quelque chose de presque contagieux dans son enthousiasme, même quand il vise quelque chose d'aussi ridicule que de la glace.

— Comme tu veux, répond-il avec un haussement d'épaules exagéré. Mais ne viens pas pleurer dans mes jupes plus tard quand tu seras frappée de jalousie pour mon dessert. Tu n'y goûteras pas.

— Oui, je m'en remettrai, je dis en croisant les bras tandis que je le regarde s'avancer pour passer sa commande. Le vendeur lui tend un cornet sur lequel s'empilent de façon précaire des volutes dorées et — eh oui — une quantité absurde de vermicelles multicolores et de coulis de framboise. Danny en prend une bouchée triomphante, puis se retourne vers moi avec le genre d'expression satisfaite digne d'une publicité.

— Tu vois ? Du bonheur à croquer. Il tend le cornet vers moi en guise d'offrande. Une seule bouchée. Juste une. Je te promets que ça ne compromettra pas ta façade d'éditrice sévère.

— Hors de question, je dis. Il me connaît trop bien pour prendre tout ce que je dis au pied de la lettre, et la vérité, c'est que je ne suis pas vraiment agacée. Amusée, peut-être. Charmée à contrecœur, sans aucun doute.

— Tant pis pour toi, lance-t-il d'un ton chantonnant, revenant à mes côtés en flânant, tel un homme qui n'a nulle part où aller et tout son temps. Le soleil se prend dans ses cheveux ondulés, la brise ébouriffe sa veste alors qu'il lèche une autre cuillerée de caramel sur le dessus de son cornet. Il a l'air si parfaitement à l'aise, si complètement indifférent à l'énergie frénétique qui bourdonne autour de nous, que je l'envierais presque. Presque.

— D'accord, mais question hypothétique, je dis alors que nous reprenons notre marche côte à côte. Qu'est-ce qui se passe si tu fais tomber ce truc ? Est-ce que je devrai faire semblant de ne pas te connaître ?

— C'est audacieux de ta part de supposer que je laisserais une telle tragédie se produire, rétorque-t-il, en brandissant le cornet comme s'il s'agissait d'un artefact sacré. C'est un lien forgé dans la confiance, Lara. Entre un homme et sa glace.

— C'est ça, je dis en levant les yeux au ciel. Et moi qui pensais que tu réservais ta loyauté aux humains.

— Les humains sont surfaits, déclare-t-il, puis il m'adresse un rapide sourire. À l'exception de la personne ici présente, évidemment.

Danny dévie brusquement vers la gauche, manquant de percuter un homme tenant un bouquet entier de tournesols. Je m'arrête net, le regardant se concentrer sur l'un des stands de livres d'occasion comme s'il s'agissait d'un coffre au trésor caché. Son cornet de glace — miraculeusement intact — pend dangereusement de sa main, mais l'autre est déjà en train de saisir un livre de poche usé, posé en biais.

— Ah, dit-il, en retournant le livre de manière théâtrale comme s'il inspectait le Saint Graal. Le voilà. Le joyau de la couronne que je cherchais : « Le Guide Définitif de la Célébrité

Littéraire Prétentieuse par Rory Keane ». Il m'adresse un sourire diabolique, tapotant la couverture poussiéreuse de son index.

— Très drôle, je dis, en m'approchant malgré moi. Le livre n'est même pas de Rory — c'est un vieux manuel de développement personnel — mais la performance de Danny m'a arraché un petit sourire avant que je puisse l'en empêcher. Il le remarque, bien sûr. Il remarque toujours tout.

— Allez, admets-le, dit-il, en agitant le livre vers moi comme si c'était la preuve de ma culpabilité. Tu espères secrètement que je vais trouver une copie pirate de son prochain grand succès avant le lancement officiel. Peut-être quelque chose intitulé *Comment Ne Pas Être Un Connard*.

— Premièrement, ça exigerait que Rory finisse ses brouillons sans que je lui tienne la main, je réplique, bien que mon estomac se noue inconfortablement à la mention du lancement. Je baisse les yeux sur les dos des livres soigneusement alignés sur l'étal, feignant de l'intérêt pour un Agatha Christie abîmé. Deuxièmement, tu n'es pas drôle.

— Vraiment ? Danny hausse un sourcil et se penche vers moi d'un air conspirateur. Parce que ce petit mélange de grognement et de lever les yeux au ciel à l'instant ressemblait à un rire qui essayait de s'échapper. Ne lutte pas, Lara, abandonne-toi au rire. Libère les gloussements.

— Crois-moi, ce n'est pas du rire. C'est du désespoir. Je sais ce qui va suivre. Je le sens qui se prépare dans la façon dont Danny me regarde, sa taquinerie changeant de registre pour devenir quelque chose de bien plus délibéré.

— Du désespoir ? À propos du lancement du livre, tu veux dire ? Son ton est faussement désinvolte, mais il n'y a pas à se méprendre sur l'intention derrière ses mots. Il replace le livre au hasard sur l'étagère sans regarder, toute son attention se posant carrément sur moi. Tu as évité d'en parler toute la journée. Tu pensais que je ne remarquerais pas ?

— Peut-être que je ne veux juste pas t'ennuyer avec les drames de l'édition.

— Bien essayé. — Danny se rapproche, me bloquant entièrement la vue sur les livres. Non pas que je les lisais vraiment. —

Mais on sait tous les deux que ce n'est pas ça. Alors, c'est quoi le problème ? Tu as peur d'être sous les feux des projecteurs ? Ou est-ce que c'est Rory lui-même qui te donne envie de simuler ta propre mort et de fuir le pays ?

— Ni l'un ni l'autre, je mens, d'une voix trop rapide, trop sur la défensive. — Je vais très bien. C'est juste... que ce n'est pas mon truc, c'est tout.

— Mouais. Bien sûr. Et j'imagine que le fait que tu te mettes pratiquement à trembler dès que j'en parle, c'est juste... quoi ? Une nouvelle petite manie amusante ?

— Laisse tomber, Danny, je le préviens, mais ma tentative de fermeté tombe aussi à plat qu'un avion en papier détrempé. Il ne bouge pas d'un pouce, son expression s'adoucit, mais il reste insistant.

— Écoute, je comprends, dit-il, sa voix baissant juste assez pour me clouer sur place. — Les grands événements, les gens mielleux, toute cette ambiance du genre « hé, regardez-moi tous »... ce n'est pas vraiment l'idée que Lara Yates se fait d'une bonne soirée. Mais éviter la situation ne va pas arranger ce qui te tourmente dans ton esprit qui analyse tout à l'excès. C'est aussi ta soirée.

Je me détourne comme si la vue sur la rivière pouvait m'offrir une échappatoire à son interrogatoire.

— Ce n'est pas le lancement en soi, d'accord ? C'est... tout ce qu'il y a autour. Rory, le livre, le fait que je... — J'avale difficilement. Ma gorge se serre et ma voix baisse d'un ton. — Le fait que j'ai pratiquement dû lui arracher ce livre des mains. Et maintenant, je dois rester là et faire comme si j'en étais fière. De lui.

— Attends, dit Danny, s'arrêtant net. Il fait un pas pour se placer légèrement devant moi, me forçant à ralentir aussi. — Tu as dû le lui arracher ? Qu'est-ce que ça veut dire au juste ?

— Exactement ce que ça veut dire, je réponds en faisant un vague geste de la main. — Tu as la moindre idée de la part de ce livre qui vient de *moi* ? Structurer les scènes, corriger les dialogues, les notes détaillées sur ce qui devait être changé...

— Mais, corrige-moi si je me trompe, ce n'est pas ça le travail d'une éditrice ?

— Si, mais d'une manière ou d'une autre, à travers tous les changements et les réécritures, il m'a en quelque sorte injectée dans le livre, il nous a injectés. Il nous a transformés en personnages et les personnages en nous.

— Et le résultat est une super histoire. Tu l'as dit toi-même.

— Ça l'est. Sans conteste, c'est la meilleure chose qu'il ait jamais écrite.

Danny me jette un regard de côté, vraiment perplexe. — Pardon, et c'est un problème parce que... ?

— Parce que je ne veux pas être un personnage dans l'histoire de quelqu'un d'autre. Je ne veux pas que d'autres lisent des bribes de ce que je dis quand je suis heureuse, ou fatiguée, ou furieuse.

— Est-ce que tous les écrivains n'empruntent pas à la vie réelle ?

— Peut-être que si, mais... — J'hésite, les mots restant brièvement coincés. — Mais il y a l'autre partie. La partie où je sais des choses sur Rory que personne d'autre ne sait. Des choses qui rendent tout ce succès... creux. Comme si j'avais aidé à construire une maison en sachant que les fondations étaient fissurées.

— OK, arrête. — La voix de Danny claque et soudain, il est devant moi, me barrant complètement le chemin. Je manque de lui rentrer dedans, reculant d'un pas en titubant.

— Sérieusement ? je dis en le fusillant du regard. — Qu'est-ce que tu fabriques ?

— Je veux en venir à quelque chose. — Son ton est léger, mais pas son expression. Il se plante fermement, les bras croisés sur sa poitrine comme s'il me mettait au défi d'essayer de passer.

— Faire quoi ?

— Ce truc que tu fais. Ce truc où tu te persuades que tu es la méchante dans l'histoire de tout le monde. Comme si tu étais une sorte de marionnettiste éditoriale tirant les ficelles, et que le pauvre Rory Keane n'était que ta marionnette involontaire. — Il secoue la tête, exaspéré. — Lara, allons. Tu sais que ce n'est pas vrai.

— Ah oui ? je rétorque en croisant les bras pour l'imiter. — Parce que j'ai vraiment l'impression d'avoir franchi une limite quelque part. Si les gens savaient à quel point ce livre vient de m-...

— Arrête, dit-il à nouveau, plus fermement cette fois. Ses yeux rencontrent les miens, stables et sans ciller. — Tu n'as franchi aucune limite. Tu as fait ton travail. Mieux encore, tu t'es surpassée, comme tu le fais toujours. Et ouais, peut-être que Rory s'est plus appuyé sur toi que la plupart des auteurs, mais ce n'est pas de ta faute. C'est de la sienne.

J'ouvre la bouche pour argumenter, mais il lève une main pour m'interrompre. — Non. Ne commence même pas. Tu n'es pas en faute, tu ne rabaisses personne, et tu n'es certainement pas responsable de la crise existentielle que Rory Keane peut traverser concernant son processus créatif. Tu as le droit, — il insiste sur le mot comme si c'était un concept étranger, — d'être fière de ce que tu as apporté sans te sentir coupable. Parce que devine quoi ? Sans toi, ce livre ne serait pas à moitié aussi bon qu'il l'est.

— La barre n'est pas très haute, je réponds en fixant le trottoir.

— Ne fais pas ça, dit Danny doucement en se rapprochant. Sa voix s'adoucit, mais sa posture ne change pas. — Ne minimise pas ça. Tu es brillante, Lara. Et tu mérites d'être reconnue pour tout ce que tu apportes, même si ça te met mal à l'aise, même si ça te fiche une trouille bleue. Parce que se cacher éternellement dans les coulisses ? Ce n'est pas de la brillance. C'est de la peur.

Je croise les bras fermement contre ma poitrine, le signal universel pour : *cette conversation est terminée.*

Mais Danny ne cède pas. — Rory Keane te doit son âme, d'accord, peut-être la moitié de son âme. Et ce lancement ? Il ne s'agit pas de venir pour flatter l'ego de Rory ; il s'agit de venir pour quelque chose que tu as aidé à créer. Grosse différence.

— Pas pour moi, je grogne, mon regard se portant sur la rivière. L'eau ondule contre les berges et, une seconde, je voudrais pouvoir m'y dissoudre. Juste sombrer dans le courant et le laisser m'emporter loin, très loin. Quelque part où ni Rory Keane ni son stupide chef-d'œuvre littéraire surmédiatisé n'existent, et cette conversation non plus.

Danny soupire, le son est exagéré mais pas méchant. — Et si

on faisait comme ça : tu n'es pas obligée de rester jusqu'au bout. Tu te pointes, tu hoches la tête d'un air entendu pendant sa lecture, tu fais la conversation polie pendant vingt minutes maximum, puis tu te faufiles par la porte de derrière quand ils commenceront à faire la queue pour faire dédicacer leurs livres. Mieux encore, je t'aiderai même à planifier l'itinéraire de fuite. On calculera le timing parfaitement pour que tu puisses disparaître pendant que tout le monde sera distrait par les petits-fours.

Je lève les yeux vers lui, plissant les paupières d'un air soupçonneux. — Tu essaies de m'appâter avec une stratégie de sortie anticipée ?

— Oui, répond-il sans hésiter. — Et avec à manger. Parce que je te connais, tu seras trop stressée pour manger avant, alors on passera quelque part après pour prendre des raviolis de célébration ou quelque chose du genre. Tu choisis.

Mes bras se desserrent juste un peu, mais je garde un ton glacial. — Tu es vraiment déterminé à me faire aller à ce truc, hein ?

— Te forcer ? Non. — Il sourit, se penchant légèrement comme pour partager un secret. — T'encourager vivement avec du charme, de la persuasion et une logique à toute épreuve ? Absolument.

VINGT-SIX

J'entre dans le hall principal du Muséum d'histoire naturelle et j'ai immédiatement l'impression de m'être égarée sur le plateau de tournage d'un film qui n'est pas le mien. Ce soir, la majestueuse architecture victorienne baigne dans un éclairage chaud et soigneusement orienté vers le haut, projetant des ombres qui dansent sur les piliers de marbre et les plafonds voûtés. La grandeur du musée est saisissante en soi, mais associée aux efforts méticuleux de notre équipe marketing, l'endroit semble carrément magique.

Au-dessus de moi, l'énorme squelette d'une baleine bleue — Hope, comme le musée l'a baptisée — est suspendu au plafond, sa carcasse colossale figée dans un plongeon éternel. Les os, reflétant le bleu et le rose de notre éclairage événementiel, s'étirent sur toute la longueur du hall, jetant des ombres allongées sur les murs.

Plus loin, un géant préhistorique se dresse — une cage thoracique de dinosaure s'arquant au-dessus de nos têtes comme les vestiges d'un naufrage, ses vertèbres formant une épine dorsale ancienne et déchiquetée contre les panneaux de verre et la pierre dorée.

Les squelettes sont suspendus par des câbles quasi invisibles, donnant l'illusion étrange que les créatures sont en plein vol, cherchant désespérément à obtenir leur propre place au premier rang pour le lancement du livre.

Je balaie la salle du regard, cherchant quelque chose à faire — à corriger —, mais tout est terminé. Les tables sont impeccablement dressées, le linge de table est impeccable, les centres de table sont subtils mais élégants. Des écrans de projection se dressent gracieusement au-dessus, faisant défiler des images éclatantes de la jaquette du livre, entrecoupées de citations soigneusement choisies tirées des premières critiques élogieuses. Au centre de tout cela se trouve un présentoir brillant et surdimensionné de livres reliés fraîchement imprimés, disposés avec autant de précision que des sculptures dans une galerie. Et là, à côté d'eux, plus grand que nature, le portrait d'auteur de Rory, capturé en noir et blanc — son assurance naturelle rayonnant de la toile comme un phare.

Il ne me reste absolument plus rien à faire. Ma patte d'éditrice est invisible ici, soigneusement dissimulée derrière le vernis du marketing et un éclairage tamisé. Le livre existe sans moi, désormais, et apparemment, Rory aussi.

Je devrais m'en aller. Je *veux* m'en aller. Mes talons pivotent déjà vers la sortie quand, pour une raison inexplicable, je me fige. Bon sang.

Je jette un nouveau regard au présentoir, et au portrait d'auteur à côté.

— Ne fais pas ça, je marmonne pour moi-même, ajustant mes lunettes comme si elles pouvaient d'une manière ou d'une autre me protéger de l'attraction de la curiosité qui ronge ma résolution.

Rory Keane, auteur de best-sellers et ma bête noire professionnelle attitrée. Et aussi, l'homme avec qui j'ai décidé d'avoir une relation de sex-friends, que ni l'un ni l'autre n'a su gérer. Oublions le fait que j'ai sué sang et eau sur chaque version de ce fichu livre, le lui arrachant mot par mot quand il s'est retrouvé sans son co-auteur habituel. Oublions le fait que je l'ai aidé à trouver le cœur de l'histoire dont il fait maintenant la promotion au monde entier. Non. Il s'en est sorti comme une fleur, ne me laissant qu'un ego meurtri, une vive déception et une tenace impression d'inachevé.

Tu vaux mieux que ça, me dis-je en serrant plus fort la lanière de mon sac. — Tu n'as pas besoin de tourner la page. Tu n'as pas besoin de le voir. Tu n'as certainement pas besoin de rester au milieu d'une foule de fans en pâmoison pendant qu'il se prélasse dans l'éclat de son propre génie.

Pourtant, mes pieds restent plantés là. Je fixe à nouveau l'affiche brillante, le nom de Rory en grosses lettres capitales. Rory Keane. L'homme qui n'arrivait jamais vraiment à décider ce qu'il voulait — de ses intrigues, de sa carrière, de *moi*. Et pourtant, contre toute logique, il a tout obtenu quand même.

Bien sûr qu'il réussit. Pourquoi n'y arriverait-il pas ?

Mon téléphone vibre dans mon sac, me ramenant brusquement à la réalité. Je le sors, espérant à moitié une distraction, mais c'est juste un e-mail de rappel pour une réunion demain. Rien d'urgent. Aucune excuse pour partir pour l'instant. Et je cherche des excuses.

Mais est-ce bien le cas ? Parce que la vérité — la vérité brute et dérangeante —, c'est qu'une partie de moi *veut* être ici. Pas parce que Rory me manque (il ne me manque absolument *pas*), mais parce qu'il y a une petite satisfaction mesquine à savoir que j'ai contribué à son succès. C'est moi qui l'ai poussé à creuser plus profond, à écrire quelque chose de vrai. S'il va se tenir là-haut et lire des extraits de *notre* livre, ne devrais-je pas au moins être là pour le voir ?

Et voilà, le nœud du problème. Si je reste, je dois l'affronter. Si je ne reste pas, je passerai la soirée à me demander ce qu'il a dit, comment le public a réagi à la lecture, s'il a remarqué que je n'étais pas là. Dans tous les cas, je suis perdante.

Mes doigts se resserrent sur la lanière, les jointures blanches. Je prends une profonde inspiration, essayant de calmer le tumulte d'émotions qui tourbillonnent en moi. De la peine. De la colère. Une curiosité qui a un goût suspect d'espoir. Rien de tout ça n'a de sens. Tout ça semble trop lourd à porter.

Trouve une excuse bidon et fiche le camp.

La voix est celle de quelqu'un qui refuse de laisser un homme charmant aux belles paroles faire dérailler sa vie plus longtemps.

Mais mes pieds ? Encore une fois, ils refusent de bouger.

Je dérive vers le présentoir de livres, attirée par lui comme un papillon de nuit par une flamme.

Son nom brille en lettres dorées en relief sur les couvertures glacées, criant pratiquement « best-seller ». Parce que c'en est un. C'est vraiment exaspérant.

Mon cœur rate un battement, puis s'emballe dans un rythme inégal. Évidemment. Parce que rien ne dit mieux « tu es complètement passée à autre chose » que de voir son système cardiovasculaire déclencher une insurrection à la vue de son nom.

Le livre est plus lourd que je ne m'y attendais, solide dans mes mains. De toute évidence, aucune dépense n'a été épargnée pour ce premier tirage. Je jette un coup d'œil autour de moi, irrationnellement certaine que quelqu'un me regarde, me juge pour ce moment de faiblesse. Personne ne le fait, bien sûr. L'univers n'est pas si cruel. Juste... assez cruel pour avoir laissé nos orbites entrer en collision au départ.

Mon pouce effleure le bord de la couverture et, avant de pouvoir m'en dissuader, je l'ouvre. Directement à la page de la dédicace. Comme une idiote. Comme quelqu'un qui n'a toujours pas appris la leçon.

Les mots me frappent comme un coup de massue :

À L. Y. —

Pour m'avoir appris ce que signifie écrire avec tout son cœur.

Pour m'avoir vu quand je ne pouvais pas me voir moi-même.

Pour tout. Toujours.

Mon souffle se coupe, comme si on m'avait expulsé l'air des poumons. Pendant une seconde, je reste là, plantée, à fixer la page, les lettres se brouillant jusqu'à ne plus avoir aucun sens. Et pourtant, elles en ont *trop*. Chaque mot est comme une fléchette lancée avec soin, atteignant sa cible avec précision.

— Toujours, je murmure pour moi-même, essayant le mot comme s'il était nouveau, inconnu. Ma gorge se serre alors que quelque chose de chaud et d'insupportable éclot dans ma poitrine. De la colère ? De la tristesse ? De l'espoir ? Mon Dieu, je n'en sais plus rien. Tout est emmêlé, un écheveau d'émotions que je n'ai aucune idée de comment démêler.

— Sérieusement ? je siffle, fusillant la page du regard comme si elle pouvait me répondre. — Il a le droit de faire ça ? Il a le droit de... dédicacer un livre et juste... Je referme brusquement la couverture, serrant le roman contre ma poitrine comme s'il pouvait s'échapper. Mes yeux me brûlent, et pendant un instant terrifiant, je crois que je pourrais vraiment pleurer. Mais non. Pas ici. Pas maintenant.

Je serre le livre plus fort, mes ongles s'enfonçant dans la jaquette. C'est exactement pour ça que je ne voulais pas venir. Pourquoi je m'étais dit que je m'en ficherais. Parce que Rory Keane ne fait jamais les choses à moitié. Ni dans son écriture. Ni dans son charme. Et apparemment, ni dans sa capacité à réduire en miettes mes murs si soigneusement érigés avec un seul foutu paragraphe.

— Tu es tellement idiote, je me chuchote à moi-même, mais les mots manquent de mordant. Ils sonnent creux, même à mes propres oreilles. Mon reflet me dévisage sur la couverture brillante, déformé et tordu, et je déteste à quel point j'ai l'air petite. Vulnérable.

Toujours.

Si j'y pense assez, il perdra son pouvoir. Mais bien sûr, il persiste, s'enroulant autour de moi comme de la fumée, refusant de me lâcher. Maudit soit-il. Maudits soient son stupide talent et ses stupides mots et...

Mes doigts tremblent alors que je repose le livre sur la pile, en prenant soin de ne pas déranger les autres. Mais ça n'a pas d'importance. Le mal est déjà fait. Ces mots sont désormais gravés dans mon cerveau, tatoués à l'intérieur de mes paupières.

— Va-t'en, je murmure, ma voix tremblante mais déterminée. — Contente-toi de t'en aller. Et cette fois, mes pieds obéissent. En quelque sorte. Un pas, puis un autre. Mais le poids dans ma poitrine ne s'allège pas. Au contraire, il s'alourdit, m'attirant vers le bas, me reliant à quelque chose que je croyais avoir laissé derrière moi.

Toujours.

Le mot s'accroche à moi comme une ombre alors que je me dirige vers la sortie.

Le livre me dévisage depuis la pile, exactement là où je l'ai laissé. Son dos est brillant et discret, mais il pourrait tout aussi bien hurler mon nom. Je déteste qu'il soit là, posé innocemment comme s'il ne contenait pas une grenade d'émotions avec mon nom gravé sur la goupille.

Toujours.

Le mot résonne dans mon esprit, s'enroulant sous mes côtes comme un hameçon, me tirant en arrière... ou peut-être en avant. Vers lui.

Je croise fermement les bras sur ma poitrine, ignorant la façon dont mon pouls s'obstine à accélérer. La dédicace... ce n'était pas juste une série de balivernes poétiques enrobées du charme habituel de Rory. Non, c'était intentionnel. Calculé. Une invitation déguisée en adieu. Je peux presque entendre sa voix se faufiler à travers les mots, basse et assurée, me mettant au défi de réagir.

Je ne peux plus assister au lancement maintenant. À quoi est-ce que ça ressemblerait, d'ailleurs ? Est-ce que je traînerais près du fond de la salle, prétendant n'être qu'un visage parmi la foule ? Ou serais-je assez stupide pour marcher droit sur Rory et exiger une explication ? Non. Non, il vaut mieux prétendre que je suis malade et rentrer chez moi. Logique. Professionnel. Sûr. C'est ce que je sais faire, n'est-ce pas ?

Je pousse la porte de sortie latérale, l'air froid de la nuit me frappant la peau comme une gifle. Les rues dehors sont calmes, à l'exception du klaxon occasionnel d'un taxi et du bourdonnement des conversations de groupes se dirigeant vers des projets plus excitants pour un vendredi soir. Je prends une profonde inspiration, pressant mes doigts contre mes tempes. J'ai fait le bon choix. Partir était la seule option. Il n'y a absolument aucune raison de m'infliger le cirque qui se déroule à l'intérieur.

Je suis déjà à mi-chemin du trottoir quand j'entends mon nom.

— Lara !

Je me retourne pour voir Danny s'avancer vers moi à grandes enjambées, l'air tout aussi soulagé qu'exaspéré. Il est légèrement essoufflé, sa veste de costume bleu marine est de travers, et ses cheveux sont en bataille comme s'il s'était battu avec le vent.

— Tu es... Il s'interrompt brusquement, m'observant. —

Attends. Mais où est-ce que tu étais passée, nom de Dieu ? Je n'arrêtais pas de t'appeler. Tu étais censée me retrouver à la station.

Je grimace, réalisant que j'avais mis mon téléphone en silencieux il y a des heures. — Oh. C'est vrai. Oui, désolée pour ça.

Danny plisse les yeux en me regardant, puis jette un œil à la grande entrée du musée derrière moi.

— Attends, tu étais à l'intérieur ?

— Non. Je croise les bras. — Enfin, techniquement, oui. Mais maintenant, je n'y suis plus.

Il expire bruyamment. — Lara, c'est quoi ce bordel ?

— C'est compliqué, je marmonne, détestant déjà la tournure que prend cette conversation.

— Oh, j'imagine bien. Il croise les bras, m'étudiant. — Et par « compliqué », tu veux dire « complètement évitable mais nécessitant une intervention parce que tu es en train de tout suranalyser de manière catastrophique, encore une fois » ?

— Danny...

— Parce que, continue-t-il sur sa lancée, en m'ignorant, tu as fait le plus dur. Tu es venue jusqu'ici.

Je le dévisage. — Ce n'est... pas vrai.

Il a un sourire en coin. — Lara, je te connais.

— OK, d'accord. Oui. Je suis partie. Je soupire, passant une main dans mes cheveux. — Ça me semblait... déplacé. D'être là-dedans. Comme si j'étais complice de tout ça. De le soutenir.

Danny penche la tête. — Ou c'était plutôt que tu as ressenti quelque chose, et que ça ne t'a pas plu ?

Je lui lance un regard noir. — Je n'ai rien ressenti.

— Bien sûr. Il expire. — OK, alors soyons pragmatiques. Tu es éditrice. Tu t'es démenée pour ce livre. Tu as dit toi-même qu'il s'annonce déjà comme un bestseller. C'est aussi ton succès. Tu n'es pas obligée de parler à Rory si tu n'en as pas envie, mais tu devrais être là-dedans. Tu devrais t'approprier ça.

J'hésite, mes doigts s'agitant le long de mon corps. Il a raison, bien sûr. Je déteste qu'il ait raison.

— Et, continue-t-il, on avait un marché. J'ai fait tout ce chemin avec la promesse d'un vin cher et la vague possibilité de potins sur des célébrités. Tu ne peux pas me laisser me débrouiller seul dans une salle pleine de gens de l'édition. Je vais me faire alpaguer par un agent littéraire snob qui ne lit que des romans expérimentaux de 600 pages sur le deuil et le capitalisme.

J'expire brusquement. — Donc, tout ça, c'est à propos de ta souffrance, c'est ça ?

— Évidemment. Il sourit. — Mais c'est aussi à propos de toi. Écoute, je comprends pourquoi tu paniques, mais ce qui est fait est fait. Tu as travaillé sur le livre. Il est sorti dans le monde maintenant. Tu pourrais au moins célébrer le fait que tu as fait un sacré bon boulot.

Je jette un regard en arrière vers la grande entrée du musée.

Danny me donne un petit coup de coude. — Allez, Lara. Fais-le pour moi. Fais-le pour le vin. Fais-le parce qu'au fond de toi, tu sais que tu préférerais regretter d'y être allée plutôt que de regretter de ne pas y être allée.

J'expire lentement, ma résolution vacillant.

— D'accord, je marmonne.

Danny lève les bras en signe de victoire. — La voilà, celle que je connais.

— Tais-toi et marche avant que je ne change d'avis.

Il sourit, passant son bras sous le mien alors que nous nous retournons vers le musée. — Oh, je marche. Droit vers le bar, pour ma souffrance.

Je lève les yeux au ciel, mais en jetant un coup d'œil à ma montre, je m'arrête. — Attends. L'événement ne commence même pas avant une heure.

Danny s'arrête net, scandalisé. — Tu es en train de me dire que je me suis précipité ici, mort d'inquiétude et rempli d'une juste indignation, seulement pour apprendre que nous avons une heure entière à tuer ? Il claque la langue d'un air théâtral en secouant la tête. — Ne t'en fais pas, chère Lara, car j'ai une solution.

— Oh, mon Dieu.

Il se redresse, adoptant son ton le plus grandiloquent. — Nous nous rendrons au Queen's Arms, et l'établissement nous accueillera avec ses meilleures bières et ses meilleurs vins jusqu'à ce que les réjouissances commencent.

Je souffle, amusée malgré moi. — Tu veux juste prendre un verre avant.

— Absolument, dit-il. Et, idéalement, quelques frites. Je ne peux pas supporter un événement littéraire le ventre vide.

J'hésite, mais il me tire doucement par le bras, m'éloignant des marches du musée.

— Allez, viens. Un verre, ça va aider. Pour fortifier l'esprit. Pour noyer le doute. En plus, tu pourras profiter de ma délicieuse compagnie encore un peu plus longtemps.

Je secoue la tête, finissant par céder. — D'accord. Mais si je bois avant un événement professionnel, c'est toi qui paies.

Danny pose une main sur son cœur. — Ce sera un honneur.

Et sur ce, nous nous dirigeons vers le pub, l'estomac toujours noué, mais ma résolution un peu plus ferme.

VINGT-SEPT

Le temps d'arriver au musée, la salle de réception vibre déjà d'énergie, une sorte d'effervescence pleine d'anticipation qui me donne la chair de poule. À peine entrés, je regrette instantanément tout. Chaque, *absolument chaque*, décision qui m'a menée ici. Des talons noirs qui me serrent les orteils à la veste que j'ai attrapée dans une tentative malavisée de me protéger contre ce que la soirée pourrait m'apporter. Rien ne fonctionne. Je me sens toujours exposée. Presque nue.

Danny me donne un coup de coude, un rappel silencieux que je ne suis pas seule dans ce cirque.

— Respire, murmure-t-il, comme s'il s'adressait à un cheval effarouché. Ou au moins, fais semblant.

Il tend la main pour prendre la mienne alors que nous passons devant le vestiaire pour entrer dans la salle principale.

— Belle affluence, dit quelqu'un derrière moi, d'un ton désinvolte, comme si nous parlions de la pluie et du beau temps au lieu de la séance de dédicaces de l'année. Je m'écarte pour les laisser passer et j'entraîne Danny dans un coin de la pièce, en essayant de disparaître.

— J'adore ce que tu as fait de notre poste d'observation. Si on s'accroupit un peu, on pourrait passer pour des plantes décoratives.

Je lui lance un regard noir. — Tu n'étais pas obligé de venir, tu sais.

— Et rater ça ? dit-il en désignant l'opulence qui nous entoure. S'il te plaît. C'est le truc le plus amusant que j'ai fait depuis des années.

Essayer de me cacher ne sert à rien. L'endroit est plein de vie — des gens qui bavardent, rient, sirotent du champagne dans de délicates flûtes — et même si personne ne me regarde, je me sens observée. Trop observée.

Pourquoi suis-je ici, déjà ? Peut-être par curiosité professionnelle. Peut-être par masochisme. Probablement les deux.

Mes yeux parcourent la salle malgré moi, à sa recherche. À la recherche de Rory. Bien sûr qu'ils le cherchent. Parce qu'apparemment, la maîtrise de soi est devenue facultative. Ma gorge se noue, et pas seulement parce que l'air sent le parfum de luxe et l'anxiété. Ce n'est pas mon monde. Pas vraiment. Et pourtant, me voilà, au beau milieu de tout ça, le cœur battant comme si j'attendais quelque chose.

Correction : quelqu'un.

— Une coupe de champagne ? propose Danny en en prenant deux sur la table. Je secoue la tête, et il hausse les épaules. — Oh, eh bien. J'y ai touché maintenant, ce serait impoli de ne pas la boire.

Les lumières baissent légèrement, et le brouhaha des conversations s'atténue alors que Rory monte sur la petite estrade. Il est... *magnifique.* Évidemment. Grand, posé, vêtu de cette combinaison agaçante de confiance décontractée et de charme sur mesure — une veste bleu marine sur une chemise blanche, les manches retroussées comme s'il s'apprêtait à mettre la main à la pâte pour quelque chose de créatif et de profond. Ses cheveux sombres sont savamment décoiffés, un effet qui, je le sais pertinemment, lui prend au moins cinq minutes devant un miroir, à faire semblant que c'est naturel.

— Bonsoir, dit-il, sa voix tranchant le silence, douce et incroyablement posée comme du miel tiède.

La foule se penche en avant — littéralement. Danny applaudit avec enthousiasme. Même moi, je me sens légèrement entraînée vers l'avant, comme par une force magnétique à laquelle je ne peux résister. Génial. Tout simplement génial. Mon plan pour me fondre dans le décor se déroule à merveille.

— Merci à tous d'être ici ce soir pour célébrer la publication de *Fully, Forever*. Son regard balaie la salle, sans se poser sur moi — Dieu merci — mais ma poitrine se serre quand même, une réaction involontaire que je n'ai pas approuvée. — Ce livre est... Eh bien, il est spécial pour moi. Pour de nombreuses raisons.

Je me raidis. Mes paumes sont moites contre le pied frais de la coupe de champagne que je serre comme une bouée de sauvetage. Ne fais pas ça, Rory. Tiens-t'en à ton script. Parle du temps qu'il t'a fallu pour l'écrire, ou de la quantité de caféine consommée pendant les révisions. Fais une blague sur les dates butoirs. N'importe quoi, sauf ce que je crois que tu es sur le point de dire.

Il n'ouvre pas encore le livre. Il repose sur le pupitre tel un secret attendant d'être révélé, sa couverture brillant sous le doux faisceau du projecteur.

— Écrire est toujours personnel, poursuit-il, son ton changeant, plus doux maintenant, presque introspectif. Mais celui-ci... celui-ci m'a mis au défi d'une manière que je n'avais pas prévue.

Mon cœur bat plus fort à ces mots, parce que je sais exactement ce qu'il veut dire. J'étais là pour ça. Pour chaque séance de brainstorming tard dans la nuit. Chaque réécriture. Chaque dispute où son entêtement se heurtait de plein fouet à mon perfectionnisme. Chaque contact, chaque sentiment, chaque désir...

— Parfois, dit Rory, ses mains agrippant maintenant les bords du pupitre, on a besoin d'aide pour trouver son chemin. Une muse, pourrait-on dire. Une inspiration. Quelqu'un qui vous voit — même quand on n'est pas sûr de ce qu'il regarde. Même quand on n'est pas sûr de vouloir qu'il voie qui on est vraiment. Sa voix se brise très légèrement, une fissure que personne d'autre ne remarquerait peut-être, mais moi, oui. Mon Dieu, je la sens dans ma poitrine. Je la sens dans ma main aussi, que Danny serre fort — il est aussi captivé par le discours que tout le monde.

Rory marque une pause. Il y a un changement dans la pièce, un souffle collectif suspendu, et je me rends compte que le mien est coincé quelque part entre ma gorge et ma cage thoracique. Il dévie. J'en suis sûre. L'équipe de communication de Scott & Drake, assise à l'une des tables les plus proches de la scène, s'en rend compte aussi, et leurs visages affichent maintenant cinquante nuances de panique. Ce n'est pas répété. Le Rory que je connais — l'auteur professionnel et policé qui peut charmer n'importe quel public — s'efface pour laisser place à quelqu'un d'autre. Quelqu'un à vif. Vulnérable.

— Avant de lire un extrait du livre, dit-il, en croisant le regard de la foule mais en donnant, d'une manière ou d'une autre, l'impression impossible qu'il ne s'adresse qu'à moi, il y a quelque chose que je dois dire. Quelque chose que j'aurais dû dire il y a longtemps.

Non. Non, non, non. Mon pouls s'accélère, la panique s'enflamme, brûlante, derrière mon sternum. *Rory, ne t'avise pas de—*

La pièce est absolument silencieuse, à l'exception du léger bruissement de quelqu'un qui bouge sur son siège. Ma prise se resserre sur la main de Danny, mes ongles s'enfonçant en croissants dans sa paume, mais il ne la retire pas. Tout ce que je peux faire, c'est le fixer — fixer Rory — et essayer de concilier ce moment avec l'homme que je pensais connaître.

Un silence s'abat sur la grande salle, ce genre de silence empreint d'expectative qui ne survient que lorsque le public sait qu'il va entendre une annonce importante. Rory se tient au pupitre, micro en main, tandis que la couverture géante de *Fully, Forever* resplendit sur les écrans derrière lui. Son assurance habituelle est bien là, mais il y a autre chose aussi — quelque chose de plus lourd.

Je connais ce regard. Je l'ai déjà vu, quand il est au bord d'une idée, hésitant à sauter le pas.

Il expire, balayant la foule du regard, puis se penche légèrement vers le micro. — J'avais préparé un discours pour ce soir. Quelque chose de soigné et charmant, plein des remerciements habituels à mon incroyable équipe de Scott & Drake, à mon agente, Samantha, et bien sûr au Grand Patron là-haut. Et ils le méritent vraiment. Plus que je ne saurais le dire. Son regard effleure la foule au fond de la salle — dans ma direction — avant de continuer.

— Mais il y a quelque chose que je dois dire avant.

Un frémissement de curiosité parcourt l'assistance. Je serre la main de Danny un peu trop fort et cette fois, il pousse un petit cri de douleur et je le lâche. — Ça va, murmure-t-il. Sers autant que tu veux, j'en ai une de rechange.

Rory décroche le micro de son pied et commence à faire les cent pas.

— Pendant des années, j'ai eu la chance de me tenir sur des scènes comme celle-ci pour recevoir des éloges pour mes livres. Des best-sellers. Des adaptations. Des récompenses. Une carrière pour laquelle la plupart des écrivains tueraient. Il marque une pause. — Mais la vérité... c'est que je n'ai jamais fait ça tout seul.

Des murmures parcourent la salle.

Danny se penche vers moi et me chuchote : — Je te jure, si ça se transforme en un de ces grands moments « arrêtez le mariage », je filme.

Je lui lance un regard noir.

Il sourit. — Trop tôt ?

Rory prend une profonde inspiration, puis continue, la voix assurée. — Chaque livre qui porte mon nom sur la couverture — ceux que vous avez lus, aimés, recommandés à vos amis — n'était pas seulement de moi. Dès le tout début, j'avais une coautrice. Quelqu'un qui a mis autant de cœur que moi dans ces histoires, si ce n'est plus. Quelqu'un qui n'a jamais demandé à être créditée, qui n'a jamais réclamé d'être sous les feux des projecteurs.

Il se tourne légèrement, comme s'il la cherchait. — Ma sœur, Aoife, mérite absolument toutes les marques de reconnaissance que j'ai pu recevoir. Probablement plus, même. C'est la meilleure autrice que je connaisse, la meilleure partenaire que j'aurais pu espérer, et la meilleure sœur que l'on puisse souhaiter. Sa voix s'adoucit. — Et j'aurais dû le dire il y a bien longtemps.

La salle est plongée dans un silence de mort. Une seconde s'étire. Puis une autre.

Il bouge, agrippant les bords du pupitre. — Est-ce que ça change quoi que ce soit aux livres ? Est-ce que ça change l'image que vous avez de moi ? Il laisse les questions en suspens, balayant du regard les visages en face de lui. — Peut-être. Peut-être pas. Ce sera à vous d'en juger.

Un temps. Puis, quelques applaudissements clairsemés.

— Merci, Aoife, dit-il, la voix ferme mais chargée d'émotion. — Pour tout.

Je ne peux pas applaudir. Mes mains sont gelées, mon esprit s'emballe. Parce que si Rory peut se tenir là, sous le regard de cent paires d'yeux attentifs, et se mettre à nu comme ça... Quelle excuse ai-je pour continuer à me cacher ?

Les applaudissements faiblissent maladroitement, comme si la foule ne savait pas si elle devait s'engager. Des voix basses s'entrechoquent dans un courant de surprise et de confusion. Quelqu'un près de moi halète doucement — possiblement par théâtralité, possiblement sincèrement — et je jurerais entendre le mot « scandaleux » chuchoté quelque part derrière mon épaule gauche. Danny me tend une flûte de prosecco, et je l'accepte instinctivement.

Je le sens — l'énergie qui change, qui crépite, remplissant l'air comme l'électricité statique avant un orage. Les gens se penchent les uns vers les autres, leur excitation palpable, et pourtant je suis clouée sur place, mon cœur battant comme le solo effréné d'un tambour. Ma tête tourne, essayant de suivre ce qui vient de se passer. Rory Keane — *le parfait Rory Keane*, dont l'image publique est aussi séduisante que ses couvertures de livres — vient de s'ouvrir la poitrine pour offrir au public sa vérité, sanglante et palpitante.

Aoife. Il a dit son nom. Il l'a admis. À voix haute. Devant tout le monde.

Mes doigts se resserrent sur mon verre, la condensation fraîche glissant contre ma paume. J'aimerais être en colère contre lui — pour quelque chose, n'importe quoi — mais l'émotion ne prend pas. À la place, il y a cette douleur terrible, dévorante, qui éclôt sous mes côtes pendant que mon cerveau cherche à reprendre pied.

Danny doit le remarquer, car il retire doucement le verre de mes doigts avant que je ne brise le pied. — Évitons d'ajouter « blessure par verre » au drame de ce soir, d'accord ?

Rory, qui assume ses défauts ? Rory, debout sous ces lumières aveuglantes, en train de se mettre à nu ? Ce n'est plus un homme qui joue la sécurité. C'est... tout autre chose. Et je le maudis de me faire ressentir ça.

— Ce n'est pas tout, dit Rory, sa voix tranchant nettement dans le bruit grandissant.

Le public est maintenant fin prêt. Et c'est à ce moment-là que ça arrive.

Ses yeux trouvent les miens.

Ce n'est pas immédiat ; il parcourt d'abord la salle du regard, comme s'il cherchait, comme s'il avait besoin d'une permission. Mais ensuite, ces yeux verts se verrouillent sur les miens, comme s'ils étaient reliés par un fil invisible, et soudain tout le reste — le faible bourdonnement des conversations, le bruit des pas, même l'odeur trop sucrée du parfum émanant de la femme à côté de moi — se fond dans un bruit de fond.

Danny, qui ne rate jamais une occasion, lance : — Si tu prends tes jambes à ton cou, je simulerai un évanouissement pour faire diversion.

— Une autre personne mérite mes remerciements ce soir, dit Rory, et il y a ce léger tremblement dans sa voix, si infime que la plupart des gens ne le remarqueraient pas. Mais moi, si. Évidemment.

— Quelqu'un qui m'a mis au défi, qui m'a frustré, et qui m'a poussé dans mes retranchements comme je ne l'aurais jamais cru possible.

Oh non. Oh, certainement pas.

— C'est grâce à elle que ce livre en particulier existe, continue Rory, brandissant un exemplaire de *Fully, Forever*, son regard toujours fixé sur moi, inébranlable et implacable. Sa voix baisse, s'adoucit, mais porte encore plus loin. — Non seulement elle a réécrit la majeure partie de ce livre, ce pour quoi je lui dois mes remerciements éternels. Mais elle m'a rappelé à quoi ressemble l'honnêteté. Ce que l'on ressent quand on est courageux. Elle m'a rappelé comment être vulnérable, même quand ça terrifie.

Mes poumons se bloquent. Je ne peux plus respirer. Je crois que je pourrais vraiment m'évanouir ici même, au milieu de ce musée infernal, entourée de Bookstagrameuses d'une vingtaine d'années et d'un type qui porte des bretelles rouges sur une chemise blanche.

Il bouge légèrement, et pour la première fois de la soirée, sa posture ne dégage pas une confiance facile — c'est quelque chose de plus brut, dépouillé de toute mise en scène.

— La vérité, dit-il, la voix assurée malgré la lueur d'incertitude dans son expression, c'est que j'étais bloqué.

Les membres du public se redressent un peu sur leur siège, vraiment attentifs maintenant.

— Je ne parle pas du syndrome de la page blanche. Je veux dire, j'étais coincé. Parce que pour la première fois de ma carrière, j'ai dû faire ça tout seul. J'ai dû me prouver que je pouvais écrire quelque chose sans ma sœur à mes côtés, sans la personne qui a aidé à façonner chaque livre qui a précédé. Mais je n'étais pas prêt. Je ne savais pas comment m'y prendre. — Il déglutit. — Parce que la vérité, c'est que j'avais passé toute ma carrière à écrire sur l'amour, mais je n'avais aucune idée de ce que c'était vraiment. Pas avant elle.

Les mots s'abattent comme une avalanche dans ma poitrine.

La salle est maintenant complètement silencieuse. Personne ne bouge. Personne n'ose.

— J'ai bâti mon succès sur l'idée de l'amour parfait, continue Rory, ses doigts agrippant le pupitre un peu plus fort maintenant. Un amour qui suit une formule toute faite, un amour qui retombe toujours sur ses pattes. Le genre qui a du sens dans une structure en trois actes. Mais ce n'est pas ce que Lara Yates m'a appris.

Oh mon Dieu.

— Elle m'a appris ce qu'est l'amour désordonné. Le genre qui te met au défi. Qui te force à grandir, à être meilleur. Le genre qui n'est ni bien rangé ni prévisible, le genre qu'on ne peut pas emballer dans des clichés et des fins heureuses sur commande. Le genre qui te terrifie. — Il expire d'une voix tremblante, comme s'il se forçait à continuer, malgré le poids qui lui oppresse la poitrine. — Elle a mis mes pages en pièces et a dénoncé chaque mensonge, chaque raccourci paresseux, chaque fois que je m'appuyais sur des clichés au lieu de la vérité. Elle n'a pas seulement rendu ce livre meilleur. Elle m'a rendu *moi* meilleur.

J'ai la gorge nouée. Trop nouée.

Rory bouge, puis me regarde à nouveau droit dans les yeux.

— Et, Lara, dit-il, mon nom tombant de ses lèvres comme une pierre dans un étang calme. Je veux que tu saches quelque chose.

Non. S'il te plaît, ne fais pas ça.

— Travailler avec toi a changé ma vie. — Sa voix baisse, à peine plus qu'un souffle. Puis, plus bas encore, pas pour le public, pas pour personne d'autre que moi.

— T'aimer... — Sa voix se brise, juste un peu, mais assez pour que mes mains se serrent. — T'aimer a été le plus grand risque que j'aie jamais pris. Et la meilleure chose que je ferai jamais.

Le silence qui suit est assourdissant, le poids de ses mots suspendu lourdement dans l'air.

Je suis vaguement consciente de la réaction de la foule — des hoquets étouffés, quelques exclamations audibles — mais tout n'est qu'un bruit de fond par rapport au rugissement dans mes oreilles. Parce que ce n'est pas réel. Ça ne peut pas être réel. Rory Keane, auteur à succès et briseur de cœurs professionnel, n'est pas debout sur une scène devant des dizaines d'inconnus en train d'admettre qu'il m'aime.

Je sens leurs regards sur moi, lourds et insistants, mais je ne peux pas bouger. Je ne peux pas parler. Tout ce que je peux faire, c'est rester là, exposée, pendant que Rory attend, l'espoir et la détermination gravés sur chaque ligne de son visage. Danny ne me met pas la pression, il ne dit rien. Il me serre juste doucement le bras, comme pour me dire sans un mot : *je suis là pour toi.*

L'air semble trop épais, comme si j'essayais de respirer à travers un pull en laine. Mes jambes sont enracinées au sol, même si chaque instinct de mon corps me hurle de *bouger*. En avant, en arrière, n'importe où sauf ici. Les mots de Rory résonnent encore dans mon crâne — « *T'aimer a été le plus grand risque* » — comme un écho cruel conçu pour court-circuiter mon cerveau.

Ça ne peut pas être en train d'arriver.

Une partie de moi a envie de rire. D'un rire hystérique,

presque maniaque, qui me vaudrait probablement d'être escortée dehors par la sécurité. Parce que ça — cette grande et spectaculaire déclaration d'amour devant un public — c'est le genre de choses qu'on voit dans les romans d'amour. *Ses* romans d'amour, plus précisément. Ceux que je passe des mois à corriger, en levant les yeux au ciel devant tous les discours grandiloquents et les proclamations du style « je mourrai sans toi ». Et maintenant, d'une manière ou d'une autre, j'en *vis* un.

L'ironie ne m'échappe pas. Au moins, il reste fidèle à sa marque de fabrique.

— Va-t'en, c'est tout, je murmure pour moi-même, essayant de forcer mes pieds à se tourner vers la porte. Pars. Fuis. Fais *n'importe quoi* sauf rester plantée là comme une biche prise dans les phares pendant que Rory Keane met son âme à nu pour que tout le monde la voie. Pour que *je* la voie.

Mais je ne bouge pas. Mon corps traître reste figé, mes mains agrippant si fort la lanière de mon sac que mes articulations me font mal. Parce qu'autant je veux déguerpir, autant une autre partie de moi — une partie plus silencieuse, plus dangereuse — ne veut pas fuir. Elle veut rester. Elle veut le croire.

Ce n'est pas réel. C'est... un coup de pub. Une manigance. Les justifications s'enchaînent dans mon esprit, faibles et creuses.

Il me regarde toujours — droit sur moi — avec une intensité dont je ne le savais pas capable. Son expression est brute, sans défense, et si douloureusement vulnérable que je ne peux pas détourner le regard.

— Va te faire foutre, Rory. Il n'était pas censé faire ça. Il n'était pas censé faire de *moi* l'histoire.

Mon pouls est un battement de tambour dans mes oreilles. L'attention de la foule est suffocante, leurs murmures comme un grésillement qui se presse contre ma peau. Et pourtant... et pourtant, sous toute la peur, tout le doute, il y a autre chose. Quelque chose de chaud et d'insistant, qui tire sur les bords de ma résolution.

L'espoir.

Ne sois pas stupide. L'espoir est dangereux. L'espoir te fait souffrir. Mais les mots de Rory continuent de tourner en boucle dans mon esprit, têtus et implacables : T'aimer a été la meilleure chose que je ferai jamais.

Danny se penche vers moi, la voix basse et assurée. — Vas-y. — Un seul mot, ferme et implacable. Comme j'hésite, il ajoute : — Tu le regretteras si tu ne le fais pas. Et crois-moi, je n'ai pas la patience de t'écouter analyser ça pendant les dix prochaines années.

Ma gorge se serre, et avant que je puisse me raisonner, je fais un pas en avant.

Puis un autre.

Et encore un autre.

Chaque mouvement semble monumental, comme si je marchais dans des sables mouvants, mais je continue. La foule s'écarte lentement sur mon passage, les visages se fondant dans un flou de couleurs et de sons. Je me concentre d'abord sur le sol — des chaussures brillantes, des talons éraflés, des pieds de chaise, le bord du sac à main de quelqu'un. N'importe quoi sauf Rory. Mais à mesure que je me rapproche, mon regard se lève, attiré vers lui comme un aimant.

Il ne m'a pas quittée des yeux. Pas une seule fois.

J'atteins le bord de la scène. Mes paumes sont moites, et mon estomac est une tempête de nerfs, mais il n'y a plus de retour en arrière possible. Quoi qu'il arrive ensuite, je suis là. Je *choisis* d'être là.

Pour lui. Pour nous. Pour tout ce que cela pourrait être.

Il se tient là, grand et solide, un micro dans une main, son autre main pendant maladroitement le long de son corps comme s'il ne savait pas quoi en faire. Ses yeux sont rivés sur moi, grands et sans défense, et pour la première fois depuis que je le connais, il a l'air... nerveux. Rory Keane, l'homme qui pourrait charmer une salle pleine de critiques littéraires pour leur faire aimer une liste de courses mal écrite, est nerveux. À cause de moi.

— Salut, j'arrive à dire, ma voix à peine plus haute qu'un murmure. C'est absurde, vraiment, parce que je suis presque sûre que la moitié de cette foule a arrêté de respirer juste pour entendre la suite.

— Salut, me répond-il, d'une voix douce et assurée. Ses lèvres tressautent, comme s'il voulait sourire, mais n'osait pas tout à fait. Et mon Dieu, je crois que je l'aime encore plus pour ça.

Il y a une pause — non, un *instant*. Un de ces moments suspendus, comme au cinéma, où le monde entier semble retenir son souffle. Je sens le poids de tous les regards, la chaleur de leur curiosité qui m'oppresse.

— Rory..., commencé-je, mais ma voix se brise. Bon sang. Pourquoi n'ai-je pas répété ça ? Ah oui, parce que je n'avais jamais prévu d'être ici, à la base !

— Ne dis rien, m'interrompt-il doucement en s'approchant. Le micro tombe le long de sa cuisse, oublié, et maintenant, il n'y a plus que nous. Tu n'as rien besoin de dire pour le moment.

— Ça tombe bien, avoué-je. Parce que je n'ai aucune idée de quoi dire.

Son rire est bref, haletant, mais une lueur de soulagement y perce. — Tu es venue. C'est suffisant.

Suffisant. Ce mot pèse lourd dans ma poitrine et fait craquer quelque chose en moi. Pendant des années, rien de ce que je faisais ne semblait jamais suffisant — ni au travail, ni dans ma vie, pas même dans les moments calmes où j'osais rêver à quelque chose de plus. Mais Rory... il me regarde comme si j'étais la chose la plus précieuse au monde, et je me dis que, peut-être, juste peut-être, il a raison. Peut-être que le simple fait d'être venue *est* suffisant.

— Tu sabotes toujours tes propres lancements de livre avec des confessions publiques spectaculaires ?

— Uniquement quand la personne que j'aime le plus au monde est impliquée, réplique-t-il, toujours aussi vif. Sa voix baisse, se fait plus feutrée, et soudain, elle n'est plus que pour moi. Et uniquement quand je suis absolument terrifié à l'idée de la perdre.

Maudit soit-il. Maudite soit sa stupide et magnifique sincérité. Je fais un pas de plus, assez près maintenant pour voir la barbe naissante sur sa mâchoire, la façon dont son pouls palpite à son cou. Lui aussi est vulnérable, je réalise, et d'une certaine manière, ça rend tout cela à la fois plus facile et infiniment plus difficile.

— Rory, essayé-je de nouveau, plus doucement cette fois. Je

ne suis pas sûre de ce que je vais dire, mais peu importe, parce que la seconde d'après, il comble la distance qui nous sépare.

Le baiser est... eh bien, c'est tout. Doux et urgent, hésitant et dévorant, comme un millier de mots non dits qui jaillissent en un seul souffle. Sa main se pose sur mon visage, ses doigts se glissent dans mes cheveux, et je fonds contre lui avant d'avoir le temps de trop réfléchir. Il n'y a pas de place pour le doute ou la peur, juste la certitude écrasante que c'est exactement ici, maintenant, que je suis censée être.

La foule explose. Des applaudissements, des acclamations, quelqu'un qui lance un sifflement admiratif depuis le fond de la salle — je suis presque sûre que c'est Danny — mais j'enregistre à peine. Rory se recule juste assez pour poser son front contre le mien, son souffle chaud et instable. Ses yeux sondent les miens, et je jurerais qu'il y a toute une galaxie d'émotions qui tourbillonnent dedans : l'espoir, le soulagement, l'amour, et autre chose que je n'arrive pas tout à fait à nommer.

— Salut, dit-il de nouveau, avec un sourire béat.

— Salut, réponds-je, le souffle court, souriant malgré moi. Et pour la première fois depuis très, très longtemps, j'ai l'impression que je pourrais vraiment aller bien.

— C'était... spectaculaire.

— Il fallait bien que je capte ton attention. Tu sais que j'adore les grands gestes romantiques. Et pour information, ça aurait été encore mieux pendant une course-poursuite en voiture.

— Félicitations, dis-je avec ironie, en laissant retomber ma main le long de mon corps. Tu as officiellement réussi à nous donner tous les deux en spectacle. J'espère que tu es content.

— Je le suis, répond-il, son regard ancré dans le mien. Est-ce que *toi*, tu es heureuse ?

Heureuse. Le mot se pose doucement, mais il est lourd, comme un galet qui ricoche sur l'eau avant de sombrer dans les profondeurs. Je cligne des yeux en le regardant, mon esprit cherchant désespérément une réponse qui ne trahirait pas à quel point je me sens complètement bouleversée. Heureuse ? Qui a le temps de penser au bonheur quand on vient de se faire embrasser en public par son ex-collaborateur devenu muse devenue...

— Redemande-moi dans cinq minutes, j'arrive à dire, ma voix plus assurée que je ne l'aurais cru.

— D'accord, dit Rory, sans me quitter des yeux. Mais pour que ce soit clair, je continuerai à te poser la question jusqu'à ce que la réponse soit oui.

Je ne sais pas si je dois rire, pleurer ou le gifler. À la place, je me contente de secouer la tête, retenant le sourire qui menace de percer.

La foule est toujours en effervescence — ils applaudissent, acclament, quelqu'un est probablement en train de diffuser tout ça en direct — et je commence à réaliser que nous sommes là, sur une scène, sous des lumières très vives, et incroyablement... visibles. Mes joues s'empourpren violemment alors que la réalité me rattrape.

— Rory, chuchoté-je en me penchant vers lui, ma voix assez basse pour que lui seul puisse m'entendre. Tout le monde nous regarde.

— Laisse-les faire. Son ton est d'une facilité déconcertante, comme s'il ne venait pas de faire exploser ma vie si soigneusement construite devant la moitié du monde de l'édition. Ils s'en remettront.

— Vraiment ? rétorqué-je en haussant un sourcil. Parce que je suis presque sûre qu'on va faire le buzz sur BookTok.

— Tant mieux. Il a un sourire en coin, et pendant une seconde, je veux le détester pour l'air insupportablement confiant qu'il affiche. J'ai toujours voulu devenir viral sur les réseaux sociaux.

Je lève les yeux au ciel si fort que c'est un miracle s'ils ne me sortent pas des orbites. Mais alors, ses doigts effleurent les miens — juste le plus léger, le plus bref des contacts — et tout mon sarcasme s'évapore comme la brume sous le soleil.

— Rory..., commencé-je, mais ma voix flanche. Il y a trop de choses à dire, trop de choses que je ne suis pas prête à dire, et les mots se nouent dans ma gorge. Il semble comprendre malgré tout, car son expression s'adoucit, le sourire en coin laissant place à quelque chose de plus calme, de plus vrai.

— Hé, dit-il doucement, sa voix baissant juste assez pour me ramener sur terre. Ce n'est pas grave. On trouvera une solution.

— Une solution à quoi ? demandé-je, bien que je connaisse déjà la réponse.

— À tout. À toi et moi. À nous. À ce que c'est, ça.

Mon cœur fait un petit bond ridicule, et j'ai soudain l'impression d'être au bord d'une falaise, le vent fouettant mes cheveux, le sol à des kilomètres en contrebas. Terrifiant, exaltant, inévitable.

— C'est audacieux de ta part de supposer qu'il y a un « nous », dis-je, visant un ton sec, mais qui sonne plutôt haletant.

— L'audace, c'est un peu mon truc, rétorque-t-il.

— Rory, dis-je de nouveau, plus doucement cette fois, sans même savoir ce que je vais ajouter. Peut-être rien. Peut-être tout.

— Ouais ?

— Ne foire pas tout, dis-je, à moitié taquine, à moitié sérieuse. Parce que si quelqu'un a le pouvoir de gâcher ça — quoi que ce soit — c'est bien lui. Ou peut-être que c'est moi. Probablement nous deux, si je suis honnête.

— Ça ne me viendrait pas à l'idée, promet-il, et pour la première fois, je crois que je pourrais vraiment le croire.

Nous nous écartons alors, juste assez pour nous plonger l'un dans le regard de l'autre, et le poids de ce qui s'est passé — de ce qui est *en train de se passer* — s'installe entre nous comme quelque chose de fragile et de précieux. Son regard croise le mien, ferme et scrutateur, et à cet instant, j'ai l'impression que nous nous tenons au seuil de quelque chose de vaste et d'inconnaissable. Quelque chose de terrifiant. Quelque chose de merveilleux.

Et peut-être, oui peut-être, que cela suffit.

VINGT-HUIT

DIX-HUIT MOIS PLUS TARD...

Mes doigts parcourent les bords de l'épreuve sur la table devant moi — mon épreuve. La couverture est lisse, le papier robuste, plus lourd que ce à quoi je m'attendais. Ça semble... réel. Trop réel.

Je feuillette les pages pour ce qui doit être la centième fois, mon pouce s'accrochant légèrement au coin du premier chapitre. C'est là. Mon nom. En police serif grasse, me dévisageant comme pour se moquer de mon audace.

Lara Yates. *Autrice.*

— Ridicule, je dis en remontant mes lunettes sur mon nez. Ça me vaut un regard curieux de la barista derrière le comptoir, mais je l'ignore. À la place, je fixe le livre. Mon livre.

Ma poitrine se serre. De l'excitation ? De la terreur ? Les deux. Définitivement les deux.

Une ombre traverse la table, et avant que je puisse lever les yeux, quelqu'un se glisse sur la chaise en face de moi avec cette assurance désinvolte que je ne comprendrai jamais.

— Alors, le voilà ?

Rory Keane. Bien sûr. Il arbore ce sourire nonchalant qui devrait être vendu avec une notice d'avertissement, ses cheveux sombres tombant juste assez sur son front pour lui donner un air de charme « je me suis réveillé comme ça ». Sa chemise est ample, sa veste jetée nonchalamment sur une épaule, parce que Rory Keane n'entre pas seulement dans une pièce — il y pénètre comme si l'endroit lui appartenait. S'il remarque à quel point je serre l'épreuve, il n'en dit rien.

— Félicitations, Lara, dit-il doucement. Pas pour me taquiner. Juste... sincère.

Rory ne demande pas. Bien sûr qu'il ne demande pas.

Avant que j'aie le temps de cligner des yeux, sa main file sur la table, ses longs doigts effleurant les miens alors qu'il m'arrache l'épreuve des mains comme si c'était une broutille et non, vous savez, *l'aboutissement de toute mon existence.*

— Ah, ah, je dis en plissant les yeux vers lui. — C'est un document classé secret.

— Ça tombe bien, j'adore les secrets. Son sourire en coin est exaspérant, du genre à déborder d'assez de malice pour faire renoncer un saint à ses vœux. Il se penche en arrière sur sa chaise, ouvrant la couverture avec un air exagéré de nonchalance. — Voyons ce que nous avons là.

— Rory, je l'avertis, mais ma voix est faible — terriblement faible. Elle prend cette intonation chancelante, à moitié sévère, à moitié secrètement aux anges, parce qu'il y a quelque chose de complètement absurde à le regarder lui — *le* Rory Keane, auteur de best-sellers du *Sunday Times*, le roi incontesté de la romance, l'arracheur de larmes professionnel — lire la première phrase de *mon* livre.

Il s'éclaircit la gorge de façon théâtrale, plissant les yeux sur la page comme s'il se préparait pour une lecture publique. — « Dans les marges de sa vie, elle n'avait jamais été qu'une éditrice — jusqu'au jour où il s'est écrit dans la sienne. » Il abaisse légèrement le livre, levant un sourcil sombre vers moi. — Ouah. Tu essaies de marcher sur mes plates-bandes, hein ?

— Rends-le-moi. J'avance la main, mais il le tient juste hors de ma portée, son sourire s'élargissant. L'audace de cet homme.

— Pas encore, dit-il en inclinant la tête comme s'il considérait quelque chose de profondément profond. — Tu pourrais bien être meilleure que moi. Je devrais m'inquiéter ?

— Oui. Maintenant, rends-moi le bien volé avant que j'appelle la sécurité.

— La sécurité ? Son rire est grave, chaleureux et beaucoup trop contagieux. Je le sens s'enrouler autour des bords de ma résolution comme de la fumée. — Lara, s'il te plaît. Je te manquerais s'ils m'emmenaient de force.

— Ça se discute.

— Admets-le, poursuit-il, en tapotant le bord de l'épreuve contre la table d'un air joueur. — C'est bon. Genre, vraiment bon. Tu devrais être fière.

— Je le suis. Très.

Je n'arrive pas à détacher mon regard du livre. C'est le mien — chaque mot, chaque virgule, plus de dix ans de travail, si l'on compte le temps entre le moment où j'ai commencé et sa publication. Et maintenant, il est là, posé au milieu d'une table de café collante, à côté d'une tasse de latte à moitié vide. D'une certaine manière, c'est plus terrifiant qu'exaltant.

— Hé, dit Rory, perçant le parasite dans ma tête. Il se lève et s'approche de mon côté de la table. Il tend la main, paume vers le haut, s'arrêtant juste avant de toucher la mienne. Je tends la mienne et la prends ; il attend que je croise à nouveau son regard. — C'est réel, Lara. C'est toi qui as fait ça.

— Ouais, je murmure, à peine audible. — C'est moi.

Quelque chose bascule alors, subtil et impossible à définir, mais je le sens quand même. Je me lève et Rory comble l'espace entre nous. Son front frôle le mien, chaud et stable, et mon souffle se coupe de surprise.

— Tu vois ? dit-il. — Pas si effrayant, hein ?

Je ne réponds pas, pas avec des mots, en tout cas. À la place, je laisse mes yeux se fermer, m'appuyant très légèrement contre lui — dans ce moment, fugace et fragile, mais indéniablement réel.

Et pour la première fois, peut-être de toute ma vie, je le crois.

Rory recule juste assez pour croiser mon regard, son front toujours si proche que je peux sentir la légère trace de chaleur qui y persiste. Son regard est stable, scrutateur et — bien sûr — juste un peu suffisant, comme s'il savait exactement le genre de chaos qu'il provoque.

— Bon, Yates, dit-il. — Alors, c'est quoi la suite ?

Je le regarde en clignant des yeux, décontenancée un instant par la question, même si je ne devrais pas. C'est tout Rory, ça — toujours à sauter dans le grand bain sans vérifier si j'ai eu le temps d'enfiler un gilet de sauvetage.

— La suite ? je fais écho, pour gagner du temps parce que, eh bien, je ne suis pas sûre de pouvoir répondre sans avoir l'air d'une idiote. J'ai l'impression que mon cerveau est plein de friture depuis qu'il s'est penché vers moi.

— Ouais, la suite, répète-t-il en étirant le mot comme si c'était une évidence. Parce que maintenant, tu es une grande auteure célèbre et tout le toutim. Je suppose... que j'ai besoin de savoir que ça te dit toujours de traîner avec ce grand dadais.

C'est là que je réalise tout le poids que portent ses mots, malgré la légèreté de son ton. Malgré toutes ses fanfaronnades et ses sourires effrontés, Rory ne dit pas ce genre de choses à la légère. Pas quand c'est important. Et ça ? Ça, c'est vraiment important.

— Rory, je commence, mais ma voix se brise au milieu de son nom et je dois m'éclaircir la gorge pour réessayer. Tu es ridicule, tu sais ?

— Ça, je le suis.

Je baisse de nouveau les yeux vers le livre, ses pages impeccables marquées par les empreintes de chaque doute qui m'a menée jusqu'ici. L'aboutissement d'années passées dans l'ombre, à me convaincre qu'être sous les feux des projecteurs n'était pas pour les gens comme moi. Et maintenant ? Maintenant, je suis assise en face de la personne qui n'a jamais cessé de me pousser à croire le contraire, celui qui a vu clair dans toutes mes excuses et qui est resté malgré tout.

— Toujours, je finis par dire, le mot m'échappant avant que je puisse trop y réfléchir. Je lève les yeux en le prononçant, croisant son regard sans détour, et cette fois, ma voix ne tremble pas. Tu feras toujours partie de la suite.

Le sourire qui s'étire sur son visage est lent, délibéré —

comme s'il le savourait — et c'est comme si le soleil perçait des nuages dont je n'avais pas conscience qu'ils étaient encore là.

Rory se penche en avant le premier.

Pas d'un seul coup, pas dans un grand mouvement cinématographique. Non, c'est plus subtil que ça, intentionnel, délibéré, comme s'il savait exactement l'effet qu'il me fait. Et bien sûr qu'il le sait. Sa main se lève et s'arrête juste avant mon visage, comme s'il attendait que je l'arrête. Mais je ne le fais pas. Mon Dieu, je ne le fais pas.

Toujours, avais-je dit, et maintenant, impossible de revenir en arrière.

— Dis quelque chose, supplie-t-il, sa voix assez basse pour m'envoyer un frisson le long de la colonne vertébrale. Son souffle est chaud, assez proche pour effleurer ma joue. N'importe quoi. Dis-moi d'arrêter, dis-moi de continuer, dis-moi que je suis un idiot, peu importe.

— Tu es un idiot.

— Merci bien, dit-il. Ses yeux parcourent mon visage, cherchant, analysant, attendant.

Et puis il m'embrasse.

C'est timide au début, presque hésitant, comme s'il tâtait le terrain, jaugeant si je vais le repousser. Mais je ne le fais pas. Au contraire, je me penche vers lui — juste un peu, juste assez — et c'est tout ce qu'il faut. Le monde bascule. Ou peut-être que c'est juste moi. Quoi qu'il en soit, tout se résume à cet unique instant : la douce pression de ses lèvres contre les miennes, le léger frottement de sa barbe de trois jours contre ma peau. C'est... rassurant. Désarmant. Terrifiant.

Parfait.

Je ne réalise que j'ai fermé les yeux que lorsque le reste du café disparaît : le cliquetis des tasses, le bourdonnement des conversations. Il ne reste que lui. Lui, et la chaleur constante de sa main qui enlace maintenant ma mâchoire, comme si je pouvais disparaître s'il me lâchait.

J'incline légèrement la tête, approfondissant le baiser, et un petit son lui échappe — de surprise, de soulagement ou de tout autre chose, je ne sais pas. Je le remarque à peine avant que son autre main ne trouve mon visage, m'ancrant dans le moment présent. Il y a une fièvre maintenant, une insistance silencieuse, mais ce n'est jamais précipité. Jamais négligent. Chaque mouvement semble mesuré, intentionnel, comme s'il était conscient de chaque barrière que nous avons franchie pour en arriver là.

Quand nous nous séparons enfin, ce n'est pas parce que l'un de nous le veut, c'est parce que nous le devons. L'oxygène, apparemment, n'est pas négociable.

— Tu sais quoi ? dit-il. On devrait écrire un livre ensemble.

— On l'a déjà fait.

— Je veux dire un avec nos deux noms sur la couverture.

— Les collaborations, c'est risqué.

— C'est sûr, concède-t-il facilement. Mais parfois, c'est magique.

Mon Dieu, qu'il est exaspérant. Et brillant. Et il a possiblement raison.

— D'accord, dis-je en expirant un rire tandis que je me penche en avant. Va pour la magie.

— Va pour la magie, répète-t-il, puis sa main trouve la mienne sur la table et ses doigts s'entrelacent avec les miens comme si c'était la chose la plus naturelle au monde.

Pour une fois, je ne réfléchis pas trop. Je n'analyse pas, je ne décortique pas, je ne cherche pas de sens cachés. Je me contente de ressentir : la chaleur de sa main, le pouls régulier des possibilités entre nous, la certitude tranquille que, quoi qu'il arrive ensuite, nous y ferons face ensemble.

— Prête ? demande-t-il, la voix basse et pleine de quelque chose qui ressemble étrangement à de l'espoir.

— Toujours, dis-je, le mot glissant de mes lèvres sans hésitation.

Et quand il se penche pour un autre baiser, je sais — je le *sais* — que c'est le début de quelque chose de plus grand que nous deux. Quelque chose qui vaut tous les risques.

À PROPOS DE L'AUTEURE

Alia Smith écrit des comédies romantiques qui réchauffent le cœur — pleines d'esprit, de charme, et d'une juste dose de chaos.

Quand elle n'écrit pas d'histoires d'amour, on la trouve généralement lovée dans un fauteuil avec un livre, absorbée par une émission de téléréalité, ou en train d'empêcher Galaxy — son chat et muse principale — de s'installer sur son clavier.

Elle vit dans une maison douillette dans l'Oxfordshire, où elle est fermement convaincue que toute grande histoire d'amour commence par une bonne tasse de thé.

www.aliasmithbooks.com

Instagram

Rendez-vous dans les Maine

Quand l'amour croise
l'ambition, ça fait des étincelles.

alia smith

RENDEZ-VOUS DANS LE MAINE

Rachel Holmes est une puissante directrice des relations publiques, entièrement dévouée à sa réussite. Sa vie tourne autour du prochain gros contrat à décrocher.

Dan Rhodes était une star de feuilleton télévisé. Aujourd'hui, c'est un père célibataire qui mène une vie tranquille, loin des feux de la rampe.

Lorsqu'un imbroglio de voyage coince Rachel à l'autre bout du pays, ses projets de présentation décisive pour sa carrière partent en fumée. À la place, elle doit gérer une connexion inattendue avec le charmant mais têtu Dan, et sa fille, Chloe.

Rachel n'est pas du genre à faire des détours, mais en se laissant entraîner dans le monde de Dan et en découvrant une facette plus douce de ses propres ambitions, elle se retrouve à une croisée des chemins qu'elle n'avait jamais anticipée.

Son avenir a toujours été tout tracé... jusqu'à maintenant.

Une romance irrésistible où les opposés s'attirent, sur l'amour, la famille et les chemins inattendus qui nous ramènent à l'essentiel.

UN

Je prends une grande inspiration et entre d'un pas décidé dans la salle de conférence, le claquement sec de mes talons résonnant sur le sol poli. L'air est chargé de l'odeur de café hors de prix et d'un scepticisme à peine dissimulé. Une douzaine de dirigeants de la restauration rapide sont assis autour de l'élégante table en verre, les bras croisés, le regard plein d'attente. Ils ne pensent pas que je puisse leur vendre ça. C'est adorable.

J'affiche mon plus beau sourire de femme d'affaires et pose mon porte-documents sur la table dans un *bruit* sourd et net.

— Messieurs. Imaginez un burger végétal qui non seulement a un goût incroyable, mais qui s'aligne aussi parfaitement avec l'engagement de votre marque en matière de développement durable, dis-je, la voix claire et assurée. — Notre campagne positionnera votre nouvelle offre comme le choix incontournable pour les consommateurs soucieux de leur santé et de l'environnement.

Une pause. L'un des dirigeants lève un sourcil, comme si je venais de suggérer de servir des milk-shakes au chou kale.

Je soutiens leur regard et poursuis. — Ce n'est pas juste un burger de plus, c'est le burger qui change la donne.

Tandis que j'expose les détails de la stratégie marketing proposée pour leur nouvel article de menu santé, je vois les dirigeants hocher la tête, toutes les objections qu'ils avaient prévu de soulever s'évanouissant peu à peu. Je mets en avant les principaux arguments de vente : le goût délicieux du burger, ses bienfaits nutritionnels et son potentiel pour attirer une nouvelle catégorie de clients. On développe une sorte de sixième sens pour savoir si une présentation fait mouche et, sans vouloir me jeter des fleurs... au bout de sept minutes, je les ai tous dans ma poche.

— En nous associant avec des influenceurs du secteur du bien-être et en exploitant les réseaux sociaux, nous créerons du buzz et stimulerons la demande pour votre option végétale, j'explique en désignant les diapositives colorées projetées derrière moi. — C'est l'occasion d'établir votre marque comme un leader dans la transition de l'industrie de la restauration rapide vers des offres plus saines et plus durables. En bref, mon équipe et moi positionnerons votre produit comme un burger qui est bon pour vous, bon pour la planète et bon pour les affaires.

Le dirigeant principal, un homme aux cheveux argentés et à l'air perpétuellement renfrogné, s'éclaircit la gorge. — C'est... impressionnant.

Et comment.

Les applaudissements polis me confirment que j'ai assuré. Je réponds aux questions avec aisance, veillant à ce que mes réponses restent concises et stratégiques.

C'est mon terrain de jeu, et j'en suis la reine.

Au moment où nous terminons, un homme auquel je n'avais pas prêté beaucoup d'attention — un grand dirigeant aux cheveux sombres, avec l'aisance naturelle de quelqu'un habitué à obtenir ce qu'il veut — s'avance en souriant.

— Superbe présentation. Il me tend la main. — Lyle.

Je la lui serre, fermement mais brièvement. — Rachel Holmes.

— Vous maîtrisez clairement votre sujet. J'adorerais en discuter davantage. Peut-être autour d'un dîner ? Son sourire est suave, comme s'il connaissait déjà la réponse.

Je lui rends son sourire, mais le mien est professionnel, inébranlable. — Je me fais un devoir de ne pas mélanger travail et plaisir.

Son expression vacille une fraction de seconde avant qu'il ne se reprenne. — Eh bien, c'est dommage. Il me tend sa carte. — Mais quoi qu'il en soit, j'ai hâte de travailler avec vous.

Je glisse la carte dans mon porte-documents, déjà passée à autre chose. Alors que je descends le couloir d'un pas vif, l'ivresse familière du succès me parcourt les veines. Un pas de plus vers la signature de ce contrat. Un pas de plus vers mon statut d'associée. Ma vie personnelle est peut-être un désert aride, mais ma carrière ? *Au sommet.*

La vérité, c'est que j'ai toujours été meilleure pour gérer des marques que des gens. Élaborer des récits et vendre des idées me vient aussi naturellement que de respirer, mais nouer des relations ? C'est là que ça se complique. Au travail, tout suit une stratégie — des objectifs, des livrables, des résultats mesurables. Si une présentation ne porte pas ses fruits, je peux identifier pourquoi, en tirer des leçons et réessayer. Mais dans ma vie personnelle ? Il n'y a pas de PowerPoint bien propre pour me guider à travers le chaos des relations humaines.

J'ai passé des années à perfectionner mon image professionnelle — la femme compétente, confiante et toujours préparée, capable de vendre n'importe quoi à n'importe qui. Je sais comment faire bonne impression, comment laisser une salle vibrante d'idées et de possibilités. Mais après le travail, quand les lumières du bureau s'éteignent et que je me retrouve seule dans mon appartement immaculé et solitaire, je sens le poids de ce vernis impeccable m'écraser.

Je pense à mes anciens amis, ceux qui se sont lentement éloignés pendant que je gravissais les échelons de l'entreprise. Des SMS d'anniversaire restés sans réponse, des invitations à dîner déclinées à cause de dates butoirs et de réunions. Maintenant, même si je voulais raviver ces amitiés, je ne saurais pas par où commencer. Je me suis enveloppée dans mon ambition comme dans une couverture de sécurité, convaincue que je n'ai besoin de personne.

Mais parfois — juste parfois — je me surprends à faire défiler les réseaux sociaux, à m'attarder sur des photos de gens que je connaissais. Riant dans des bars bondés, se tenant la main lors de vacances à la plage, regardant leurs enfants faire leurs premiers pas — vivant leur meilleure vie. Et ça me frappe, de manière vive et inattendue : j'ai construit une vie si parfaitement orchestrée que je ne m'y sens plus vraiment à ma place.

Je chasse cette pensée, me concentrant plutôt sur l'euphorie de la victoire de ma présentation. Il n'y a pas de place pour l'apitoiement sur soi aujourd'hui. Je les ai conquis, et c'est ça qui compte. Je célébrerai plus tard — peut-être avec un verre de quelque chose de cher et un toast silencieux à ma propre santé. Après tout, qui d'autre le ferait ?

Tandis que je marche dans le couloir, encore portée par l'euphorie de ma présentation réussie, j'aperçois Helen à travers les parois vitrées de son bureau. Ma patronne est l'incarnation de l'autorité sereine, parfaitement apprêtée dans un tailleur bleu marine, ses doigts manucurés joints. Mais son expression est indéchiffrable, et ça — *ça* — c'est troublant.

— Rachel, asseyez-vous.

Je m'installe sur la chaise en face de son bureau, toujours sur mon petit nuage post-présentation. — Qu'y a-t-il ? La réunion s'est bien passée.

— En effet, dit-elle en acquiesçant. — En fait, elle s'est si bien passée que je vous oblige à prendre des vacances.

Je cligne des yeux. — Pardon. Vous faites *quoi* ?

Helen se penche en arrière, m'étudiant comme une énigme qu'elle vient de résoudre. — Vous n'avez pas pris un seul jour de congé en dix-huit mois. Vous avez besoin d'une pause avant de craquer. Deux semaines. Pas de discussion.

— Mais...

Elle lève une main. — Non négociable. Allez lire un livre, reprenez contact avec votre famille. Bon sang, trouvez-vous un passe-temps.

J'ouvre la bouche, puis la referme. Helen est l'une des rares personnes sur terre à être plus têtue que moi. Je pourrais contester, mais je perdrais. Et la vérité, c'est que personne dans ma vie ne réclame mon temps. Pas de partenaire. Pas d'enfants. Même mes amitiés se sont estompées sous le poids du travail.

Une excuse commode pour ne pas affronter cette réalité.

— Bon, je soupire. Mais ça ne me ravit pas.

Helen a un sourire en coin. — Je ne m'attends pas à ce que

vous le soyez. Maintenant, sortez de mon bureau avant que je ne commence à soupçonner que vous *aimez* être ici. Et qui sait ? Peut-être que vous allez vous surprendre et vraiment vous amuser.

Je rentre avec la clé que ma sœur Claire cache sous une fausse pierre en plastique qui est, franchement, une insulte au camouflage. Techniquement, c'est la maison de Claire et Richard — une grande demeure moderne qu'ils ont achetée après la naissance de Lily. Peu de temps après, ils ont proposé à Maman d'emménager avec eux. Elle vivait seule depuis des décennies, toujours dans la petite maison où nous avions toutes grandi, et ils n'aimaient pas l'idée de la savoir toute seule là-dedans. Cette maison-ci avait la place, et la logique était simple : plus d'aide pour la garde des enfants pour eux, plus de compagnie pour elle.

Pourtant, à l'instant où je mets un pied à l'intérieur, ça sent comme chez Maman : la lavande et les biscuits sortis du four. Une odeur si profondément nostalgique qu'elle manque de me renverser.

Une chaleur familière m'enveloppe, ravivant des souvenirs que je croyais enfouis depuis longtemps. L'agencement est différent, bien sûr, mais le sentiment est le même. Et la touche de Maman est partout : les coussins à fleurs, le plaid tricoté sur le dossier du canapé, le fauteuil où elle lit encore le journal avec son thé, exactement comme quand nous étions enfants.

À l'époque, je m'étais convaincue qu'être la meilleure — à l'école, en athlétisme, et même au concours de sciences annuel — était la seule façon d'avoir de l'importance. Maman ne m'a jamais poussée à être parfaite, mais j'avais besoin de la réassurance des excellentes notes et des trophées comme preuve que je faisais quelque chose de bien. Une fois, après avoir gagné le championnat régional de débat, Maman m'avait serrée si fort dans ses bras que j'avais cru que j'allais me briser, me chuchotant à quel point elle était fière. Mais tout ce à quoi je pouvais penser, c'était le garçon arrivé deuxième, la façon dont son visage s'était décomposé quand on avait annoncé mon nom.

Dans mon esprit, il n'y avait pas de place pour les erreurs ou la deuxième place. Je pensais que si je travaillais assez dur, si je contrôlais chaque variable, je n'aurais plus jamais à ressentir ce sentiment lancinant d'incompétence. Même maintenant, debout dans ce couloir familier, il m'est difficile de me défaire de cette compulsion d'être la meilleure — de travailler plus, de surpasser les autres et de prouver à tout le monde, y compris à moi-même, que j'en vaux la peine.

C'est peut-être pour ça que je n'ai jamais cessé de foncer — pourquoi je me suis ensevelie sous le travail au lieu de nouer des relations durables, pourquoi le succès est devenu synonyme d'estime de soi. Si je relâchais la pression, ne serait-ce qu'une seconde, tout pourrait s'effondrer. Et c'est un risque que je n'ai jamais été prête à prendre.

— Maman ? Claire ? je lance.

La voix de Maman transperce mes pensées, me ramenant au présent. — Rachel ? Ça va ?

Je me force à sourire, secouant les vestiges de mes vieilles insécurités. — Oui, Maman. J'avais juste... un peu de temps libre.

Je la trouve au salon, blottie dans son fauteuil, les yeux rivés sur la télé.

— Salut. Je déplace quelques jouets et m'affale sur le canapé à côté d'elle.

— Oh ! Tu tombes à pic. Il faut *absolument* que tu voies cette série que je regarde.

Je jette un œil à l'écran. Un homme terriblement séduisant aux yeux bleus perçants est engagé dans une dispute enflammée avec une femme tout aussi belle. *Malibu Lagoon*, indique le titre à l'écran — je n'en ai jamais entendu parler, mais ça ne veut pas dire grand-chose. J'ai à peine le temps d'allumer la télévision, alors les séries cultes du moment me passent complètement au-dessus de la tête. Une recherche rapide sur IMDb révèle que ce feuilleton de type telenovela a duré quatre saisons avant d'être brusquement annulé il y a huit ans. Il a une note étonnamment élevée et, à en juger par les commentaires, une légion de fans comme ma mère.

Je hausse un sourcil. — Vraiment ? Un soap opera ?

Maman me fait un signe de la main. — C'est *très* bien fait. Et l'acteur principal ? *Pffffiou*, tellement talentueux.

J'étudie l'écran. Le type *est* saisissant, tout en intensité ténébreuse et en beauté de star de cinéma. Si je devais choisir l'égérie d'une campagne, il serait un rêve marketing.

— N'est-il pas beau ? s'extasie Maman, comme si elle lisait dans mes pensées. Tellement doué.

Je hoche la tête distraitement, mon esprit retournant déjà au travail. Instinctivement, je saisis mon téléphone pour vérifier mes e-mails, mais une alerte d'actualité attire mon attention.

« Nouvelle éruption du mont Spurr en Alaska », titre le gros titre, accompagné d'une image spectaculaire d'un énorme nuage de cendres s'échappant du volcan.

Je sens un nœud se former dans mon estomac. Je n'arrive pas à imaginer vivre à côté d'une force de la nature aussi effrayante, qui pourrait entrer en éruption à tout moment. Je ne sais pas comment ceux qui le font peuvent bien dormir la nuit.

— Rachel, est-ce que tu m'écoutes au moins ? La voix de Maman me ramène à la réalité.

— Désolée, Maman. Je me tenais juste au courant de l'actualité mondiale. Je suis toute ouïe, promis.

Maman soupire en secouant la tête. — Tu es toujours scotchée à ce truc. Même quand tu es censée te détendre.

Je ressens une pointe de culpabilité, sachant qu'elle a raison. J'ai été tellement absorbée par le travail dernièrement que je n'ai eu de temps pour rien d'autre, y compris rendre visite à ma mère.

Je m'enfonce dans le canapé, m'autorisant à me détendre pour la première fois depuis des mois, me semble-t-il. Je ne suis pas venue depuis une éternité, et c'est… étrange. Presque comme si je n'avais plus ma place ici.

J'ai quitté la maison de Maman dès que j'ai pu, désespérée de réussir ma vie. Déjà au lycée, j'étais la fille avec l'agenda à code couleur et une pile de manuels plus haute que ma tête. La fille qui veillait jusqu'à minuit pour finir des devoirs supplémentaires juste pour être sûre que personne ne pourrait me ravir le titre de major de promotion.

Mon Dieu, je me souviens de la sensation en ouvrant cette lettre d'admission à Northwestern, mes mains tremblaient si fort que j'ai failli la déchirer en deux. Il ne s'agissait même pas de partir — non, j'étais prête pour ça. Il s'agissait de prouver que je pouvais le faire. Que je pouvais être la meilleure. Que toutes les nuits blanches et les migraines dues au stress avaient un sens.

Maman s'inquiétait pour moi à l'époque, disant toujours que je me mettais trop de pression. Claire, de son côté, pensait juste que j'étais folle. « Tu es comme un hamster sous perfusion d'expresso », avait-elle plaisanté une fois alors que je bachotais pour mes examens. « Détends-toi, Rach. C'est déjà dans la poche. »

Mais me détendre ne m'a jamais paru être une option. Pas pour moi. Je ne pouvais pas me permettre d'être juste assez bonne. Je devais être la meilleure. Je devais faire quelque chose de ma vie — quelque chose de grand, quelque chose d'important.

Peut-être que maman avait raison, il y a toutes ces années. Peut-être que je me suis mis trop la pression. Mais l'idée de ralentir, de m'arrêter pour faire le point sur ma vie, me terrifie. Parce que, et si, en m'arrêtant, je réalisais que tout ça n'en valait pas la peine ?

— Je sais, je sais, je concède en rangeant mon téléphone. Je vais essayer de déconnecter plus souvent, promis.

— Tu as intérêt. Tu n'es pas trop vieille pour la pantoufle volante, tu sais.

Pour être honnête, la capacité de ma mère à atteindre quelqu'un avec une pantoufle à l'autre bout de la pièce est légendaire. Quand Claire et moi étions petites, elle pouvait vous toucher le bras ou la jambe, ou n'importe quel membre qui l'offensait, à dix mètres de distance. Elle ne la lançait jamais avec une méchanceté particulière, mais la précision était stupéfiante.

— Tu penses encore avoir le coup de main, maman ? Tu n'as plus trente ans, et je n'en ai plus huit.

— C'est vrai, mais *toi*, tu as la trentaine maintenant, et heureusement pour moi, tu es une cible bien plus grande. Ça me donne de bonnes chances.

Maman place une main près de sa cheville, ses doigts s'agitant au-dessus de sa pantoufle comme un pistolero prêt à dégainer.

— D'accord. D'accord. Je concède et je pose mon téléphone face contre la table basse, hors de ma vue, loin de mon esprit.

Dès que je le fais, maman sourit et éteint la télévision. — Alors, qu'est-ce qui se passe ?

— Il ne se passe rien.

— Il est quatre heures de l'après-midi. On t'a renvoyée ?

— Non ! je glapis, horrifiée à cette idée. Je suis... je suis en vacances.

— Depuis quand ?

— Depuis environ une heure.

Je mets maman au courant de mon congé sabbatique forcé et admets bêtement que je ne sais pas vraiment quoi faire de ma peau. Mais alors même que les mots sortent de ma bouche, je sais que c'est une erreur.

Avec la grâce féline d'un puma, elle se lève de son fauteuil, composant le numéro de portable de ma sœur avant même que je comprenne ce qui se passe.

Trente minutes plus tard, ma vie est fichue.

— Claire viendra te chercher dimanche à dix heures, annonce maman, bien trop contente d'elle. Prends des vêtements chauds.

Je la dévisage. — Maman. Non.

— Oh, allez. Un chalet au bord du lac Michigan ! Le grand air ! Du temps en famille ! Tu *adores* tes nièces.

— Je les aime à petites doses, je marmonne. De préférence quand elles dorment.

Maman sourit. — Alors, dis-toi que ça te forgera le caractère.

— Je *n'ai pas* besoin de caractère. J'ai besoin du Wi-Fi et d'une machine à café qui ne demande pas de travail manuel.

Maman me tapote la joue. — Tu as besoin de profiter un peu de la vie, ma chérie.

— Merci pour ton soutien.

— De rien.

— J'étais sarcastique.

— Je sais. Eh bien, je trouve ça adorable que vous partiez tous ensemble, dit-elle avant de retourner à son émission.

Je contemple avec incrédulité le sourire rayonnant d'autosatisfaction de ma mère. Je n'aime pas les vacances. Je n'aime certainement pas le camping. Et je suis plutôt le genre de tata « voici ton cadeau d'anniversaire, maintenant va jouer plus loin », du moins jusqu'à ce qu'elles soient propres et capables de faire une phrase complète.

D'une manière ou d'une autre, je me retrouve à devoir passer dix jours enfermée avec ma sœur, son mari et leurs deux bambins turbulents dans leur chalet en rondins au bord du lac Michigan. Ce n'est pas que je n'aime pas ma sœur et sa famille, mais l'idée d'être loin du travail, de la ville, me remplit d'un sentiment troublant d'angoisse. D'une manière ou d'une autre, me voilà embarquée pour un voyage en pleine nature, à chasser l'élan et à boire l'eau des ruisseaux, ou je ne sais quoi que font les gens quand ils sont au grand air.

Je gémis.

Ça va être une catastrophe.

Ou, tout du moins, extrêmement, *extrêmement* inopportun.

Deux semaines loin du travail ? Loin de mon équipe, de mes clients, de mes *progrès* ? Je travaille depuis des années pour devenir associée, et je ne peux pas impressionner les hautes sphères si je suis partie faire griller des marshmallows et faire semblant d'apprécier la nature.

On dit loin des yeux, loin du cœur. Et si quelqu'un d'autre prenait ma place et les épatait en mon absence ? Et si je revenais pour découvrir que tout mon dur labeur a été discrètement refilé à quelqu'un d'autre ?

Je vais m'arranger. Je le *dois*. Parce que la dernière chose que je puisse me permettre, c'est de me faire oublier.

DEUX

— Youhou, nous voilà dans le Wisconsin ! s'exclame Richard alors que nous passons le panneau annonçant la frontière de l'État. Claire, assise côté passager, sourit et lui tape dans la main.

Le voyage en voiture jusqu'au chalet est déjà un exercice de patience, et nous ne sommes sur la route que depuis quatre-vingt-dix minutes. Je suis coincée à l'arrière entre deux sièges auto, mes nièces babillant et gloussant de chaque côté de moi. L'air est lourd de l'odeur de yaourt à la fraise et de lingettes pour bébé, et je sens déjà un mal de tête poindre derrière mes yeux.

— Rach, Rach, regarde ! s'écrie ma nièce aînée, Lily, en me tendant une poignée de chips poisseuses sous le nez. Je partage avec toi !

— Oh, euh, merci, Lily, je parviens à dire, acceptant délicatement une chips ramollie en essayant de ne pas faire la grimace. C'est très gentil de ta part.

Claire croise mon regard dans le rétroviseur et sourit. — C'est sympa, non, Rach ? Comme au bon vieux temps, quand on partait à l'aventure en famille.

— Bien sûr, si par « bon vieux temps » tu veux dire « jamais », vu qu'on n'a pas vraiment fait beaucoup de voyages en voiture en grandissant, je marmonne en me tortillant sur mon siège alors que la petite sœur de Lily, Anna, pousse un cri perçant.

— Oh, allez, où est passé ton esprit d'aventure ? me taquine Claire. Ça va être génial, tu verras. Du bon temps en famille !

J'ouvre la bouche pour répliquer, mais un bruit sec suivi d'un « splat » retentit soudainement, et en baissant les yeux, je vois une grosse tache de yaourt violet qui dégouline sur mon chemisier. *Versace. Foutu.*

— Oups ! glousse Lily en agitant son pot de yaourt maintenant vide. Tatie Rachel porte mon goûter !

Je ferme les yeux et compte jusqu'à trois, me rappelant que c'est temporaire, que je peux supporter un peu de désordre et de bruit pour le bien de ma famille. Mais alors que je sens le yaourt froid s'infiltrer jusqu'à ma peau, je ne peux m'empêcher de me demander dans quel pétrin je me suis fourrée.

C'est une erreur, m'avertit une voix dans ma tête. Tu devrais être à Chicago, à te concentrer sur ta carrière, pas à jouer les baby-sitters dans un chalet paumé au fin fond des bois.

Mais je me souviens de ma promesse à maman, et du regard mélancolique qu'elle avait en me poussant à trouver autre chose que le travail. Et je pense à Claire, qui a toujours été là pour moi, même quand j'étais trop occupée pour lui rendre la pareille.

Non, me dis-je fermement. Ce n'est pas une erreur. C'est une opportunité. Une chance de renouer avec ce qui compte vraiment, de découvrir qui je suis au-delà de mon titre professionnel.

J'ouvre les yeux et souris à Lily, qui s'étale maintenant joyeusement du yaourt sur le visage. — Tu sais quoi, Lil ? Je crois que le violet est peut-être ma couleur, après tout.

Claire rit depuis le siège avant, et je sens une lueur de chaleur dans ma poitrine. Peut-être que ce voyage ne sera pas si terrible, finalement.

— Alors les filles, qu'est-ce qu'on fait en premier demain matin quand on se réveillera au chalet ? demande Richard à Lily et Anna.

— Faire des s'mores ! s'exclame Lily.

— Se baigner ! rétorque Anna.

Elles continuent de bavarder avec enthousiasme, pendant que j'essaie de faire abstraction. Je m'éclaircis la gorge.

— Alors, euh, Lily... comment ça se passe à la maternelle ? je demande, en essayant d'engager la conversation avec ma nièce de cinq ans.

Elle se tourne vers moi et cligne des yeux. — J'aime pas ça. Une pause gênante. On nous fait travailler. Écrire des lettres et des chiffres. C'est nul.

— Oh, euh, ouah. Ça a l'air... amusant. Je force un sourire.

Je suis sauvée d'une autre conversation futile par la sonnerie de mon téléphone. Je fronce les sourcils en voyant le nom qui s'affiche : c'est Helen, ma patronne. Ça ne sent pas bon.

— Désolée, il faut que je prenne cet appel. Urgence professionnelle, je lance, soulagée de l'interruption. Helen, qu'est-ce qui se passe ?

— Rachel, j'ai une nouvelle énorme, dit Helen, le souffle court. Devinez qui vient de nous appeler pour nous inviter à pitcher ?

— Ne me faites pas languir. Qui ? Je savais immédiatement que si Helen faisait sa mystérieuse, la nouvelle était de taille. Qui ?!

— Vous essayez de les débaucher depuis des mois ?

Mon pouls s'accélère. — GreenShoots ?

— Exact. Ils cherchent à prendre une nouvelle direction. Mais voici le hic : ils ont lancé un appel d'offres pour le compte. Quatre agences, nous y compris.

Un frisson me parcourt, suivi d'une détermination d'acier. J'ai travaillé trop dur pour décrocher GreenShoots pour les perdre maintenant. Près de dix-huit mois de sollicitations subtiles mais constantes, et ça a enfin payé.

— Un appel d'offres, ça me va ; la concurrence ne me fait pas peur. Ils veulent la proposition pour quand ?

Helen soupire. — C'est là que le bât blesse. Ils veulent les présentations demain.

— Demain ?! Le mot m'échappe dans une explosion qui fait que Richard jette un regard inquiet en arrière. Je lui fais signe que tout va bien.

— Je sais, je sais. Ils le font exprès, pour voir comment nous réagissons sous la pression. Ils veulent des idées neuves, pas une présentation léchée et surfaite, explique Helen.

Mon esprit s'emballe, imaginant déjà les messages clés, les tactiques, les études de cas dont j'aurai besoin pour les épater, au diable le décalage horaire. Je suis la femme de la situation et il faut qu'ils le sachent.

— D'accord, je vais m'arranger, je dis fermement. Envoyez-moi tous les détails par texto, je vais commencer à élaborer une stratégie. Dites à GreenShoots qu'ils auront la proposition la plus sacrément persuasive qu'ils aient jamais vue, même avec un délai aussi court.

— C'est ma meilleure négociatrice, dit Helen fièrement. Je savais que je pouvais compter sur vous.

Je raccroche, l'adrénaline montant en flèche dans mes veines. Cette présentation pourrait lancer ma carrière. Il faut que je la remporte. Il faut que j'aille à Portland, et vite.

Mais en levant les yeux, je me souviens soudain où je suis : coincée dans le SUV de mon beau-frère, m'éloignant de l'aéroport à chaque kilomètre parcouru. Mon estomac se noue.

Qu'est-ce que je vais bien pouvoir faire, maintenant ?

Je prends mon courage à deux mains pour la conversation qui s'annonce. — Richard, il faut que tu fasses demi-tour. Je dois aller à l'aéroport.

— Quoi ? Claire se retourne sur son siège pour me faire face, les sourcils froncés. Tu ne peux pas être sérieuse ! On part littéralement en vacances.

— Je sais, je sais. Je lève les mains en signe d'apaisement. Mais c'est une opportunité énorme. J'essaie de décrocher un client très important depuis plus d'un an, et la présentation a lieu demain. Il faut que j'y sois.

— Incroyable. Claire secoue la tête, les lèvres pincées. — Tu fais vraiment passer ton travail avant ta famille ? Encore ?

Je grimace face à l'accusation, mais je ne recule pas. — Si je décroche ce client, ma place d'associée est assurée. C'est l'aboutissement de tous mes efforts. Je te promets, une fois que j'aurai conclu ce contrat, on pourra prendre de vraies vacances, c'est moi qui invite.

Claire pousse un grognement méprisant et se détourne, les bras fermement croisés sur sa poitrine. Les filles sont devenues silencieuses à l'arrière, leur excitation initiale s'est envolée. Elles n'ont aucune idée de ce dont nous parlons, mais elles sentent bien que quelque chose ne va pas.

— Richard, s'il te plaît. Je me penche en avant, la voix pressante. — Je ne te le demanderais pas si ce n'était pas important.

Richard croise mon regard dans le rétroviseur, son expression est partagée. Après un long moment, il soupire. — D'accord, Rach.

Un soulagement m'envahit, suivi de près par une pointe de culpabilité alors que les filles commencent à pleurnicher.

— Mais Maman, ça veut dire qu'on mettra encore plus de temps pour arriver au lac !

— Je ne veux pas passer plus de temps dans la voiture !

J'ignore leurs plaintes, mon esprit bouillonne déjà d'idées pour ma présentation. C'est l'occasion de faire mes preuves, de montrer à tout le monde chez Channing Gabriel que j'ai l'étoffe d'une associée.

Tandis que Richard se fraie un chemin dans la circulation en retournant vers Chicago, je sors mon téléphone et commence à taper frénétiquement. J'ai une présentation à préparer, et il est hors de question que je laisse cette occasion me filer entre les doigts.

L'aéroport grouille d'activité alors que je me précipite à travers les portes coulissantes. J'aperçois mon assistante, Emily, près des comptoirs d'enregistrement, ses cheveux roux un phare au milieu de la foule.

— Emily ! je l'appelle en faisant un signe de la main pour attirer son attention.

— Rachel, vous voilà ! Elle se hâte vers moi, me tendant mon billet, un petit bagage à main et une housse à vêtements. — J'ai choisi le tailleur bleu, j'espère que ça vous va. Vous allez assurer pour cette présentation.

Je prends les affaires avec reconnaissance, un sourire se dessinant sur mes lèvres. — Vous me sauvez la vie, Em. Vraiment.

Nous nous frayons un chemin à travers la foule de voyageurs, en direction de la sécurité. Pendant que nous faisons la queue, Emily me met au courant des derniers potins du bureau, mais mon esprit est déjà sur la présentation, à passer en revue les points clés et à anticiper les questions potentielles. Em me fait un signe de la main alors que je montre mon billet à l'agent de la TSA.

Une fois dans les airs, je sors mon ordinateur portable et me plonge dans la présentation, peaufinant les diapositives et répétant mon discours. Les heures passent et, lorsque l'avion atterrit à Portland, je sens une montée de confiance. Je vais y arriver.

En débarquant, je saisis ma valise dans le compartiment supérieur, mon esprit repassant encore les premières lignes de ma présentation. Alors que je mets le pied sur la passerelle, une voix profonde et mielleuse interrompt le fil de mes pensées.

— Excusez-moi, mademoiselle ? Je crois que vous avez pris ma valise.

Je me retourne et découvre un homme saisissant, aux traits ciselés et au sourire charmant. Il existe des mâchoires… et il y a la sienne. Il désigne le sac dans ma main, et je baisse les yeux, remarquant un petit ruban rouge attaché à la poignée. La chaleur me monte aux joues lorsque je réalise mon erreur.

— Oh mon Dieu, je suis tellement désolée ! je lui rends la valise, troublée, et il me tend la mienne.

Ses yeux pétillent d'amusement. — Ne vous en faites pas, ça arrive aux meilleurs d'entre nous. Je suppose que vous êtes ici pour affaires ?

Nous nous mettons à marcher au même pas, bavardant aisément des épreuves et des tribulations de la vie d'entreprise. Il y a une étincelle indéniable, et je me sens attirée par son esprit et sa chaleur.

Mais alors que nous sortons de la passerelle, une belle femme aux longs cheveux blonds se précipite vers lui, le serrant dans une étreinte passionnée. — Chéri, tu m'as tellement manqué !

La réalité me frappe de plein fouet, et je ris intérieurement de ma bêtise. Bien sûr qu'un homme comme lui n'était pas célibataire. Je lui fais un signe de tête poli et me détourne pour me diriger vers la sortie, mon attention se recentrant sur la tâche à accomplir.

Et c'est là que je le vois. Le panneau qui me fige sur place.

« Vacationland, bienvenue dans l'État du Maine. »

Non !

Ce.

N'est.

Pas.

Possible.

Mon cœur s'effondre alors que la réalité me frappe. Je ne suis pas à Portland, en Oregon. Je suis du mauvais côté du pays.

Non. Non, non, non. Ce n'est pas possible. Je cligne des yeux avec force, comme pour forcer le panneau à changer. Je fouille dans mon sac, arrachant presque la fermeture Éclair en sortant mon billet que je déplie avec des mains tremblantes. Mes yeux parcourent les petits caractères : Portland International Jetport (PWM).

Oh mon Dieu. PWM. Pas PDX.

Mon cœur bat si fort dans mes oreilles que j'entends à peine le brouhaha des autres passagers autour de moi. Je fixe les lettres, essayant de les forcer à se réarranger, à se transformer comme par magie en le bon code d'aéroport. Mais elles ne bougent pas. Parce qu'elles ne le peuvent pas.

Je serre le billet comme une bouée de sauvetage, mon cerveau luttant pour reconstituer ce qui venait de se passer. Comment ai-je pu ne pas le remarquer ? Comment ai-je pu laisser ça arriver ? Je suis toujours si méticuleuse, si organisée... je vérifie tout deux fois, même trois fois.

La tête me tourne. Je regarde autour de moi, comme si quelqu'un allait surgir et m'annoncer que tout ça n'est qu'une blague, que je ne viens pas de prendre l'avion pour le mauvais côté de ce fichu pays, que c'est juste une chaîne de caméra cachée sur YouTube. Mais il n'y a personne pour rire avec moi, aucun visage amical pour me rassurer que ce n'est pas aussi catastrophique que ça en a l'air.

Frénétiquement, je sors mon téléphone et fais défiler jusqu'à l'e-mail de confirmation d'Emily. C'est là, noir sur blanc : Portland, ME. Mon estomac se noue. Comment ai-je pu manquer ça ? Comment est-ce qu'aucune de nous deux ne l'a remarqué ? Je parcours à nouveau les informations de vol, comme si les mots allaient changer, mais ce sont toujours les mêmes coordonnées accablantes qui pointent vers le Vacationland au lieu de la Côte Ouest.

Mes genoux flageolent et je titube vers un banc, m'effondrant dessus. La gravité de mon erreur me percute comme un train de marchandises. Je suis dans le Maine. Je suis censée être en Oregon. Je suis censée faire une présentation à l'un des plus gros clients potentiels de ma carrière demain matin.

Je ne peux plus respirer. Je plaque la paume de ma main sur mon front, essayant de me calmer, mais c'est inutile. La réalité m'étouffe, volant l'oxygène de mes poumons.

— Oh, mon Dieu. Les mots m'échappent, l'incrédulité et la panique montant simultanément dans ma poitrine. — Qu'est-ce que j'ai fait ?

Prise de panique, je me précipite au comptoir de service de la compagnie aérienne, l'esprit tourbillonnant sous le poids de mon erreur. La file d'attente semble s'étirer à l'infini, et chaque seconde qui passe paraît une éternité. Je tape du pied avec impatience, mes yeux balayant les panneaux de départs, espérant contre tout espoir qu'il y ait un vol qui puisse me faire arriver en Oregon à temps.

Pendant que j'attends, les télévisions au-dessus du comptoir diffusent des nouvelles de dernière minute. Le ton grave du présentateur emplit l'air. « Le nuage de cendres de l'éruption du volcan en Alaska se propage rapidement à travers le Canada et le nord des États-Unis, provoquant des perturbations sans précédent du trafic aérien. Les experts prévoient des retards et des annulations massifs dans les heures à venir. »

Mon estomac se noue tandis que je regarde le tableau des départs clignoter, le mot « RETARDÉ » se transformant en « ANNULÉ » à côté de chaque vol, l'un après l'autre. La réalité de la situation me frappe comme un raz-de-marée. Je suis bloquée, et il est hors de question que je prenne l'avion pour la présentation.

Les mains tremblantes, je sors mon téléphone et commence à chercher d'autres itinéraires. Les horaires de train, les horaires de bus, n'importe quoi qui pourrait m'amener à Portland, dans l'Oregon. Mais au fond de moi, je sais que c'est inutile. La distance est trop grande, le temps trop court.

Je sors de la file d'attente, mes jambes lourdes comme du plomb. L'agitation de l'aéroport semble s'estomper à mesure que le poids de mon échec s'abat sur mes épaules. Je trouve un coin tranquille et m'effondre sur une chaise, enfouissant mon visage dans mes mains.

« Allez, réfléchis, Rachel », me marmonné-je, essayant désespérément de trouver une solution. Mais plus je me creuse la tête, plus il devient évident qu'il n'y a aucune issue à ce pétrin.

La déception est une pilule amère à avaler, mais je sais que je dois accepter la réalité de la situation. La présentation, le partenariat, l'avenir pour lequel j'ai tant travaillé… tout cela me file entre les doigts, et je ne peux rien faire pour l'empêcher.

Le cœur lourd, je sors de nouveau mon téléphone, mes doigts planant au-dessus du numéro d'Helen. J'hésite, redoutant la conversation qui va suivre. Mais je sais que je ne peux plus la repousser.

Dès qu'elle décroche, je me prépare mentalement aux retombées inévitables.

— Helen, c'est Rachel. J'ai de mauvaises nouvelles…

Pendant que je lui explique que je suis dans le Maine, elle reste plutôt calme, bien qu'il soit juste de dire que son langage est pour le moins fleuri. Cependant, la solution magique que j'espérais qu'elle puisse sortir de son chapeau ne se matérialise pas.

— La TSA suspend tous les vols. Vous n'avez aucun moyen de vous rendre en Oregon.

Mon cœur se serre.

— Mais la présentation…

— Ne vous inquiétez pas pour ça. Vu les circonstances, Zoe se chargera de la présentation à votre place. Elle peut venir en voiture de Seattle.

— Zoe ? dis-je, sentant une vague de frustration m'envahir. Mais je travaille là-dessus depuis des mois, Helen. GreenShoots est *mon* client.

— Pas encore, Rachel. Je n'ai pas le choix. La présentation a lieu demain, nous devons être présents dans la salle.

Je fais les cent pas, mon esprit s'emballe.

— Et si j'utilisais mon influence auprès de GreenShoots pour changer le jour de la présentation ? Je suis certaine qu'ils comprendront, étant donné la situation.

— Non, Rachel, dit fermement Helen. Ils ont fixé la date, et nous devons nous y conformer. Nous envoyons Zoe.

— Mais Zoe n'a pas mes compétences en matière d'*écologie*, je rétorque, le désespoir perçant dans ma voix. Elle travaille principalement sur des contrats pour les grandes compagnies pétrolières, pour l'amour de Dieu. Et elle conduit une Mustang GT de 5 litres. Ne serait-il pas préférable de participer à la réunion par Zoom, afin de réduire notre empreinte carbone ?

Mes arguments tombent dans l'oreille d'une sourde.

— Rachel, ce n'est pas négociable, dit Helen, son ton ne laissant aucune place à la discussion. Zoe est la deuxième meilleure négociatrice de l'entreprise, et GreenShoots est un client que Channing Gabriel doit absolument remporter.

Je sens la colère monter, mais j'essaie de la maîtriser.

— Alors, si Zoe conclut l'affaire, est-ce que ça veut dire qu'elle obtiendra le poste d'associée ?

Un silence se fait à l'autre bout du fil.

— Rachel, je vous suggère de profiter de vos deux semaines de vacances dans le Maine et d'oublier le travail pendant un moment.

— Mais Helen...

— C'est un ordre, Rachel. Envoyez votre présentation et vos notes à Zoe. Maintenant.

La communication est coupée, et je reste là, à regarder mon téléphone en bouillonnant de frustration. Je n'arrive pas à croire que cela arrive. J'ai travaillé si dur, et maintenant Zoe débarque pour me voler la vedette.

J'ai envie de crier, de jeter mon téléphone à travers l'aéroport, mais je me force à me calmer. Perdre mon sang-froid ne résoudra rien.

Je jette un coup d'œil par la fenêtre, regardant les avions qui devaient décoller retourner au terminal pour débarquer leurs passagers. Personne n'ira nulle part.

Deux semaines au « pays des vacances ». Vous me pardonnerez si je ne saute pas de joie.

Le taxi se faufile à travers les rues bondées de Portland, et je me penche en avant, scrutant les bâtiments à la recherche du moindre signe d'un hôtel avec des chambres libres. J'essaie de regarder à nouveau la multitude d'applications de voyage que j'ai sur mon téléphone, mais tout est grisé, se moquant de moi avec une bannière « complet ». Le chauffeur me regarde dans le rétroviseur, les yeux compatissants.

— Pas de chance avec toutes ces annulations de vols, hein ? dit-il en secouant la tête. On dirait que tout le monde est bloqué.

Je hoche la tête, mon attention toujours portée sur les devantures des magasins.

— Vous ne connaîtriez pas par hasard des hôtels avec des chambres disponibles ?

Il glousse.

— J'aimerais pouvoir vous aider, mais j'ai transporté des gens toute la journée, et tout est complet.

Je m'affale sur le siège, mon esprit s'emballe. Je ne peux pas passer la nuit à errer dans les rues de Portland. Il me faut un plan.

Comme par un fait exprès, mon téléphone sonne. C'est ma mère. J'hésite un instant avant de répondre, me préparant à l'inévitable avalanche de questions.

— Rachel, ma chérie, ça va ? Ta sœur m'a raconté ce qui s'est passé avec ton vol.

Je soupire en me massant la tempe.

— Je vais bien, maman. J'essaie juste de trouver un endroit où loger pour la nuit.

— Oh, ma puce, ne fais pas comme Marie et Joseph pour finir dans une mangeoire. Pourquoi tu ne louerais pas une voiture pour venir nous rejoindre au lac Michigan ? On serait ravis de t'avoir.

Je ne suis pas sûre que maman comprenne à quel point je suis loin du Wisconsin.

— Maman, il me faudrait des jours pour retourner à... Attends ? Tu es avec Claire ?

— Oui, quand ils t'ont déposée à l'aéroport, Richard s'est approché et m'a demandé si je voulais prendre ta place. Alors me voilà. Entre nous, je crois qu'ils voulaient juste une baby-sitter, mais à cheval donné on ne regarde pas les dents. Allez, rejoins-nous.

L'idée de passer le reste de mes vacances avec ma famille est tentante, étant donné que l'alternative est de les passer seule dans une ville inconnue. Je suis sur le point d'examiner sérieusement la suggestion de maman lorsque le taxi passe devant un immense complexe industriel, où l'enseigne indique en lettres capitales « Harcourt Foods ».

Soudain, une idée germe dans mon esprit. Harcourt Foods est l'un des plus grands fabricants de produits surgelés du pays. Si je pouvais les avoir comme client...

— Rachel ? Tu es toujours là ?

Je reviens à la réalité.

— Oui, maman, je suis là. Écoute, j'apprécie l'offre, mais je crois que je vais rester un peu à Portland. Il y a quelque chose dont je dois m'occuper.

— Tu es sûre, ma chérie ? On aimerait vraiment te voir.

— Je sais, et je te promets que je me rattraperai. Mais c'est important.

Il y a une pause, et je peux presque entendre ses méninges travailler.

— Bon, d'accord. Franchement, je ne te suis pas du tout. Promets-moi que tu appelleras si tu as besoin de quoi que ce soit ?

— Promis. Merci, maman. Je t'aime.

Alors que je raccroche, je me penche en avant et tapote l'épaule du chauffeur.

— En fait, pourriez-vous me déposer à l'agence de location de voitures la plus proche ?

Il hoche la tête et s'engage sur la voie pour tourner. Je me rassois, mon esprit échafaudant déjà un plan. Partenariat ou non, je ne quitterai pas le Maine les mains vides.

Harcourt Foods, j'arrive.

L'agence de location de voitures est une véritable ruche, bondée de voyageurs sur les nerfs qui se bousculent pour obtenir un véhicule. Je rejoins la file d'attente, tapotant du pied avec impatience tout en faisant défiler les informations sur mon téléphone, rassemblant autant de renseignements que possible sur Harcourt Foods. Leur PDG, Jonathan Harcourt, a la réputation d'être un traditionaliste pur et dur. Surnommé « le vieux Harcourt » par ses amis comme par ses ennemis, il n'est certainement pas réputé pour son engagement en faveur de l'innovation et du développement durable. Pilier de l'industrie de la volaille, ça ne va pas être une mince affaire de le convaincre de se diversifier au-delà des nuggets de poulet surgelés qui ont bâti son empire.

Mais... grâce à mes études de marché pour GreenShoots et IncrediBurger, j'ai des données. Énormément. Des faits et des chiffres convaincants et détaillés qui montrent un changement dans les habitudes alimentaires et une demande croissante pour les alternatives végétales. Si j'arrive à présenter CGPR comme l'agence idéale pour redorer leur image publique et à le convaincre que qui dit végétal dit profit, ça pourrait changer la donne.

Perdue dans mes pensées, je sursaute quand l'employé s'écrie :

— Au suivant !

Je m'avance jusqu'au comptoir en lui adressant mon plus charmant sourire.

— Bonjour. J'aurais besoin de louer une voiture, de préférence quelque chose d'électrique, de compact et d'efficace.

L'employé, un jeune homme dont le badge indique « Ethan », me regarde d'un air désolé.

— Je suis navré, madame, mais nous n'avons presque plus rien à cause des annulations de vols. Le seul véhicule qu'il nous reste est un pick-up.

Je cligne des yeux, le temps d'assimiler l'information. Un pick-up ? C'est à peu près tout le contraire de mon style de vie écologique, urbain et élégant. Mais faute de grives, on mange des merles, n'est-ce pas ?

— Je le prends, dis-je en tendant ma carte de crédit.

Quelques minutes plus tard, je contemple un mastodonte de camion, sa peinture rouge rutilant sous les lumières du parking. Je me hisse sur le siège conducteur, que j'ajuste pour m'adapter à ma plus petite taille. Le moteur rugit et, à vrai dire, je ne peux m'empêcher de sourire. Il y a quelque chose de grisant à être au volant de cette bête. Ça me coûte de le penser, mais peut-être, juste peut-être, que je peux comprendre pourquoi Zoe choisit de conduire sa Mustang malgré la pression sociale pour passer à l'électrique.

Tandis que je parcours les rues inconnues de Portland, mon esprit s'emballe avec des idées pour une potentielle présentation à Harcourt Foods. Je mettrai en avant les antécédents de CGPR en matière d'initiatives écologiques, nos stratégies innovantes sur les réseaux sociaux et notre capacité à toucher les consommateurs plus jeunes et soucieux de l'environnement. Conduisant presque à l'instinct, j'ai quitté la ville et me retrouve dans une banlieue plus calme.

Des panneaux indiquant Biddeford commencent à apparaître et, alors que j'approche des limites de la ville, je trouve un motel pittoresque en périphérie, son enseigne au néon « complet » étant un phare d'espoir après quelques heures très éprouvantes. Le propriétaire, un homme au début de la quarantaine, se présente comme étant James, insiste pour porter ma valise cabine jusqu'à ma chambre et me tend une clé avec un sourire entendu.

— Appelez la réception si vous avez besoin de quoi que ce soit, dit-il gentiment.

Je hoche la tête avec gratitude, sentant soudain le poids de la journée me rattraper.

— Merci. Je n'y manquerai pas.

NOTE DE L'AUTEURE

Bonjour,

Merci beaucoup d'avoir lu *Livres, lits et petits arrangements* !

J'ai pris énormément de plaisir à l'écrire et j'espère sincèrement que vous avez apprécié votre lecture.

Si vous avez aimé le livre, je vous serais infiniment reconnaissante de bien vouloir laisser un petit avis.

Les avis aident vraiment les auteur·e·s pour de nombreuses raisons — notamment en nous donnant un retour sur ce que les lecteurs apprécient, et en améliorant la visibilité du livre sur les sites de vente en ligne.

Merci d'avance, et j'ai hâte de lire vos impressions.

Alia xx

À PROPOS DE L'AUTEUR

Alia Smith écrit des comédies romantiques qui réchauffent le cœur — pleines d'esprit, de charme, et d'une juste dose de chaos.

Quand elle n'écrit pas d'histoires d'amour, on la trouve généralement lovée dans un fauteuil avec un livre, absorbée par la téléréalité, ou en train d'empêcher Galaxy — son chat et muse principale — de s'installer sur son clavier.

Elle vit dans une maison douillette dans l'Oxfordshire, où elle est fermement convaincue que toute grande histoire d'amour commence par une bonne tasse de thé.

www.aliasmithbooks.com

SUBSCRIBE TO ALIA'S MAILING LIST
&
RECEIVE YOUR FREE NOVELLA

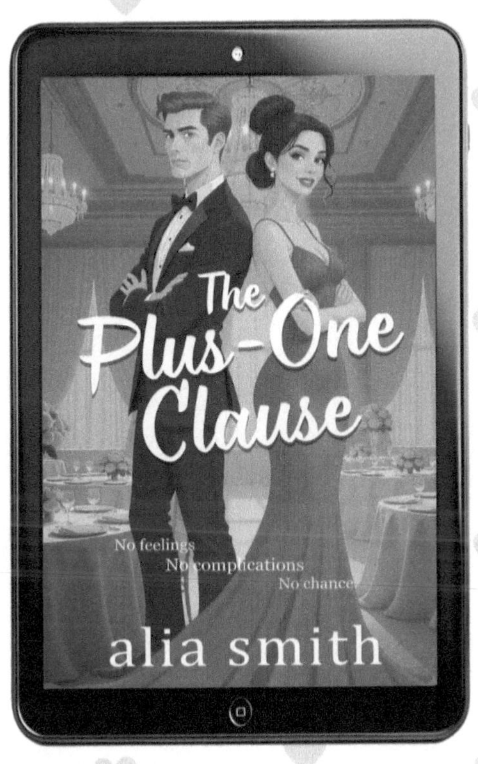

www.aliasmithbooks.com

BINGE THE SERIES

BALKON
media